# Erstes Kapitel

## »Wilder Kirschwein«

AUFBLENDE

1 AUSSENAUFNAHME: HÜTTE BEI TAG – HALBTOTALE

*Loretta Biggins trägt einen Waschkorb zur Wäscheleine und beginnt Overalls aufzuhängen. Kamera fährt zurück, wir sehen Billy Joe Jenks hinter einem Zaun. Er beobachtet Loretta.*

BILLY JOE

Sieht aus, als wärst du gewachsen, solang du bei deinen Verwandten drüben in Oklahoma warst!

LORETTA

Kann schon sein, aber das geht dich nichts an, Billy Joe Jenks.

BILLY [illegible]

Ich hab immer geda[illegible]ch, weil du so klein warst, a[illegible]

*Loretta wirft trotzi[illegible]der an die Arbeit. Billy Joe [illegible]*



2 NAHAUFNAHME – L[illegible]TA

*Lorettas verblüffter Gesichtsausdruck zeigt, dass sie auf einmal merkt, dass Billy Joe auch älter geworden ist.*

3 SZENE WIE VORHER

LORETTA

Sieht aus, als wärst du auch älter geworden.

BILLY JOE

Heißt das, wir sind zu alt für die Doktorspiele von früher?

LORETTA

Mann, Billy Joe! Ich bin echt schockiert, dass du so was sagst. Du weißt doch, ich bin ein anständiges Mädchen. Ich bewahre mich für meinen Ehemann auf.

BILLY JOE *(verdrossen)*

Du meinst Cooter Grimmley? Ich hab im Billardsalon gehört, dass du dich gestern Abend mit Cooter geeinigt hast.
*Loretta sinkt zu Boden und bedeckt das Gesicht mit den Händen. Ihre Schultern zucken – sie schluchzt. Billy Joe kauert sich neben sie und versucht ungeschickt, sie zu trösten.*

LORETTA *(mit erstickter Stimme)*

Oh, Billy Joe, ich darf gar nicht an Cooter Grimmley denken. Er ist so gemein! Pa kann mich doch nicht zwingen, ihn zu heiraten! Ich würde sterben!

BILLY JOE

Ich beschütze dich, Loretta. Ich erlaube nicht, dass dieser Cooter dich mit seinen dreckigen, haarigen Händen anfasst. Du bist viel zu gut für dieses verdammte Stinktier!
*Billy Joe schließt Loretta in die Arme. Sie wischt sich die Tränen ab und hebt tapfer den Kopf, um ihn anzulächeln. Kamera fährt auf die beiden zu, als er sie küsst. Loretta Gesicht ist erhitzt, sie stößt ihn weg.*

LORETTA

Ich hab das ... noch nie einem Mann erlaubt, Billy Joe. Mir ist ganz schwindlig.

BILLY JOE

Herrgott, ich liebe dich, Loretta Biggins. Du bist das schönste. süßeste, feinste Mädchen der Welt. Mir bricht das Herz vor lauter Liebe!
*(Pause)*
Meinst du, wir können uns heut Abend am Bach treffen?

LORETTA

Pa schlägt mich grün und blau, wenn er mich erwischt!

*Sie rappelt sich hoch, aber ehe sie einen Schritt machen kann, hält Billy Joe sie fest. Nahaufnahme ihrer Gesichter.*

BILLY JOE

Kommst du?

LORETTA

Ja…

ÜBERBLENDEN AUF

* * *

Ruby Bee hatte das Gefühl, als würde sie gleich explodieren und die Wände ihres Lokals mit Blut und Eingeweiden bespritzen. Ihre Augen waren groß und rund wie Suppenteller. Es kam ihr vor, als dehnte sie sich immer weiter aus – wie ein rosaroter Luftballon kurz vor dem Platzen.

Es war ein tolles Gefühl!

»Sagen Sie das bitte noch einmal!«, quäkte sie. Vor Aufregung konnte sie kaum schlucken.

Die Frau, die sich als Carlotta Lowenstein vorgestellt hatte, war solche Reaktionen gewöhnt. Manchmal fragte sie sich, ob sie eigentlich noch wusste, wie man Erste Hilfe leistete. »Warum trinken Sie nicht einen Schluck Wasser?«, sagte sie mit einem verständnisvollen Lächeln.

»Ach, Gott, entschuldigen Sie, Miss Lowenstein!«, japste Ruby Bee. »Da stehe ich wie ein Ölgötze im Gewitter und biete Ihnen nicht mal ein Glas Eistee oder ein Bier an! Wie peinlich. Was darf ich Ihnen bringen?«

»Ein Glas Tee wäre nett.«

Ruby Bee fuhrwerkte hinter der Theke herum und schaffte es schließlich, genug Tee in ein Glas zu schütten, um sich ein bisschen gastfreundlicher zu fühlen. Als sie das Glas vor ihrer Besucherin abstellte, ging die Tür auf, und helles Sonnenlicht flutete über die Nischen, die Jukebox und die winzige Tanzfläche.

»Ju-hu!«, rief Estelle Oppers und ging quer durch den Raum zur Bar, die knochigen Schultern straff und gerade, die knallroten Haare zu der Frisur aufgetürmt, die Ruby Bee immer an die Freiheitsstatue erinnerte. »Fahren wir nun zum Flohmarkt in Piccard oder nicht? Ich dachte, du wolltest mich um drei abholen, und jetzt ist es schon fast –« Sie unterbrach sich, als sie die junge Dame bemerkte, die genau auf dem Barhocker saß, den sie eigentlich als ihren Privatbesitz betrachtete. »Entschuldigen Sie, Missy, ich dachte, Ruby Bee hätte die Bar zugemacht, weil wir schon vor 'ner Stunde zum Flohmarkt fahren wollten.«

»Sei still, Estelle«, sagte Ruby Bee, ohne sie richtig anzusehen. »Das hier ist Miss Carlotta Lowenstein, und sie ist ein Scout.«

Sie sagte das so melodramatisch, dass Estelle auf das Feuerwerk und den Einsatz des Orchesters wartete. Als nichts passierte, rümpfte sie die Nase und fragte: »Was ist das – ein Scout?«

»Ich bin auf der Suche nach Drehorten«, erklärte die junge Frau. »Leute, die so was tun, bezeichnet man in unserer Branche als Scouts. Ich arbeite für Glittertown Productions. Wir sind ein kleine, unabhängige Firma in Kalifornien.«

»Es geht ums Kino!«, wisperte Ruby Bee ehrfürchtig. »Miss Lowenstein arbeitet für ein Filmstudio.«

»Ehrlich?« Wider Willen war Estelle beeindruckt. Sie musterte die Frau aufmerksam, aber mit ihren kurz geschnittenen schwarzen Haaren und der stämmigen Figur sah sie eigentlich nicht aus wie jemand vom Film. Hinter den dicken Brillengläsern wirkten ihre Augen ein bisschen froschmäßig, aber immerhin intelligent. Ihr Kostüm war ganz hübsch, wenn auch etwas zerknittert, und an einer Manschette fehlte ein Knopf. Im Ganzen nicht unattraktiv, aber von Glamour keine Spur – und das machte Estelle misstrauisch. »Sind Sie wirklich aus Hollywood?«

»Unser Sitz ist in Burbank, aber wir benutzen immer die Tonstudios in Hollywood«, antwortete Carlotta. »Wir sind ein kleines Unternehmen und arbeiten mit einem kleinen Budget, deshalb drehen wir oft in weniger teuren Gegenden. Im Frühjahr haben wir einen Film in Arizona gemacht.«

»Wie heißt er?«, fragte Ruby Bee.

Carlotta trank einen Schluck Tee, während sie sich eine Antwort überlegte. Die Wahrheit würde nicht gut ankommen. »Ach, wissen Sie – er wird noch nicht in den Kinos gezeigt, und unser Herstellungsleiter behält den Titel gern für sich, bis der Vertrieb geregelt ist. So 'ne Art Insiderwitz.«

Ruby Bee und Estelle nickten, beide stolz darauf, dass jemand ihnen von einem Insiderwitz aus Hollywood erzählte, obwohl sie nicht recht wussten, was daran eigentlich witzig sein sollte.

»Also?«, fragte Carlotta, als sie ihren Tee ausgetrunken hatte. »Was halten Sie davon, wenn wir Ihre Stadt als Drehort für unsere nächste Produktion nehmen? Falls die Bewohner nichts dagegen haben und wir die Stellen benutzen können, die ich vorhin erwähnt habe, dann fliege ich an die Westküste zurück und leite alles in die Wege.«

»Welche Stellen?«, wollte Estelle wissen.

Wieder antwortete Ruby Bee. »Sie brauchen eine Hütte und eine Scheune. Miss Lowenstein ist bei Raz vorbeigefahren. Ich kann mir nicht vorstellen, dass er was dagegen hat, selbst wenn er Marjorie raus in den Garten bringen muss. Außerdem brauchen sie noch ein großes Haus mit Säulen und Büschen.« Sie zwinkerte Estelle zu, und diese verstand natürlich gleich, was sie meinte. »Unser Bürgermeister würde sich doch bestimmt geehrt fühlen, wenn sein Haus in einem Film vorkommt, meinst du nicht?«

»Der Bürgermeister?« Carlotta klang argwöhnisch.

»Seine Majestät Jim Bob Buchanon«, erklärte Estelle. »Ihm gehört der hässliche Supermarkt auf der anderen Straßenseite. Mrs. Jim Bob ist manchmal etwas schwierig im Umgang, aber ich glaube, sie geht auf wie ein Soufflé, wenn sie hört, dass ihr Haus auf der Leinwand erscheinen soll.« Estelle war stolz, dass sie sich so treffend ausdrücken konnte, aber die Filmfrau machte ein Gesicht, als würde ihre Strumpfhose zwicken. »Brauchen Sie zufällig auch einen Schönheitssalon?«, fragte Estelle trotzdem optimistisch.

Carlotta schien immer noch irritiert. »Mrs. Jim Bob?«

Jetzt mischte sich Ruby Bee wieder ein. »Das ist eine unserer Traditionen hier und gar nicht so leicht zu erklären. Mrs. Jim Bob heißt eigentlich Barbara Anne Buchanon Buchanon. Jim Bob und sie sind Cousins ersten oder zweiten Grades oder was. Überhaupt werden Sie hier überall auf Buchanons stoßen. Es gibt Earl und Eilene und ihren Sohn Kevin, der mit Dahlia O'Neill verlobt ist, deren Großmutter auch eine Buchanon ist, vom Emmet-Zweig der Familie. Raz Buchanon hab ich ja schon erwähnt. Adele Wockerman hieß auch Buchanon, ehe sie geheiratet hat, und –«

»Sie heiraten innerhalb der Familie?«, murmelte Carlotta. Ihre Augen wurden ganz schmal hinter der Brille. Offenbar fand sie es beunruhigend, dass es in Maggody soviel Inzucht gab, was die Einwohner selbst längst als selbstverständlich hinnahmen. Schließlich ging das seit über hundert Jahren so, und niemand legte großen Wert darauf, in den Clan einzuheiraten.

»Ja, manche«, sagte Estelle. »Man erkennt sie an der Schimpansenstirn und an den gelblichen Augen. Sie sind nicht besonders gut in der Schule, würde ich sagen, aber sie haben alle zehn Finger und zehn Zehen, und keiner von ihnen ist in 'ner Anstalt.«

Ruby Bee schob der Besucherin die Schale mit den Salzbrezelchen hin, sah Estelle an und überlegte. »Was ist mit Terdlow Buchanon? Ist der nicht im Gefängnis gelandet, weil er seine Eltern abgeschlachtet hat und sie in Einzelteile zersägt an die Geflügelfarm in Starley City verkaufen wollte?«

»Ja, ich glaube, das stimmt. Und Maisie Louise Buchanon hatte sechzig Katzen in ihrem Haus eingesperrt, als am Ende des Sommers ihre Leiche gefunden wurde. Puh!«

»Und Robin Buchanon dürfen wir auch nicht vergessen. Sie wurde bei ihrem Marihuanafeld auf dem Cotter's Ridge in tausend Stücke zerfetzt. Ihre Kinder waren so wild, dass sie ein Huhn bei lebendigem Leib mit den Zähnen rupfen konnten.«

»Ein Bier«, sagte Carlotta und fächelte sich mit ihrem Klemmbrett Luft zu. »Ein Bier wäre jetzt genau das richtige.«

Estelle kletterte auf den Barhocker neben ihr, stützte die Ellbogen auf die Bar und sagte: »Also, worum geht es denn nun in dem Film, Miss Lowenstein?«

»Bitte, nennen Sie mich Carlotta. Das Drehbuch wird gerade überarbeitet, aber im Grunde ist es eine moderne Version von Romeo und Julia. Eine unglückliche junge Liebe, so in etwa.«

»Ich verstehe«, sagte Estelle und nickte weise. Sie steckte sich ein Brezelchen in den Mund und versuchte sich an die Handlung zu erinnern. Es war schon gut fünfunddreißig Jahre her, dass sie die Highschool abgeschlossen hatte, außerdem hatte sie im Unterricht nie besonders gut aufgepasst, da sie längst beschlossen hatte, auf dem Gebiet des Haar-Designs Karriere zu machen. Irgendwie gab es da einen Balkon und eine Botschaft, die falsch verstanden wurde. Sie war ziemlich sicher, dass der Junge und das Mädchen am Schluss den Löffel abgaben.

»Und wie soll der Film heißen?«, fragte Ruby Bee.

Carlotta wusste, dass dies eine potentiell gefährliche Situation war, also überlegte sie kurz, welches der sicherste Weg durch dieses Minenfeld war. »Im Moment nennen wir ihn noch *Wilder Kirschwein*. Hal Desmond, der Regisseur, möchte die Zeitlosigkeit der Handlung rüberbringen, indem er die altbewährten Traditionen eines Ortes aufgreift. Es geht um die Dynamik zwischen den verschiedenen Mitgliedern einer Familie, die im universellen Konflikt zwischen persönlicher Erfüllung und kollektivem Überlebenswunsch ein Gleichgewicht suchen.«

Ruby Bee blinzelte, aber sie sagte nicht: »Häh?« In Hollywood redeten die so, das wusste doch jeder. »Wer sind die Stars?«, wollte sie wissen.

Carlotta nannte fünf Namen, die sie so fix herunterrasselte, dass weder Ruby Bee noch Estelle sie verstanden. »Ich muss jetzt noch ein paar Anrufe erledigen«, erklärte Carlotta. Sie redete wirklich schneller, als ein Lastwagen den Highway entlangbrettert. »Wir stellen jetzt die Produktions-Crew zusammen und klopfen die Termine fest. Ende nächster Woche kommen wir dann hierher. Wir brauchen alle Motelzimmer, die Sie zur Verfügung haben – und gute Verpflegung. Sobald ich mit den Leuten von der Produktion gesprochen habe, melde ich mich und informiere Sie über die Details.«

»Wie lang dauert das eigentlich, so 'nen Film zu drehen?«, erkundigte sich Ruby Bee. Sie erwähnte lieber nicht, dass sämtliche Motelzimmer von Maggody (genau fünf an der Zahl) sich im Gebäude nebenan befanden, und dass die einzige Person, die so etwas wie einen Verpflegungsservice betrieb, direkt vor Miss Hollywood stand.

»Knapp zwei Wochen, wenn das Wetter bei den Außenaufnahmen mitspielt.« Carlotta schulterte ihre schwere Tasche und nahm ihr Klemmbrett. »Ich freue mich schon darauf, Sie beide wiederzusehen«, sagte sie und rutschte vom Barhocker. »Sie werden von mir hören.«

»Brauchen Sie auch Statisten?«, fragte Estelle.

»Ja, ein paar.« Carlotta sah keinen Anlass, darauf hinzuweisen, dass die meisten Szenen in Schlafzimmern und auf einsamen Waldlichtungen spielten. Die drei bisherigen Produktionen waren eine Gratwanderung zwischen jugendfrei und nicht-jugendfrei gewesen, nicht weil Hal moralische Bedenken hatte, sondern weil die Gelder besser flossen, wenn ein Film auch vor minderjährigem Publikum gezeigt werden konnte.

Sie ging hinaus zu ihrem Mietwagen und blieb kurz stehen, um mögliche Einführungseinstellungen für den Vorspann von *Wilder Kirschwein* zu überdenken. Das Schild am Stadtrand gab die Einwohnerzahl siebenhundertfünfundfünfzig an, aber es war ziemlich pockennarbig, weil es offenbar als Zielscheibe benutzt worden war, und außerdem voller Vogeldreck. Carlotta war an einer seltsamen Eisenkonstruktion vorbeigefahren, die sich Kirche der Stimme des Allmächtigen Herrn nannte. Dann gab es noch ein Eisenwarengeschäft, eine Billardhalle mit einem schielenden Säufer in der Tür, eine Reihe brettervernagelter Läden und ein Antiquitätengeschäft mit einem komischen Kauz im Schaukelstuhl, einen Waschsalon mit dem ach so treffenden Namen Lustiger Seifenschaum und ein kleines rotes Backsteingebäude, neben dem ein Polizeiwagen parkte.

Glittertown Productions hatte bei den Dreharbeiten bisher immer Probleme mit dem Arm des Gesetzes gehabt, da der Sittenkodex in diesen ländlichen Gegenden oft etwas seltsam aussah. Vor drei Monaten in Flagstaff wäre es fast zu einem Fall von Lynchjustiz gekommen. Hal hatte geschwitzt wie ein Marathonläufer, bis die letzte Szene endlich im Kasten war und das gesamte Team über die Staatsgrenze fliehen konnte.

Carlotta ging noch einmal zurück in Ruby Bees Bar. Die beiden Frauen unterbrachen sofort ihr aufgeregtes Getuschel. »Muss ich irgend etwas mit der Polizei klären?«, fragte Carlotta. »Bei ein paar Szenen sollte vielleicht der Verkehr umgeleitet werden, und wir ziehen es immer vor, mit den Behörden zusammenzuarbeiten.« Im Klartext hieß das, sie zu bestechen, um kostspielige Verzögerungen zu vermeiden.

»Aber, nein«, versicherte Ruby Bee rasch. »Ich bin mit der Polizeiinspektorin persönlich bekannt, und sie freut sich bestimmt, wenn sie hört, dass in Maggody ein Film gedreht werden soll. So was Spannendes hat es hier schon lang nicht mehr gegeben – eigentlich seit Hiram Buchanons Scheune abgebrannt ist, und das ist schon gut zwanzig Jahre her.«

»Zwei der Jugendlichen aus der Gegend hier hatten sich auf dem Heuboden ein Stelldichein gegeben«, fügte Estelle erklärend hinzu.

»Also dann, ciao«, sagte Carlotta und ging zum Wagen zurück. Sie lächelte über Estelles Formulierung. Die Einwohner von Maggody, Arkansas, würden sicher staunen, wenn sie erfuhren, wie Hollywood, oder jedenfalls ihr Unternehmen, dieser Tage ein »Stelldichein« definierte.

* * *

»Vor zwanzig Jahren Hiram Buchanons Scheune«, sagte ich in den Telefonhörer. Ich legte die Füße auf den Schreibtisch, kippte mit dem Stuhl nach hinten, bis er die Wand berührte, und blickte aus dem Fenster. »Der Hühnerstall, in dem das Marihuana getrocknet wurde. Die Bank und das Haus von Miss Una. Vier Brände in zwanzig Jahren, Harve. Und jetzt in einem einzigen Monat drei.«

Harve Dorfer, der Sheriff von Stump County, stieß hörbar die Luft aus, und ich konnte den beißenden Zigarrenrauch fast durch die Leitung riechen. »Ich weiß, Arly, ich weiß. Aber was zum Teufel sollen wir tun? Ich hab nicht genug Leute, um vor jede alte Scheune und jeden alten Stall in der Gegend einen Beamten zu stellen.«

»Die Freiwillige Feuerwehr von Emmet hat schon angeboten, hier eine Filiale aufzumachen. Ich werde Marshmallows und Würstchen verkaufen.« Ich hob meine freie Hand und studierte die schwarzen Ränder unter meinen Fingernägeln. »Ich hab mir die Hütte noch mal angesehen. Aus irgendeinem Grund hatte ich das Gefühl, dass jemand mich dabei beobachtet. Und weil ich mich ständig umgeschaut habe, bin ich prompt gegen einen Baum gerannt.«

»Spukt es da?« Harve lachte.

»Vielleicht gibt's ja auch Gespenster, aber vor allem war es Brandstiftung. Unser Problem ist nur, dass wir es nicht beweisen können. Ich habe mit dem Ermittler in der Polizeikaserne gesprochen, und er hat auch gesagt, dass es unmöglich ist, bei einem Haufen Asche etwas zu beweisen.«

»Meinen Sie, wir haben es mit einem Irren zu tun?«

»Drei Brände in einem Monat«, sagte ich mit einem Seufzer. »Lauter verlassene Schuppen, die so gut wie nichts wert sind. Niemand ist zu Schaden gekommen, niemand hat sein Zuhause verloren, nicht mal für den Denkmalschutz war's ein großer Verlust. Ja, ich glaube echt, dass wir es mit einem Irren zu tun haben, Harve, und der hat 'ne Schachtel Streichhölzer und keine besonders produktiven anerkannten Hobbys.«

Wir plauderten noch eine Weile, aber keiner von uns entwickelte eine nennenswerte Theorie. Uns fiel auch nichts ein, wie wir den Irren finden und ihm die Streichhölzer abnehmen könnten. Nachdem wir aufgegeben hatten, ging ich nach draußen und schaute zu den Bergen im Osten unserer Stadt. Sie schimmerten blassgrün. Die Nächte waren zwar noch kühl, aber tagsüber spürte man schon die Sommerhitze. Die Teenager fingen wieder an, den Unterricht zu schwänzen und stattdessen nackt im Boone Creek zu baden, und die Erwachsenen saßen abends auf ihrer Veranda, tranken Eistee und beobachteten ihre Nachbarn.

Keine Rauchwolke zu sehen, also schlenderte ich zurück in die Polizeiwache, um meinen blöden Bericht fertig zu schreiben. Es ging um meine Nachforschungen in dem abgebrannten Schuppen, der so lange unbewohnt gewesen war, dass in der Stadt niemand mehr wusste, wer früher da gelebt hatte. Es interessierte auch keinen. Ich erwähnte nicht, dass ich mich beobachtet gefühlt hatte, aber als ich über eine besonders offiziell klingende Formulierung etwas länger nachdachte, spürte ich noch mal die gleichen Hitzekreise im Rücken, direkt zwischen den Schulterblättern. Ich hatte keine Lust, mich zu gruseln, also sagte ich mir streng, dass es bestimmt nur ein Sonnenstrahl gewesen war.

Ich schloss den Bericht ab und stopfte ihn in eine Schublade, um ihn später noch mal durchzulesen. Jetzt war sozusagen Feierabend. Ich war ja nicht nur die einzige Polizeiinspektorin – das ganze Revier bestand nur aus meiner Person. Also war ich vierundzwanzig Stunden am Tag im Dienst. Das wäre eine furchtbare Belastung, wenn es in Maggody ständig zu Gewaltverbrechen käme, aber zum Glück verhielten sich die Leute in der Regel eher unauffällig. Oh, ich wusste, dass der Besitzer der Billardhalle Bier aus dem Nachbarstaat schmuggelte, und zwischendurch legte ich ihm immer mal wieder nahe, das zu lassen. Gelegentlich hieß es, im Wald am Cotter's Ridge würde irgendwo illegal Schnaps gebrannt, aber ich hatte keine Lust, danach zu fahnden. Auch die Marihuanafelder suchte ich nicht.

Stattdessen verbrachte ich einen großen Teil des Tages damit, am Stadtrand bei den skelettartigen Überresten von Purtles Tankstelle gewissenlose Raser zu stoppen. Nachmittags folgte ich dem Schulbus und erinnerte die Leute daran, dass sie halten müssen, wenn der Busfahrer die Flagge raushängt, weil dann die Kinder völlig hemmungslos über die Straße rennen. Wenn ich erfuhr, dass die Teenager den Aufstand probten, ging ich zur Highschool und wies die Übeltäter zurecht. Und mindestens einmal pro Woche hörte ich mir Raz Buchanons Gejammer über seine verschiedenen Krankheiten an.

Vor allem aber schlug ich die Zeit tot. Ich machte das, seit ich nach Maggody zurückgekommen war, um mich vom Leben auf der Überholspur und von einer Scheidung im Schleichtempo zu erholen. Der Übergang von Manhattan nach Maggody war mir beunruhigend leicht gefallen. Von Martinis zu Bier, von Kaviar zu Kabeljau. Von hippen Nachtclubs zu einsamen Nächten in einer winzigen Wohnung über einem Antiquitätengeschäft, gleich gegenüber vom Polizeirevier. Von Diskussionen über Außenpolitik zu Klagen über das Wetter.

Ich werde bequem, schimpfte ich mich, als ich die Straße zu Ruby Bees Bar und Grill hinunterging, um mir dort ein gutes Abendessen servieren zu lassen und den neuesten Tratsch anzuhören, der kostenlos mitgeliefert wurde. Nichts hinderte mich daran, nach Manhattan zurückzugehen. Der Job bei der Wach- und Schließgesellschaft wartete immer noch auf mich. Und da ich bei der Scheidung das Opfer gewesen war, würden mich alle meine alten Freunde wieder auf ihre Gästeliste setzen.

Aber es kam mir nicht richtig vor – jedenfalls jetzt noch nicht. Durch das Chaos der Scheidung war ich immer noch verunsichert. Ich steckte mir die Haare zu einem Knoten zusammen und ließ meine Schminksachen in der hintersten Schublade vergammeln. Ich trug lieber eine Khaki-Uniform als Designerjeans und Seidenblusen. Meine nächtlichen Phantasien waren Kunstwerke. Ich war zu meiner Mama gelaufen, und im Moment störte es mich nicht, dass ich herumkommandiert und verwöhnt wurde und die besten Bratkartoffeln auf beiden Seiten des Mississippi zu essen bekam.

Auf dem Parkplatz standen lauter Pickup-Trucks, die meisten mit gut ausgerüsteten Gewehrständern im Rückfenster und Werkzeugkästen auf der Pritsche. Das Schild des Flamingo Motels blinkte aufgeregt, und es sah fast so aus, als würde der Vogel noch eine Feder verlieren und die Schrift noch einen Buchstaben. Aus Z MMER FR I würde dann vielleicht um der Symmetrie willen Z MM R FR I. Zeig mir mal richtig freche, reiche Imker. Zwei müde Mütter rennen freihändig runter ins – ja, wohin? Scheißspiel.

Die Jukebox dröhnte, und in den Nischen saßen knutschende Pärchen und streitsüchtige Trinker. Ein Paar schien auf der Tanzfläche zu kopulieren, sehr zur Belustigung der Zuschauer, da jeder wusste, dass die junge Frau eigentlich mit dem Bruder des Knaben ging – und mit seinem Onkel. Außerdem wussten alle, dass Joyce Lambertino schwanger war, dass Elsie McMays Tochter zu Besuch da war, dass die Missionsgesellschaft wegen der bevorstehenden Wahlen völlig aus dem Häuschen war und dass Polizeiinspektorin Arly Hanks nie einen Mann angeln würde, wenn sie nicht aufhörte zu schmollen und stattdessen ihrer Mutter gehorchte, die zufällig die berühmte Ruby Bee Hanks war. Und Estelle Oppers musste sie auch gehorchen, der Besitzerin von Estelles Haar-Phantasien, die etwas gegen Arlys biederen Knoten und die langweiligen dunklen Haare unternehmen wollte – eine kastanienbraune Tönung und eine Dauerwelle beispielsweise.

Als einer der Stiernacken in Richtung Herrentoilette stolperte, schnappte ich mir seinen Barhocker und wartete, bis Ruby Bee mich bemerkte. »Was gibt's zum Abendessen?«, fragte ich höflich.

»Wie kannst du jetzt was essen?«

Ich schaute auf die Uhr über der Bar. »Es ist doch schon sechs. Warum soll ich um diese Uhrzeit nichts essen? Obwohl es sicher noch viele andere Uhrzeiten gibt, zu denen es genauso viel Spaß macht.«

»Du denkst nur ans Essen und ans Schlafen, und außerdem

gibst du immer freche Antworten.« Ruby Bee warf mir einen bösen Blick zu und begab sich ans andere Ende der Bar, um einen ihrer Stammgäste zurechtzuweisen, der die Brezelchen ausgekippt hatte und sie jetzt wie ein Jongleur in die Luft warf. Er hörte augenblicklich damit auf, weil er wie alle anderen hier genug Verstand besaß, um sich von Ruby Bee einschüchtern zu lassen. Sie war klein und rund und konnte es mit jedem Besoffenen aufnehmen, egal wie schwer oder stur er war.

Dann kam sie wieder zu mir und wischte energisch auf der ohnehin sauberen Theke herum. »Ich nehme an, du hast die große Neuigkeit noch nicht gehört?«

Ich überlegte kurz. »Meinst du Joyce' Schwangerschaft? Elsie McMays Besuch? Den Brand hinter der Trailersiedlung Pot O'Gold?«

»Spar dir deine Klugscheißereien, junge Dame.«

Meine Liebe zu ihren Bratkartoffeln zwang mich, nett zu sein. »Welche große Neuigkeit?«

»Die ganze Stadt redet davon, und du bist die Polizeiinspektorin! Da würde ich doch eigentlich erwarten, dass du dich auf dem Laufenden hältst.«

»Ich war die ganze Zeit mit diesem Feuerteufel beschäftigt, was wahrscheinlich für uns alle sehr wichtig ist, wenn wir nicht anfangen wollen zu qualmen – und zwar richtig.«

»Das hab ich auch gehört – dass vorletzte Nach wieder so eine Hütte abgebrannt ist«, sagte sie und runzelte die Stirn. »Aber da hat doch schon seit Jahr und Tag niemand mehr gewohnt. Nein – ich rede von dem Film!«

Ich wusste, dass sie nicht das Flammende Inferno meinte, also machte ich ein interessiertes Gesicht und fragte: »Von welchem Film?«

»Soll das heißen, Arly weiß noch gar nichts?«, fragte Estelle, die hinter mir stand.

»Sie war so beschäftigt, dass sie nicht mitgekriegt hat, worüber die ganze Stadt redet!«, sagte Ruby Bee und wischte noch einmal über die blitzsaubere Theke.

»Dann erzählt es mir doch – bitte«, flehte ich unterwürfig.

Das taten sie dann auch, aber es war gar nicht so einfach, die Fakten aus der Erzählung dieser beiden zukünftigen Filmstars herauszufiltern. Sie sahen sich schon den Hollywood Boulevard entlangflanieren und den Oscar für die beste weibliche Nebenrolle entgegennehmen.

»Ist das schon entschieden, oder hat sich die Frau Maggody nur angeschaut?«, wollte ich wissen.

Ruby Bee wurde ernst. »Es ist entschieden. Sie hat vorhin angerufen und gesagt, dass sie die entsprechenden Formulare faxen will. Ich musste ihr leider gestehen, dass wir hier in der Stadt keine solchen Geräte haben. Sie hat sämtliche Motelzimmer gebucht, und gegessen wird hier.«

»Wie heißt denn die Produktionsfirma?« Warum wollte irgend jemand (außer mir, natürlich) freiwillig nach Maggody kommen, und gar ein zweites Mal? »Was für Filme haben sie sonst so gemacht?«

Estelle beugte sich vor und flüsterte: »Über den letzten Film dürfen wir nichts sagen. Das haben wir geschworen.«

»Na, um so besser«, sagte ich. »Wie wär's mit 'nem Schweineschnitzel, Ruby Bee? Und danach ein Stück Pfirsichkuchen mit Vanilleeis?«

Sie nickte und warf Estelle einen verschwörerischen Blick zu. »Klar, Arly. Und was hältst du von einem guten Glas wilden Kirschwein?«

Diese Bemerkung fanden beide unglaublich komisch – sie gackerten und prusteten und wieherten vor Freude. Ich war nicht die einzige, die sie konsterniert anstarrte, während die Jukebox eine Klage über unglückliche Liebe und Whiskeytränen anstimmte.

* * *

Was ihn faszinierte, war, dass es so leicht war, Feuer zu legen. Das erste Mal hatte er einen Stapel Feuerholz und Streichhölzer genommen und war dann in sein Versteck zurückgegangen, um zu sehen, wie die Flammen aus den Fenstern drangen und übers Dach züngelten. Balken waren heruntergekracht, Wände eingestürzt. Ganze Funkenwolken waren zum Himmel aufgestiegen. Es war ein Gefühl, als hätte er einen bösen Drachen losgebunden. Das erste Feuer hatte ihm ein Machtgefühl gegeben, das er bis dahin nicht gekannt hatte.

Der zweite Brand war sogar noch besser gewesen. Während er zuschaute, hatte er ein ganz komisches Gefühl gehabt, das erst langsam wieder wegging und ihn verschwitzt und zufrieden zurückgelassen hatte. Und beim dritten hatte sich dieses Gefühl sogar noch gesteigert.

Einmal war die Polizistin mit den dunklen Haaren gekommen, zusammen mit einem mürrischen Mann, und die beiden hatten sich hingekauert und verkohltes Zeug in Plastiktüten gepackt. Später war sie dann noch mal allein vorbeigekommen. Fast hätte er laut losgelacht, aber natürlich war er mucksmäuschenstill gewesen! Sie konnte in der Asche rumwühlen, soviel sie wollte – solange sie nur nicht versuchte, ihn aufzuhalten.

## Zweites Kapitel

6 INNENAUFNAHME: EINE HÜTTE –
ABENDS

*Loretta sitzt auf dem Sofa. Wir hören die Klingel. Zachery durchquert das Zimmer, reißt die Tür auf. Herein kommt Cooter Grimmley. Er trägt ein Jackett und Fliege. In der Hand hält er einen Hut.*

ZACHERY

Na so was, Cooter! Komm rein und setz dich neben Loretta.

MARTHA

Ich hab Loretta die gute Neuigkeit schon erzählt. Wir wär's mit 'nem Stück Apfelkuchen und 'ner Tasse Kaffee?
*Cotter bleibt in der Tür stehen und starrt Loretta an.*

COOTER

Vielen Dank, Martha, aber ich glaube, ich nehme lieber keinen Kuchen. Eigentlich wollte ich nur sehen, ob meine Verlobte einen Spaziergang in der kühlen Abendluft machen möchte.
*Nahaufnahme von Loretta, die auf den Boden starrt. Kamera fährt zurück, wir sehen, dass Zachery zu ihr geht und sie vom Sofa hochzieht.*

ZACHERY *(jovial)*

Klar will sie spazieren gehen, Cooter. Wird ja auch langsam Zeit, dass ihr zwei euch ein bisschen besser kennenlernt. Ehe du dich's versiehst, bist du unter der Haube.

COOTER

Stimmt – nicht wahr, mein Schnuckelchen? Nächstes Jahr um diese Zeit wickelst du schon das Baby und hast keine Zeit mehr, schön mit deinem Mann spazieren zu gehen.

LORETTA

Ja, wahrscheinlich. Ma, Billy Joe hat gesagt, er kommt vorbei und bringt frisches Okra aus seinem Garten.

*(Pause)*

Sag ihm, ich hätt gesagt, es ist nett, dass er an uns denkt.

COOTER

Billy Joe Jenks? Der ist doch arm wie 'ne Kirchenmaus. Ich bau genug Okra für uns alle an. Ich will nicht, dass du mit diesem Schlappschwanz von einem Farmer auch nur sprichst!

MARTHA

Ich pass schon auf, Cooter.

COOTER

Das will ich Ihnen auch raten, wenn Sie Ihre Farm behalten wollen. Sie gehört nämlich mir, und ich kann es nicht ertragen, wenn dieser Kerl oder sonst irgendeiner sich an was ranmacht, was mir gehört. Komm schon, Loretta. Wir haben nicht die ganze Nacht Zeit. Na, jedenfalls jetzt noch nicht.

*Er packt sie am Handgelenk und zieht sie zur Tür hinaus. Martha und Zachery sehen sich an, sagen aber nichts.*

ÜBERBLENDEN AUF

* * *

»Aber ist es eine Sünde?«, wiederholte Mrs. Jim Bob, die zwar fest entschlossen war, auf den Knien zu bleiben, aber gleichzeitig immer stärker spürte, wie hart der Boden war. Die Fenster der Kirche der Stimme des Allmächtigen Herrn waren offen, aber die Luft war trotzdem muffig und abgestanden wie in einem alten Schrank.

Bruder Verber brummte nachdenklich vor sich hin, während er überlegte, was er sagen sollte. Ihm war klar, dass es genau das

Richtige sein musste – das heißt, das was Mrs. Jim Bob hören wollte. Aber in seinen Seminaren hatte er nichts darüber erfahren, ob es nun eine Sünde war oder nicht, wenn jemand sein Haus filmen ließ. Er presste die Hände an seinen weichen Weißbrotbauch und verdrehte die Augen zur Decke, wo er sofort eine Spinnwebe entdeckte. An seiner Nasenspitze bildete sich ein Schweißtropfen, der mit der Beharrlichkeit eines Stalaktiten dort hängenblieb.

»Also?« Mrs. Jim Bob gab keine Ruhe.

»Es ist eine Frage des Gewissens«, begann er fromm. »Und da Sie, Schwester Barbara, das Gewissen der ganzen Stadt sind und nie auch nur einen Fingerbreit vom Weg der Tugend abweichen, denke ich, man kann davon ausgehen, dass das, wofür Sie sich entscheiden, unserem christlichen Glauben entspricht.«

Mrs. Jim Bob setzte sich auf die Kirchenbank und rieb ihre Knie. Mühsam unterdrückte sie ihren Ärger. »Wenn ich wüsste, was richtig ist, wäre ich nicht den ganzen Weg hierher gefahren, um Sie zu fragen, Bruder Verber. Ich wollte eigentlich mit Eula Kaffee trinken. Sie fühlt sich so elend, weil sie noch nicht weiß, wem sie bei den Wahlen für die Missionsgesellschaft ihre Stimme geben soll. Aber dann hat mich Ruby Bee angerufen und mir diese verrückte Geschichte erzählt, dass ein Filmregisseur ausgerechnet in Maggody einen Film drehen möchte und mein Haus dafür braucht.«

»Es ist nicht einfach«, entgegnete Bruder Verber. Er wusste, dass er nicht genügend geistliche Führungsqualitäten bewies. Normalerweise fiel es ihm leicht, anderen Leuten zu sagen, was sie tun sollten, aber erst vor kurzem hatte eine Episode mit einer aufblasbaren Puppe und einem Packen unanständiger Zeitschriften den Glauben an seine Fähigkeiten untergraben.

Zwar hatte auch Mrs. Jim Bob ein wenig an ihm zu zweifeln begonnen, aber er war immer noch der Hirte und sie nur ein Schäflein, also wollte sie ihm eine Chance geben. »Das Problem ist nur«, sagte sie mit einem Lächeln, bei dem ihre Mundwinkel keinen Millimeter nach oben gingen, »jeder weiß doch, wie unmoralisch es in Hollywood zugeht. Alle Leute nehmen Drogen und fahren zu schnell Auto, trinken Alkohol wie Wasser, und außerdem begehen sie widernatürliche Handlungen, und das am hellichten Tag. Was soll ich tun, wenn sie sich in meinem frisch renovierten Wohnzimmer so aufführen? Oder wenn sie sich nach oben ins Gästezimmer schleichen und auf der rosaroten Tagesdecke, die ich erst vor knapp einem Monat in der Reinigung hatte, unzüchtige Handlungen begehen?«

Bruder Verbers Gedanken schweiften kurz ab, doch es gelang ihm, wenigstens nicht in Schweiß auszubrechen. »Während die Sonne durchs Fenster scheint?«

»Darum geht es doch nicht.«

»Nein, natürlich nicht.« Er verbannte das Bild aus seinem Kopf, trocknete sich mit einem Taschentuch die Stirn und versuchte sich krampfhaft zu konzentrieren. »Wie denkt denn Jim Bob darüber?«

»Er wollte wissen, was sie zahlen«, sagte sie mit einem verächtlichen Schniefen. »Ich finde nicht, dass wir für dreihundert Dollar die Sünde in unser Haus einziehen lassen dürfen, aber Jim Bob sieht das anscheinend anders.« Sie kniff die Augen zusammen, weil sie daran denken musste, wie es war, als sie Jim Bob das letzte Mal einen Verstoß gegen die Zehn Gebote vorgehalten hatte. Manche der Gebote hatte sie den Umständen entsprechend umformuliert. aber sie fand ihre Bearbeitungen mindestens so gut wie das Original – wenn nicht besser.

»Brauchen sie auch irgendwelche kirchlichen Einrichtungen für den Film?«, fragte Bruder Verber. Mit dem Geld könnte er gute Werke tun. Zum Beispiel einen neuen Fernseher für den Trailer kaufen, der ihm als Pfarrhaus diente.

»Das glaube ich nicht. Der Film soll *Wilder Kirschwein* heißen, und das sagt doch alles, oder? Ich werde aber nicht erlauben, dass fremde Leute in meinem Wohnzimmer alkoholische Getränke zu sich nehmen.« Damit war für sie die Entscheidung gefallen. Sie stand auf, strich sich den Rock glatt und zog ihre weißen Handschuhe an. »Ich muss los – Eula erwartet mich. Es ist meine

Pflicht, mich um die Gemeindemitglieder zu kümmern, nicht um diese Leute aus Hollywood mit ihrer fragwürdigen Moral.«

»Gelobt sei der Herr«, murmelte Bruder Verber, als sie zur Tür ging. Er wartete, bis sie draußen war, ehe er sich gestattete, über die unmoralische Lebensweise der Filmleute nachzudenken. Mindestens ein Starlet musste doch dabei sein – mit großen Brüsten und schmaler Taille, einem knackigen Po, Schmollmund und Glühaugen. Er war so überwältigt von dieser Vision, dass er auf die Knie fiel, die Hände faltete und zu beten begann.

* * *

Dahlia O'Neill seufzte. Sie und Kevin saßen vor dem Imbiss Ideal und tranken eine Kirschlimo.

»Was ist los?«, fragte Kevin, nachdem er extra schnell geschluckt hatte, um seine Liebste fragen zu können, warum sie traurig war. Sie hatte doch glatt den Kopf geschüttelt, als er Cheeseburger mit Zwiebelringen vorgeschlagen hatte! Jetzt wogten ihre gesamten dreihundert Pfund vor Kummer, als wäre sie die Göttin eines Vulkans, der gleich in Tränen ausbricht. Er hätte sich vor ihr auf die Knie geworfen und sie angefleht, ihm ihr Herz auszuschütten, aber auf dem Parkplatz war es sehr matschig, und er trug neue Jeans.

»Nichts ist los«, knurrte Dahlia und biss dabei auf den Plastikstrohhalm. Aus ihrem Glas ertönte ein lautes Gurgelgeräusch, als sie die letzten Tropfen aufsaugte. »Überhaupt nichts. Deshalb hat es auch keinen Sinn, dass du mich andauernd fragst. Ich will heim, Kevin!«

»Heim? Aber ich hab gedacht, wir fahren raus zum Boone Creek und –«

»Und was?«

Sie klang so unfreundlich, dass Kevin nicht mehr richtig denken konnte. Das passierte öfter, und die Leute in der Stadt behaupteten sogar, es sei immer so. Aber jetzt geriet er regelrecht in Panik. Sein Vater hatte ihm erlaubt, den Wagen zu nehmen, was selten genug vorkam, seit Kevin ein paarmal Mist gebaut hatte (es war aber niemand ums Leben gekommen). Im Kofferraum war eine Wolldecke, außerdem eine Kühlbox mit Limo und ein Päckchen Doppelkekse mit Vanillecreme. Er hatte sogar ein Transistorradio mitgebracht, damit sie auch Musik hören konnten – dazu würde der Geißblatt duften, die Sternlein am Himmel funkeln, und er würde versuchen, möglichst viel von der Frau, die er liebte, mit den Armen zu umschlingen.

Er setzte seinen ganzen männlichen Charme ein. »Aber Dahlia, mein Schäfchen, die Nacht ist noch jung.«

»Die Nacht ist vielleicht noch jung, aber dein Gehirn ist schon vermodert«, sagte sie erbarmungslos. Sie blies die Wangen auf, und eine ganze Stufenleiter von Doppelkinnen erschien, als sie den Kopf senkte und ihn anglotzte wie ein Stier, der gleich zum Angriff übergeht.

»Aber was hab ich denn getan?« Kevin vergaß seine neuen Jeans und ging vor Dahlia in die Knie.

Sie blickte auf ihn hinunter: feuchte Augen, zitternde Lippen, vorstehender Adamsapfel – einen Moment lang empfand sie fast Mitleid mit ihm. »Nichts, Kevin.«

»Und wir sind immer noch verlobt, auch wenn du nicht mit mir zum Boone Creek rausfahren und die Glühwürmchen zählen willst?«

Das Mitleid verschwand schnell wieder. »Ich habe dir gesagt, dass wir uns wie anständige Leute benehmen, weil wir jetzt verlobt sind. Als du das letzte Mal den Teufel hast in deine Seele kriechen lassen, war das die schlimmste Woche in meinem Leben, Kevin Fitzgerald Buchanon. Wenn das je wieder passiert, dann wirst du vor Raz Buchanons Sau niederknien und sie anflehen, deine Frau zu werden.«

Auf der Heimfahrt sprachen sie kein Wort, und als Dahlia ausstieg, gab sie Kevin nicht mal ein Küsschen auf die Backe. Das Haus bebte, als sie über die Veranda zur Tür schritt.

»Frauen!«, sagte Kevin nur, während er rückwärts aus der Einfahrt herausfuhr und dabei mehrere Chrysanthemen umlegte. Er fuhr in die Stadt zurück, und als er an Raz Buchanons Haus vorbeikam, fiel ihm die herzlose Bemerkung seiner Liebsten wieder ein. Es war, als würde ihm jemand mit einem Eispickel das Herz zerfetzen. Er brauchte einen Rat, und zwar von jemandem, der sich bei Frauen auskannte. Sein Vater kam also nicht in Frage, und seine Mutter konnte er auch nicht fragen, wie es für Frauen war, wenn man die Glühwürmchen am Bach zählte, aber dann fiel ihm doch noch jemand ein.

* * *

»Für wen hält die sich eigentlich?« Hal Desmond saß hinter seinem Schreibtisch und schimpfte. »Gib mir den letzten Vertrag, Carlotta. Letztes Mal hat sie drei Punkte gekriegt, warum glaubt sie dann jetzt auf einmal, sie hätte sechs verdient? Was hat sie denn so Großartiges geleistet – hat sie plötzlich ’ne dritte Brust bekommen oder was?«

Carlotta dachte gar nicht daran, ins vordere Büro zu rennen, um den gewünschten Vertrag zu holen. Sie war an diese nörgeligen Tiraden gewöhnt und ließ sich nicht besonders davon beeindrucken. Hal war puterrot im Gesicht – na und? Er bebte so heftig, dass sein braunes Lockentoupet fast herunterrutschte, aber wen interessierte das schon? Sie hatte ihn schon ohne Toupet und ohne alles gesehen – und nicht als einzige der Produktionsfirma. Aber niemand hatte den Anblick der Rede wert gefunden.

Sie schlug die Beine übereinander, lehnte sich zurück und sagte: »Gwenneth hat Gerüchte gehört, dass Schauspieler sowas wie Gagen bekommen. Ich hab dir ja gesagt, du sollst sie zwischen den Filmen in den Keller sperren. Aber du hast darauf bestanden, sie in die heißesten neuen Bars mitzunehmen und auf Partys vorzuzeigen. Drei zusätzliche Punkte sind wahrscheinlich der Preis dafür, dass du dich von einem tollen Dekolleté begleiten lässt, Hal.«

Hal zündete sich eine Zigarette an und beruhigte sich, was nicht besonders schwer war, da seine Wutanfälle nie lange dauerten. Er war Produzent und Regisseur. Er hatte ein künstlerisches Temperament. Er war der große Macher. Er hatte eine gute Frisur, die Filmindustrie im Griff, einen Jaguar, ein Strandhaus und einen ganzen Trupp Lakaien, die sofort lossausten, wenn er nur mit dem Finger schnippte. Außer Carlotta, korrigierte er sich mit einem Seufzer. Wenn sie nicht so gottverdammt tüchtig wäre, hätte er sie längst gefeuert.

Er blies den Rauch in Carlottas Richtung. »Ich habe Gwenneth zu Marty – wie heißt er gleich mit Nachnamen? – na egal, ich hab sie mitgenommen, damit sie dort ein bisschen Reklame für den Film macht. An den Verleiher komme ich nur über Marty ran, und den Verleiher brauche ich, wenn wir erreichen wollen, dass *Prickelnde Leidenschaft* in die entsprechenden amerikanischen Kinos kommt.«

»Und wie lief's zwischen Gwenneth und Marty?«

»Das weiß ich nicht«, gab Hal zu. Er wäre sich gern mit den Fingern durchs Haar gefahren, wenn das noch möglich gewesen wäre. »Ich hab ihr nahegelegt, sich an ihn ranzumachen, und ihm hab ich ein paar Anekdoten über ihre Fähigkeiten erzählt und ihm das Band mit den ausgemusterten Aufnahmen von ihr und Frederick gegeben, wo die beiden nach Herzenslust improvisieren, um es mal so zu nennen. Wenn sie mit Marty auch so improvisiert hat, dann überredet er sämtliche Sexkinos, den Film zu zeigen, und wir kriegen vielleicht ein bisschen Geld für unsere Mühe.«

»Du bist ein Zuhälter.«

»Klar.« Er drückte seine Zigarette aus und machte eine einladende Handbewegung. Carlotta überlegte kurz, was sie sonst noch für den Abend vorhatte, dann legte sie das Video von *Prickelnde Leidenschaft* ein und ging hinter den Schreibtisch, um Hal den Nacken zu massieren. Dabei stellte sie fest, dass sie seinen Hals nicht mit den Fingern umschließen konnte. Wie bedauerlich.

Draußen rauschten die Autos vorbei, den Boulevard hinunter, ein Scheinwerfer dicht hinter dem anderen, wie Lemminge auf dem Weg zum Meer.

* * *

»Wie kommt jemand auf die Idee, in Maggody einen Film zu drehen?«

»Keine Ahnung«, antwortete ich und schob Sergeant John Plover von der Staatspolizei Arkansas eine Schachtel mit klebrigem Popcorn hin. »Warum vergisst jemand, seine Windschutzscheibe zu putzen, wenn er eine andere Person ins Autokino einlädt?«

»Zwischen Maggody und hier gibt es eine Unmenge Insekten, Arly. Wie soll ich wissen, dass sie allesamt Selbstmord begehen wollen? Aber erzähl mir doch noch ein bisschen mehr über diesen Film.«

Ich betrachtete den Mann, der im Zentrum meines gesellschaftlichen Lebens stand. Er sah gut aus, auf unaufdringliche Art, mit ungebärdigen blonden Haaren, einer schiefen Nase, einem verschmitzten Lächeln und einem Grübchen, das auftauchte, wenn er ein Grinsen unterdrückte. Im Moment war es sichtbar. Ich holte mir das Popcorn zurück und sagte: »Irgendeine kleine Produktionsfirma aus Kalifornien. Ruby Bee hat mir den Namen gesagt, aber ich habe ihn nicht erkannt. Jedenfalls nicht MGM oder Disney. Die Schauspieler und die Crew müssen im Flamingo Motel wohnen.«

»So viele Leute!«

Ich blickte zur Leinwand, um zu sehen, ob die fleischfressende Riesengrille schon Tokio verspeist hatte. »Sie haben keine Extrabetten verlangt, also können es höchstens zehn Personen sein. Ich würde mal annehmen, sie haben sich für Arkansas entschieden, weil es billig ist und sie sich nicht an die Gewerkschaftsrichtlinien halten müssen.«

»Ich verstehe nicht, warum sie nach Arkansas wollen. Maggody kann ich mir schon eher erklären«, sagte Plover auf seine charmante Art. Dieser gutgelaunte, freundliche Charme, der Inbegriff des zuvorkommenden Sergeant – das war seine irritierendste Eigenschaft, aber sie brachte uns auch von einer Woche zur andern, obwohl mir immer mehr auffiel, dass ich wenig über Plovers Innenleben wusste. Vielleicht hatte er keines. Eine Seele aus Seide, wer weiß.

Ich wollte ihm gerade zustimmen, als mein Piepser losging. »Ich glaube, ich sollte lieber anrufen«, brummte ich. »Womöglich hat Ruby Bee ein entzündetes Nagelbett oder was Ähnliches. Du musst mir aber erzählen, was Mr. Grillo noch alles auffrisst!«

Nach dem Telefongespräch kam ich sehr schlecht gelaunt zum Wagen zurück und knallte die Tür so heftig zu, dass überall auf den Rücksitzen die Leute hochschreckten. »Es hat wieder gebrannt. Zwischen Maggody und Hasty. Harve will, dass ich komme.«

»Heißt das, wir verpassen *Tanja kommt ins Team*? Verdammt, du weißt doch, wie gern ich solche Sport-Geschichten mag.« Er stellte schon den Lautsprecher raus auf den Ständer und ließ den Motor an, wodurch es mir erspart blieb, eine Bemerkung über seinen schlechten Geschmack zu machen. Schließlich war ich diejenige, die sich an den Aktivitäten mörderischer Mutantenmonster ergötzte. Wahrscheinlich wäre es angebracht, darüber etwas ausführlicher nachzudenken, aber im Moment beschäftigten mich nur die ständigen Brandstiftungen.

»Was weißt du über Feuerteufel?«, fragte ich, als wir in den Highway einbogen.

»Nicht viel. Du solltest mal mit Merganser reden. Er hat beim FBI ein paar Zusatzkurse gemacht und versteht mehr davon als alle andern im Revier.«

»Beim letzten Brand hat er den Tatort untersucht, aber die Hütte war so trocken, dass sie schon total abgebrannt war, als die Feuerwehr anrückte. Wir waren uns allerdings einig, dass es sich um Brandstiftung handelte. In einem Gebäude ohne Strom kann kein durchgeschmortes Kabel verantwortlich gemacht werden.«

»Vielleicht hatte sich ein Landstreicher einquartiert und Feuer gemacht, um sich was zu kochen«, meinte Plover.

»Viermal innerhalb eines Monats? Man sollte doch annehmen, er hätte nach zwei Bränden kapiert, wie gefährlich Lagerfeuer sind.« Ich stopfte mir den Mund mit Popcorn voll und kaute nachdenklich vor mich hin. »Diese Feuer sind absichtlich gelegt worden.

Unser Irrer, wie Harve so nett sagt, ist vielleicht tatsächlich ein Landstreicher. Aber vielleicht ist er ein durchgeknallter Teenager oder ein Säufer aus der Billardhalle oder ein ganz normaler Psychopath. Mir macht nur Angst, dass es so geballt kommt. Irgendwann wird jemand dabei verletzt, oder das Feuer breitet sich aus und richtet wirklich Schaden an.«

Plover konnte nur seinen Vorschlag mit Merganser wiederholen. Wir bogen in die Landstraße nach Hasty ein. Den Tatort fanden wir ohne Schwierigkeiten, weil Asche auf die Windschutzscheibe geweht wurde, noch ehe wir das orangefarbene Glühen über den Bäumen wahrnahmen. Polizeiwagen des Sheriffs blockierten die Straße, um die Lastwagen und Autos mit Gaffern zurückzuhalten.

Wir parkten und schlossen uns der Fußgängerprozession an. Manche Leute hatten in weiser Voraussicht Kühlboxen und Campingstühle dabei.

»Was brennt?«, fragte mich Plover.

»Eine Scheune«, antwortete ich. Ich versuchte mir die Stelle ins Gedächtnis zu rufen, an der ich schon hunderttausendmal vorbeigefahren war. »Früher stand da ein Haus, aber das ist schon vor mehreren Jahren abgerissen worden. Das Dach der Scheune ist eingestürzt, und im Grunde war es nur noch ein Bretterhaufen, ein Unterschlupf für Mäuse und Schlangen.«

»Abend, Arly«, sagte eine Stimme hinter uns.

Ich drehte mich um. Es war eine der Quasselstrippen von Maggody. »Hallo, Eula. Was machen Sie hier?«

»Lottie hat mich angerufen, als sie von dem Feuer erfahren hat, und da hab ich mir gedacht, das muss ich mir mal anschauen. Ach, da drüben sind ja Elsie und ihre Tochter mit Larry Joe und Joyce. Ich glaube nicht, dass es so besonders gut ist für Joyce, wenn sie den ganzen Rauch einatmet, wo sie doch« – Eula bemerkte Plover und senkte die Stimme – »wo sie doch in anderen Umständen ist.«

»Machen Sie sich keine Sorgen wegen meines Begleiters«, sagte ich. »Er ist Gynäkologe. Sie können sich gar nicht vorstellen, was der schon alles gesehen hat. Erzähl doch mal von der Schlangenfrau, die –«

Eula ergriff die Flucht. Wir drängelten uns durch die Menschenmenge, gingen an der Polizeiabsperrung vorbei und trafen Harve, der mit finsterer Miene zuschaute, wie die Männer von der Freiwilligen Feuerwehr mit ihren Schläuchen das Feuer löschten, das jetzt nur noch aus isolierten kleinen Flammenherden bestand.

»Irgendwelche Spuren?«, fragte ich.

Harve holte einen Zigarrenstummel aus der Hemdentasche, zündete ihn an und sagte: »Nichts, aber auch gar nichts. Irgendein Junge hat vor etwa einer Stunde das Feuer bemerkt, aber er hat zehn Minuten gebraucht, bis er endlich 'ne Telefonzelle gefunden hat. Wir konnten nur noch versuchen, das Feuer einzudämmen, mehr nicht.

Wade Elkins, der Chef der Feuerwehr, kam zu uns. Sein Gesicht war voller Ruß, und auf seinen schwarzen Locken lag lauter Asche, aber er war immer noch ein attraktiver Mann und bewegte sich sehr schnell für jemanden, der seine Männer zusammengetrieben hatte, zehn Meilen gefahren war und jetzt seit fast einer Stunde das Feuer bekämpfte.

»Tut mir leid, Wade«, sagte ich, ohne recht zu wissen, wofür ich mich eigentlich entschuldigte. »Ich weiß, Ihnen müssen diese Aktionen langsam zum Hals raus hängen. Vielleicht können wir den Brandstifter dazu bringen, ein paar Hütten in Emmet anzuzünden, damit Sie nicht immer so weit fahren müssen.«

»Aber dann wäre ich nicht Ihr großer Held!« Er zwinkerte mir zu. »Ich freue mich immer auf unsere romantischen kleinen Begegnungen im Widerschein des Feuers. Nur Sie und ich und natürlich alle anderen diesseits des Missouri.«

Plover räusperte sich und tippte Harve auf die Schulter. »Wo ist der Junge, der das Feuer gemeldet hat?«

»Hat er was gesehen?«, fragte ich.

Harve zuckte die Schultern. »Er behauptet, er hätte nichts gesehen, aber ihr könnt ihn ja noch mal fragen. Er steht da drüben – im karierten Hemd.«

Ich erkannte Billy Dick MacNamara in der Gruppe von Highschoolschülern und machte Plover auf ihn aufmerksam. »Er kommt aus Maggody und wohnt mit seiner Mutter ein Stück hinter der Schule. Ich hab ihn mal vernommen, weil im Werkraum ein paar Werkzeuge fehlten, aber er hatte nichts damit zu tun.«

»Er hat ziemlich rumgestottert, als er angerufen hat«, sagte Wade. »Ich hab 'ne ganze Weile gebraucht, bis ich kapiert habe, wo's brennt. Aber das war auch nicht weiter schlimm – als wir ankamen, war sowieso nichts mehr übrig.«

Ich rief Billy Dick zu uns herüber. Er kam, wirkte aber ziemlich misstrauisch. Seine Haare waren so hell, dass sie fast unsichtbar schienen, und seine Augen hatten eigentlich gar keine Farbe. Er bewegte sich so linkisch, als wäre der Boden vereist. »Das ist Sergeant Plover«, sagte ich zu ihm. »Er hilft mir und dem Sheriff.«

Billy Dick blinzelte und sagte dann mit hoher, unsicherer Stimme: »Z-ziemlich schrecklich, oder? Meine Mama hat Angst, d-dass jemand unser Haus anzündet, während wir sch-schlafen.« Hier und da verhedderte er sich bei einem Anfangskonsonanten, aber er war gut zu verstehen.

»Um welche Uhrzeit hast du das Feuer bemerkt?«, fragte Plover.

»Ich – äh, ich bin um neun weggegangen, also war's w-wahrscheinlich zehn Minuten später. Ich bin schnell zum nächsten Haus gefahren, um es zu m-melden.«

Wade nickte. »Ich habe den Anruf um zwanzig nach neun erhalten. Wir haben etwa 'ne halbe Stunde bis zum Tatort gebraucht.«

»Auf der Straße ist ja nie viel Verkehr«, sagte ich, »und es war schon spät. Überleg doch noch mal, Billy Dick: Hast du irgendein Auto überholt, als du hier rausgefahren bist?«

»Ich hab nicht drauf geachtet. Ich war mit 'nem Mädchen verabredet, das in Hasty wohnt, und hab die ganze Zeit bloß an sie gedacht – also jedenfalls, bis ich das Feuer gesehen habe.«

Plovers Grübchen erschien, als er sagte: »Halb zehn ist aber ganz schön spät für 'ne Verabredung, finde ich.«

Billy Dick scharrte mit dem Schuh im Dreck. »Ihr Eltern s-sind nach Farberville gefahren, weil ihre Großtante in der Badewanne ausgerutscht ist. Sie hatte Angst, allein daheim zu sein.«

»Ach«, meinte Plover verständnisvoll.

Ich ignorierte diese Männerbündelei bewusst. »Versuch dich doch bitte zu erinnern, ob du ein Auto gesehen hast. Haben dich vielleicht irgendwann Scheinwerfer geblendet?«

Er schloss die Augen und saugte deutlich hörbar an der Unterlippe, bis sein Kinn im erlöschenden Feuerschein glänzte. Ich wollte meine Frage gerade wiederholen, als er sagte: »Ja, zweimal. Gleich hinter der Brücke kam mir 'n Pickup entgegen. Die Farbe konnte ich nicht erkennen. Und bevor ich das Feuer gesehen habe, ist mir ein Rücklicht aufgefallen, oben am Hügel. Das andere war sicher kaputt.«

»Na ja«, meinte Harve und bugsierte den Zigarrenstummel vom einen Mundwinkel in den andern. Er tat das in rekordverdächtiger Geschwindigkeit – falls es für so was einen Rekord gibt. »Wir haben einen Pickup, der nach Maggody fährt, und ein eizelnes Rücklicht in Richtung Hasty. Das ist nicht viel, aber es ist immerhin etwas.«

Plover schüttelte den Kopf. »Es sei denn, der Täter hat das Feuer so gelegt, dass es eine Weile dauert, bis die Flammen richtig lodern, und da saß er dann längst vor der Glotze und hat sich das Baseballspiel um neun angesehen. Oder er hat am Straßenrand geparkt und seelenruhig gewartet, bis Billy Dick an ihm vorbeigefahren ist, ehe er sich wieder auf den Weg gemacht hat.«

»Verdammt noch mal, Plover«, sagte Harve ohne eine Spur von Ärger, »das hier ist mein Fall, und wir richten uns nach meinen Theorien, vor allem, wenn wir sonst nichts in der Hand haben. Arly, versuchen Sie doch mal, ob Sie etwas über den Pickup in Erfahrung bringen können. Ich werd einen meiner Jungs in Hasty auf das Rücklicht ansetzen. Ein Fahrzeug mit einem kaputten Rücklicht müsste eigentlich leicht zu finden sein.«

Ich nickte. »Und ich fahre morgen die Straße ab und überprüfe, ob es eine Stelle gibt, wo der Täter hätte parken können, ohne dass jemand ihn sieht.«

Wade rief seinen Männern Anweisungen zu, dann grinste er mich an. »Vielleicht sollten Sie mein Angebot annehmen und wirklich eine Filiale in Maggody aufmachen. Ich könnte bei Ihnen wohnen, bis wir den Kerl erwischt haben. Auf Ihrem Sofa ... oder sonst wo.«

»Sehr nett von Ihnen«, sagte ich und empfand eine gewisse Schadenfreude, als Plover leise, aber empört schnaubte. »Wenn ein Feuerwehrmann die Situation nicht anheizen kann, wer dann?«

Mit dieser unglaublich witzigen Bemerkung gingen wir auseinander.

## Drittes Kapitel

8 AUSSEN. WALDWEG –
NACHTS –
HALBTOTALE

*Loretta sitzt auf einem Baumstamm. Cooter geht vor ihr auf und ab, mit wütendem Gesicht und geballten Fäusten.*

COOTER

Du warst also neulich abends mit diesem Trottel spazieren?

LORETTA *(verzweifelt)*

Jawohl, aber mehr nicht.
*Die Kamera fährt hinter Cooter, der vor Loretta stehen bleibt.*

COOTER

Du bist also 'ne echte Jungfrau, was? So ein Ding hast du dann wohl noch nie gesehen, was? Wüsstest gar nicht, was du damit anfangen sollst, was?

LORETTA *(mit gebrochener Stimme)*

Jawohl – ich meine, nein. Billy Joe und ich haben nicht ... Er wollte, aber ich hab gesagt, ich will warten, bis ich verheiratet bin.

COOTER

Ich merk schon, ob du gelogen hast, wenn's mal soweit ist. Und wenn du gelogen hast, dann wirst du deines Lebens nicht mehr froh, das sag ich dir.
*(Pause)*
Wie alt bist du?

LORETTA

Fünfzehn. Ich hab bald Geburtstag.

COOTER

Geburtstage sind mir scheißegal. Mit fünfzehn bist du alt genug, um was zu lernen. Fangen wir doch am besten gleich mit dem Unterricht an.

LORETTA

Jawohl. Mein Pa sagt, ich muss alles tun, was du sagst.

9 NAHAUFNAHME – BILLY JOE

*Billy Joe hat sich hinter den Bäumen versteckt und verfolgt die Szene mit gequältem Gesicht.*

10 ZURÜCK ZUR SZENE

Loretta und Cooter sollten an dieser Stelle improvisieren. Kamera fährt zwischen ihnen hin und her.

ANMERKUNG: *Vergleiche Drehbuch von »Prickelnde Leidenschaft«, Szene 1, 6, 11, 17, 29.*

SCHNITT

* * *

»Ich brauche es ja eigentlich nicht zu erwähnen, aber ich hatte nicht die Absicht, mit diesen Leuten aus Hollywood zusammenzuarbeiten«, verkündete Mrs. Jim Bob an Perkins' Älteste gewandt, die gerade auf Händen und Knien den Küchenboden schrubbte. »Aber ich dachte, sie würden einfach das ganze Haus mit Beschlag belegen und ich hätte nichts mehr zu melden.«

Sie wartete darauf, dass das Mädchen etwas antwortete, aber da nichts kam, beschloss sie, lieber Lottie anzurufen und ein bisschen zu plaudern. Sie machte sich eine Tasse Tee, legte ein paar Zitronenkekse auf die Untertasse, setzte sich im Wohnzimmer aufs Sofa und wählte Lotties Nummer. Zu ihrer großen Enttäuschung war belegt.

»Lottie Estes ist die schlimmste Klatschbase der ganzen Stadt«, schimpfte sie laut, damit auch Perkins' Älteste von ihrer Meinung profitieren konnte. »Ich wollte ihr nur sagen, dass ich eine kleine, aber nicht unwichtige Rolle im Film übernehmen soll. Natürlich habe ich protestiert, aber die Frau hat sogar aus Kalifornien angerufen und mich regelrecht angefleht.« Wieder wartete sie auf eine Reaktion – irgend etwas, und wäre es auch nur ein anerkennendes Grunzen –, aber Perkins' Älteste schien noch weniger redselig als gewöhnlich. »Ich werde das Geld einer Wohltätigkeitsorganisation spenden. Das ist christlich, und ich werde mich bei der ganzen Sache sehr viel wohler fühlen, wenn ich weiß, dass ich den kleinen Heidenkindern in Afrika helfe oder etwas für diese grässlichen Obdachlosen tue.«

Perkins' Älteste nahm den Eimer und ging nach draußen, um das graue Putzwasser in die Büsche zu gießen.

»Es ist nämlich so«, fuhr Mrs. Jim Bob fort, »wir müssen mit den Armen und den Heiden teilen. Ich glaube, ich spiele die Rolle einer guten Witwe, bei der ein unschuldiges Mädchen Schutz sucht. Ich muss sagen, eine andere Rolle würde ich gar nicht annehmen.«

Jim Bob kam durch die Hintertür, öffnete verstohlen den Kühlschrank, um sich ein Bier zu holen, und schlich wieder nach draußen, wo er in der Hängematte von Filmstars träumte. Unterwegs nickte er Perkins' Ältester zu, die gerade die Wäsche von der Leine nahm.

Mrs. Jim Bob holte tief Luft. »Ich habe diese Frau gleich gefragt – sie heißt Miss Lowenberg, glaube ich – also, ich hab sie gefragt, wie die anderen Darsteller heißen, aber ich kannte nur einen. Er heißt Anderson St. James und hat jahrelang in einer dieser Seifenopern mitgespielt, die ich so gern sehe. Ich habe schon immer gedacht, er ist ein ausgesprochen kultivierter Mensch, obwohl er laut Drehbuch ziemlich gemein zu seiner Frau sein musste. Erinnerst du dich an ihn?« Sie interpretierte das Schweigen als Nein. »Wahrscheinlich nicht, weil ihr ja in eurem jämmerlichen Haushalt gar keinen Fernseher habt. Letzte Woche habe ich mit Eula darüber geredet, wie erstaunlich es ist, dass ihr überhaupt sanitäre Anlagen habt.«

Perkins' älteste Tochter nahm von Jim Bob ein paar Dollar entgegen und trottete nach Hause, wobei sie aussah, als würde sie über irgend etwas nachdenken. Vielleicht dachte sie an ihren nächsten Putzjob. Vielleicht hatte sie aber auch nur Blähungen. Perkins' Älteste war insgeheim stolz darauf, ein Rätsel zu sein.

Mrs. Jim Bob hatte keine Lust, weiter über das Haus der Familie Perkins zu reden. »Ich habe mich erkundigt, wann sie das Drehbuch schicken. Die Frau sagt, sie ist die Regieassistentin und ich soll mir keine Gedanken über meinen Text machen, denn ich sei doch offenbar so klug, dass ich ihn in einer Hollywood-Minute lernen kann – was immer das heißt. Ich hab dann noch gefragt, an welchen Tagen ich drehe, damit ich vorher zum Friseur gehen kann, aber da hat sie geantwortet, dass sie das vorher nicht so genau sagen können.« Mrs. Jim Bob kniff den Mund zusammen, als wäre ihr etwas Unerfreuliches eingefallen. »Ich werde wohl oder übel zu Estelle gehen müssen. Wenn ich es erst in letzter Minute erfahre, habe ich einfach nicht genug Zeit, um nach Farberville zu meiner Friseurin zu fahren.«

Jim Bob ließ sich von der Sonne braten, als säße er mit einer heißen Braut in einer heißen Badewanne. Das Leben war fast perfekt. Auch wenn seine hysterische Frau drinnen mit den Wänden redete. Ein saftiges Sümmchen, wenn er die Leute sein Haus benutzen ließ – und als Eigentümer hatte er das Recht und die Pflicht, seinen Grund und Boden im Auge zu behalten. Und Gwenneth D'Amourre durfte er sich nicht entgehen lassen. Als diese Frau aus Hollywood angerufen hatte, um ihm zu sagen, wie dankbar Miss D'Amourre wäre, wenn er sein Haus zur Verfügung stellen würde, da hatte er schnell die Beine übereinandergeschlagen, um nicht vor Aufregung in die Hose zu machen. Er hatte den Namen sofort erkannt, weil er sich ja immer ein paar Filme im Motelzimmer anschaute, wenn er wegen dieser albernen Verwaltungsangelegenheiten nach Hot Springs fahren musste.

*Tanja kommt ins Team*, dachte er mit einem zufriedenen Feixen. Mein Gott, und wie sie gekommen war!

Er stieß die Hängematte an, sodass sie sanft schaukelte, und gab sich dann höchst faszinierenden Phantasien hin.

»Aber ich bin mir nicht sicher, ob das türkisfarbene Taftkleid das richtige ist«, sagte Mrs. Jim Bob von der Tür her. »Wahrscheinlich trägt eine Witwe eher gedämpfte Farben, obwohl eigentlich kein Grund besteht, warum sie langweilig aussehen muss. Mein dunkelblaues Wollkleid mit dem Spitzenkragen ist vielleicht besser. Was meinst du?« Höflich wartete sie einen Moment. »Nein, du bist vermutlich nicht die passenden Ratgeberin bei solchen Entscheidungen. Ich muss mal sehen, ob Lottie mit ihrem Getratsche endlich fertig ist.«

Diesmal kam sie durch, und sie beschloss, Perkins Älteste ungestört weiterarbeiten zu lassen.

* * *

»Aber Raz!«, sagte Ruby Bee vorwurfsvoll, nachdem sie es schon mit Strenge und mit einem Appell an seine Vernunft probiert hatte. »Marjorie ist doch kein Haustier. Sie muss draußen im Freien sein.«

Raz spuckte einen Strahl Tabaksaft in eine praktischerweise bereitstehende Kaffeedose. »Nein, das gefällt ihr nicht. Dann kriegt sie Mücken in die Augen, und davon wird sie ganz nervös und zappelig.« Stolz blickte er zu seinem teuersten Besitz hinüber, der friedlich schnarchend auf dem Sofa lag.

Ruby Bee verzog keine Miene, obwohl Raz' fleckige Stummelzähne und sein verklebter Schnurrbart für sie eine ziemliche Anfechtung waren. Sie fand es auch unvorstellbar, wie er hier in diesem Dreck wohnen konnte, den er und sein Schwein gemeinsam produzierten. »Sie können dein Haus nicht benützen, wenn die Sau hier drin ist. Willst du kein Geld verdienen?«

»Wozu denn?« Er kicherte. »Wir haben alles, was wir brauchen, Marjorie und ich. Einen Farbfernseher, einen Videorecorder mit

Fernbedienung und eine neue Kühltruhe mit lauter Gefrierkost. Marjorie ist ziemlich wählerisch. Sie wird ganz sauer, wenn das Essen nicht wie das Bild auf der Packung aussieht.«

»Woher hast du eigentlich so viel Geld?«

Raz spuckte wieder in die Dose, hakte die Daumen in die Träger seines Overalls und plusterte sich auf wie ein Truthahn. »Ich hab meine Methoden, Rubella Belinda Hanks, und die gehen dich absolut nichts an.«

»Aber wahrscheinlich gehen sie Arly was an«, gab sie in ihrem schnippischsten Tonfall zurück. »Ich hab gehört, dass jemand im Wald wieder Schnaps brennt, nicht weit von Robin Buchanons alter Hütte. Könnte es sein, dass einer der Anwesenden damit was zu tun hat?«

Als er zusammenzuckte, ging Ruby Bee aufs Ganze (verbal – nicht körperlich). »Also, wenn ich für diese Filmleute koche, hab ich keine Zeit, Arly von meinem Verdacht zu erzählen. Aber sie kommen nicht, wenn sie nicht dein Haus und deinen Stall benutzen dürfen, und sie verstehen wahrscheinlich nicht, warum du eine Sau im Wohnzimmer hast.«

»Ich kann ja vielleicht 'nen Schlauch nehmen und Marjorie ein bisschen rausputzen«, sagte er schmollend. »Aber nur für zwei Tage oder so. Und sie müssen mich bar bezahlen. Mit diesen komischen Schecks will ich nichts zu tun haben. Damit kann ich keinen Mais kaufen.«

Ruby streckte das Kinn vor und begab sich nach draußen, in die frische Luft. Sie war zufrieden mit ihrem Erfolg, obwohl sie sich natürlich Sorgen machte, weil sie Raz Buchanon bei der Herstellung von etwas deckte, was noch schlimmer stank als sein Wohnzimmer.

* * *

»Okay, so läuft das«, sagte Hal. Er lag auf dem Ledersofa in seinem Büro, eine Zigarette zwischen den Lippen, und sein unbekleideter Körper glänzte schweißnass von einem Saunagang. Obwohl er dreimal in der Woche ins Bräunungsstudio ging, war seine Haut alabasterweiß – bis auf die Sommersprossen und Leberflecke. »Die Mutter findet heraus, dass Loretta nachts davonschleicht, um sich von Billy Joe befummeln zu lassen. Die Mutter verpetzt es dem Vater, der kriegt einen Wutanfall, weil sie ja die Farm verlieren, wenn Cooter Loretta nicht heiratet.«

Carlotta nickte, griff zu Notizbuch und Bleistift und setzte sich hinter Hals Schreibtisch, um seine Ideen aufzuschreiben, die er genauso schnell verspritzte wie sein Sperma. Sie würde sie sorgfältig notieren, um sie dann wegzuwerfen und die Änderungen zu nehmen, die sie für richtig hielt. Hal konnte sich nie an seine Vorschläge erinnern, vor allem nach ein paar Lines Koks.

»Zachery erfährt also von den heimlichen Treffen«, fasste sie zusammen, ohne Hal anzusehen. Wenn er nackt war, musste sie immer an die Speisekarte bei einem hawaiianischen Luau denken. »Und dann?«

»Er zerrt sie nach draußen, um ihr eine Tracht Prügel zu verpassen. Haben diese Steinzeitmenschen Holzschuppen oder so was? Dabei fällt mir ein – haben sie überhaupt schon – wie heißt das noch mal? – bewegliche Daumen?«

»Ich werde überprüfen, ob es Holzschuppen gibt.« Carlotta machte sich eine Notiz.

»Also, er schleppt sie irgendwohin und sagt, sie soll die Unterhose runterziehen. Er will sie schlagen, aber als er die lilienweißen Rundungen berührt, da –«

»Das macht Gwenneth nicht mit.«

»Du wirst dich wundern«, entgegnete Hal und lachte kurz auf. »Sie weiß genau, dass sie tun muss, was ich ihr sage. Schreib alles auf und unterbrich mich nicht dauernd. Ich brauche absolute Ruhe, wenn ich einen Kreativitätsschub habe. Okay – Großaufnahme von ihm, wie er sie auf den Boden wirft und anfängt, seine Hose auszuziehen. Sie rennt los –«

»Mit der Unterhose um die Knöchel?«

»Sie springt auf, kickt ihre Unterhose weg – das ist geil, das ist echt geil! – und rennt über die Straße, wo diese Witwe wohnt. Ich bin erste Sahne heute Abend, n'est-ce pas? Lies mal vor, was wir bisher haben.«

Mit gelangweilter Stimme las Carlotta das Szenario vor. Sie war sauer, weil sie zu spät zu ihrem Aerobic-Kurs kommen würde. »Und hämmert gegen die Tür?«

»Tränen laufen ihr über die Backen, ihre anderen Backen sind gerötet von den Schlägen, und der Vater schreit hinter ihr her. Die Witwe – sie braucht einen total provinziellen Namen – die Witwe lässt sie rein und verriegelt die Tür.«

»Okay. Jetzt ist Loretta also im Haus der Witwe.«

»Moment – ich komme aus dem Rhythmus.« Er begab sich ins Badezimmer, aber zwischen lauten Schniefgeräuschen redete er ungehemmt weiter. »Kriegen wir Probleme mit der Frau des Bürgermeisters?«

»Vermutlich. Ich hab ihr versprochen, dass sie etwas sagen darf, aber wir müssen bei der Szene sehr vorsichtig sein. Auf jeden Fall dürfen wir sie erst drehen, wenn wir mit den Aufnahmen vom Haus selbst fertig sind.«

Hal kam zurück, ein Handtuch um die Taille geschlungen, und mixte sich an der Bar einen Drink. »Kann's losgehen?«

»Alle sind mit den üblichen Vereinbarungen einverstanden, und Fuzzy übernimmt die Technik.« Carlotta zögerte. Sie wusste nicht recht, ob sie weiterreden sollte. Aber ihr angeborenes Verantwortungsgefühl war stärker als der Abscheu vor ihrem Chef. »Als ich mit ihm gesprochen habe, war er sturzbesoffen. Soviel ich weiß, trinkt er wieder, und vor ein paar Wochen hat ihn seine Frau verlassen. Er ist fertig, Hal. Wir sollten uns vielleicht eine Alternative überlegen, ehe unser Junge entweder implodiert oder explodiert oder vor Gericht aufwacht.«

»Wenn du einen findest, der unter dem gewerkschaftlichen Tarif arbeitet, noch dazu in einem grässlichen Kaff dreitausend Meilen von jeder Zivilisation entfernt – dann nur zu«, sagte Hal auf seine typisch einfühlsame Art. »Hör zu, Baby, du hast jetzt genug Stoff, um die Szene fertig zu schreiben. Leg sie mir morgen früh auf den Schreibtisch. Ich bringe eben mal noch ein kleines weißes Pudergeschenk bei Marty vorbei und laber ihm ein bisschen die Ohren voll, damit er mich dieser Cinerotica-Schwuchtel vorstellt. Gott, ich hasse Schwuchteln! Sie sind so beschissen arrogant.«

Nachdem Hal sich angezogen hatte und verschwunden war, goss sich Carlotta einen Drink ein und setzte sich an ihren Schreibtisch im Nebenraum, um die Szene zu tippen. Sie spielte mit der Idee, dass Zachery die Witwe vergewaltigen könnte, verwarf sie aber wieder (jedenfalls für den Augenblick) und beschrieb stattdessen eine hitzige Begegnung zwischen Loretta und Billy Joe im Bett der Witwe. Aus reinem Übermut sorgte sie dafür, dass die Witwe die beiden erwischte und ein Coitus interruptus angesagt war. Der Darsteller von Billy Joe würde sich bestimmt ärgern, deshalb verschwendete sie viel Zeit darauf, ihn mit Hilfe des Drehbuchs zu frustrieren.

In diesem Moment klingelte das Telefon, und Carlotta überlegte kurz, was passieren könnte, wenn sie nicht abnahm. Aber sie hatte einem knackigen jungen Schauspieler ihre Nummer gegeben. Er hatte sich bemüht, den Eindruck zu erwecken, als sei er tatsächlich an ihr interessiert und nicht nur an ihrer Verbindung zu Hal. »Glittertown«, meldete sich. »Lowenstein.«

»Ich muss mit dir reden.«

»Oh, hallo, Fuzzy.« Carlotta war enttäuscht. »Wir haben gerade über dich geredet. Hat's dich in den Eiern gejuckt?«

»Nein, das Penizillin hat geholfen. Hör zu – das ist wichtig. Ich war gestern in Vegas und hab mich in eine dieser Absteigen beim Flughafen einquartiert. Rate mal, welche Softpornos man da für einen günstigen Preis ausleihen kann?«

»Ich schreibe gerade wieder einen. Wenn die Filme fertig sind, ist mir scheißegal, was damit passiert – selbst wenn sie im Rockefeller Center vorgeführt werden, nachdem die Rockettes den Touristen ihre Höschen gezeigt haben.«

»Ich glaube nicht, dass es dir so egal ist«, sagte Fuzzy mit dunkler Stimme. »Es war ein neuer Streifen namens *Prickelnde Leidenschaft* mit Gwenneth D'Amourre und Frederick

Marland.« Er machte eine Kunstpause, und Carlotta hörte das Klirren der Eiswürfel. »Ich hab mir den Film angesehen. Dieser knackige Spekulant trifft in der Wüste eine üppige, halbnackte Frau. Er nimmt sie mit in seine Hütte, und die beiden –«

»Danke, das reicht!« Carlotta nahm die Brille ab und rieb sich Augen und Schläfen. Dann kippte sie ihren Drink hinunter. »Bist du dir sicher, dass du nicht 'ne Flasche Tequila geleert hast und der Film dir im Traum erschienen ist?«

»Davon träumst du vielleicht, Carlotta. Nein, ich hab sogar die Liste mit den Zeiten und den Preisen mitgebracht. Da waren ein, zwei Szenen, die wir rausgeschnitten hatten, aber ich hatte jede Menge Zeit, den Spekulanten und die Prostituierte zu erkennen – und ich kenne bei Gwenneth jedes Muttermal und jede Sommersprosse und außerdem die kleine Schmetterlingstätowierung, auf die sie so stolz ist.«

»Verdammt, das heißt, es gibt eine Raubkopie, und demnächst werden tausend illegale Kopien kursieren! Und wir sind alle per Vertrag am Nettogewinn beteiligt. Und es gibt wohl keine Chance, dass dieser unbekannte Verleiher uns einen Scheck schickt?«

»Das ist so wahrscheinlich wie 'ne Schlittschuhfahrt auf dem Hollywood Boulevard«, sagte er mit einem betrübten Seufzer. »Also – wer hat das Band geklaut und verkauft? Wer war am Set – wir drei und die fünf Schauspieler? Den Schnitt haben Hal und ich gemacht. Das Negativ ist im Safe. Niemand sonst kann eine Kopie haben.«

»Soll ich dir was sagen, Fuzzy? Anderson hat eine Version von *Satans Schwestern* gesehen, in der Szenen vorkamen, die wir zu riskant fanden. Allmählich habe ich das Gefühl, dass wir einen Filmräuber unter uns haben. Ich werde der Sache nachgehen, ehe wir zu den nächsten Dreharbeiten aufbrechen.«

»Hat Hal mich gefeuert?«

»Guter Gott, nein! Er war ganz betroffen, als er von deinen Eheproblemen gehört hat. Und er freut sich darauf, wieder mit dir zu arbeiten.«

»Das glaubst du ja selbst nicht.«

»Hab ich dich je angelogen?«

»Würde der Papst 'nen Scheck annehmen?«

Carlotta grinste, als sie den Hörer auflegte.

* * *

Ich kam gerade aus Mergansers Büro, als mir Plover über den Weg lief. Er schlug vor, einen Kaffee trinken zu gehen, und wir begaben uns in den Aufenthaltsraum am Ende der Polizeikaserne. Während er den Gastgeber spielte, warf ich mich auf ein extrem hässliches Sofa und sagte: »Merganser war sehr hilfreich – aber was er gesagt hat, fand ich doch ziemlich erschreckend. Wir sind uns einig, dass es keine Brandstiftung aus Profitgier ist und dass auch niemand irgend etwas vertuschen möchte. Wenn es sich um einen Racheakt handelt, war er ineffizient – niemand hat körperlichen oder finanziellen Schaden davongetragen. Also bleibt uns nur noch ein Verrückter.«

Plover reichte mir eine angeschlagene Tasse und setzte sich mir gegenüber.

Ich probierte den Kaffee und befand, dass er lieber für Straßenreparaturen verwendet werden sollte. Ich stellte die Tasse auf den Boden und sagte: »Es gibt verschiedene Täterprofile. Es kann jemand sein, der den Nervenkitzel braucht – es gefällt ihm, wenn der Löschzug angefahren kommt und die Feuerwehrleute herumwuseln. Solche Täter sind meistens Männer und fangen als Jugendliche an, Feuer zu legen. Probleme in der Familie, geringes Selbstwertgefühl, keine positiven Vorbilder, möglicherweise sexuelle Probleme.«

»Das beschreibt unseren Zeugen«, meinte Plover trocken.

»Ich weiß, und ich werde mich heute noch mal mit ihm unterhalten. Ich werde seine Erklärung überprüfen, warum er unterwegs war, und diskret nachfragen, wo er sich zur Zeit der anderen Brände aufgehalten hat.« Dann erklärte ich Mergansers zweite Variante. »Oder es ist ein Psychopath, der unter der Zwangsvorstellung leidet, dass ihm unsichtbare Mächte den Auftrag erteilen, Feuer zu legen. Das könnte auch eine Frau sein.«

»Und warum jetzt plötzlich? Warum hat er diese Schuppen nicht schon längst mal abgefackelt?«

»Keine Ahnung.« Ich wollte nach der Tasse greifen, zog die Hand aber wieder zurück. »Es gibt in Maggody keine neuen Einwohner. Vielleicht sollte ich mal in Emmet und Hasty nachfragen.«

Plover zog leicht die Augenbrauen hoch. »Gute Idee, Arly. Vielleicht kann dir der Chef der Feuerwehr bei den Ermittlungen helfen.«

»Wie meinst du das?«

Sergeant Plover zuckte unschuldig die Achseln. »Ich meine, dass du doch Mr. Wie-heißt-er-gleich fragen könntest, ob jemand in den letzten beiden Monaten nach Emmet gezogen ist. Er sieht aus wie jemand, der Bescheid weiß – vor allem, wenn es sich um ein weibliches Wesen handelt.«

Ich versuchte, normal weiterzureden, aber es gelang mir nicht so richtig. »Was willst du damit sagen? Wade ist ein unheimlich netter Typ. Er arbeitet für den Bezirk und investiert wahnsinnig viel Zeit in die Freiwillige Feuerwehr. Er passt auf, dass die Gerätschaften in Ordnung sind und die Verwaltung klappt, und er beaufsichtigt die Übungen.«

»Hat Merganser erwähnt, dass es es auch Feuerwehrleute gibt, die Feuer legen, damit sie sich als Helden aufspielen können?«

Ich stand auf und stieß in meiner Hektik die Tasse um. An der Tür blieb ich noch einmal stehen und versuchte, die Wut, die funkensprühend in mir herumtobte, unter Kontrolle zu bringen. »Ich weiß nicht, was mit dir los ist«, sagte ich, ohne mich umzudrehen (was einen milchgesichtigen Corporal so erschreckte, dass er gegen die Wand lief). »Wir gehen miteinander ins Kino und verabreden uns vielleicht zweimal im Monat zum Essen. Was du sonst mit deiner Freizeit anfängst, ist deine Sache – und mich lässt du daran garantiert nicht teilhaben.«

»Ich hab immer gedacht, das ist dir recht so.«

Jetzt drehte ich mich doch um. »Das will ich ja gar nicht bestreiten, Plover. Du hast ein Recht auf ein eigenes Leben, genau wie ich. Vielleicht hast du ja irgendwo eine Ehefrau mit drei Kindern versteckt, oder du hast eine leidenschaftliche Affäre mit einer Collegestudentin.«

»Du bist es doch, die sich gegen alles abschottet!«

Mir gingen mehrere vernichtende Antworten durch den Kopf, aber ich merkte, dass ich feuerrot im Gesicht war. In meinen Augen brannten Tränen. Ich eilte den Flur hinunter und hinaus auf den Parkplatz. Mein Tempo sollte wie professionelle Effizienz aussehen: Polizeiinspektorin Ariel Hanks hat viel zu tun, muss Zeugen vernehmen und so weiter. Sie hat keine Zeit, sich auf kindische Streitereien mit einem Mann einzulassen, der sich selbst für einen Amateurtherapeuten hält.

Also fuhr Polizeiinspektorin Ariel Hanks zurück nach Maggody, wo sie vor dem Polizeirevier parkte und in Tränen ausbrach. Ganz schön hart gesotten, diese Frau.

* * *

»Ein Haus gegenüber von Raz?«, sagte Ruby Bee in den Hörer. »Nein, direkt gegenüber ist da nichts, aber Dahlia O'Neill und ihre Großmutter wohnen nur ein paar Meter weiter nördlich.«

»Phantastisch«, sagte Carlotta. »Könnten wir das Haus nehmen? Wir müssen ein paar Szenen überarbeiten und noch eine Person einfügen. Die Frau muss nicht gleich nebenan wohnen, aber die Dreharbeiten würden dann zügiger vorangehen.«

Ruby Bee erwähnte nicht, dass alle Einwohner der Stadt von der neuen Rolle wussten und längst erfahren hatten, was die betreffende Darstellerin tragen wollte und welche Frisur sie für angemessen hielt. »Ich kann mir nicht vorstellen, dass Dahlias Mutter etwas dagegen hat. Sie ist zur Zeit in Jessieville und besucht Verwandte. Aber Dahlia ist manchmal ziemlich störrisch.«

»Mit wieviel müssen wir rechnen? Wir könnten hundert Dollar bezahlen – oder hundertfünfzig, allerhöchstens. Es sind nur zwei Innenaufnahmen, also brauchen wir höchstens zwei Stunden, denke ich.«

Ruby Bee wusste nicht recht, wie sie der netten Dame aus Hollywood die Neuigkeit beibringen sollte, und befand schließlich, dass es einfach keine taktvolle Methode gab. »Dahlia möchte unbedingt auch eine Rolle in dem Film. Seit sie davon gehört hat, schmollt sie wie ein mutterloses Kälbchen, und der arme Kevin weiß sich nicht mehr zu helfen.«

»Gibt's kein anderes Haus in der Nähe?«

»Tut mir schrecklich leid, aber sonst wohnen da nur noch Perkins und seine älteste Tochter, und ich würde eher mit einem Grizzlybären schmusen als ihn fragen.«

Carlotta war bekannt für ihre Flexibilität. »Okay, dann nehmen wir eben diese Dahlia. Geben Sie mir doch kurz die Daten durch: Wie alt ist sie, wie sieht sie aus?«

Ruby Bee tat wie ihr geheißen.

Ein langes Schweigen folgte, und die Leitung knisterte von Hollywood bis Maggody, sodass die Einwohner von New Mexico und Arizona vermutlich zu den Telefondrähten hinaufblickten und sich fragten, was da vor sich ging. »Bitte, sagen Sie mir, dass das ein Scherz ist!«

»Leider nicht«, antwortete Ruby Bee traurig.

»Oh«, sagte Carlotta. Sie klang jetzt sehr weit weg, was nicht verwunderlich war – für die Einwohner von Maggody war der Ort, wo sie lebte, schon fast eine andere Welt, wo die Leute rohen Fisch verspeisten und nackt in kochendheißen Riesenbadewannen saßen.

Estelle betrat die Bar und musterte Ruby Bee neugierig, weil diese krampfhaft den Hörer festhielt, aber nichts sagte. Estelle konnte ihren Gesichtsausdruck nicht deuten – klar war nur, dass sie ziemlich verstört schien.

»Ist jemand dran?«, fragte Estelle. Als sie keine Antwort bekam, ging sie hinter die Theke, goss sich einen Sherry ein und setzte sich auf einen Barhocker, um die weiteren Entwicklungen abzuwarten.

Es dauerte fast fünf Minuten, bis Ruby Bee endlich sagte: »Okay, ich werd sie fragen. Sind Sie sicher…?«

Carlotta war sicher.

* * *

»Wilder Kirschwein«
(ÜBERARBEITUNG VOM 20. 5.)

NAHAUFNAHME – LUCINDA

*Lucinda, eine üppige Erdmutter, versteckt sich hinter den Büschen und verfolgt die Szene neugierig. Ihre Lippen bewegen sich stumm, und sie blinzelt ein paarmal.*

10 ZURÜCK ZUR SZENE

* * *

Es klopfte ans Wagenfenster, und ich fuhr erschrocken auf. Als ich mir die Augen wischte, bot sich mir hinter der Scheibe ein gruseliger Anblick. Er presste sein Gesicht so dicht ans Glas, dass ich Pickel und Mitesser in verschiedenen Stadien und sogar die riesigen Poren seiner Nase sehen konnte.

»Arly!«, rief er durch die Scheibe. »Ist alles in Ordnung?«

Ich kurbelte das Fenster ein paar Zentimeter herunter und sagte: »Ja, klar, alles bestens. Was willst du?«

»Ich hab gedacht, du könntest mir sagen, wie Männer und Frauen miteinander auskommen können«, sagte er. »Meine Liebste ist zur Zeit immer so traurig, außer wenn ich sage, wir fahren raus zum Boone Creek, und dann drischt sie auf mich ein bis –«

»Hör bitte auf, Kevin! Ich habe nicht die geringste Lust, den unüberwindlichen Abgrund zwischen weiblicher Sensibilität und männlicher Unausstehlichkeit zu analysieren. Nicht mal in meinen schlimmsten Alpträumen würde ich es wagen, das Verhältnis zwischen dir und Dahlia zu erklären. Bitte, geh. Oder besser, lauf möglichst schnell von zu Hause weg und melde dich bei der Fremdenlegion. Vielleicht ist Dahlia nett zu dir, wenn du ein paar Kriegsverletzungen und die entsprechenden Orden hast.«

Ich kurbelte das Fenster wieder hoch und fuhr aus dem Parkplatz heraus. Nach kurzem Überlegen fuhr ich in Richtung Emmet, um zu sehen, ob Wade Elkins neue Theorien über die Feuerteufel hatte.

Die Unternehmung brachte nichts, weil Wade nicht zu Hause war, und ich wollte nicht in seinem Büro nach ihm suchen. Auch egal, sagte ich mir und fuhr nach Hause.

# Viertes Kapitel

15 FORTSETZUNG

*Billy Joe und Loretta tummeln sich unter dem Laken, als leise die Tür aufgeht*

16 NAHAUFNAHME – WITWE THIGPEN

*Unbeschreibliches Entsetzen auf ihrem Gesicht. Aber sie tritt lautlos näher, und wir begreifen, dass sie sich an Dinge erinnert, die in der Vergangenheit auf diesem Bett stattgefunden haben. Sie wirkt gedankenabwesend, während sie die erhitzten jungen Liebenden betrachtet.*

17 ZURÜCK ZUR SZENE

LORETTA

Oh, Billy Joe – was hast du nur gemacht? Ich wollte warten bis zur Hochzeitsnacht.

BILLY JOE

Das ist keine Sünde, Loretta, mein Schatz. Vielleicht kann ich nichts dagegen machen, dass du Cooter heiratest, aber er soll nicht derjenige sein, der dir die Unschuld nimmt und sie in seinem finsteren Herzen verbirgt.

WITWE THIGPEN

Was geht hier vor – in meinem Bett?! Loretta Biggins, ich schäme mich für dich und für das, was du mit diesem Kerl treibst! Kein Wunder, dass dir dein Vater eine Tracht Prügel verpassen wollte.

LORETTA

Witwe Thigpen! Ich hab Sie gar nicht reinkommen hören.

*Billy Joe lässt sich mit einem frustrierten Stöhnen zurückfallen. Loretta bedeckt sich mit einem Laken und setzt sich auf.*

WITWE THIGPEN

Ich habe auch nichts davon gemerkt, dass Billy Joe Jenks ins Haus gekommen ist.

LORETTA

Ich hab ihn durchs Fenster reingelassen. Es tut mir ja so leid, Witwe Thigpen. Wenn Billy Joe in meiner Nähe ist, dann fängt mein Körper an zu brennen wie ein Haufen Anmachholz.
*(Pause)*
Aber es ist eine Sünde, nicht wahr?
*Nahaufnahme von Witwe Thigpen, während ein viel sagendes Lächeln über ihr Gesicht huscht.*

WITWE THIGPEN

Ich war auch einmal jung, Loretta. Ich habe einen Jungen in meiner Straße sehr gemocht, und wir haben uns oft unter einem alten Storaxbaum getroffen und uns geliebt, als hätten wir die Liebe erfunden.
*(Pause)*
Er war stark, sah gut aus – wie ein Filmstar. Das erste Mal hatte ich Angst, aber ich habe die Augen zugemacht und es nie bedauert.

BILLY JOE

Heißt das, wir dürfen hierbleiben?

LORETTA

Nein! Das dürfen wir nicht. Ich will nicht, dass Ma und Pa die Farm verlieren.
*Loretta beginn zu schluchzen, während Billy Joe und die Witwe geheimnisvolle Blicke tauschen.*

ÜBERBLENDEN AUF

* * *

Frederick Marland rollte das Drehbuch zusammen und schlug sich damit aufs Knie. »Das ist wirklich sehr amüsant, Carlotta. Gwenneth und ich sind in den ersten fünfzehn Szenen sechsmal kurz davor, aufs Ganze zu gehen. Glaubst du eigentlich, ich hab 'nen Aufzug zwischen den Beinen? Rauf, runter... rauf, runter.«

Er lümmelte sich ganz hinten im Bus, das Kinn trotzig vorgeschoben wie ein kleiner Junge. Mit wütendem Blick nahm er sich das Drehbuch noch einmal vor. Obwohl er sich gern motzig aufführte, sah er so gut aus, dass ihm in den Einkaufszentren ganze Horden kichernder Mädchen nachliefen – und auch die eine oder andere junge Mutter mit Kinderwagen und schlechtem Gewissen. Er hatte sich bereit erklärt, seine sonnengebleichten braunen Haare für die Rolle wachsen zu lassen, und die weichen Locken über seinen Ohren und im Nacken erinnerten an einen Renaissance-Engel, der über der Mutter Gottes schwebt.

Er war zwar schon Mitte zwanzig, aber wenn es nötig war, konnte er aussehen wie ein unschuldiger Teenager. Damit hatte er sich schon wenige Wochen nach seiner Ankunft in Los Angeles eine kleine Rolle in einer Seifenoper erobert. Wie nicht anders zu erwarten, waren die Autoren zu anderen schmutzigen Handlungssträngen übergegangen, und er war ausgemustert worden. Die Erfahrung war allerdings gut für ihn gewesen, und seine Kariere entwickelte sich genau so, wie er sie geplant hatte.

Auf dem Sitz vor ihm saß Gwenneth D'Amourre. Sie versuchte, mit der einen Hand das Drehbuch zu halten, mit der anderen ihren Schminkkasten, während der Bus von Schlagloch zu Schlagloch holperte. »Oh, Billy Joe – was hast du nur gemacht? Ich wollte warten bis zur Hochzeitsnacht.« Sie blickte auf. »Das reimt sich ja! Wie niedlich. Ist das Absicht?«

Gwenneth hatte sich auf die achtstündige Fahrt mit Flugzeug und Bus gut vorbereitet. Sie trug ein rückenfreies Top und Shorts, und ihre hellblauen Augen waren hinter der teuren Sonnenbrille verborgen, die sie nur vor der Kamera und im Bett abnahm. Ihr Top allerdings verbarg sehr wenig. Gwenneth versetzte ihre Fans gern in Ekstase, wenn sie majestätisch durch den Flughafen schritt. Ihr üppiges Goldhaar (ihre Worte) fiel wallend auf die hübschen, biegsamen Schultern herab wie die Mähne einer Löwin (ebenfalls ihre Worte), und sie warf es oft mit einer eleganten Kopfbewegung zurück. In ihrem Lebenslauf standen viele schmückende Adjektive, in ihrem Privatleben sah es etwas anders aus.

Carlotta saß vorn. Sie hatte sich für konservative, aber bequeme Kleidung entschieden: Bluse und Khakihose. Die Bemerkungen auf den hinteren Plätzen hatten sie aus dem Konzept gebracht, und sie sagte mit etwas ungehaltener Stimme: »Ja, Frederick. Ich glaube, du wirst von einem kleinen, glänzenden schwarzen Knopf gesteuert. Und du, Gwenneth, nein, ich habe nicht gemerkt, dass sich die Stelle reimt. Aber du solltest nicht in diesen Singsang verfallen, auch wenn der Text tausendmal wie ein Gedicht klingt. Sonst schreib ich ihn um.«

»Na ja, aber... ich weiß auch nicht«, sagte Gwenneth nachdenklich. »Gemacht und Nacht – das ist doch ein echter Reim, oder?«

»Du merkst aber auch alles«, brummte Carlotta und wandte sich wieder ihren Notizen zu. Sie hakte verschiedene Punkte ab. Lastwagen mit Ausrüstung am Vormittag. Hal und Anderson mit dem Flieger am Spätnachmittag, Mietwagen am Flughafen reserviert. Trailer-Szene umschreiben, um die Dreihundert-Pfund-Frau zu integrieren. Weinladen ausfindig machen. Neben den letzten Punkt malte sie ein Sternchen, blickte dann kurz zum Fahrer und malte vorsichtshalber einen zweiten Stern.

»... er soll nicht derjenige sein, der dir die Unschuld nimmt und sie in seinem finsteren Herzen verbirgt«, zitierte Frederick mit ungläubiger Stimme. »Herrgottsack, hat Hal diese Scheiße verbrochen?«

»Allerdings«, log Carlotta.

Frederick ging in Gedanken noch einmal seine Vertragsbedingungen durch. »Na ja, vielleicht ist es ja gar nicht so übel.«

Fuzzy Indigo saß am Steuer. Mit großer Präzision achtete er darauf, kein Schlagloch zu verpassen. Wenn er doch einen

Flachmann in seiner Parkatasche gehabt hätte! Die Szenerie war echt wie auf dem Mond. Verwahrloste Häuser, rostige Trailer, hässliche Kinder, verwitterte Hühnerställe, die mit Stacheldraht und Spucke zusammengehalten wurden. Im Straßengraben nichts als Dosen, zerdrückte Pappbecher und anderes ekelhaftes Zeug.

Fuzzy war zwar kein Perfektionist, aber nicht uneitel. Obwohl er schon auf die sechzig zuging, kämmte er sein schütteres graues Haar quer über den kahlen Fleck und trug es so lang, dass es unten zu einer Art Entenschwanz zusammenlief. Er kaufte nur sehr modische Klamotten in Secondhandläden, und selbst seine Schuhe, immer eine Nummer zu klein, waren aus dem Leder einer vom Aussterben bedrohten Gattung liebevoll handgeschustert. Seine geistreichen Bemerkungen waren in den Ausnüchterungszellen von Tacoma bis Tijuana legendär.

Auf anderen Gebieten hatte er weniger Erfolg. Der Parka war nicht gereinigt worden, seit er ihn vor Monaten aus einer Mülltonne gefischt hatte. Er rasierte sich höchstens ein- bis zweimal pro Woche, und selbst dann fühlte er sich hinterher, als hätte er einen halben Liter Blut gespendet. Nur selten konnte er einen komplizierten Satz zu Ende führen, und nach einem besonders anstrengenden Wochenende gelang ihm nicht mal eine einfache Subjekt-Prädikat-Objekt-Konstruktion.

Hinter der randlosen Brille huschten die Augen misstrauisch hin und her, als erwartete er ständig eine Attacke aus dem Hinterhalt, was ihm in den weniger vornehmen Straßen von L.A. durchaus passieren konnte. Er umklammerte das Lenkrad so fest, dass die Adern an seinen Händen hervortraten und aussahen wie Autobahnen auf einer Landkarte.

Wäre er in seinem Job ein Perfektionist gewesen, hätte er sich nicht (schon wieder) bereit erklärt, unter dem tariflich garantierten Lohn zu arbeiten und auf einen Anteil am Nettogewinn zu hoffen.

Er sah die Überreste eines Igels auf der Straße und steuerte mit humorlosem Grinsen darauf zu. Carlotta beobachtete ihn aus dem Augenwinkel und fand, dass er ziemlich durchgeknallt wirkte. Sein schadenfrohes Gekicher bestätigte ihre Vermutung.

Direkt hinter ihm saß Katherine »Kitty« Kaye und schnarchte leise vor sich hin, an die Schulter ihres Ehemannes gelehnt. Sie träumte wahrscheinlich von lukrativeren Tagen und glamouröseren Abenden. Ihr Katzengesicht war von ihrer exzessiven Sonnenanbeterei rauh wie Wildleder, und sie hatte nicht mehr die hübsch gerundete Figur von früher, sondern war mager und eckig. Vor zwanzig Jahren hatte die Kritik ihre Stimme für ihren melodiösen Schmelz gerühmt. Jetzt klang sie rauh und heiser, dank drei Päckchen Zigaretten pro Tag. Carlotta gab ihr immer möglichst wenig Text und verließ sich auf ihren ausdrucksvollen Mund und ihre schönen Augen. Kitty war ein altes Schlachtross, eine Veteranin, aber kein Opfer Hollywoods.

Ihr Ehemann, der Charakterdarsteller Buddy Meredith, hatte in unzähligen Filmen und Werbespots mitgewirkt. Doch weder sein Gesicht noch sein Name hatte sich den Zuschauern eingeprägt. Selbst seine Nachbarn erkannten ihn kaum, obwohl er seit mehr als zwanzig Jahren mit Kitty im selben Viertel wohnte. Aber er wirkte sehr freundlich. Die kleine Lücke zwischen den Schneidezähnen und die etwas schiefe Nase verliehen seinem Gesicht einen eher gutmütigen Ausdruck, und sein umgängliches Wesen gewann alle Herzen. Er gehörte zu den wenigen Mitgliedern der Filmindustrie, die sich mit ihren grauen Haaren, ihren Falten und Altersflecken arrangierten und ihren rundlicheren Bauch als eine natürliche Entwicklung hinnahmen.

Als Kitty sich bewegte, lächelte er und fuhr sanft mit dem Finger über ihre hohen Backenknochen zu den Falten um ihren Mund. Kitty war einmal sehr schön gewesen, aber Buddy hatte nie besonders gut ausgesehen. Selbst nach mehr als zwei Jahrzehnten begriff er immer noch nicht ganz, warum sie ihn – trotz Hinterwäldlerakzent und Zahnlücke – geheiratet hatte.

»Maggody!«, verkündete Fuzzy.

Die fünf Mitreisenden blickten auf, und da sich während der gemeinsamen Produktion mehrerer fragwürdiger Filme unter ihnen eine Art Teamgeist entwickelt hatte, stöhnten sie einstimmig. Ihrem Rollenrepertoire entsprechend stöhnte Gwenneth am lautesten.

* * *

Ich klopfte bei Billy Dick an die Tür und wartete ungeduldig. Immerhin bewegte sich der Vorhang am Fenster. Billy öffnete die Tür ein Stück und musterte mich mit ausdrucksloser Miene.

»Gut, dass ich dich antreffe«, sagte ich. »Ich wollte dir noch ein paar Fragen stellen – wegen des Feuers neulich abends.«

Er trat heraus auf die Veranda und zog die Tür hinter sich zu. »Ma schläft im Wohnzimmer. Sie arbeitet immer noch Spätschicht im Truckstop, da kommt sie erst heim, wenn's morgens schon hell wird.« Er zog seine ausgebeulte Hose hoch und musterte mich verstohlen. »Was wollen Sie wissen, Arly? Ich hab Ihnen und dem Sheriff doch schon alles gesagt.«

Ich sah ihn an und fragte mich, warum er so betont cool tat, während sich auf seiner Stirn Schweißperlen bildeten und seine Augen fast in den Höhlen verschwanden. »Nur ein paar Kleinigkeiten, Billy Dick. Wie heißt deine Freundin? Wo wohnt sie?«

»Warum wollen Sie das wissen?«

»Ich brauche die Angaben für meinen Bericht.« Ich holte einen Bleistift und ein Notizbuch aus meiner hinteren Jeanstasche. »Wir können das hier abwickeln – aber wenn du willst, fahren wir zum Sheriff. Ich muss sowieso zu ihm. Also mir ist es völlig egal.«

»Sie heißt Trudi Yarrow und wohnt gegenüber von der Tankstelle, in einem blauen Haus mit einem Vogelbad aus Plastik davor. Ihr Pa fährt 'nen roten Truck.«

»Okay.« Ich notierte mir alles. »Du hast gesagt, sie hat dich kurz vor neun angerufen, richtig?«

»Ja, gleich nachdem ihre Eltern weggefahren sind. Ma war bei der Arbeit, also hab ich den Truck genommen und bin losgefahren. Dann hab ich das Feuer gesehen und gleich beim ersten Haus gehalten, um zu telefonieren.«

»Um die Feuerwehr in Emmet anzurufen«, ergänzte ich mit einem aufmunternden Lächeln. »Und was hast du dann gemacht, Billy Dick? Bist du in dem Haus geblieben, oder bist du gleich zurück zu dem Brand gegangen und hast dort gewartet?«

»Warum soll das wichtig sein?« Seine Augen waren kaum mehr sichbar. Sein Gesicht erinnerte mich an eine Portion Vanilleeis, die zu schmelzen beginnt.

»Wahrscheinlich ist es nicht wichtig. Ich will mir nur ein möglichst klares Bild vom Ablauf des Geschehens machen.«

Zu meiner Überraschung steckte er die Hände in die Taschen und schlenderte zum anderen Ende der Veranda. »Ich bin zu dem Feuer zurückgefahren und habe gewartet«, antwortete er, ohne sich umzudrehen. »Ich hab keinen Menschen gesehen, bis die Feuerwehr die Straße runterkam und die Männer abgesprungen sind. Man hätte denken können, das Weiße Haus brennt und nicht ein H-Haufen vergammeltes Holz mitten im Wald.«

»Hast du die anderen Feuer auch gesehen?«

Er blickte kurz über die Schulter. »Das von letzter Woche hab ich mir reingezogen. Ich war gerade im Imbiss Ideal, als es mir einer von den Leuten gesagt hat.«

Seine Stimme klang anders, überhaupt hatte sich seine ganze Körperhaltung verändert, aber ich hatte keine Ahnung, was sich hinter seinen farblosen Augen abspielte. Also steckte ich mein Notizbuch wieder weg und sagte, ich würde noch mal vorbeikommen, falls ich weitere Fragen hätte. Als ich wegfuhr, warf ich einen kurzen Blick in den Rückspiegel und sah, dass er mich beobachtete. Ich hatte das unerklärliche Gefühl, dass er das schon mal gemacht hatte.

* * *

»Sie sind da!«, sagte Eula Lemoy zu Millicent McIlhaney, die den Hörer zwischen Ohr und Schulter geklemmt hatte, weil sie gleichzeitig ihren Kuchenteig ausrollte.

»Sie sind da!«, erzählte Elsie McMay Joyce Lambertinos Nichte, da Joyce gerade über der Kloschüssel hing und nicht an den Apparat kommen konnte. Saralee erfasste die ganze Tragweite dieser Botschaft, und kaum ließen die würgenden Kotzgeräusche etwas nach, gab sie die Neuigkeit sofort durch die Klotür weiter.

»Gwenneth D'Amourre hat Haare wie Sonnenstrahlen«, begann Kevin, dann unterbrach er sich, weil er vom vernichtenden Blick seiner Allerliebsten durchbohrt wurde. »Aber ziemlich unordentlich frisiert«, fügte er hastig hinzu.

»Einer von den Schauspielern ist echt geil!«, sagte Tracy zu Heather am Münzfernsprecher im Waschsalon. »Wenn der mit mir reden würde, würde ich sofort tot umfallen.«

Jim Bob erzählte keinem etwas. Mit verschränkten Armen stand er in der Tür seines Supermarkts gegenüber vom Flamingo Motel. Seine Zunge bewegte sich vor Aufregung ganz schnell hin und her, wie bei einer Schlange. Er merkte nicht, dass ihm der Schweiß in Strömen über den Rücken lief, sondern verfolgte nur hingerissen, wie Gwenneth ein kleines Köfferchen in eins der Motelzimmer trug. Er war sich nicht sicher, aber er glaubte, dass sie in Zimmer Nummer drei wohnte.

»Sie sind da«, teilte Mrs. Jim Bob Bruder Verber am Telefon mit. »Ich wollte gerade Lottie Estes ein paar Plätzchen bringen, aber wahrscheinlich sollte ich lieber hier bleiben, falls sie sich das Haus ansehen wollen.«

»Sie sind da?«, schrie Estelle und knallte den Hörer auf die Gabel, ohne auch nur Danke-für-den-Anruf zu sagen. Im Spiegel begegnete sie Darla Jean McIlhaneys erstauntem Blick. »Ich glaube, deine Haare sind trocken genug, vor allem bei der Hitze. Du kannst gehen. Das macht fünffünfzig, mit Mehrwertsteuer.«

»Sie sind da«, sagte Raz zu Marjorie, als sie an Ruby Bees Bar und Grill vorbeifuhren. Marjorie grunzte ohne jede Begeisterung.

»Sind sie wirklich da?«, fragte Larry Joe Lambertino den Schüler, der atemlos in den Werkraum stürmte. »Oder hast du draußen eine geraucht und weißt jetzt nicht, was du sagen sollst?«

»Sie sind da!«, wiederholte der Schüler und hoffte inständig, dass der Lehrer nicht merkte, wie sehr er nach Rauch stank.

»Sie sind da!«, sagte die Sekretärin im Sheriffsdepartment zu jedem, der es hören wollte. Bei Dienstschluss wusste sie gar nicht mehr, wem sie es schon erzählt hatte, und aus Versehen rief sie ihre Cousine gleich zweimal an.

* * *

Ich fuhr die Landstraße entlang und überprüfte, ob es irgendwo überwachsene Waldwege gab, die ins dichte Unterholz führten. Ein paarmal hielt ich an, weil eine Stelle vielversprechend aussah, aber entweder hörte der Weg nach ein paar Metern auf, oder es waren keine Reifenspuren zu sehen.

Ich fuhr an den Überresten der Hütte vorbei und noch ein Stück weiter, bis ich nach mehreren Meilen zu einem Haus kam. Das erste Haus, in dem Licht brannte, hatte Billy Dick gesagt. Ich klopfte.

Eine ältere Frau öffnete und starrte mich an wie eine argwöhnische Nebelkrähe. »Wollen Sie was verkaufen?«

Ich zeigte ihr meine Dienstmarke und fragte, ob sie am Abend des Brandes zu Hause gewesen sei. »Nein«, antwortete sie nur und knallte mir die Tür vor der Nase zu. Ich fuhr zum nächsten Haus, aber da war niemand. Das dritte und letzte Haus schien unbewohnt, und ein schneller Blick durchs Fenster bestätigte meine Vermutung.

Ich nahm mir vor, auf der Rückfahrt noch einmal im mittleren Haus nachzusehen, und fuhr nach Hasty, wo ich gleich das blaue Haus gegenüber der Tankstelle fand. Das Vogelbad war da, aber kein Truck. Ich klopfte ein paarmal und wollte gerade wieder gehen, als ich vom Garten hinter dem Haus Rockmusik hörte.

Ich fand ein Transistorradio neben einem Stapel Zeitschriften und einem Strandbadetuch. Auf dem Handtuch lag ein Mädchen mit spärlich bedecktem Po und nacktem Rücken. Ihre Haut glänzte in der Sonne wie eine Speckschwarte.

»Trudi?«, fragte ich und trat näher.

Sie hob den Kopf. »Wer sind Sie?«

»Ich bin Arly Hanks, Polizeiinspektorin in Maggody. Ich wollte dir ein paar Fragen stellen – im Zusammenhang mit dem Feuer neulich.«

»Warum das denn?« Sie fummelte an ihrem Bikinioberteil herum, bis sie es wieder festgehakt hatte, und setzte ihre Sonnenbrille auf. Ihr Gesicht war flach, die Mundwinkel hingen nach unten, und das Kinn schien direkt in den Hals überzugehen. Sie hatte schon richtige Furchen zwischen den Augenbrauen, vermutlich weil sie immer so muffig dreinsah, und die auffallend gewölbte Stirn deutete auf eine gewisse Verbindung zum Buchanon-Clan hin.

Ich trat in den Schatten des Dattelpflaumenbaums und holte mein Notizbuch vor. »Du hast um neun Uhr Billy Dick MacNamara angerufen?«

»Ich habe was? Sie haben wohl zu viel Sonne abgekriegt.«

Ich wiederholte meine Frage und wartete, während sie eine Schachtel Zigaretten unter dem Handtuch hervorholte und sich eine Kippe ansteckte.

»Falscher als Sie kann man gar nicht liegen«, sagte sie und blies mir den Rauch ins Gesicht. »Ich würde diesen Blödarsch von Billy Dick nicht mal anrufen, wenn er mir Geld dafür geben würde. Mit dem will kein einziges Mädchen was zu tun haben! Fragen Sie doch meinen Bruder Willard, den Wichser, der spielt immer irgendwelche blöden Spiele mit Billy Dick, als wären sie Zwerge oder was. Mir kommt da immer das Kotzen.«

Sie drückte die Zigarette aus und legte sich wieder hin. Etwas verwirrt blieb ich noch eine Weile stehen, dann ging ich zur hinteren Tür und klopfte.

Ein Junge öffnete. Er war mindestens so unattraktiv wie seine Schwester. Ich schätzte ihn auf dreizehn oder vierzehn. Klein, eher schwächlich – wahrscheinlich machte er sich ganz gut als Zwerg. Nicht als lustiger Zwerg, sondern als einer, der unter der Erde wohnt und nur nachts herausgekrochen kommt, um Unheil zu stiften. Aber es war ja nicht seine Schuld, dass sich einer seiner Vorfahren mit dem Buchanon-Clan eingelassen hatte. Ich versuchte, nett zu sein, und fragte, ob er Willard sei.

»Ja. Was wollen Sie?«, entgegnete er und gab sich große Mühe, pampig zu klingen.

»Ich muss dir ein paar Fragen stellen. Hast du an dem Abend, als es gebrannt hat, mit Billy Dick MacNamara geredet?«

»Ja«, brummelte er. »Ich hab ihn um neun angerufen, wegen der Landkarte, und dann ist er vorbeigekommen und hat mir geholfen.« Als er mein verständnisloses Gesicht sah, erklärte er: »Das ist eine Karte mit den unterirdischen Gängen, die aus dem Verlies von Schloss Balthazar herausführen. Wir wechseln uns ab, wer beim Rollenspiel den Spielleiter macht.«

»Waren deine Eltern da?«

»Die sind weggefahren – in die Klinik, zu meiner Großtante. Sie ist hingefallen.« Er blickte kurz zu seiner Schwester, dann senkte er die Stimme. »Mein Pa will nicht, dass wir das Spiel spielen. Ich soll Billy Dick nicht anrufen. An dem Abend konnte ich ihn das erste Mal wieder was fragen. In dem Tunnel sitzt nämlich irgendwo ein Drache, der alles verbrennen kann. Wenn das passiert, ist das Spiel vorbei, und wir spielen es jetzt schon 'nen ganzen Monat.« Er grinste dumm. »Dann werd ich Spielleiter. Billy Dick ist immer noch sauer wegen 'nem anderen Spiel, weil er von einer Armee von Trollen angegriffen worden ist, nachdem er den Mantel, der ihn unsichtbar macht, verloren hat. Sie haben ihn aufgefressen und ihm das Knochenmark rausgesaugt.«

Ich musste mir ins Gedächtnis rufen, dass wir an der Tür eines ganz normalen Hauses in Hasty standen, ziemlich weit weg von dem schrecklichen Verlies und Schloss Balthazar. Die Sonne schien, nirgendwo knirschten gefährliche Trolle mit den Zähnen, sondern es plärrte nur ein Transistorradio. »Vielen Dank, Willard«, sagte ich. »Ich musste nur überprüfen, ob Billy Dick auf dem Weg hierher war, als er an dem Feuer vorbeigefahren ist.«

»Klar war er hier. Er ist kurz nach zehn gekommmen und vielleicht zwei Stunden geblieben. Wir haben an der Landkarte gearbeitet. Wenn Sie wollen, kann ich Ihnen die Karte ja mal zeigen.«

»Nein, ich glaub dir auch so. Warum will dein Vater nicht, dass du das Spiel spielst?«

»Er sagt, es ist Quatsch, wenn jemand so tut, als hätte er magische Kräfte und könnte Monster besiegen. Aber ich finde, es ist wesentlich besser, als hier in Hasty zu wohnen, wo's nur blöde Angeber und fette Tussen wie meine Schwester gibt.«

»Sind deine Eltern jetzt da?«

»Nein, und mit denen müssen Sie auch nicht reden.« Er ging zurück ins Haus und schloss die Tür.

Trudi rührte sich nicht, als ich an ihr vorbeiging. Ein Rotkehlchen saß am Rand des Vogelbads und verfolgte, wie ich in die leere Straße einbog. Auf dem Weg zurück nach Maggody dachte ich an Trudis vernichtendes Urteil über Billy Dick und ihren kleinen Bruder. Die Bewohner des mittleren Hauses waren immer noch nicht da, und die alte Nebelkrähe war nicht in ihrem Garten.

Ich parkte vor dem Polizeirevier. Es kam mir vor, als wäre mehr Verkehr als sonst, aber ich schob das auf die Sonderangebote im Supermarkt und ging in mein Büro, um zu sehen, ob ich irgendwelche Nachrichten bekommen hatte. Die Sekretärin vom Sheriffsdepartment klang etwas verärgert und erklärte, ich müsse mich etwas gedulden, bis sie das Chaos ausgemistet habe, das LaBelle am Ende ihrer Schicht hinterlassen hatte.

»Ah, da ist was für dich«, sagte sie schließlich. »Ein gewisser Wade Elkins möchte, dass du ihn anrufst. Und dann noch irgendein Sergeant, aber den Namen kann ich nicht richtig lesen.« Längeres Papiergeraschel. »Na, das ist ja ein Ding!«

»Was ist ein Ding?«, fragte ich, jetzt ebenfalls leise verärgert. Während ich zuhörte, wie sie eine verdrehte Nachricht vorlas, dass jemand angekommen sei, begann ich plötzlich zu schnuppern. Roch es hier etwa nach Rauch? Ich legte auf und ging (nein, kroch) zu der Tür, die ins Hinterzimmer führte.

Der hintere Raum war kleiner als der vordere. Zum Glück musste ich mich nicht besonders häufig dort aufhalten. Auf dem zerkratzten alten Tisch lag der ganze idiotische Papierkram, der mich in regelmäßigen Abständen heimsuchte. An der Wand hing eine Landkarte des Bezirks, aber die Ecken waren schon ziemlich angefressen. Auf dem einsamen Stuhl lagen Handbücher und uralte Zeitungen.

Ich überprüfte, ob die Kaffeemaschine abgestellt war. Der Metallschrank, in dem meine Radarkanone, die 38er Special und andere berufsbedingte Spielsachen, wie zum Beispiel die Schachtel mit meinen drei echten Patronen, untergebracht waren, sah aus wie immer.

Ich kräuselte die Nase und dachte schon, ich hätte mir den Rauchgeruch nur eingebildet, weil ich dauernd mit Brandstiftungen zu tun hatte. Aber als ich mich umdrehte, fiel mein Blick auf den Metallpapierkorb. Darin befand sich ein kleines Häufchen weißgraue Asche. Ich beugte mich hinunter und fasste sie an – sie zerfiel sofort in feine Flocken. Ein Dutzend abgebrannter Streichhölzer lag um die Asche herum, als hätte jemand sie methodisch angezündet, eins nach dem andern, und dann in den Papierkorb geworfen.

Warum hatte jemand ein Stück Papier und ein paar Streichhölzer in meinem Papierkorb verbrannt? Ich konnte es mir nicht erklären. Erst als ich wieder an meinem Schreibtisch saß, begriff ich, dass der Täter in meiner Abwesenheit ins Polizeirevier eingedrungen war, Feuer gemacht und sich wieder verdrückt hatte, ohne eine Erklärung zu hinterlassen.

Natürlich hatte ich keine der Türen abgeschlossen. Ich war fast den ganzen Nachmittag unterwegs gewesen, aber ich hatte niemandem von meinen Plänen erzählt. Meistens komme und gehe ich nach Lust und Laune, für andere also unberechenbar. Gelegentlich kriege ich Besuch, am häufigsten von Raz Buchanon, aber er ist kaum der Typ, der solche Spuren hinterlässt.

Ich schüttelte den Kopf und schnitt alle möglichen Fratzen, als die Vordertür sich öffnete. Ich blickte in die Augen eines griechischen Gottes. Eines nicht mehr ganz jungen griechischen Gottes, aber das störte mich nicht. Dunkle Haare mit einem leichten Silberhauch. Milchschokoladenbraune Augen, eine wunderschön geschnittene Nase, ein freundliches Lächeln, das regelmäßige Zähne entblößte. Der Rest war auch nicht übel, vor allem der perfekt geschneiderte italienische Seidenanzug.

»Guten Tag«, sagte eine sonore Stimme, die gut zur übrigen Erscheinung passte.

»Hi«, quiekte ich. Traurig, aber wahr.

»Ist der Inspektor da?«

Ich konnte ihm nicht die Wahrheit sagen – dass die Person, die er sprechen wollte, gerade von hitzigen pubertären Phantasien heimgesucht wurde. Ich schaffte es immerhin zu nicken.

Er grinste und kam näher. »Dürfte ich ihn bitte sprechen?«

»Sie können ihn nicht sprechen, weil er eine Sie ist.«

»Ach, tatsächlich? Wie interessant.« Er setzte sich auf den Stuhl vor meinem Schreibtisch und betrachtete mich stumm, als wäre ich ein ungewohntes Gericht auf einem großen Teller. Anscheinend war er ganz angetan von dem, was er sah, doch er wollte nicht zubeißen, ehe er nicht genau wusste, was er vor sich hatte.

»Ich bin die Polizeiinspektorin«, sagte ich schließlich. »Arly Hanks.«

»Ich glaube, ich habe noch niemanden namens Arly gekannt«, meinte er. »Ist der Name typisch für die Gegend?«

»Eigentlich heiße ich Ariel.« Herrgott, bin ich schlagfertig! Jede Bemerkung sitzt, jede Geste ist oscarverdächtig.

Er legte die Hand aufs Herz und neigte den Kopf zur Seite. »›Geh werd gleich einer Nymphe! Dich erkenne Nur dein und mein Gesicht: sei unsichtbar Für jedes Auge sonst.‹ Die Art von Ariel?«

Ich hätte ihm sofort einen Oscar verliehen. »Ja«, log ich, weil ich eigentlich keinen Anlass sah zuzugeben, dass ich nach einer Luftaufnahme benannt war und meine Mutter das Wort nicht richtig schreiben konnte, aber fand, dass es sehr schön klang.

Das Bild hing jetzt über Ruby Bees Bett, die Umrisse des Lokals waren mit Tusche nachgezeichnet.

»Sehr erfreut, Polizeiinspektorin Hanks«, sagte er, erhob sich und hielt mir die gepflegte Hand hin.

Ich wollte sie gerade todesmutig ergreifen, da ging die Tür auf.

»Sie sind da!«, rief Plover und blieb so abrupt stehen, als wäre er gegen einen elektrischen Zaun gelaufen. »Aber du weißt das wahrscheinlich schon, was?«

* * *

Es war so einfach gewesen, durch die Hintertür in das Polizeirevier zu kommen. Lächerlich einfach. Wenn er befürchtet hätte, sie könnte zurückkommen, während er das zusammengeknüllte Papier im Papierkorb in anzündete, hätte das vielleicht den Kitzel der Gefahr noch verstärkt.

Er hatte die Pistole gefunden, sie aber im Schrank gelassen. Eine Kugel konnte ihr Ziel verfehlen. Seine Waffe war das Feuer. Das Feuer konnte er kontrollieren, sich untertan machen, es knistern und explodieren lassen und schließlich wieder ersticken.

War sie erschrocken, als sie seine Botschaft gefunden hatte? Oder war sie zu blind, um zu kapieren, was er ihr mitteilen wollte – nämlich dass er klüger war, als sie je sein würde? Wenn sie diesmal nicht begriff, war er gezwungen, es ihr immer wieder zu demonstrieren, bis sie endlich merkte, worum es ging.

## Fünftes Kapitel

»Wilder Kirschwein«
(ÜBERARBEITUNG VOM 20. 5.)

19 AUSSEN – HAUS DER WITWE THIGPEN – TAG

*Billy Joe bleibt kurz im Garten stehen und blickt wehmütig zurück zum Schlafzimmerfenster. Dann vergräbt er die Hände in den Taschen und geht zum Tor. Kamera fährt zurück, wir sehen Lucinda, dic am Zaun wartet.*

LUCINDA

Du siehst aus, als hätt dich 'ne Katze ausgekotzt.
*Seufzend geht Billy Joe zu ihr.*

BILLY JOE

Ich bin nicht zu Scherzen aufgelegt. Was willst du, Lucinda?

LUCINDA

Kein Glück mit Loretta, was?

BILLY JOE

Mir geht's ganz mies. Ich kann nachts nicht schlafen, weil ich an Cooter Grimmley denken muss. Und an das, was er mit meinem Engel vorhat.

LUCINDA

Vielleicht kann ich euch helfen.

BILLY JOE *(verzweifelt)*

Das wäre toll, Lucinda. Vielleicht kann ich dich ja heute Abend in deinem Trailer besuchen, und wir überlegen uns, wie wir Loretta retten können?

LUCINDA

Lucinda wird gut für dich sorgen, du armer Schatz. Komm um Mitternacht … oder so oft du willst.

*Sie legt den Arm um ihn und küsst ihn zärtlich.*

ÜBERBLENDEN AUF

* * *

Ruby Bee verschwand fast hinter dem riesigen Stapel Handtücher in ihren Armen, aber sie wollte unbedingt, dass ihre Gäste sich wohl fühlten. Sie erinnerte sich nicht mehr genau, wer wo wohnte, also beschloss sie, bei Zimmer Nummer zwei anzufangen.

Da sie nicht klopfen konnte, kickte sie vorsichtig mit dem Fuß gegen die Tür. Als sie hörte, dass die Tür aufging, sagte sie: »Ich bin Ruby Bee. Ich bringe Ihnen frische Wäsche.«

»Legen Sie die Sachen bitte aufs Bett«, hörte sie Carlotta sagen. »Fuzzy sagt allen, er hätte es gesehen, verdammt noch mal! Er hat sogar das Schmetterling-Tatoo auf ihrem Po erwähnt.«

Ruby Bee blinzelte. »Ich bitte um Entschuldigung, aber ich bin nicht …«

»Er hat doch gar keinen Blick für so was«, entgegnete eine Männerstimme. »Legen Sie das Zeug hier ab und verschwinden Sie. Baby, hast du Fuzzy gefragt, ob –«

»Hal«, sagte Carlotta, »das ist Ruby Bee Hanks. Ihr gehört das Motel. Und das Restaurant nebenan. Sie hat sich bereit erklärt, für uns Frühstück und Abendessen zu servieren und fürs Mittagessen Sandwiches einzupacken. Ruby Bee, das ist Hal Desmond, Produzent und Regisseur von *Wilder Kirschwein* und Topmanager bei Glittertown Productions.«

»Oh, ja, richtig«, sagte Hal in einem vergeblichen Versuch, freundlich zu klingen. »Schön, Sie in unserem Team begrüßen zu dürfen, Tante Bea.«

Ruby Bee legte die Handtücher ab und öffnete den Mund, um ihn zu korrigieren, aber sie brachte kein Wort heraus, sondern nur ein klägliches Gurgeln, als sie den Mann auf dem Bett sah und merkte, dass er splitterfasernackt war.

Carlotta nahm das oberste Handtuch von dem frischen Stapel und warf es Hal zu. »Los, bind dir was um!«, sagte sie. »Sonst denkt sie noch, wir machen einen Dokumentarfilm über Walrosse.«

Nachdem Hal seinen Intimbereich mit dem Handtuch bedeckt hatte, sah sich Ruby Bee diesen hochwichtigen Mann ein bisschen näher an. Er ähnelt tatsächlich einem Walross, dachte sie. Sein Gesicht erinnerte sie andererseits an Marjorie – mit den kleinen Schweinsäuglein und den dicken, feuchten Lippen. Raz hätte den Vergleich sicher als Kränkung empfunden.

»Schön, Sie kennen zu lernen«, sagte sie aus sicherer Entfernung.

»Willkommen im Club. Aber würden Sie uns jetzt bitte entschuldigen. Carlotta und ich müssen den Vertrieb des letzten Films besprechen.«

Ohne richtig zu überlegen, platzte Ruby Bee heraus: »Hat er immer noch keinen Titel?«

»Erst hieß er *Prickelnde Leidenschaft*, aber jetzt – wer weiß.« Hal grinste Carlotta an und stieß dann ein widerlich gackerndes Lachen aus. »Oder besser – wen juckt's?«

Er begann mit seinem Lendenschurz zu spielen. Ruby Bee packte die restlichen Handtücher und floh aus dem Zimmer, ehe er sich wieder entblößte – das war sie nicht gewohnt. Klar, da war Burl Buchanon mit seinem Regenmantel, aber ihn hatte nach einer Weile keiner mehr beachtet, und schließlich war seiner Familie ein entfernter Cousin in den kanadischen Wäldern eingefallen, der Gesellschaft brauchen konnte.

Sie ging zu Zimmer Nummer drei, klopfte an die Tür, aber niemand antwortete. Daraus schloss Ruby Bee, dass es sich um Carlottas Zimmer handelte. Und da sie die Dame in einem Raum mit einem nackten Mann angetroffen hatte – wofür sie sich nicht im geringsten zu genieren schien –, befand sie, dass Carlotta keine Handtücher brauchte.

Direkt auf der anderen Seite des kiesbestreuten Innenhofs lag Zimmer Nummer vier. Mit hocherhobenem Kopf ging Ruby Bee hinüber und klopfte.

»Es ist offen!«, rief eine Männerstimme.

Für heute hatte Ruby Bee genug gesehen. »Ich bringe Ihnen Handtücher!«, rief sie. »Aber ich warte hier, bis Sie präsentabel sind.«

»Das kann Jahrzehnte dauern, wenn man bedenkt, in welcher Branche wir arbeiten.«

Ruby Bee dachte noch über diese Bemerkung nach, als die Tür aufging. Der Mann sah ganz normal aus, trug normale Kleidung und lächelte. »Ich bin Buddy Meredith, Madam. Bitte erlauben Sie mir, Sie von dieser ungeheuren Last zu befreien.«

»Hab ich Sie nicht schon im Fernsehen gesehen?«

»Sie und Millionenen anderer vergesslicher Fans«, sagte er nett und mit einem Zwinkern. »In letzter Zeit haben Sie vielleicht gesehen, wie ich Sie zu überreden versuche, das Waschmittel zu kaufen, das besser ist als Ihres. Aber es ist nicht besser – ich werde nur dafür bezahlt, es zu behaupten.«

»Ach, Sie sind der Sauberzauber-Mann!«, sagte Ruby Bee, die plötzlich ganz zittrige Knie bekam, weil sie einem so berühmten Star gegenüberstand. Sie hätte ihn anfassen können, aber das traute sie sich nicht. »Ich hab das Zeug mal probiert, aber ich war ziemlich enttäuscht.« Als sie merkte, was sie gesagt hatte, wurde sie rot bis an die Haarwurzeln. »Aber das ist ja nicht Ihre Schuld, Mr. Meredith. Es war im Sonderangebot.«

»Bitte, kommen Sie doch rein«, sagte er mit einer eleganten Handbewegung.

Zitternd betrat sie die Unterkunft eines echten Fernsehstars. Zwei Männer saßen auf dem Bett bei der Tür, zwischen sich auf der Tagesdecke Spielkarten und Dollarnoten. Der eine sah aus, als wäre er der Großvater des andern, aber der jüngere, der ihr vage bekannt vorkam, schien immerhin alt genug, um Whiskey zu trinken und zu pokern. Und das am hellichten Nachmittag! Stumm streckte Ruby Bee ihnen die Handtücher hin.

»Das ist unser Star, Frederick Marland«, erklärte der nette Mr. Meredith. »Und das ist unser Kameramann, Fuzzy Indigo.«

Sie wollte gerade »Tagchen« sagen, da hörte sie, wie jemand vom Parkplatz her ihren Namen rief. Statt ärgerlich zu knurren, gelang ihr ein höfliches Lächeln. »Freut mich, Sie kennen zu lernen, Mr. Marland«, sagte sie zu dem gut aussehenden jungen Mann, der angeblich ein Star war, obwohl sie sich nicht erinnern konnte, wo sie ihn gesehen hatte. »Und Sie auch, Mr. Indigo. Willkommen in Maggody und im Flamingo Motel. Sie können sich Tag und Nacht an mich wenden, falls –«

»Meine Güte, Ruby Bee!«, schrie Estelle japsend vom Eingang. »Ich such dich schon überall!«

Sie stand da und blinzelte, bis Ruby Bee schließlich Erbarmen mit ihr hatte und sie den drei Männern vorstellte. Estelle stürzte sich sofort auf Mr. Meredith und sagte: »Kenn ich Sie nicht aus dem Fernsehen?«

»Er ist der Sauberzauber-Mann«, erklärte Ruby Bee schnell. »Ich hab ihn gleich erkannt. Aber warum hast du da draußen rumgeblökt wie eine kranke Kuh? Weißt du denn nicht, dass im Flamingo Motel Gäste wohnen, die ihre Ruhe haben wollen?«

»Wir haben in der Küche das, was man eine ›Situation‹ nennen könnte«, entgegnete Estelle.

»Ah, eine Situation!«, äffte Frederick Marland ihre hohe Stimme und ihre Südstaatenakzent nach. Dabei sah er plötzlich aus wie ein Sechzehnjähriger. »Gott, so eine 'Situation' hab ich nicht mehr erlebt, seit Ma das Butterfass umgestoßen hat und Granny von der Veranda in die Fliederbüsche gefallen ist.«

Ruby Bee rief sich ins Gedächtnis, dass er ein gefeierter Star war, also ignorierte sie ihn und zog Estelle zur Seite. »Wovon redest du denn?«, flüsterte sie.

»Ich rede von Kevin.«

Über Estelles Schulter sah Ruby Bee, wie Mr. Meredith sich aufs Bett setzte und die Karten mischte. Der berühmte Mr. Marland schien immer noch maßlos stolz auf seine geistreiche Bemerkung. Der dritte Mann, der aussah wie ein Säufer, den sie mal in Little Rock getroffen hatte, glotzte die Wand an, bewegte dabei die Lippen und zitterte gerade so viel, dass ein paar Tropfen von seinem Whiskey auf die Tagesdecke schwappten. Komischer Vogel, dachte sie, ehe sie sich wieder ihrer Arbeit widmete – was in diesem Fall bedeutete, dass sie herausfinden musste, warum Estelle so aufgeregt war.

»Was ist mit Kevin?«, fragte sie leise.

»Du hast doch zu Dahlia gesagt, sie soll die Bar übernehmen, und dann bist du hierhergegangen, um die Filmstars kennen zu lernen, ehe sonst jemand die Möglichkeit hatte. Wir mussten uns alle erst noch umziehen, aber du –«

»Was ist mit Kevin?«

»Tja«, begann Estelle. Sie wollte Ruby Bee noch ein bisschen foltern, weil sie allen anderen zuvorgekommen war. »Er hat erfahren, dass Dahlia einen von den Schauspielern küssen soll – als Teil ihrer Rolle natürlich. Ich glaube, sie wollte ihm das eigentlich gar nicht vorher erzählen, weil er doch immer so eifersüchtig ist. Und jetzt sagt er, sie darf die Rolle nicht spielen. Das hat ihr nicht gepasst, sie lässt sich ja nicht gern herumkommandieren, schon gar nicht von Mr. Milquetoast. Deshalb schmeißt sie im Moment mit Töpfen und Pfannen nach ihm, während er in der Küche rumrennt wie eine übergeschnappte Kakerlake und –«

Ruby Bee drückte Estelle die Handtücher in die Arme und machte sich auf den Weg zur Küche. Während sie den Parkplatz überquerte, dachte sie darüber nach, dass Estelle die ganze Zeit herumgescharrt hatte wie ein Freilandhuhn und unheimlich viel Zeit verplempert hatte, statt gleich zur Sache zu kommen – nämlich dass die Küche ein Schlachtfeld war wie weiland Little Big Horn.

Als sie die Bar betrat, hörte sie schon ein Krachen, und fast hätte sie einen Herzinfarkt bekommen. Dahlia kreischte so laut, dass alle Gäste aufgehört hatten, sich zu unterhalten, und nur noch stumm und staunend dasaßen, als wären sie in der Kirche. Allerdings wirkte niemand gelangweilt. Zwischendurch gab es immer mal wieder eine kleine Pause – Ruby Bee vermutete, dass

Kevin um sein Leben bettelte oder Dahlia anflehte, wenigstens das Geschirr zu verschonen.

Ruby Bee stieß die Küchentür auf. Genau in diesem Moment segelte eine Auflaufform durch die Luft. Ihr folgte ein Kuchenblech, dann noch eine Schüssel. Dahlia keuchte und stöhnte, ihr Gesicht war puterrot, und ihre Haare, die sie sich gerade bei Estelle hatte richten lassen, um einen gepflegten Eindruck zu machen, standen in alle Himmelsrichtungen ab. Sie holte so ausgiebig Luft, dass Ruby Bee sich fragte, ob außer ihr überhaupt noch jemand Luft zum Atmen hatte.

»Dahlia O'Neill, du hörst augenblicklich auf mit dem Quatsch!«, befahl sie. »Und du ebenfalls, Kevin Buchanon – wo immer du stecken magst!«

Dahlia hielt gerade einen Glaskrug in der Hand. »Komm ruhig raus, Kevin Fitzgerald Buchanon! Zeig uns deine dreckige Chauvinistenfresse!«

Ruby Bee riss ihr den Krug aus der Hand. »Ich habe gesagt, jetzt ist Schluss! Hast du nicht gehört, Missy?«

Dahlia wich ein paar Schritte zurück, und sofort erschien Kevins Gesicht hinter der Theke in der Mitte des Raums. Im Gegensatz zur feueroten Dahlia war er bleicher als die Handtücher in Nummer vier und über und über mit Schweißperlen bedeckt.

»Ich wollte doch nur mit dir reden, mein Herzchen«, blökte er.

»Nein, du wolltest mir vorschreiben, was ich tun kann und was nicht.«

»Aber wir sind doch verlobt! Du sollst keinen anderen Mann küssen – und schon gar nicht so, dass ganz Amerika es sieht.«

Dahlia stemmte die Hände in die Hüften und grinste spöttisch. »Sagst du.«

»Aber ich bin dein Verlobter«, fuhr Kevin fort. »Und ich bin derjenige, der zu bestimmen hat, ob du einen anderen küsst oder nicht. Wie würdest du es finden, wenn ich mit Miss D'Amourre oder mit der anderen Schauspielerin rumknutschen würde?«

Ruby Bee wollte sich einmischen, aber zuerst machte sie sich daran, das Chaos zu beseitigen (es war nicht ganz so schlimm, weil Dahlia hauptsächlich unzerbrechliche Gegenstände geschmissen hatte). Gleichzeitig konnte sie so dem Gespräch zuhören, um es später weiterzuerzählen. Ganz Maggody interessierte sich für dieses junge Paar, vor allem, seit sie angeblich vor einiger Zeit auf einer Hollywoodschaukel miteinander geschlafen hatten – was Ruby Bee allerdings nicht so recht glauben wollte.

»Miss D'Amourre würde nicht mit dir rumknutschen, und wenn du der letzte Mann auf Gottes weiter Erde wärst!«, entgegnete Dahlia eisig. »Ich hab schon als kleines Mädchen davon geträumt, Filmschauspielerin zu werden, und jetzt hab ich die große Chance. Wenn du was dagegen hast, Kevin Fitzgerald Buchanon, dann kannst du das den Glühwürmchen draußen am Boone Creek erzählen, die du immer so gern zählst.«

Sie warf noch einen Salzstreuer nach ihm, dann stapfte sie zur Hintertür hinaus und knallte sie hinter sich zu. Es klang wie ein Silvesterböller. Die beiden Hinterbliebenen sahen sich an, dann zuckte Ruby Bee die Achseln und sagte zu Kevin, er solle die Töpfe und Pfannen aufheben, die wie Granathülsen überall auf dem Boden verstreut lagen.

»Ich verstehe die Frauen nicht«, meinte Kevin traurig. »Manchmal denke ich, sie kommen von einem andern Stern. Was soll ich tun?«

»Räum jetzt sofort hier auf, sonst verliere ich die Geduld und fange auch an, nach dir zu werfen«, sagte Ruby Bee. »Und ich kann um einiges besser zielen als Dahlia.« Sie ging zurück in die Bar und wollte eigentlich wieder im Motel Handtücher verteilen, aber was sie nun vor sich sah, verschlug ihr die Sprache.

Estelle saß dicht neben Mr. Meredith an der Bar und hing mit einer Hingabe an seinen Lippen, als würde er sie gerade bitten, seine Frau zu werden. In einer der Nischen saß Frederick Marland, umlagert von Highschool-Schülerinnen, die kichernd um ein Autogramm bettelten. Daneben Fuzzy Indigo, der Raz Buchanon anstarrte, als würde der ihm irgendeine Horrorgeschichte auftischen.

Und in der letzten Nische, ganz hinten, wo es so dunkel war, dass man kaum die Speisekarte lesen konnte, glotzte Jim Bob Buchanon mit Stielaugen eine üppige Blondine an. Ruby Bee konnte nicht sehen, ob sie miteinander redeten, aber sie vermutete, dass der wichtigere Teil der Kommunikation ohnehin unter dem Tisch stattfand.

Während sie noch damit beschäftigt war, das alles in sich aufzunehmen, betraten Carlotta und ein anständig bekleideter Hal Desmond die Bar. Sie setzten sich freundlich plaudernd in eine Nische. Irgendwie sah der Regisseur anders aus, und Ruby Bee brauchte eine Weile, bis sie kapierte, dass er jetzt Haare auf dem Kopf trug.

Ruby Bee war sich nicht sicher, ob es sie nervte, dass die halbe Stadt sich hier niedergelassen hatte wie ein Schwarm Truthahngeier, oder ob sie sich freuen sollte, dass der Laden brummte. Schließlich griff sie zu ihrer Schürze und wollte gerade von einer Nische zur nächsten gehen, da öffnete sich wieder die Tür, und alle möglichen Leute kamen hereinspaziert: Elsie McMay, Lottie Estes, Joyce Lambertino, mindestens ein weiteres Dutzend Highschoolschülerinnen und die Sekretärin aus dem Sheriffsdepartment. Ruby Bee hatte jetzt so viel zu tun, dass sie sich sehnlichst wünschte, Dahlia wäre da, um ihr zu helfen.

* * *

Eine ganze Weile waren wir wie erstarrt. Niemand sagte etwas. Schließlich räusperte ich mich und begann: »Guten Tag, Sergeant Plover.«

»Yeah«, antwortete er, ohne den Mund aufzumachen. Typisch Cop: Ich hatte das x-mal in *The Late, Late Show* gesehen.

»Ich bin Anderson St. James«, stellte sich mein Besucher vor. Er streckte die Hand aus, und nach einiger Zeit ließ sich Plover dazu herab, sie kurz zu schütteln. »Ich wollte mich bei der Polizei vorstellen und bitten, dass wir während der kommenden vierzehn Tage zusammenarbeiten.«

»Ich glaube, da brauchen Sie nicht groß zu bitten«, antwortete Plover und sah mich an, als wäre ich ein kleiner Hinterhofgangster aus Chicago. »Merganser hat mir mitgeteilt, dass er den letzten Tatort noch einmal überprüft und ein paar mit Benzin getränkte Lappen gefunden hat. Wir kriegen den Bericht in ein paar Tagen.«

»Ich wusste doch, es war Brandstiftung«, sagte ich. »Danke, dass du vorbeigekommen bist. Sag doch bitte Merganser, ich melde mich bei ihm, sobald Harve und ich den Bericht durchgesprochen haben.«

Plover stapfte zur Tür hinaus. Sein Wagen schoss mit heulendem Motor aus dem Parkplatz heraus, und ich war mir ziemlich sicher, dass er die vorgeschriebene Geschwindigkeitsbegrenzung nicht einhielt, als er die Straße hinunterfuhr. Und wenn man bedachte, dass er geschworen hatte, die Gesetze zu achten – tss, tss.

»Etwas gereizt, der junge Mann«, murmelte Anderson St. James, lehnte sich zurück und musterte mich eindringlich. »Ich hoffe, meine Anwesenheit bringt Sie nicht in Schwierigkeiten. Ich bin hier als der offizielle Vertreter unserer Firma und möchte Ihnen eigentlich nur versichern, dass wir alles tun werden, um unseren Aufenthalt hier für alle Beteiligten so angenehm wie möglich zu gestalten.«

»Die ganze Stadt freut sich darauf«, sagte ich. Über meine persönlichen Agelegenheiten wollte ich lieber nicht sprechen. Plover und ich werden allerdings darüber sprechen müssen, dachte ich mit einem leisen Seufzer. »Warum sind Sie der offizielle Vertreter, Mr. St. James? Ich habe bisher vor allem von einer Dame namens Carlotta gehört, die offenbar die Organisation übernommen hat.«

»Bitte, nennen Sie mich doch Anderson – oder am liebsten Andy, falls wir einander näher kennenlernen sollten. Carlotta wird morgen vorbeikommen, um mit Ihnen den Drehplan durchzugehen, damit Sie eine Vorstellung davon haben, wo wir uns an den verschiedenen Tage aufhalten.« Er sah mich mit gespielter Verzweiflung an. »Und abends sitzen wir dann immer im Motel, es sei denn, die Bürger von Maggody haben Erbarmen mit uns und zeigen uns das Nachtleben in den Nachbarorten.«

»Das Dew Drop Inn in Hasty? Die dritte Schicht in der Geflügelfarm in Starley City? Ich weiß nicht, wie ich es Ihnen sagen soll« – ich holte tief Luft – »aber hier in der Gegend ist wirklich nicht viel los, Anderson.« Ich merkte, dass ich gleich in hysterisches Gelächter ausbrechen würde, wenn er mich noch länger mit seinen göttlichen Augen anschaute. Plötzlich fielen mir verschiedene Möglichkeiten ein, wie wir uns in der Nähe die Zeit vertreiben könnten ... gleich in meiner Wohnung. Wenn ich mich nicht zusammenriss, würde ich ihn schon heute Abend mit Andy-Baby ansprechen.

Er grinste, als könnte er Gedanken lesen. »Vielleicht gibt es ja doch etwas. Glauben Sie, dass es schon als Bestechungsversuch ausgelegt werden könnte, wenn ich Sie zu einem Martini einlade?«

»Höchstens zu einem Bier mit Salzbrezelchen«, murmelte ich mit der Gelassenheit einer Schülerin, die zum ersten Date eingeladen wird. Aber immerhin schaffte ich es aufzustehen, ohne mich zu blamieren. Ich quietschte auch nicht vor Vergnügen, als er sich bei mir einhängte und mich aus dem Büro geleitete. Draußen war ich richtig überrascht, dass wir uns nicht in Manhattan befanden.

* * *

Bruder Verber debattierte mit dem Allmächtigen. Es war allerdings eine eher einseitige Unterhaltung. Er hatte den Telefonhörer ausgehängt, um sich ganz auf die Botschaften von oben konzentrieren zu können, aber allmählich hatte er den Eindruck, dass er sich nicht verständlich machen konnte.

»Es stört mich nicht, dass ich Opfer bringen muss – solange ich weiß, ich tue es im Namen der Moral«, sagte er und bemühte sich, nicht allzu opferbereit zu klingen, weil er ja nicht sicher sein konnte, welche Forderungen noch an ihn gestellt wurden. »Es ist ein sündiger Ort mit Bier und Tanz. Ich habe gehört, die Leute tanzen so eng, dass der Eindruck entsteht, sie praktizieren ein perverses Sexritual. Aber ich will gar nicht hinsehen, und ich werde auch keinen Tropfen Alkohol anrühren. Ich will nur herausfinden, wie verrucht diese Leute aus Hollywood sind, um dann meine Predigt entsprechend vorzubereiten.«

Es folgte kein göttliches Kopfnicken, aber auch kein Donnergrollen. Bruder Verber schaute misstrauisch nach draußen, ob vielleicht irgendwo am Himmel ein Blitz mit seinem Namen zu sehen war. Als nichts geschah, zog er seine Hose hoch und machte sich auf den Weg zum Sündenpfuhl, zu Ruby Bees Bar und Grill.

* * *

»Ich habe keine Ahnung, was die Etikette in dieser Situation verlangt«, sagte Mrs. Jim Bob laut zu Perkins' Ältester, die das letzte Mal gesehen worden war, als sie im Schlafzimmer nebenan Staub gewischt hatte. Schnell zog sie sich ein paar Strähnen ins Gesicht, damit es nicht so aussah, als käme sie gerade vom Friseur. War das grüne Seidenkleid womöglich ein bisschen übertrieben? Diese Filmleute sollten nicht denken, dass sie sich ihretwegen besonders herausputzte, aber andererseits wollte sie auch nicht aussehen wie eine durchschnittliche Reinmachefrau.

Sie beschloss, die Nerzstola wegzulassen, aber das grüne Kleid zu tragen. Schließlich entsprach es ihrer Stellung in der Gemeinde. »Wenn du da drin fertig bist«, fuhr sie fort, »dann kannst du noch mal im Wohnzimmer Staub saugen und den Wasserkessel aufsetzen. Wahrscheinlich erwarten sie, dass ich ihnen Whiskey anbiete, aber sie sollen sich so schnell wie möglich an die christlichen Sitten in diesem Haus gewöhnen.«

Es war schon ziemlich spät am Nachmittag, und sie wusste, dass manche Leute – vor allem natürlich solche aus Kalifornien und andere Sünder – von der »Cocktail Hour« sprachen. Während sie ihr Spiegelbild studierte, überlegte sie, ob es wohl sehr sündig wäre, den Leuten Sherry zu kredenzen. Sie wählte die

Nummer des Pfarrhauses, aber Bruder Verber schien seine Pflichten zu vernachlässigen und mit einer anderen Person zu sprechen, und das in der Stunde der Not.

»Ist die Flasche mit Koch-Sherry noch im unteren Schrank?«, rief sie Perkins' Ältester zu. Dass keine Antwort kam, interpretierte sie als Schuldeingeständnis, aber in ihrer Güte meinte sie: »Wenn du dich ab und zu bedient hast, dann knie nieder und beichte es mir und dem Allmächtigen. Ich kann dir nicht versprechen, dass du nicht in alle Ewigkeit verdammt sein wirst, aber ich werde dich nicht rausschmeißen, sondern nur dein Gehalt entsprechend kürzen.« Sie wartete darauf, dass das reuevolle Geständnis wie Weihnachtsglocken durchs Haus schallen würde, und während sie noch wartete, entdeckte sie einen kleinen Fleck auf ihrem Kragen und knöpfte ihr Kleid auf.

* * *

Perkins' Älteste war im siebten Himmel, oder jedenfalls im fünften oder sechsten. Auf dem Hocker links von ihr saß der bestaussehende Mann, den sie je zu Gesicht bekommen hatte, und unterhielt sich mit Arly Hanks. Auf dem Hocker zu ihrer Rechten plauderte Estelle Oppers mit einem anderen Filmstar. Der Regisseur hatte allen ein Bier oder ein Getränk ihrer Wahl spendiert – das hieß, für sie ein Glas Cola light auf Kosten von Hollywood. Hinter ihr hatten sich Eula und Lottie und Joyce mit der berühmten Miss Kitty Kaye in eine Nische gequetscht, und kurz darauf kam auch noch Bruder Verber herein, blieb bei der Tür stehen und gaffte. Die ganze Bar ratterte wie ein Zimmer voller Nähmaschinen.

Sie selbst redete mit niemandem und ließ sich nicht einmal anmerken, wie sehr sie die Szene genoss, weil sie sich, wie schon erwähnt, gern als Rätsel betrachtete.

## Sechstes Kapitel

Schließlich wurde der Lärm in Ruby Bees Bar und Grill unerträglich, und ich hatte genug von Bier, Musik und Rauch. Ich hatte sogar genug von dem netten, aber nicht gerade tiefschürfenden Gespräch mit dem unglaublich gut aussehenden Filmstar. Eben dieser bot sich nun galanterweise an, mich nach Hause zu begleiten, und ich erklärte mich einverstanden, obwohl ich den Verdacht hatte, dass er sich eher für meine Dienstmarke als für meinen Körper interessierte. Ich konnte richtig hören, wie Ruby Bee Carlotta den Rat gegeben hatte, einen attraktiven Mann ins Polizeirevier zu schicken, um die Inspektorin, die im Ruf stand, ziemlich bockbeinig zu sein, gnädig zu stimmen. Estelle hatte vermutlich die Fotos begutachtet und den idealen Kandidaten ausgewählt. Ich brauchte nicht Gedanken lesen zu können, ich hatte das verstohlene Grinsen auf ihren Gesichtern gesehen, während sie uns den ganzen Abend heimlich beobachteten.

»Da sind wir«, sagte ich zwei Minuten später. »Ich wohne über dem Antiquitätenladen.«

Anderson tat netterweise so, als wäre er enttäuscht. Aber ich kannte ja seinen beruflichen Hintergrund. »Ach, und ich hatte mir einen ausgedehnten Spaziergang am Fluss vorgestellt! Sind Sie sicher, dass Sie nicht in einem hübschen Häuschen unter rauschenden Tannen wohnen, an einem plätschernden Bach?«

»Ich bin mir ganz sicher, dass ich in einer engen kleinen Wohnung lebe, wo ich die Ratten rascheln höre und meine Mutter mitten in der Nacht anruft, um mir die Ohren vollzuquatschen.« Ich befreite meine Hand, die irgendwie in seiner gelandet war, und murmelte etwas Albernes von Banküberfällen, um die ich mich morgen früh kümmern müsse.

Er murmelte etwas ebenso Albernes als Antwort, aber aus irgendwelchen Gründen ging ich nicht die Treppe hoch – im Gegenteil, ich wurde auf einmal recht effizient abgeknutscht, was mir sehr gefiel. Bis plötzlich Kevin Buchanon »Feuer!« schrie.

Blitzschnell machte ich mich aus der Umarmung los. Ich sah Kevin auf der anderen Straßenseite mit seinem Fahrrad stehen. Er deutete auf mein Fenster. Ich drehte mich um. Im flackernden Flammenschein sahen die Scheiben aus wie Bleiglasfenster.

»Ach du Scheiße!« Ich wollte losrennen.

Aber Anderson packte mich am Arm. »Du kannst da nicht hoch! Ruf die Feuerwehr!«

»Das lass ich mir nicht bieten!«, schrie ich, riss mich los und rannte weiter. Mein Gesicht war so heiß wie die Flammen in meiner Wohnung – die Flammen, die meine armseligen Besitztümer auffraßen und meinen einzigen Zufluchtsort vor dem allgegenwärtigen Wahnsinn namens Maggody zerstörten. Ich stieß die Tür auf. Rauch quoll mir entgegen. Meine Augen brannten, ich bekam kaum Luft, aber nachdem ich die Tränen weggewischt hatte und nicht mehr wie eine ganze Station Tuberkulosekranker hustete, sah ich, dass nur ein paar Lappen auf dem Linoleumfußboden brannten.

Ich nahm ein Glas und kippte Leitungswasser über das Mini-Inferno, bis von den Flammen nur noch ein penetranter grauer Rauch übrigblieb. Dann stolperte ich zum Fenster, öffnete es und ging wieder hinaus auf den oberen Treppenabsatz. Ich brauchte Luft, und irgendwie musste ich aufhören zu zittern.

Roy Stivers, mein Vermieter, blickte zu mir hoch. »Alles okay, Arly? Einer von diesen Hollywood-Typen hat bei mir geklopft und gesagt, ich soll die Feuerwehr rufen. Ich hab Wade gerade noch erwischt, Gott sei Dank! Er hat gesagt, sie sind gleich da.«

Anderson kam mit erschrockenem Gesicht und zerzaustem Haar die Treppe heraufgerannt. »Das war total verrückt von dir!«

»Ja, wahrscheinlich schon, aber ich hatte keine Lust, händeringend zuzusehen, wie meine ganzen Sachen gegrillt werden, während die Herren von der Freiwilligen Feuerwehr noch damit beschäftigt sind, ihre Uniformen anzuziehen.« Ich rieb mir das Gesicht, um den Ärger und den Ruß wegzuwischen. »Das Linoleum ist angeschmort, aber es war sowieso scheußlich. Da hab ich wenigstens einen guten Grund, es zu erneuern.« Ich wollte lachen, brachte aber nur ein Röcheln zustande.

»Warum hat es überhaupt gebrannt?«, rief Roy von unten hoch. Zweifellos dachte er an seinen Laden, der vollgestopft war mit Antiquitäten. Nicht gerade Louis XIV., aber wertvoll genug, dass er sich teuren Whiskey, Erstausgaben von Gedichtbänden und gelegentliche Reisen mit unbekanntem Ziel leisten konnte.

»Hast du eine Zigarette im Aschenbecher gelassen?«, fragte Anderson.

»Ach, Quatsch«, entgegnete ich und merkte, dass der Ärger noch da war. »Erstens rauche ich nicht, und zweitens besitze ich keinen Aschenbecher. Und ich hab auch kein Streichholz auf einen Haufen Lappen geworfen, bevor ich gegangen bin. Jemand hat Feuer gelegt.«

Er legte mir die Hände auf die Schultern, als wollte er verhindern, dass ich vor Wut in die Luft ging, was gar nicht so abwegig war. »Wer könnte denn so etwas tun?«

Ich blickte hinunter auf die Geier (Falconiformes incendiaristes), die von Ruby Bees Bar hierher geflogen waren, um nichts zu verpassen. Es wurde um gute Stehplätze gekämpft, es wurde gedeutet und diskutiert, und alle hofften auf ein richtiges Melodram. Da durchbrach Ruby Bee die Reihen und überquerte die Straße, die Hände in den Schürzenfalten ringend. Die Filmleute hatten sich unter dem Flamingo-Schild versammelt; im pinkfarbenen Licht wirkten ihre Gesichter fast unwirklich.

Inzwischen kam auch die freiwillige Feuerwehr mit drei Wagen angerauscht. Ich stand in dem Rechteck aus Licht, das vom Wohnzimmer auf den Treppenabsatz fiel, und hatte das Gefühl, ich wäre auf der Bühne, allen Blicken preisgegeben, verletzlich – und ohne Text. »Könntest du den Männern bitte sagen, dass der Brand bereits gelöscht ist?«, bat ich Anderson.

Gehorsam ging er die Treppe hinunter, während ich mein Publikum studierte. Auf der anderen Straßenseite, im Schatten des Polizeireviers, entdeckte ich eine seltsame Gestalt, die aber blitzschnell im Dunkel verschwand – trotzdem war ich mir sicher, das runde, bleiche Gesicht von Billy Dick MacNamara erkannt zu haben.

Die Show war zu Ende, also verdrückten sich auch die Zuschauer, allerdings unter lautem Volksgemurmel. Ich ging zurück in die Wohnung, um zu sehen, ob sich der Rauch verzogen hatte. Verdrossen vor mich hinfluchend wedelte ich mit einem Handtuch herum. Anderson folgte mir.

»Nicht gerade so eindrucksvoll wie eine Villa in Beverly Hills«, sagte ich. »Und den Gestank musst du dir wegdenken. Das Raum-Deo ist mir leider ausgegangen, und ich hab auch keine Räucherstäbchen mehr.« Ich warf das Handtuch in die Ecke.

»Du bist mindestens so eindrucksvoll wie die Frauen, die in solchen Villen leben«, sagte er. Er sah sich im Zimmer um, inspizierte meine Bibliothek (Kitschromane), die billigen Poster (französische Impressionisten), den Stapel mit Papierkram (nervig), den ich vom Revier mit nach Hause geschleppt hatte. »Und du bist echt.«

Ich kickte die verkokelten Lappen aus dem Weg und untersuchte die schwarze Stelle im Linoleum. Sie war fast fünf Zentimeter tief – wenn ich sie mit frischen Wasser füllte, konnten die Kakerlaken ihre Abende am Swimmingpool verbringen. Drum herum lagen mehrere abgebrannte Streichhölzer – der Feuerteufel hatte sein Zeichen hinterlassen, damit mir der Zusammenhang nicht entging. »Echt was?«, fragte ich, als ich mich wieder aufrichtete. »Echt bescheuert?«

»Vielleicht. Du hast dir jedenfalls nicht lange überlegt, wie gefährlich es sein könnte, sondern bist losgestürmt, als wär's die Schlacht von San Juan Hill.« Anderson setzte sich aufs Sofa und sah mich einladend an.

Ich ignorierte diesen Blick und legte die Lappen ordentlich zusammen. »Wie gesagt – das lass ich mir nicht bieten. Und was mich besonders aufregt – ich weiß, wer der Brandstifter ist, aber ich kann ihn nicht überführen. Ich kann ihm eine Lüge nachweisen, aber Lügen ist kein Vergehen, es sei denn, jemand behindert damit die Ermittlungen. Jeder Jurastudent im ersten

Semester hätte ihn nach zehn Sekunden wieder freigepaukt. Am schlimmsten finde ich es, dass der verdammte Kerl hier drin war – in meiner Wohnung.«

Ich suchte nach weiteren Spuren. Auf den ersten Blick fehlte nichts, aber trotzdem – vermutlich hatte er mit seinen fetten weißen Wurstfingern meine Sachen angefasst, hatte sie umgedreht, ein paar Zentimeter verrückt und auf allem, was ich besaß, eine Spur von öligem Schweiß hinterlassen. Wenn er wiederkommen wollte, solange ich schlief, konnte er das. Meine Haut begann zu jucken, und das Bier in meinem Magen wurde sauer.

»Du wirst ihn schon erwischen«, versuchte Anderson mich zu beruhigen. »Warum setzst du dich nicht zu mir, damit ich dir die Rußflecken aus dem Gesicht wischen kann? Du siehst aus, als hättest du dich schwarz schminken wollen, es aber nicht richtig hingekriegt – wir wollen doch nicht, dass dich jemand als Rassistin beschimpft!«

Ich setzte mich etwas argwöhnisch neben ihn und erlaubte ihm, mein Gesicht zu reinigen. Aber ehe ich's mich versah, hatte er verschiedene strategisch wichtige Haarnadeln herausgezogen, sodass mir die Haare wellig über den Rücken fielen. Er entfernte die restlichen Nadeln, arrangierte mein Haar um die Schultern, lehnte sich zurück und betrachtete mich prüfend.

»Manchmal funktioniert es nicht«, meinte er. »Manche Frauen müssen ihre Haare straff aus dem Gesicht kämmen, eine Brille tragen und den obersten Knopf zuknöpfen. In Filmen funktioniert es jedes Mal, aber im wirklichen Leben wartet nicht immer eine Verführerin darauf, entdeckt zu werden.«

Ich wollte gerade sagen, dass ich keine Verführerin sei, ob entdeckt oder unentdeckt, da beugte er sich zu mir und küsste mich. Es war wie das letzte Kapitel in einem Kitschroman, und mir fielen ein paar Redewendungen ein, die vor Schmalz nur so trieften.

»Warum gibt es niemanden, der so was mit dir macht?«, fragte er, während er an meinem Ohr knabberte. »Weil du's nicht zulässt?«

Ich ließ ihn ein bisschen machen, dann richtete ich mich auf und sagte: »Stimmt genau – ich lasse es nicht zu. Und du solltest jetzt auch lieber gehen. Ich borg mir 'nen Ventilator von Roy, vielleicht kriege ich damit den Gestank weg.«

»Was ist mit dem gereizten Sergeant?«, wollte er wissen. »Hältst du ihn auf Distanz?«

Der Gedanke an den gereizten Sergeant machte mich nervös. Ich sah ihn vor mir sitzen, die Füße fest auf dem Boden, die Arme verschränkt, das Gesicht hinter seiner Spiegelsonnenbrille ein einziger Vorwurf.

»Ich halte ihn gar nicht«, erwiderte ich kühl. »Außerdem geht es dich nichts an. Ich weiß nicht, ob du bei den Dreharbeiten routinemäßig vor Ort eine Unterkunft mit Bett und Frühstück suchst –«

»Hör auf, Arly. Ich hab keine Routine. Ich habe mich gleich zu dir hingezogen gefühlt, weil ich finde, du bist eine faszinierende Mischung aus Welterfahrenheit und ... Naivität. Nein, das ist nicht das richtige Wort. Ich habe keine Ahnung, wie du bist, aber ich möchte es gern herausfinden. Obwohl ich im La-La-Land lebe und oft mit sehr oberflächlichen Menschen zu tun habe, hoffe ich, dass ich selbst ein bisschen mehr bin als ein Stereotyp.«

»Ich auch«, sagte ich mit einem zaghaften Lächeln.

Er erhob sich und ging zur Tür.

* * *

Millicent McIlhaney wartete, bis Darla Jean mit der Post aus der Küche zurückkam, dann sagte sie: »Gestern Abend hast du ja an diesem Filmstar geklebt, als wär er der Honig und du 'ne Fliege. Es wundert mich direkt, dass du heute Morgen keine klebrigen Finger hast.«

»Vielleicht hab ich ja welche.« Darla Jean warf die Post aufs Sofa und raste nach oben in ihr Zimmer, um Heather Riley anzurufen. Während es klingelte, stopfte sie sich noch ein paar Kissen unter den Kopf, um es sich gemütlich zu machen, weil sie viel zu erzählen hatte und weil Heather am vergangenen Abend, als das Schicksal zugeschlagen hatte, bei ihrer Cousine in Lisbon gewesen war (nicht wie Lissabon, Portugal, sondern Lisbon, Arkansas – wo es auch ein Paris und ein London und sogar ein Omaha gab). »Du fällst tot um, wenn ich dir sage, wen ich gestern Abend kennengelernt habe«, sagte sie.

»Fredrick Marland«, entgegnete Heather schnippisch. »Ich hab alles schon von Traci erfahren und danach noch von zehn anderen Leuten. Er hat deine Hand gehalten, und du bist zu Apfelmus zerflossen. Du wolltest ein Autogramm und –«

»Stimmt doch gar nicht! Ich hab mich nicht wie ein Baby benommen, echt nicht. Aber Traci! Sie hat mit ihren billigen aufgeklebten Wimpern geklimpert, bis eine sich gelockert hat und wie 'ne tote Spinne auf den Tisch gefallen ist.«

»Das hat sie mir gar nicht erzählt«, sagte Heather, die durchaus auch Darla Jeans Version der Geschichte hören wollte, weil Traci behauptet hatte, unter dem Tisch habe sich etwas abgespielt, was Darla Jeans Freund bestimmt nicht gut finden würde. »Du hast dich also mit ihm verabredet?«

Darla Jean warf ihrem Stoffpudel einen bösen Blick zu, obwohl er gar nichts Böses getan hatte. »Natürlich nicht.«

»Er holt dich heute Abend nicht ab?«

»Er holt mich heute Abend nicht ab«, sagte Darla Jean eisig. Er hatte tatsächlich nicht vor, sie abzuholen – sie sollte nach dem Abendessen bei ihm vorbeikommen und ihn dann nach Farberville fahren, wo er irgendeine ganz spezielle Sonnenmilch kaufen wollte, die es in Jim Bobs Supermarkt nicht gab.

»Wie alt würdest du ihn schätzen?«, fragte Heather, die genau wusste, wie die Pläne für den Abend aussahen. Traci hatte zwar keine guten Noten, aber ihr Gehör funktionierte einwandfrei. »Ich hab gehört, er spielt einen Teenager, aber Angie sagt, sie hätte genau gesehen, dass er gefärbte Haare hat. Wahrscheinlich ist er schon dreißig! Und außerdem ist er ein Filmstar. Du bringst dich ganz schön in Schwierigkeiten, wenn du dich mit so einem einlässt, Darla Jean.«

»Ich lasse mich mit gar keinem ein!«

Heather wies lieber nicht darauf hin, dass Darla Jean und ihr Freund sich bekanntermaßen draußen am Boone Creek aufeinander einließen – so oft, dass die Eichhörnchen und die Waschbären schon keine Lust mehr hatten, ihnen zuzusehen. »Sei bloß vorsichtig.« Mehr sagte sie nicht.

* * *

Raz Buchanon fand, was er suchte, und trug es mit einem leisen Kichern ins Wohnzimmer, wo Marjorie sich auf dem Fernsehsessel ausruhte. »Ich hab doch gewusst, ich find's, wenn ich nur lang genug suche«, sagte er, stopfte sich die Backe voll mit Kautabak und setzte sich aufs Sofa. »Tut mir leid, dass du so lang warten musstest, aber meine Sammlung ist schon zwanzig Jahre alt.«

Marjorie wartete geduldig.

»Aber ich hab doch gewusst, so lang ist es noch nicht her«, fuhr Raz fort. »Weil's ja noch gar nicht lang her ist, seit es passiert ist. Als ich den Kerl gesehen hab, wusste ich gleich, der war auf so 'ner Zeitung vorne drauf, in der gleichen Nummer wie der Artikel über die Frau in Brasilien, die ein Kind mit zwei Köpfen gekriegt hat, und die zwei Köpfe haben zwei verschiedene Sprachen gesprochen, und die eine Sprache war ausländisch.«

Marjorie blinzelte erstaunt.

»Also, nur noch ein bisschen Geduld, und ich find den Artikel.« Er schüttelte den Kopf, als er das Foto des zweiköpfigen Babys betrachtete, aber er wollte Marjorie nicht ärgern, indem er sich zu lang bei den Wundern der modernen Naturwissenschaft aufhielt. »Da haben wir's! Hier steht« – er bewegte langsam, aber beharrlich die Lippen – »die Frau ist ermordet worden, und zwar bei einem von diesen Ritualmorden, die sie in Hollywood so gut finden. Und auf der Zeichnung siehst du, was sie mit Blut auf die Wand geschrieben haben.« Er zeigte Marjorie das Bild. Sie schnüffelte ungläubig, während Raz sich mühsam durch den nächsten Abschnitt arbeitete. »Da steht, der Kerl hat einen Film in der Wüste gedreht, und dann kommt er heim, und seine Frau ist über und über mit Blut beschmiert und mausetot. Genau wie vor ein paar Jahren, als diese Hippies mit den wilden Augen die berühmten Filmstars umgebracht haben.«

Schon beim Gedanken daran wurde Marjorie aschfahl.

* * *

Ich parkte vor Billy Dicks Haus. Der Truck war nicht da. Hoffentlich sucht er gerade neue Hütten zum Abfackeln, dachte ich und klopfte.

Nach ein paar Minuten öffnete eine Frau in einem verwaschenen Morgenmantel. Ihre grauen Haare waren zerwühlt, und sie sah etwas verwirrt aus – als hätte sie gerade geschlafen. Das Rundliche musste Billy Dick von seinem Vater geerbt haben, weil seine Mutter klein und unterernährt wirkte. Aber ihre Augen waren hell wie seine und beunruhigend leer.

»Mrs. MacNamara, ich bin Arly Hanks«, sagte ich.

»Ich weiß, wer Sie sind.«

»Ich ermittle immer noch wegen des Feuers letzte Woche, und da wollte ich Billy Dick fragen, ob er sich noch etwas genauer an den Truck erinnert, den er unten bei der Brücke gesehen hat.«

»Er ist nicht da. Aber er hat versprochen, dass er vor dem Abendessen wiederkommt, weil er mich zur Arbeit fahren wollte.«

Das war eine gute Nachricht. Die schlechte Nachricht war, dass Mrs. MacNamara keinerlei Anstalten machte, mich herein zu bitten, um gemütlich mit mir zu plaudern. Im Gegenteil, sie schien sich schon jetzt zu langweilen.

»Würde es Sie sehr stören, wenn ich hier auf ihn warte?«, fragte ich und gab mir große Mühe, erschöpft aufzusehen. Vielleicht war sie dann nett zu mir. »Ich war die halbe Nacht wach, weil es in meiner Wohnung gebrannt hat und ich erst einmal alles in Ordnung bringen musste.«

»Ich hab von dem Feuer gehört. Wenn Sie wollen, können Sie sich hier ein paar Minuten ausruhen, aber Billy kommt sicher erst in einer Stunde.« Sie hielt ihm die Fliegengittertür auf und deutete ins Wohnzimmer. Die Wände waren so trist wie ihr Morgenmantel, die Möbel abgewetzt, die wenigen Nippessachen staubbedeckt. Der Fernseher lief, ohne Ton. Mit schuldbewusster Miene stellte sie den Apparat aus.

Ich setzte mich auf die Sofakante. »Wie lang wohnen Sie schon hier, Mrs. MacNamara?«

»Fast ein Jahr. Das Haus hat einem Cousin gehört, und als er gestorben ist, hat er's mir vermacht. Billy Dick und ich haben vorher in Farberville gewohnt, in einem Trailerpark im Osten der Stadt. Da fand ich es eine gute Idee, umzuziehen und neu anzufangen.«

»Neu anzufangen?«

Sie sank auf einen Stuhl in der Ecke und starrte auf den abgetretenen Teppich, die Hände im Schoß. Eine magere braune Katze kam herein, zögerte kurz, als sie mich sah, stolzierte durchs Zimmer und sprang Mrs. MacNamara auf den Schoß. Sie streichelte das Tier geistesabwesend, während sie überlegte, was sie sagen sollte. Dann redete sie so leise, dass ich mich vorbeugen musste: »Mein Mann ist gestorben, als Billy Dick zwölf war. Das war für uns beide sehr schlimm, nicht nur weil er nicht mehr da war, sondern weil wir irgendwie von meinem Lohn als Kellnerin leben mussten.«

»Wie fand Billy Dick die Idee, nach Maggody zu ziehen?«

»Er hat nie was gesagt. Er ist immer so mit seinen Sachen beschäftigt und redet nicht viel. Manchmal frag ich ihn, aber da wird er nur wütend und rennt aus dem Zimmer.«

»Wahrscheinlich war es gut für ihn, dass er einen neuen Freund gefunden hat.«

Mrs. MacNamara zuckte zusammen und warf mir einen feindseligen Blick zu. Oder war ich überempfindlich? »Ich denke schon«, sagte sie, »aber ich find's nicht so gut, dass er mit einem, der so viel jünger ist, solche Spiele macht. In Farberville hat Billy

Dick kaum Freunde gehabt. Er war lieber für sich, genau wie sein Vater und ich auch. Wir haben uns immer große Sorgen gemacht, wie wir die Rechnungen zahlen sollen, also konnten wir kein Geld für schicke Restaurants oder fürs Kino ausgegeben. Mein Mann – also, er war krank und konnte oft nicht arbeiten. Er hat gearbeitet, und dann ging's ihm wieder schlechter, und er ist rausgeschmissen worden.«

In Maggody bedeutete eine nicht näher spezifizierte »Krankheit« in der Regel Alkoholismus. Ich hätte meine drei Patronen verwettet, dass meine Theorie stimmte. Mrs. MacNamara hatte den ausgelaugten Gesichtsausdruck einer Frau, die viele Jahre einen aussichtslosen Kampf geführt hat. Sie hatte es nicht geschafft, ihren Mann zu ändern, und offenbar hatte sie auch auf ihren Sohn keinen Einfluss mehr.

Wahrscheinlich hatte sie keine Ahnung, was er so trieb. »Ich muss noch mit ein paar anderen Leuten sprechen«, sagte ich und stand auf. »Sagen Sie Billy Dick doch bitte, dass ich vorbeigekommen bin und dass er mich auf dem Revier oder zu Hause anrufen soll.«

»Ich werd's ihm ausrichten, aber ich kann nicht versprechen, dass er es auch tut.«

»Danke.« Draußen war ich richtig froh, ihre klebrige Niedergeschlagenheit abschütteln zu können, und fuhr nach Farberville zur Polizeikaserne. Ich wollte noch mal mit Sergeant Merganser sprechen.

* * *

»Hast du gehört, was Fuzzy zu Carlotta gesagt hat?«, fragte Gwenneth, während sie sich die Arme mit Koskosnussöl einrieb. Selbst ein mickriger kleiner Swimmingpool wäre besser als dieser Motelparkplatz. Sie und Kitty langweilten sich schon jetzt zu Tode, obwohl sie noch keine vierundzwanzig Stunden in Maggody waren. Aber es war immer noch besser, ein Sonnenbad zu nehmen, als dumpf vor sich hin zu brüten. Die beiden Frauen lagen auf billigen Campingliegen und trugen Bikinis, die die meisten Einwohner von Maggody als ein Stück Heftpflaster mit ein bisschen Schnur bezeichnet hätten.

Kitty zündete sich eine Zigarette an und blies eine Rauchwolke in die Luft. »Und was sagt der alte Säufer?«

»Ich glaube, es ist gar nicht so unwichtig«, sagte Gwenneth. Sie betrachtete ihre Begleiterin durch die Sonnenbrille, dann warf sie die Haare zurück und seufzte (das Stöhnprogramm kam erst später, vor der Kamera). »Fuzzy schwört, er hat in einem Motel in Vegas eine unautorisierte Version von *Prickelnde Leidenschaft* gesehen. Als ich gestern bei Hal war, um meinen Text durchzusprechen« – sie verdrehte die Augen, was Kitty natürlich nicht sehen konnte – »da hat er es zugegeben und gesagt, jemand hätte eine Raubkopie gemacht.«

»Ach du Scheiße«, sagte Kitty und schwieg dann, während sie ihre quasi nackten Brüste einölte, die nicht so üppig waren wie die von Gwenneth, aber besser als der Durchschnitt und doppelt so teuer. »Wenn das stimmt, dann machen wir nicht viel Geld über den Verleih. Buddy und ich stecken zur Zeit in einer ziemlich schwierigen Situation, und wir haben fest mit unseren fünf Prozent gerechnet, weil wir die hungrigen Wölfe von unserem Jaguar fernhalten wollen.«

Gwenneth richtete sich so abrupt auf, dass ihr die Sonnenbrille von der niedlich geschwungenen Stupsnase rutschte. »Fünf Prozent?«, schrie sie. »Fünf? Du und Buddy, ihr kriegt fünf Prozent? Hal hat Stein und Bein geschworen, dass alle nur drei Prozent bekommen. Dieser Dreckskerl! Ich pack mir sein Toupé und schmeiß es in –«

»Guten Tag, die Damen!«, rief Ruby Bee, die mit einem Tablett über den Parkplatz kam. Sie war fest entschlossen, sich nicht von der hier zur Schau gestellten nackten Haut beeindrucken zu lassen. Diese Filmleute haben was gegen Kleidung, dachte sie unbehaglich. »Ich bringe Ihnen ein bisschen Eistee. Hier draußen auf dem Parkplatz ist es ja heißer als in einem Backofen.«

Gwenneth schob ihre Sonnenbrille wieder zurück und belohnte

Ruby Bee mit einem weißblitzenden Lächeln. »Ach, Sie sind ja so lieb! Gerade habe ich zu Kitty gesagt, ich würde einen Einkaufsbummel im Rodeo Drive gegen ein Glas Eistee tauschen.« Sie streckte die Hand aus, und Ruby Bee reichte ihr hastig ein Glas.

»Vielen Dank«, sagte Kitty. Ihre Stimme klang etwas heiser. »Ich hatte gestern Abend gar keine Möglichkeit, mich mit Ihnen zu unterhalten, als Hal uns befohlen hat – ich meine, uns eingeladen hat, ein paar Bier in Ihrer Bar zu trinken und die Einwohner kennen zu lernen. Ich bin Kitty Kaye.«

»Oh, ich weiß, wer Sie sind!«, sagte Ruby Bee. Sie gab sich alle Mühe, nicht herauszuplatzen, konnte aber nicht anders. »Ich hab die ganzen Filme gesehen, die Sie in den fünfziger Jahren gemacht haben, und ich hab immer Ihre Frisur nachgeahmt – für den Fall, dass Humphrey Bogart zufällig mal bei uns vorbeikommt. Es muss doch himmlisch sein, von so einem Star geküsst zu werden, auch wenn Sie's nur tun, weil's im Drehbuch steht.«

»Ja, es gab durchaus schöne Momente«, murmelte Kitty. »Wie nett von Ihnen, dass Sie sich noch daran erinnern. Ich kann Ihnen gar nicht sagen, wie oft irgendwelche Leute schon gedacht haben, ich bin tot – sogar in meiner Anwesenheit. Ehe wir wieder abreisen, müssen wir beide uns gemeinsam fotografieren lassen, und ich werde das Bild dann für Sie signieren. Buddy natürlich auch, wenn Sie es wollen.«

»Oh, Miss Kaye!« Ruby Bee erstarrte fast vor Ehrfurcht und sah schon das gerahmte Foto in der Bar hängen, genau wie in den vornehmen Restaurants in New York.

Gwenneth studierte mit gerunzelter Stirn eine Sommersprosse auf ihrem Arm. »Wer ist Humphrey Bogart?«

Kitty und Ruby Bee warfen sich entrüstete Blicke zu, und Ruby Bee setzte schon zu einer Erläuterung an, als ihr einfiel, dass es vielleicht etwas anmaßend war zu denken, dass sie es besser wusste als Miss Kitty Kaye, die ihn in den fünfziger Jahren geküsst hatte.

»Später, Kleines«, antwortete Kitty. »Liebe Mrs. Hanks, was gibt es denn in Maggody Aufregendes zu sehen?«

»Ich würde mich ja so freuen, wenn Sie mich Ruby Bee nennen würden – Sie auch, Miss D'Amourre. Die einzigen Leute, die mich Mrs. Hanks nennen, sind diese lästigen Herren von der ALK.« Ruby Bee hörte sich plappern wie die Puppe eines Bauchredners, konnte aber irgendwie nicht aufhören. »Die ALK, das ist die Alkohol-Lizenz-Kontrolle, die kommen zweimal im Jahr und überprüfen meine Lizenz und schnüffeln überall rum, ob ich auch bestimmt nicht an Minderjährige ausschenke.«

»Diese grässlichen Typen, die nach Diamanten graben?«, erkundigte sich Gwenneth, schien sich allerdings mehr für den Sonnenölkreis zu interessieren, den sie um ihren Bauchnabel gezogen hatte.

Ruby Bee verstand nicht recht, was die Blondine mit dieser Frage meinte, sagte aber nichts. Nach einer kurzen Pause meinte Kitty Kaye gähnend: »Wo stecken eigentlich die andern alle?«

Gwenneth gähnte etwas dezenter. »Carlotta und Hal sind losgezogen, um die Drehorte zu überprüfen. Die Jungs haben sich im hintersten Zimmer verkrochen, spielen Poker und tun, was sie können, um vor Einbruch der Dämmerung jeden Tropfen Alkohol, den's hier gibt, wegzutrinken. Anderson hat gesagt, er macht einen Spaziergang, obwohl ich mir nicht erklären kann, warum er sich einer so schweißtreibenden Aktivität hingibt.« Sie setzte sich auf und hielt das Eisteeglas so lange vor sich hin, bis Ruby Bee es ihr abnahm. »Ich meinerseits brauche jetzt einen Martini. Meinst du, wir könnten den guten alten Buddy überreden, mir einen zu mixen? Er ist der einzige, der mit dem Gin großzügiger umgeht als mit dem Vermouth.«

Kitty reichte ihr Glas Ruby Bee, die auf dem Parkplatz Wurzeln zu schlagen schien, so hingerissen war sie von den Hollywoodstars. »Vielen Dank, Ruby Bee«, sagte Kitty mit einem freundlichen Nicken. »Gwenneth, ich denke, ich werde jetzt mal meinen Ehemann suchen gehen und ihn in mein Zimmer locken. Wir haben keine Szenen wie du im Film, aber unsere Proben machen ihm trotzdem Spaß ... so wie Hal die Proben mit dir.«

»Hal ist ein mieses Schwein«, begann Gwenneth, unterbrach

sich jedoch und schirmte die Augen mit der Hand ab. »Oh, Scheiße noch mal! Da kommt dieser grässliche Kerl von gestern Abend. Der ist noch schmieriger als der Hausmeister von unsrer Highschool!«

Ruby Bee blickte über die Schulter. Wie ein Müllauto steuerte Jim Bob direkt auf sie zu, in der Hand eine Flasche in braunem Papier.

Gwenneth wollte aufstehen, aber Kitty packte sie am Handgelenk. »Vergiss nicht, was Hal gesagt hat. Wir sollen uns hier von unserer Schokoladenseite zeigen!«, murmelte sie so leise, dass Ruby Bee sie fast nicht verstanden hätte.

»Oh, Scheiße noch mal!«, wiederholte Gwenneth, aber ohne viel Engagement.

Ruby Bee war verblüfft, wie sich die Blondine plötzlich in eine niedliche kleine Barbiepuppe verwandelte und den Näherkommenden sogar mit dem Finger zu sich winkte. Kitty brummelte noch irgend etwas und verschwand dann in Zimmer Nummer vier. Obwohl Ruby Bee Seiner Majestät gern eine bissige Bemerkung an den Kopf geworfen hätte, gab sie sich mit einem hochmütigen Schnauben zufrieden und ging zurück in ihre Bar.

»Ach, Sie sind ja so süß!«, hörte sie eine Kicherstimme zwitschern.

Ruby Bee gab sich zwar größte Mühe, noch mehr mitzubekommen, aber vergeblich. Doch sie hatte ja schon einiges Interessante aufgeschnappt, Anspielungen auf einen Ehemann (sie konnte es kaum erwarten, Estelle davon zu erzählen – die würde Augen machen!), Anspielungen, die fast schon skandalös geklungen hatten, und eine etwas unklare Theorie über den Film, der jetzt in Mggody gedreht werden sollte.

Aber das musste alles noch ein bisschen warten. Demnächst begann nämlich die Happy Hour in Ruby Bees Bar und Grill, und da erwartete sie noch mehr Leute als am vergangenen Abend.

* * *

Ich öffnete die Tür zum Polizeirevier, und zum ersten Mal im Leben tat ich es vorsichtig. Ich weiß nicht, was ich erwartete – eine Feuerwand, eine Bombe am Türknauf, einen Besucher im Hinterzimmer. Aber nichts dergleichen. Soweit ich sah, war als einziger der Postbote dagewesen, der nie auch nur einmal klingelte.

Ich sah meine Post durch. Sie landete größtenteils im Papierkorb. Da öffnete sich die Tür. Erschrocken schnappte ich nach Luft, was ziemlich albern war, also nahm ich mich zusammen und begrüßte das Paar mit einem verkrampften Lächeln.

Die Frau hielt mir die Hand hin. »Ich glaube, wir kennen uns noch nicht, Polizeiinspektorin Hanks. Ich bin Carlotta Lowenstein, und das ist Hal Desmond, Produzent und Regisseur von *Wilder Kirschwein*. Und der Chef von Glittertown Productions. Hoffentlich haben Sie einen Moment Zeit, um mit uns den Drehplan durchzugehen.«

»Okay.« Sie hatte einen trockenen, festen Händedruck. »Ich freue mich, dass ich Sie endlich kennenlerne.«

»Da haben Sie auch allen Grund zur Freude«, meinte Hal. Er hatte sich auf den Stuhl gegenüber von meinem Schreibtisch gesetzt und schnippte mit dem Finger.

»Haben Sie einen Aschenbecher?«, fragte mich Carlotta.

»Ich hole eine Untertasse«, sagte ich. Carlotta machte einen ganz angenehmen Eindruck, aber im Gegensatz zu Anderson St. James gewann Hal Desmond in meinem Polizeirevier keinen Oscar. Ich entschied mich für eine besonders angeschlagene Untertasse, gab sie Hal und setzte mich auf die Schreibtischkante.

Hal holte seine Zigaretten hervor, klopfte eine aus der Packung, zündete sie an und beobachtete mich dabei die ganze Zeit mit neugierigen Krokodilsaugen. »Sie sind also die Polizeiinspektorin. Wie kommt denn das?«

»Es ist eben so«, erwiderte ich mit einem Achselzucken. »Wie kommt es denn, dass Sie sich für Maggody entschieden haben?«

»Das war Carlottas Idee, stimmt's, Süße?«

Sein zynischer Tonfall hätte mich an ihrer Stelle sehr gestört, aber sie verzog keine Miene. »Einer der Schauspieler hat die Gegend hier vorgeschlagen. Also habe ich mir in Springfield einen Wagen gemietet und bin von einem Kaff zum andern gefahren. Und der Ort hier erschien mir ideal für die Dreharbeiten.«

»Die Stadt ist drollig«, sagte er und schnippte Zigarettenasche auf den Fußboden. »Das ist nicht zu leugnen. Ich würde sogar behaupten, sie ist so drollig wie keine andere.«

»Mag sein«, sagte ich. Ich konnte allerdings nicht einschätzen, ob es ein Kompliment oder eine Ohrfeige sein sollte.

Meine minimalistische Antwort schien ihn nicht weiter zu interessieren. »Und die Einwohner! Also, die sind ja nun wirklich drollig, was, Carlotta? Wir hatten Gelegenheit, einige dieser höchst drolligen Menschen kennenzulernen, und ich kann gar nicht beschreiben, wie ungeheuer drollig sie sind. Wenn ich nur einen Teil dieser Drolligkeit auf Zelluloid bannen kann, bin ich der Held des Filmfestivals von Cannes! Meinst du nicht auch, Carlotta?«

»Ja, Hal.« Sie warf einen Blick auf ihr Clipboard, dann lächelte sie mich an. »Hal und ich haben uns schon ein paar der geplanten Stellen angeschaut. Ein Gentleman versicherte uns glaubhaft, er werde sein Hausschwein während der Dreharbeiten nach draußen bringen.«

»Verdammt drollig«, sagte Hal kopfschüttelnd. »Es ist so verdammt drollig, dass ich zu Carlotta gesagt habe, wir sollten ein paar Szenen überarbeiten und die Situation für uns nutzen, in der immer wieder diese untergründige Verderbtheit zu beobachten ist. Manchmal verliert die Filmbranche den Kontakt zu den wirklichen Menschen.«

»Raz Buchanon ist nicht wirklich«, entgegnete ich.

»Gut!«, meinte Carlotta mit einem trockenen Lachen.

Hal hob die Hände, sodass die Daumen sich begegneten und mit den ausgestreckten Zeigefingern ein Dreieck bildeten, durch das er mein Gesicht betrachtete. »Sie haben gute Backenknochen – nicht gerade eine Konkurrenz für Katherine Hepburn, aber nicht übel. Wenn Sie was mit Ihren Haaren machen würden... Haben Sie in der Highschool je Theater gespielt? Hätten Sie Interesse an Probeaufnahmen?«

Carlotta machte ein Gesicht, als wollte sie gleich ihr Klemmbrett nach ihm werfen. Mit eisiger Stimme sagte sie: »Hal, du sprichst mit der Polizeiinspektorin. Sie hat bereits einen Beruf – sie ist der Arm des Gesetzes.«

Er bewegte seine Fingerkamera hin und her, zwinkerte mir zu und ließ dann die Hände sinken. »Ein Regisseur ist immer auf der Suche. Ich habe Gwenneth D'Amourre entdeckt, wissen Sie. Sie war – siebzehn, achtzehn? Ein süßes kleines Ding, frisch von der Farm, aber ich habe das Potential erkannt, und darauf kommt es an. Als Gwenneth auf meine Privatnische im Polo zukam, wackelte sie mit dem Hintern, als hätte sie einen Aal verschluckt, und da wusste ich, hier kommt ein Star.«

Carlotta notierte etwas auf ihr Klemmbrett, aber ich nahm nicht an, dass sie seine goldenen Worte niederschrieb. Ich setzte mich auf meinen Stuhl und sah ihn unbeweglich an.

»Bei Frederick Marland war es genauso«, fuhr Hal fort und fuchtelte so mit den Händen herum, dass die Zigarettenasche wie ein Schuppenregen durch die Luft rieselte. »Natürlich hat er nicht mit dem Po gewackelt. Er hat eine etwas direktere Methode gewählt und im Vorzimmer meines Büros gewartet, ewig lange, vielleicht zwei, drei Wochen, jeden Tag. Ich dachte schon fast, er gehört zum Inventar. Bewundernswert, diese Art von Beharrlichkeit. Schließlich habe ich mich seiner erbarmt und ihn in mein Büro gebeten. Sein Akzent war noch schlimmer als bei den Bauerntölpeln hier in der Gegend, aber ich habe seine Figur gesehen und gedacht – P-O-T-E-N-T-I-A-L. Dann hab ich gedacht, Hal, was hast du hier noch außer Potential? Zwei Kids vom Lande, beide mit einem schrecklichen Akzent. Also nahm ich sie unter Vertrag, holte ihnen die Kartoffeln aus dem Mund, gab ihnen einen Sprachcoach, ließ ihre Zähne richten, zog ihnen die richtigen Klamotten an und schuf das heißeste Paar der heutigen Filmdustrie.«

Sollte ich Beifall klatschen? »Ich habe leider von beiden noch nie etwas gehört«, sagte ich nett.

Carlotta trat Hal auf den Fuß. »Die ersten beiden Filme werden nur in ausgewählten Häusern gezeigt«, sagte sie zu mir, ohne sein Jaulen zu beachten. »Der dritte Film kommt im Herbst in die Kinos, wenn die Verhandlungen mit dem Verleiher abgeschlossen sind. Ich bin sicher, Sie haben Wichtigeres zu tun, Polizeiinspektorin Hanks, also sollten wir vielleicht einfach den Drehplan durchsprechen und dann ins Motel zurückgehen, ehe Darsteller und Crew sich gegenseitig umbringen.«

»Ich muss schon sagen, Carlotta«, sagte Hal und rieb sich den Fuß. »Du nimmst dir einiges heraus. Dagegen werde ich wohl demnächst etwas unternehmen müssen.«

Sie sah auf ihn hinunter. »Wenn ich dir nicht zuvorkomme.«

* * *

Es war noch aufregender, tagsüber in ihre Wohnung zu schleichen, wenn sie jeden Moment kommen könnte. Der vergangene Abend war zu leicht gewesen, aber er wollte hauptsächlich demonstrieren, dass er überall Feuer legen konnte, nicht nur nachts in irgendwelchen Hütten an einsamen Straßen.

Er zog die Nachttischschublade auf, fand aber nichts Interessantes. Da er wusste, dass seine Schritte unten gehört werden konnten, schlich er auf Zehenspitzen zur Kommode. In der zweiten Schublade fand er, was er suchte, obwohl er gar nicht hätte erklären können, warum er plötzlich das Bedürfnis verspürte, die Kleider einer Frau zu berühren, die seidene Unterwäsche durch die Finger gleiten zu lassen wie Wasser.

Nein, nicht wie Wasser, korrigierte er sich, Wasser war Gift für den Drachen. Er entdeckte einen roten Spitzenunterrock. Der ist besser, dachte er, wischte sich damit den Schweiß von der Stirn und steckte ihn in die Tasche.

Unter die andere Wäsche schob er ein kleines Geschenk, und er musste grinsen, als er sich vorstellte, was für ein Gesicht sie machen würde, wenn sie es fand. Sie würde kapieren, dass er kommen und gehen konnte, wie es ihm gefiel. Dann begriff sie vielleicht auch, dass der Augenblick näherrückte, in dem er dem Drachen die Macht entriss und sie für sich selbst beanspruchte.

## Siebtes Kapitel

24 INNEN. HAUS DER FAMILIE BIGGINS –
LORETTAS SCHLAFZIMMER – NACHT
*Loretta zieht sich aus und betrachtet sich dabei im Spiegel.*

LORETTA *(leise)*
Oh, Billy Joe, wenn Pa doch erlauben würde, dass wir zusammen sind.
*Wir hören in der Ferne Kirchenglocken, dann ein Klopfen am Fenster. Kamera fährt zurück, wir sehen Billy Joe, der Loretta durch Zeichen zu verstehen gibt, sie soll das Fenster öffnen. Sie bedeckt ihre Brüste, indem sie die Arme verschränkt, und geht ans Fenster. Billy Joe klettert über den Sims.*

BILLY JOE
Ich musste dich unbedingt sehen, Liebste. Ich hab dich und Cooter Grimmley in seinem Wohnzimmer gesehen. Auch wenn er in einem schönen, großen Haus wohnt – er ist trotzdem ein Dreckskerl.

LORETTA
Psst! Sonst hört dich Pa. Er und Ma sitzen im Zimmer nebenan. Ich glaube, ich ziehe mich lieber wieder an.
*Sie nimmt ihre Bluse, aber Billy Joe packt sie am Handgelenk, drückt auch ihren anderen Arm zurück und starrt begehrlich auf ihre Brüste.*

LORETTA
Billy Joe – lass das! Nein, du musst aufhören. Ich kann nicht denken, wenn du das mit mir machst. Ich werde so ... erregt.

BILLY JOE
Wirklich? Lass mal sehen.

LORETTA

Nein, bitte, hör auf. Pa ist nur drei Meter entfernt, gleich hinter der Tür.

*Die Kamera fährt hinter hin, während er sie aufs Bett drückt, wobei er zärtlich flüstert und sie streichelt.*

BILLY JOE *(unkonzentriert)*

Ich habe einen Plan, Loretta. Wir hauen aus dieser miesen Stadt ab und fangen gemeinsam ein neues Leben an. Das willst du doch auch, oder? Dann könnte ich das ... und das ... die ganze Zeit machen.

ZACHERY *(Off)*

Loretta, was ist los da drin?

LORETTA

Du musst gehen, Billy Joe.

*Billy erhebt sich zögernd und geht zum Fenster.*

BILLY JOE

Ich mache einen genauen Plan. Und dann sag ich's dir – irgendwie.

ÜBERBLENDEN ZU

* * *

Carlotta sah die Menschenansammlung am anderen Ende der ungeteerten Straße, aber sie war an dieses Phänomen gewöhnt und ignorierte die Gaffer mit ihren Fotoapparaten, Kühlboxen, Picknickkörben und Campingstühlen. Fuzzy war in der Hütte, angeblich um alles vorzubereiten, aber er war schon so lange verschwunden, dass sie sich langsam fragte, ob der verrückte Alte ihm etwas angetan hatte – oder umgekehrt.

Hal ging in dem überwucherten Garten umher, in der einen Hand eine Zigarette, in der anderen das Drehbuch. Er war so gekleidet, wie die Welt es von einem Hollywood-Regisseur erwartet: Sonnenbrille, ein leicht demolierter Leinenhut, ein grell pinkfarbenes Hemd, eine Safari-Jacke und karierte Shorts. Nur durch seine schwarzen Socken, die an seinen Waden klebten, fühlten sich die Zuschauer etwas irritiert.

Er führte sich auch auf wie der typische Hollywood-Regisseur. Joyce Lambertinos Nichte hätte er fast den Kopf abgebissen, als sie zu nah an den Zaun kam, und sie war heulend zu Joyce gelaufen. Wenn er am einen Ende des Gartens angelangt war, machte er kehrt und raste wie der Blitz zurück in die andere Richtung. Für alle Anwesenden ein sehr befriedigender Anblick.

Carlotta zog ihren Drehplan zu Rate. Es gab elf Innenaufnahmen im Haus der Familie Biggins. Zwar hatten sie sich überlegt, ob sie nicht noch ein paar Außenaufnahmen einplanen sollten, solange so gutes Wetter war, aber Carlotta hatte beschlossen, lieber einige Tage zu warten, bis die Einwohner von Maggody nicht mehr ganz so neugierig waren und wieder zu ihren Alltagsbeschäftigungen zurückkehrten. Anderson hatte mit Polizeiinspektorin Hanks angebandelt. Vielleicht konnte er sie ja überreden, bei den weniger jugendfreien Szenen die Straße abzusperren. Sie notierte sich, dass sie Hal daran erinnern musste, noch mehr Bemerkungen über künstlerische Integrität und Symbolik fallenzulassen – und aufzuhören, den Film immer mit den Worten »die Clampetts spielen Romeo und Julia, aber nackt« zusammenzufassen.

Gwenneth und Frederick kamen mit dem Bus. Als sie ausstiegen, verstummte das allgemeine Geplapper. Das hing vielleicht mit ihrer Kleidung zusammen. Frederick trug eine zerrissene Latzhose, die die ganze Aufmerksamkeit auf seine Genitalien lenkte. Seine nackte Brust war herrlich muskulös und dicht behaart.

Gwenneth trug abgeschnittene Jeans, die so hauteng waren, dass die meisten Zuschauer sich gar nicht vorstellen konnte, wie sie hineingekommen war – oder wie sie je wieder herauskommen sollte. Die Bluse hingegen war nur ein Hauch, und Kevin

Buchanon, der ganz vorne stand, merkte, dass er ihre Nippel genau sehen konnte. Davon wurde ihm richtig schwindelig, und sein Adamsapfel hüpfte wie wild auf und ab.

Auch Jim Bob fühlte sich etwas erhitzt, während er die wunderschönen Brüste betrachtete und dann die Augen weiter nach unten gleiten ließ, um Gwenneth mit den Blicken zu entkleiden. Nach dem zu urteilen, was sie am Abend zuvor in der hintersten Barnische zu ihm gesagt hatte, würde sie ihm seinen Wunsch womöglich erfüllen. Er hätte gern gewusst, ob sie einen schwarzen Spitzen-BH und passende Strapse tragen würde. Ob es so was in Farberville zu kaufen gab? Was seine Frau sagen würde, wenn sie seine Gedanken lesen könnte, daran dachte er lieber nicht. Sie saß zu Hause im Wohnzimmer und wartete in einem richtigen Sonntagskleid auf die Filmleute. Er hatte ihr nämlich gesagt, sie würden gleich kommen. Später würde er ihr erklären, sie hätten ihm etwas Falsches mitgeteilt.

»Pass auf, dass dir nicht die Augen rausfallen!«, fuhr Eilene Buchanon ihren Gatten an. »Du glotzst ja wie ein Ochsenfrosch.«

»Du blamierst mich!«, sagte Millicent McIlhaney zu ihrem Ehemann und klang mindestens so giftig wie Eilene, wenn nicht noch schlimmer.

»Wenn du mir Schande machst«, murmelte Dahlia ihrem Verlobten ins Ohr, »dann findest du dich zusammengequetscht im nächsten Briefkasten wieder.«

»Ich sollte die Frauenkommune in Bugscuffle anrufen und eine Demonstration organisieren«, sagte eine der Hippiefrauen vom Emporium. »Ich kann's nicht fassen, dass ein sexistisches Hollywood-Schwein es wagt, Frauen auf diese Art darzustellen und sie auf ihre körperlichen Attribute zu reduzieren.«

»Genau!«, sagte die andere und beäugte den Kerl in der Latzhose. Sie glaubte nicht, dass sie sich in Bezug auf seine körperlichen Attribute irrte, war aber bereit, ihre Theorie zu überprüfen.

»So was«, sagte das bärtige Wunder, das mit den beiden Frauen zusammenlebte. Keine von beiden reagierte, aber das war normal.

»Ich werd gleich ohnmächtig!«, flüsterte Heather Riley Traci zu. »Hat er nicht den süßesten Knackarsch, den du je gesehen hast? Würdest du dir den nicht gern im Mondlicht auf einer Wolldecke am Boone Creek näher ansehen?«

»Was hat Darla Jean eigentlich von gestern Abend erzählt?«, flüsterte Traci zurück.

Einen Moment lang wandte Heather den Blick von der Attraktion ab und legte ihr Gesicht in nachdenkliche Falten, sodass sie aussah wie ein kleiner Pekinese. »Nichts. Als ich das erste Mal angerufen habe, war sie richtig unverschämt und hat gesagt, ich hätte sie aufgeweckt. Ich hab dann 'ne Stunde gewartet und mir die ganze Zeit fast in die Hose gemacht, aber sie hat behauptet, sie muss die Wäsche reinholen, sonst kriegt sie Hausarrest, und dann hat sie den Hörer hingeknallt, bevor ich ein Wort sagen konnte.«

»Das heißt, du weißt nicht, was los war?«

Achselzuckend widmete sich Heather wieder dem Anblick von Frederick Marland, der angeblich schon dreißig war, sich aber echt gut gehalten hatte. Bei dem, was sie sich ausmalte, musste sie so heftig schlucken, als hätte sie lauter Krümel in Hals.

»Aber sie sind verheiratet!«, sagte Ruby Bee mit einem herablassenden Lächeln zu Estelle. »Ich hab gehört, wie Miss Kaye gesagt hat, sie holt jetzt ihren Ehemann vom Pokerspielen weg.«

»Das interessiert mich nicht, Miss Standesamt. Ich habe Besseres zu tun, als auf dem Parkplatz rumzuschleichen und andere Leute zu belauschen.«

Carlotta, die nichts davon hörte, aber im Schlaf wesentlich geistreichere Dialoge hätte schreiben können, betrachtete Gwenneth und Frederick kritisch. »Wo sind Buddy und Kitty? Ich hab Anderson gesagt, dass ich ihn erst um elf brauche, aber wenn die arme kleine Loretta nicht die Wände anwinseln soll, dann brauchen wir ihre lieben Eltern.«

»Ich hab bei ihnen geklopft«, antwortete Gwenneth, »aber es hat niemand aufgemacht.«

In diesem Moment schaltete sich Hal ein. »Wird hier gearbeitet, oder machen wir einen Betriebsausflug? Ihr habt alle einen

Drehplan, Herrgott noch mal. Ich könnte es ja verstehen, wenn einer von diesen Hohlköpfen einen Termin verpassen würde, aber die beiden sind doch schon ewig im Geschäft, mindestens seit – ach, ich weiß auch nicht.« Er funkelte Carlotta böse an. »Hast du nicht alle noch mal angesprochen, ehe sie sich die halbe Nacht mit Bier abgefüllt haben?«

»Ich bin mit jedem einzelnen sämtliche Details durchgegangen«, entgegnete Carlotta ruhig.

»Gut, dann ruf in diesem gottverdammten Motel an und sag Tante Bea, sie soll die beiden aus dem Bett schmeißen!«

»Glaubst du wirklich, dass es in der Absteige ein Telefon gibt? Vielleicht im Billardraum oder unter den Palmen neben dem Whirlpool?«

»Dann hol sie! Nimm meinen Wagen! Ich kann nicht kreativ arbeiten, wenn es dauernd Verzögerungen gibt.« Er ging über die Veranda in Raz Buchanons Haus. Das Zuknallen der Tür klang wie ein Startschuss – von der anderen Straßenseite kam zaghafter Applaus.

»Ich hab sie gestern in der Bar gesehen«, sagte Gwenneth. Wenn dieser widerliche Bürgermeister bloß aufhören würde, mich so anzuglotzen! dachte sie. Gleich springt mir noch der Knopf an der Hose auf.

»Bis um zehn waren sie da«, meinte Carlotta. »Kitty und ich haben beobachtet, wie sich die Witwen von Maggody darum gestritten haben, welche bei Buddy auf dem Schoß sitzen darf. Du warst ja selbst in ähnliche Aktivitäten verwickelt.«

Gwenneth zog einen Schmollmund. »Hal hat gesagt, wir sollen nett zu den Leuten sein, bis alles im Kasten ist. Ich hab bloß getan, was er mir befohlen hat.«

»Und wir wissen alle, warum du tust, was Hal dir befiehlt, stimmt's?«, sagte Carlotta mit einer Prise Gift in der Stimme.

»Ach, ja?«

»Hört auf«, sagte Frederick, den diese Auseinandersetzung langweilte. »Ich fange langsam an zu schwitzen und würde gern was Lukrativeres tun als von diesen Schulmädchen angeglotzt werden. Komm, Gwenneth, mein süßes kleines Nymphchen, wir gehen rein und bringen möglichst viel hinter uns, bis Buddy und Kitty ihren Arsch hierherbewegen.«

Carlotta machte sich auf den Weg zum Bus, doch dann sah sie Ruby Bee und Estelle. »Guten Morgen, Ruby Bee«, sagte sie. »Haben Sie zufällig Buddy Meredith oder Kitty Kaye heute Morgen gesehen?«

Ruby Bee schwieg einen Moment, damit alle merkten, dass die Regieassistentin sie nach dem Verbleib der berühmten Stars Miss Kaye und Sauberzauber-Mann gefragt hatte. »Nein, nicht dass ich wüsste. Ich hab vor jede Tür ein Tablett mit dem Frühstück gestellt, wie Sie gesagt haben. Aber wenn ich's mir richtig überlege – das Tablett vor Nummer fünf stand noch da, als ich abgeschlossen habe, um hier die Dreharbeiten zu verfolgen.«

»Ich hab's auch gesehen«, meldete sich Estelle, die ein bisschen beleidigt war, weil Carlotta sie nicht begrüßt und ihr nicht ein Mal zugelächelt hatte. »Es sah völlig unberührt aus. Wenn Sie wollen, fahre ich zurück zum Motel und klopfe an die Tür.«

Ehe Carlotta etwas sagen konnte, flog die Tür von Raz Buchanons Hütte auf, und Gwenneth marschierte mit entschlossenen Schritten durch den Garten. Sie machte ein sehr verärgertes Gesicht, und ihre Brüste hüpften vor Empörung. »Da drin ist ein Schwein«, verkündete sie angeekelt. »Dieser Mensch sagt zwar, er schickt es raus, aber im Moment liegt es noch auf dem Sofa. Der Mensch kaut Tabak und spuckt. Außerdem kratzt er sich dauernd. Bestimmt hat er Läuse. Mich juckt es auch schon überall!«

»Was machen die andern?«

»Ich muss mich irgendwo hinlegen, wo's kühl und sauber ist«, fuhr Gwenneth mit einem gequälten Seufzer fort, um den Zuschauern ihre sensible Seele zu demonstrieren. »Echt, Carlotta, ich breche sofort in Tränen aus, wenn du mich zwingst, wieder da reinzugehen.«

»Sprich mit Hal.«

»Der ist nicht ansprechbar. Er und Fuzzy trinken irgendein mir unbekanntes Gesöff aus Krügen, und Frederick beobachtet sie mit seinem widerlich arroganten Grinsen. Ich weiß genau, da drin wimmelt es vor Spinnen und Flöhen – und das Schwein ist scheußlich!« Zwei silberne Tränen kullerten unter ihrer dunklen Sonnenbrille hervor.

»Möchten Sie sich kurz in meinem Kombi ausruhen?«, fragte Estelle eifrig.

»Ja, mach das mal«, meinte Carlotta. »Ich fahr schnell ins Motel und hole Buddy und Kitty.«

Estelle war sehr zufrieden mit sich, als sie Miss D'Amourres Arm nahm und sie zu ihrem Kombi führte. Sie wusste, dass alle zuschauten, wie sie eine echte Filmschauspielerin rettete. Ruby Bee mochte wüten und toben, soviel sie wollte, aber ihr Wagen war ganz hinten beim Highway geparkt.

* * *

»Es hat also bereits fünf Brände gegeben?«, fragte Anderson. Wir waren in Ruby Bees Bar und Grill eingebrochen (der Schlüssel liegt oben auf dem Türrahmen) und tranken in der hinteren Nische einen Kaffee. Ja, in der allerhintersten Nische, wo es sogar morgens dämmrig ist. Wir wollten uns die Atmosphäre in der Bar nicht durch Sonnenlicht verderben. »Bist du sicher, dass das Feuer in deiner Wohnung von derselben Person gelegt worden ist? Von außen sieht es doch ziemlich anders aus.«

»Es war eine Botschaft«, erklärte ich seufzend. »Ich weiß, wer die Brände gelegt hat, und er weiß, dass ich es weiß – verstehst du? Der Ermittler von der Polizeikaserne will sehen, ob er etwas über Billy Dick MacNamaras Vergangenheit in Farberville herausfinden kann. Es sollte mich nicht wundern, wenn er dort auch schon Schwierigkeiten hatte – oder zumindest verdächtigt wurde. Ansonsten bleibt mir nur eins: Ich muss ihn mit den Streichhölzern in der Hand erwischen.«

»Kann dir dabei nicht jemand helfen?«, fragte Anderson und nahm meine Hand – aber sicher nicht, um zu sehen, ob ich Streichhölzer dabei hatte.

»Ich hab mit dem Sheriff gesprochen, der wie immer gemeckert und geschimpft und dann darüber gejammert hat, dass er so wenig Leute hat. Das stimmt auch. Wir können nicht jedes alte Haus im Umkreis auf unbestimmte Zeit bewachen lassen.«

»Könntest du den Jungen vielleicht abends beschatten?«

»Ich kann's versuchen, aber ich glaube nicht, dass es viel bringt.« Ich lächelte Anderson an. Ich musste aufpassen, dass ich seine schönen Augen und seine talentierten Lippen nicht zu lange anschaute. »Dir gefällt diese Geschichte, stimmt's? Ein kleines Drama aus dem wirklichen Leben nach all den Jahren filmischer Phantasiegespinnste?«

Zu meinem Erstaunen (na ja, zu meinem Verdruss) ließ er meine Hand los und lehnte sich zurück. »Ich muss dir was sagen«, begann er. Seine Stimme klang ziemlich merkwürdig. »Oder vielleicht muss ich es dir doch nicht sagen. Es hat mit meiner Frau zu tun.«

Die Tür ging auf. Carlotta trat ein. Sie war gepflegt gekleidet, aber ihre Haare waren nicht so ordentlich frisiert wie sonst, und sie umklammerte ihr Klemmbrett so verkrampft, als hätte schon die Totenstarre eingesetzt. »Ich bin froh, dass ich Sie hier antreffe, Polizeiinspektorin Hanks. Kitty und Buddy haben heute Morgen ihren Drehtermin verpasst, und jetzt war ich gerade bei Zimmer Nummer fünf, aber ich befürchte, dass da was nicht stimmt. Wissen Sie zufällig, wo Ruby Bee die Erssatzschlüssel aufbewahrt?«

Mir drehte sich noch alles, weil Anderson von seiner »Frau« gesprochen hatte, und Carlottas Aufregung machte das konfuse Gefühl auch nicht besser. »Warum sollte was nicht stimmen?«

»Das Frühstück steht unberührt vor der Tür, niemand reagiert, wenn ich klopfe. Hast du die beiden heute schon gesehen, Anderson?«

»Nein, nur gestern Abend. Sie waren noch hier, als ich in mein Zimmer gegangen bin.«

»Vielleicht sind sie nach Farberville gefahren«, sagte ich. Ich hätte eigentlich aufstehen und nach den Schlüsseln suchen müssen, aber ich wollte unbedingt, dass Carlotta wieder ging und

Anderson und ich unser Gespräch fortsetzen konnten. Verheiratet? Na und! Wir hatten ja keine Affäre. Vielleicht würden wir nie eine haben. Andererseits war Plovers Selbstzufriedenheit oft nervig, und da konnte es nichts schaden, ihm einen kleinen Denkzettel zu verpassen. Falls er es überhaupt merkte.

Carlotta schüttelte den Kopf. »Sie haben kein Auto. Der Bus und der Mietwagen sind beide bei den Dreharbeiten. Würden Sie bitte nach den Schlüsseln schauen?«

Widerwillig ging ich hinter die Theke und öffnete die Schublade unter der Kasse. Ein einziges Durcheinander aus Bleistiften, Kugelschreibern, Schnur, Gummiband, Quittungen, Rechnungen, Schuldscheinen – und außerdem mehr als ein Dutzend verschiedener Schlüssel.

»Haben die beiden gestern Abend irgend etwas gesagt?«, fragte Carlotta Anderson.

»Buddy hat sich köstlich amüsiert«, sagte er leise und starrte in den dämmrigen Raum, als ließe er den Abend noch einmal vor seinem inneren Auge vorbeiziehen. »Er hat zu mir gesagt, er sei in einer ganz ähnlichen Stadt aufgewachsen und die Art zu reden und die ländlichen Rituale hätten für ihn immer noch einen ganz besonderen Reiz. Er beherrscht den Akzent fehlerfrei!«

Ich nahm alle Schlüssel, die irgendwie in Frage kamen, und sagte: »Die Schlüssel sind nicht gekennzeichnet, aber die für die Motelzimmer müssten eigentlich dabei sein.«

Wir gingen hinaus auf dem Parkplatz, und schon von weitem sah ich vor Zimmer Nummer fünf ein mit einem Geschirrtuch bedecktes Tablett, um das die Fliegen herumschwirrten. Mir wurde mulmig. Carlotta offensichtlich auch. Anderson hatte mir das Paar gestern gezeigt, als wir noch ein Bier tranken. Sie hatten beide ganz sympathisch gewirkt. Wenn Gwenneth oder dieser Typ namens Fuzzy sich irgendwie absentiert hätten, wäre mir das überhaupt nicht komisch vorgekommen.

Ich drückte Carlotta alle Schlüssel in die Hand bis auf einen, den ich ausprobierte. Nachdem wir es mit fast allen versucht hatten, klickte das Schloss endlich. Ich öffnete die Tür einen

Spaltbreit, aber wir hatten es alle nicht besonders eilig, das Zimmer zu betreten.

»Buddy? Kitty?«, rief Carlotta zaghaft.

Ich biss mir auf die Unterlippe, stieß die Tür auf und zwang mich einzutreten. In der Ecke standen zwei Koffer, ein Hemd hing über der Stuhllehne. Das durchgelegene Bett war ordentlich gemacht. Auf der Kommode zwei Flaschen samt Gläsern und Eiseimer.

»Das ist Kittys Handtasche«, flüsterte Carlotta hinter mir.

Ich schluckte ein paarmal. »Vielleicht sind sie nur kurz zum Supermarkt. Oder sie machen einen Spaziergang.«

»Bestimmt nicht«, sagte Anderson hinter mir. Er schien keine große Lust zu haben weiterzugehen. »Sie kannten den Drehplan. Die Kalkulation ist so eng, da darf niemand Zeit verplempern. Hals Uhr hat keinen Minutenzeiger, sondern ein Dollarzeichen.«

Ich öffnete die Vorhänge und blickte mich um. Die beiden waren nicht hier im Zimmer, soviel war klar. Wenn es irgendeine Auseinandersetzung gegeben hatte, war sie sehr zahm gewesen. »Ich seh mal im Badezimmer nach«, murmelte ich. Niemand erbot sich, mir das Vorhaben abzunehmen. Also ging ich zur Badezimmertür und klopfte. »Ist da jemand?«

Meine Stimme klang ziemlich piepsig, aber trotzdem laut genug, dass man sie durch die dünne Holztür hören musste. Ich drehte mich nach Anderson und Carlotta um, die aussahen, als warteten sie darauf, dass ich die Höhle des Löwen betrat.

Ich biss die Zähne zusammen und öffnete die Tür.

* * *

Bruder Verber ging am Bachufer entlang. Bei jedem Schritt versanken seine Schuhe im Matsch, und er drohte im flachen schlammigen Wasser des Boone Creek zu versinken. Schließlich setzte er sich auf einen Baumstamm und wischte sich den Schweiß von der Stirn. Wie weit war es noch zu Raz Buchanons Hütte?

Die anderen waren entweder mit dem Auto gefahren oder die Straße entlanggelaufen. Er hätte das auch tun können – aber er wollte nicht, dass alle Bescheid wussten. Schließlich war es seine Aufgabe, den Menschen im Ort geistliche Führung angedeihen zu lassen, und da musste er ein makelloses Christenleben führen. Er hatte beschlossen, sich von hinten anzuschleichen, um zu sehen, was diese Filmleute am hellichten Tag in der Hütte trieben.

Er steckte das Taschentuch wieder weg und stand auf. Ärgerlich versuchte er die Mücken zu verscheuchen (die auch zu Gottes Schöpfung gehörten, aber trotzdem sehr lästig waren), während er immer weiter stapfte, bis er zur Rückseite von Raz Buchanons Schuppen gelangte.

Ein dürrer Köter kläffte ihn an, als er das Ufer hinaufkletterte und sich im Schatten des Schuppens versteckte. Überall lag Müll herum – Glasscherben, Dosen, Papier und Drahtschlingen, in denen er sich verhedderte. Er arbeitete sich so weit vor, dass er um die Ecke sehen konnte. War es möglich, die Rückseite der Hütte zu erreichen, ohne dass er von einem wachsamen Schäfchen seiner Herde ertappt wurde? Er hörte, wie Autotüren knallten und Leute sich begrüßten, aber die Scheune und die wildwuchernden Büsche blockierten den Blick auf die Straße, was vielleicht seinen vorbereitenden Gebeten zu verdanken war.

Die Hintertür ging auf, Raz kam heraus, spuckte auf den Boden, drehte sich wieder um und sagte etwas zu jemandem im Haus. Kurz darauf trabte Marjorie ins Freie, warf Raz einen beleidigten Blick zu und ließ sich in eine Pfütze plumpsen.

»So schlimm ist es doch gar nicht«, sagte Raz. »Hier draußen hast du es schön, und die Sonne scheint. Sieh mich nicht so an, Marjorie. Ich hab dir doch gesagt, uns bleibt nichts anderes übrig – es sei denn, du bist bereit, die billigen Gefrierkostgerichte aus dem Sonderangebot zu essen. Es geht nicht, dass Arly hinter Robins Hütte rumschnüffelt und womöglich den Destillierapparat findet.« Er ging wieder hinein.

Bruder Verber betrachtete die Sau. Wie die lästigen Mücken war auch sie Teil der Schöpfung Gottes, aber sie wog einiges mehr und hatte bitterböse rosarote Äuglein. Speichel lief ihr aus dem Maul wie Silberfäden, und die Schnauze war ganz feucht. Andererseits hatte er noch nie von jemandem gehört, der von einer Sau umgebracht wurde.

Er beschloss trotzdem, beim Schuppen zu bleiben, und war sehr froh über diesen Entschluss, als einer der Schauspieler herauskam und von außen ans Fenster klopfte. Was Bruder Verber überhaupt nicht kapierte. Wenn der Knabe ins Haus wollte, warum war er dann nicht gleich drin geblieben?

Er kratzte sich am Kopf. Dann rührte sich im Haus etwas. Der Schauspieler öffnete das Fenster, schloss es wieder und stand mit verschränkten Armen da. Eine Minute später wurde der erste Teil des Vorgangs wiederholt, aber diesmal sagte eine Stimme von drinnen: »Nein, Schätzchen, hier, beim Spiegel. Carlotta hat die Markierung für dich mit Kreide auf den Boden gemalt, du musst dich nur danach richten.«

Bruder Verber erspähte ein Stück helle Haut, als jemand im Haus am Fenster vorbeiging. Er war nicht ganz sicher, ob er das gesehen hatte, was er gesehen zu haben glaubte, aber es reichte, um ihn in Wallung zu bringen – er schwitzte wie ein Schwein (kein fairer Vergleich; Marjorie war ganz trocken, bis auf die Teile im Matsch).

Das Fenster wurde von innen geschlossen. Der Schauspieler drehte sich um, aber Bruder Verber hatte es geahnt und sich klug ein Stück zurückgezogen. Er hielt die Luft an und wartete sicherheitshalber ein paar Minuten, ehe er wieder um die Ecke schielte.

Der Schauspieler klopfte ans Fenster – zum dritten Mal! – und öffnete es. Geschmeidig wie ein Panther schwang er sich über den Sims und verschwand im Haus. Bruder Verber hätte die ganze Sonntagskollekte den hungernden Waisenkindern gegeben, um auch da drin sein zu können, aber stattdessen schlich er nun am Zaun hinter dem Haus entlang und dann über die hintere Veranda bis zum offenen Fenster, dessen Sims sich etwa einen Meter fünfzig über dem Boden befand.

Gerade wollte er einen Blick ins Innere des Hauses wagen, als er einen Mann sagen hörte: »Ich habe einen Plan, Loretta. Wir hauen aus dieser miesen Stadt ab und fangen gemeinsam ein neues Leben an. Das willst du doch auch, oder? Dann könnte ich das ... und das ... die ganze Zeit machen.«

Das ... und das? Bruder Verber wusste nicht, was vor sich ging, aber es war offenbar mit Keuchen und Stöhnen verbunden – und das war ein Beweis dafür, dass in Maggody der Teufel am Werk war. Aber er musste ganz sicher sein, dass er mit seinem Verdacht richtig lag, also musste er mit eigenen Augen sehen, was sich da abspielte, selbst wenn das unter Umständen bedeutete, dem Satan persönlich ins Auge zu sehen.

Langsam richtete er sich auf, bis er gerade über den Sims blicken konnte. Mehrere Scheinwerfer blendeten ihn. Dann sah er, dass mitten im Raum die Kamera aufgestellt war. Der Mann dahinter trug eine Arbeitsjacke. Hinter ihm stand ein Typ mit Zigarette und Leinenhut, der einen Krug in der Hand hielt und ein sehr gelangweiltes Gesicht machte.

Manche Menschen hätten sich vielleicht geduckt, um sich nicht mit dem Teufelswerk (am hellichten Tag!) abgeben zu müssen, aber Bruder Verber wäre nicht gewichen, selbst wenn ihn eine Wespe oder gar eine Hornisse in den Hintern gestochen hätte! Der feuchte Fleck in der Achselhöhle breitete sich aus wie ein Ölteppich, und er presste die Nase so fest gegen das rauhe Holz, dass er sie später mit Salbe bearbeiten musste.

Der Teufel übertraf sich selbst!

Der Schauspieler auf dem Bett erhob sich, und das Werk des Satans wurde noch deutlicher sichtbar, was bei Bruder Verber zu einem weiteren physischen Problem führte – zum Glück nicht in Gegenwart von Zeugen.

Ehe er sich in den Griff bekam, ging der Schauspieler zum Fenster und sagte: »Ich mache einen genauen Plan. Und dann sag ich's dir – irgendwie.«

Die barbusige Frau winkte ihm zum Abschied mit flatternden Fingern.

»Schnitt«, sagte der Mann mit dem Hut.

Die Frau richtete sich auf und griff nach ihrer Bluse. »Ich glaube, diese Matratze ist mit Bierdosen gefüllt. Bestimmt ist mein Po schon feuerrot!«

»Armes Vögelchen«, sagte der Schauspieler feixend.

»Gut gemacht, ihr zwei Turteltäubchen«, sagte der Mann mit dem Hut. »Eine Szene haben wir immerhin schon mal im Kasten.«

Der Mann hinter der Kamera fummelte an irgendwelchen Knöpfen herum und verkündete dann: »Ja, wir hätten sie im Kasten – wenn nicht dieser perverse Lüstling zum Fenster reingeglotzt hätte.«

Wen meint er damit wohl? fragte sich Bruder Verber.

# Achtes Kapitel

Sergeant Plover kam als erster zum Parkplatz, obwohl die Sekretärin vom Sheriffsdepartment versprochen hatte, den Sheriff sofort zu schicken, wenn sie ihn und seine Männer im Supermarkt am Rand von Starley City erreicht hatte. Ich wartete vor der Tür von Zimmer Nummer fünf und bemühte sich, nicht an das zu denken, was ich in dem rosarot gekachelten Badezimmer gesehen hatte. Anderson und Carlotta hatte ich gesagt, sie sollten in der Bar auf mich warten, und sie waren blitzschnell verschwunden.

»Wie geht es dir?«, fragte Plover, als er über den Kiesplatz zu mir kam.

»Mir ist ziemlich übel, aber ich kann mich noch auf den Füßen halten«, antwortete ich. »Hol am besten gut Luft, bevor du da rein gehst. Das Badezimmer sieht aus, als hätte jemand Farbe verspritzt. Und weil das Fenster offen ist, sind überall Fliegen.« Ich schluckte ein paarmal und versuchte das Bild der angststarren Augen und des verzerrten Mundes zu vertreiben. »Es ist schrecklich, Plover.«

Er nickte. »Bleib du hier und regle den Verkehr. Die Jungs von der Polizeikaserne müssten jeden Moment hier sein.«

Ich hatte nicht vor, ins Motel zurückzugehen, also steckte ich die Fäuste in die Taschen und wartete. Ich wartete eine halbe Ewigkeit. Alles war so ruhig wie auf einem Friedhof, die große Mehrheit der Leute, die normalerweise die Stadt belebten, war bei den Dreharbeiten, und zweifellos hofften alle darauf, von einem Hollywood-Regisseur entdeckt zu werden und Starruhm zu erringen. An einem normalen Vormittag trafen sich die Kleinwagen beim Supermarkt, die Pickups vor Ruby Bees Bar und die Wohnmobile mit den unbekannten Autonummern und den exotischen Bildern vor Roy Stivers Antiquitätenladen.

Plover kam kreidebleich zurück. »Du hast recht – es ist schrecklich«, sagte er. »Wer ist die Frau?«

»Sie heißt Kitty Kaye und ist Filmschauspielerin. Ich hab sie nicht gekannt, aber Ruby Bee hat mir erzählt, in den fünfziger Jahren hätte sie viele Filme gedreht. Sie war mit Buddy Meredith verheiratet, der ebenfalls beim Film ist. Sie haben beide in dem Zimmer gewohnt.«

»Wo ist der Mann?«

Sirenengeheul und Blinklichter durchbrachen die bedrohliche Stille. Der Sheriff und seine Leute kamen angebraust, außerdem die technische Einheit der Staatspolizei und ein Krankenwagen. Ich wartete, bis die Sirenen verstummt waren, dann erzählte ich, wie Carlotta gekommen war, um nach den beiden zu sehen, weil sie eigentlich längst in Raz Buchanons Hütte erwartet wurden.

»Sie war im Polizeirevier?«

»Nein, ich habe hier in der Bar mit einem der Schauspieler einen Kaffee getrunken. Er hatte heute keinen Drehtermin.«

Plover verzog den Mund und warf mir einen sibirisch angehauchten Blick zu. »Nur gut, dass sie dich gefunden hat!« Dann ging er zu den anderen und ließ mich allein stehen.

Der Sheriff kaute auf einem kalten Zigarrenstummel, als er zu mir trat. »Wir müssen diese ganzen Hollywoodler holen. Wo stecken sie? Und wie viele sind es überhaupt?«

Ich rechnete schnell nach. »Acht im ganzen. Zwei waren bei mir, als ich ... die Leiche gefunden habe, und jetzt sitzen sie in der Bar. Bis auf den verschwundenen Ehemann sind alle in Raz Buchanons Hütte und werden dort von ganz Maggody und von einigen Gesandtschaften aus den Nachbarorten bewacht.«

»Dann werden wir sie mal holen«, meinte Harve. Er schaute auf die Tür, zog eine Grimasse und sagte: »Was muss ich mir da drin ansehen, Arly? Die Zentrale hat mir gesagt, Sie hätten ziemlich rumgestottert, als Sie die Meldung gemacht haben.«

»Da drin ist eine Frau, die mit einem scharfen Gegenstand getötet wurde. Blut auf dem Boden, an den Wänden, der Decke, überall. Jemand hat das Wort ›Hure‹ mit Blut auf den Spiegel über dem Waschbecken geschrieben.« Mein Magen verkrampfte sich, ich musste mich an Harves Arm festhalten, um nicht umzukippen. »Sieht aus wie in einem von diesen grässlichen Slasher-Filmen.«

»Hören Sie mal, Arly, Sie sehen aus, als könnten Sie ein bisschen Erholung brauchen. Gehen Sie doch rüber in die Bar und trinken Sie 'ne Tasse Kaffee. Wir nehmen die Bar erst mal als Kommandozentrale, also rufen Sie doch bitte bei mir im Büro an und geben Sie die Nummer durch. Ich schicke jemanden los, um die Hollywoodleute herzuholen. Wir sagen, es hat einen kleinen Unfall gegeben.«

»Einen kleinen Unfall, Harve?«

»Na ja, ich könnte auch den Deputy losschicken, mit heulenden Sirenen und blinkenden Lichtern. Er könnte aus dem Wagen springen und über Megaphon verkünden, dass im Zimmer Nummer 5 im Flamingo Motel eine Frau brutal ermordet worden ist. Er könnte die Schnittwunden beschreiben und dass der Ehemann verschwunden ist, ehe die Polizei am Tatort erschien. Oder besser, ehe Polizeiinspektorin Arly Hanks erschien. Dann könnte er alle bitte, mitzukommen und sich selbst zu überzeugen, und wir könnten noch ein paar Dollar dazu verdienen, indem wir an der Tür Eintrittskarten verkaufen.«

»Sie haben Talent, Harve. Ich werde mal sehen, ob ich dafür sorgen kann, dass Sie 'ne Rolle in der Improvisationsgruppe von Stump County kriegen.

Er sah mich ernst an. »Das wird alles ziemlich furchtbar, egal, wie sehr wir versuchen, es runterzuspielen.«

»Es ist sowieso schon furchtbar genug«, sagte ich und ging zur Bar.

* * *

»Ich bin empört!«, sagte Mrs. Jim Bob zur Perkins' Ältester, die gerade im Wohnzimmer staubsaugte und kein Wort mitbekam. »Jim Bob meinte, das Filmteam würde schon heute Morgen unser Haus benutzen, obwohl Carlotta mir gesagt hatte, sie kämen erst morgen. Oder vielleicht sogar erst übermorgen. Carlotta ist die

Regieassistentin, falls du das noch nicht weißt. Sie wirkt ausgesprochen tüchtig – auf eine etwas schroffe Art. Ich hab mir wirklich Mühe gegeben, nicht gekränkt zu sein, weil der Regisseur nicht persönlich gekommen ist, aber sie meinte, er sei in seinem Zimmer und überarbeite das Drehbuch. Sie hat gesagt, er kriegt immer solche kreativen Anfälle, und da kann man nichts machen.«

Perkins' Älteste saugte einen Fusselbausch hinter dem Sofa auf.

Mrs. Jim Bob sah auf ihre Armbanduhr. Es war noch keine fünf Minuten her, seit sie das letzte Mal darauf geschaut hatte. Das Haus war einigermaßen kühl, aber ihr wurde langsam doch ein bisschen heiß in ihrem blauen Satinkleid, dem dezenten Unterrock, dem Hüfthalter und den Strümpfen (Strumpfhosen waren Teufelswerk). Also zog sie wenigstens die weißen Handschuhe aus und legte sie auf das Couchtischchen, in erreichbare Nähe – falls die Filmleute plötzlich doch noch auftauchten.

»Was mich am meisten ärgert«, brüllte sie gegen das Staubsaugergeräusch an, »ist, dass alle Leute in der Stadt sich da draußen herumtreiben. Lottie hat mit keinem Wort erwähnt, dass sie Erledigungen machen muss, aber vielleicht hat sie ja einen Arzttermin und wollte nicht darüber sprechen.«

Graziös hob sie die Füße, als Perkins' Älteste sich mit dem Staubsauger näherte. »Ich bin auch wirklich erstaunt, dass Bruder Verber nicht im Pfarrhaus ist! Normalerweise widmet er doch seinen Vormittag der Predigtvorbereitung, und das gehört sich auch so für einen Pfarrer, oder? Außerdem ist er dann immer erreichbar, falls ein Sünder Beistand braucht oder ein reuiges Gebet sprechen möchte. Ich muss sagen, manche Leute hier in der Stadt riskieren die Strafe ewiger Verdammnis, darunter auch eine hier anwesende Person, die so gut wie nie den Gottesdienst besucht.«

Sie setzte die Füße wieder auf den Boden und betrachtete mürrisch den Rücken des Mädchens. »Aber er geht nicht ans Telefon. Das ist wirklich beunruhigend. Wo er nur steckt? Na, egal, ich werd jetzt erst mal eine Tasse Tee trinken.« Sie ging in die Küche, die Handschuhe nahm sie mit – für alle Fälle.

Darla Jean McIlhaney holte die Wäsche von der Leine und faltete sie sorgfältig zusammen, obwohl sie an nichts anderes denken konnte als an den vergangenen Abend – der wesentlich länger gedauert hatte als bis Mitternacht. Wenn ihre Eltern sie erwischt hätten, als sie die Treppe hinaufschlich, wäre sie bis ans Ende ihrer Tage zu Hausarrest verurteilt worden.

Aber ihr Vater hatte geschnarcht wie ein Borstenschwein, und ihre Mutter war nicht mit dem Wecker in der Hand im Flur erschienen, um Darla Jean wie ein ungezogenes kleines Kind herunterzuputzen. Gott sei Dank.

Sie wusste, dass Heather sauer auf sie war, aber das interessierte sie nicht, weil sie sich über viel wichtigere Dinge Gedanken machen musste. Zum Beispiel über das, was zwischen ihr und Frederick Marland passiert war. Und ob es jemand herauskriegen konnte, solange sie beide den Mund hielten.

Womöglich hatte jemand den Wagen ihrer Mutter am Motel gesehen. Aber sonst fühlte sie sich ziemlich sicher. Sie legte das gefaltete Laken in den Wäschekorb und setzte sich ins Gras, um zu schniefen und zu seufzen.

* * *

Ich rief die Zentrale im Büro des Sheriffs an und brachte dann Carlotta und Anderson einen Kaffee. Sie waren beide so fertig, dass sie nur auf den zerkratzten Resopaltisch starren konnten.

»Der Sheriff hat einen Deputy losgeschickt, um die anderen zu holen«, sagte ich.

»Das wird ein schrecklicher Medienrummel«, sagte Carlotta und zog eine Grimasse. »Wenn bekannt wird, dass die ehemals so berühmte Miss Kitty Kaye während der Dreharbeiten von einem Irren mit dem Messer abgeschlachtet wurde, wimmelt es auf dem Parkplatz garantiert gleich von Reportern. Diese Blutegel lieben solche Geschichten, sie werden die ganze Stadt aussaugen.«

Andersons Hand zitterte, als er die Kaffeetasse hob. »Und sie werden sich ganz besonders freuen, wenn sie erfahren, dass ich gleich nebenan war. Ich kann damit nicht umgehen, wirklich nicht, Carlotta. Wenn ich wüsste, wo Buddy steckt, würde ich mich ihm sofort anschließen.« Seine Stimme klang nicht mehr sonor, sondern gepresst, seine Gesichtszüge schienen nicht mehr so klar, und seine perfekte Frisur war zerwühlt, weil er sich ständig mit den Fingern durch die Haare fuhr.

»Wir können den Film unmöglich zu Ende drehen«, sagte Carlotta mit ähnlich tonloser Stimme. »Spenden wir das Geld doch der Stadt, damit sie eine Statue von Hal aufstellen. Und wir reden hier nicht von ein paar Tau –«

»Verdammt! Und was ist mit mir?«

Ich sah Anderson fragend an. »Was ist mit dir?«

Die beiden wechselten einen Blick. Ich konnte diesen stummen Austausch nicht verstehen, aber ich merkte, dass sie voreinander auf der Hut waren. »Also?«, sagte ich ärgerlich.

»Erzähl's ihr ruhig«, meinte Carlotta. »Höchstwahrscheinlich wird sowieso in den Abendnachrichten über uns berichtet, und da werden sie in den Archiven sämtliche Informationen über jeden von uns ausgraben. Ich hol mir noch ein Bier, ehe es losgeht.«

Anderson ließ sich viel Zeit, aber schließlich sah er mich an und begann: »Es war vor einem Jahr. Ich hatte gerade einen Film abgedreht, ein Werk von Glittertown, das schneller untergegangen ist als die Andrea Doria. Nach Drehschluss fuhr ich mit einer Flasche Champagner nach Hause. Meine Frau lag im Badezimmer – tot. Mit einem Messer zerstückelt. Und überall auf den Wänden standen Obszönitäten – mit ihrem Blut geschrieben.«

Zum zweiten Mal in weniger als einer Stunde hatte ich das Gefühl, als hätte mich ein Geflügellaster überfahren. »Davon hab ich gar nichts in der Zeitung gelesen«, brachte ich immerhin hervor. »Mein Beileid, Anderson.«

»Die Polizei hat damals beschlossen, die grausigen Details nicht den Medien preiszugeben. Sie hatten Angst, andere Irre würden sich vielleicht zur Nachahmung angeregt fühlen. In

Südkalifornien gibt es jede Menge Psychopathen, und die sind immer auf der Suche nach Inspiration. Ein Skandalblatt hat darüber berichtet, aber die Polizei bestand darauf, dass es sich nur um einen Einbruch gehandelt hat. Ein Mord à la Charles Manson wird von den Medien breitgetreten, aber wenn eine Hausfrau einen Einbrecher überrascht, gehört das in Los Angeles zum Alltag. Der Fall wurde irgendwo auf den hinteren Seiten erwähnt, zwischen den üblichen Bandenschießereien und Familientragödien.«

»Wurde jemand verhaftet?«

»Sie haben ein paar der bekannten Irren vorübergehend festgenommen, aber den Täter haben sie nicht gefunden. Nach zwei Wochen wurde mir mitgeteilt, der Fall sei im Grunde aussichtslos und könnte höchstens aufgeklärt werden, wenn es sich um einen Wiederholungstäter handle.«

»War es denn nur ein Täter?«

»Davon ging die Polizei aus. Aber er hat seine Sache sehr gründlich gemacht.«

»Und du hast die Leiche gefunden? Das war doch bestimmt –«

»Ja, das war's«, sagte er mit einem gequälten Lächeln. »Pamela und ich waren sehr lange verheiratet. Die Ehe war kein Rosengarten, aber wir hatten uns beide bemüht.«

Während ich noch krampfhaft überlegte, was ich sagen könnte, ging die Tür auf, und Hal Desmond trat ein. »Also, Carlotta, notier dir das bitte. Wir schreiben vierundzwanzig noch mal um, und diesen fetten Kerl nehmen wir einfach als komisches Element, später in der Szene im Wald. Du wirst dich totlachen, wenn du die Aufnahmen siehst. Es ist, als hätten wir den Narr aus dem Shakespeare-Stück mit den ganzen Tunten dazu genommen. Und was soll diese Scheiße mit dem Unfall? Geht's um 'nen abgebrochenen Fingernagel oder was?«

Alle möglichen Leute kamen herein, wodurch es Carlotta erspart blieb, Hals Frage zu beantworten. Allerdings sah ich, dass sie sich brav eine Notiz auf dem Klemmbrett machte. Plover fuhr Hal an, er solle sich hinsetzen und die Klappe halten, und als alle sich versammelt hatten, erklärte er ihnen mit knappen Worten, was wir in Zimmer Nummer fünf gesehen hatten.

Gwenneth schnappte erschrocken nach Luft und sank an Fredericks Brust. Er legte den Arm um sie und fluchte. Hal funkelte Carlotta böse an, als wäre sie schuld, wenn es jetzt zu Verzögerungen kam. Der einzige, der die Information völlig ungerührt zur Kenntnis nahm, war Fuzzy. Er setzte die Brille ab, putzte sie mit dem Hemd, setzte sie wieder auf und wartete mit ausdrucksloser Miene die weiteren Entwicklungen ab.

Hal fing als erster wieder an zu reden. »Mein Gott, das ist ja widerlich! Grauenhaft. Die arme Kitty – wir sind seit vielen, vielen Jahren eng befreundet. Ich hab sie so gemocht! Ich habe sie wieder auf die Leinwand gebracht, als sie sich schon zurückgezogen hatte! Wo ist Buddy? Wie wird er denn damit fertig?«

»Wir wissen nicht, wo er ist«, sagte Plover. »Wir haben gehofft, dass einer von Ihnen vielleicht eine Idee hat. Soweit wir wissen, ist er zu Fuß unterwegs. Wir würden ihn gern finden, um ihm die traurige Nachricht überbringen zu können.«

»Sie glauben doch nicht, dass er etwas damit zu tun hat?«, fragte Carlotta. »Sie haben sich geliebt, die beiden. Kitty hat sich geweigert, eine Rolle anzunehmen, wenn es in einem Film nicht auch einen Part für Buddy gab.«

»Ja, sie waren wirklich ein tolles Paar«, fügte Gwenneth hinzu, die aus ihrer Ohnmacht erwacht war. »Gestern haben Kitty und ich uns hier gesonnt, und sie hat –«

»Okay«, unterbrach sie Hal. »Hören Sie zu, Officer, wir sind alle schockiert. Kitty und die anderen Mitglieder unseres Teams – wir sind wie eine Familie, müssen Sie wissen. Ich bin eine Art Vaterfigur für alle und habe sie immer aufgefordert, mir ihre Probleme anzuvertrauen, und ich kann Ihnen versichern – kein Problem war für Hal Desmond zu groß oder zu klein, von Strafzetteln wegen Falschparkens bis zu Trunkenheit am Steuer.« Er wischte sich die Augen und blickte tief betrübt in die Runde. »Kitty war eine echte Lady. Ich glaube, ich kenne keine Frau, die so viel Stil hatte wie sie. Ich weiß, sie hätte gewünscht, dass wir weiter drehen – als Tribut an sie. Das heißt, wenn wir hier fertig sind, müssen Carlotta und ich das Drehbuch noch einmal grundlegend überarbeiten.«

Plover blieb der Mund offenstehen, und auch die anderen Beamten waren völlig baff. Da ich Hal schon vorher erlebt hatte, war ich nicht ganz so schockiert wie sie. Eher sauer.

»Wir sind noch nicht fertig, Hal«, murmelte Carlotta.

Hal zuckte die Achseln, hob die Hände, mit den Handflächen nach oben, als wollte er überprüfen, ob es regnet. »Hey, kein Problem. Wir müssen uns auch überlegen, wie wir mit dem Medienrummel umgehen sollen, der uns jetzt ins Haus steht. Wir können unmöglich arbeiten, wenn überall Reporter herumhüpfen wie – wie – ach, ich weiß auch nicht, vielleicht wie Flöhe. Wir haben diese Stadt ausgewählt, weil wir bei den Dreharbeiten möglichst ungestört sein wollten. Wir bei Glittertown sind stolz darauf, dass wir uns immer schon auf dem Heimweg befinden, ehe die Medien mitkriegen, dass wir überhaupt angekommen sind.«

»Wir haben's gemerkt«, sagte Plover matt. Ich sah, dass er sich alle Mühe gab, ein harter Cop zu sein, der sich durch nichts aus der Ruhe bringen lässt, aber angesichts von Hals exaltiertem Gehabe fiel ihm das ziemlich schwer.

Da ich Mitleid mit ihm hatte, sagte ich: »Harve, warum schicken Sie nicht alle zur Verfügung stehenden Streifenwagen los, um nach Meredith zu suchen? Carlotta hat sicher ein Foto von ihm. Sergeant Plover und ich nehmen die ersten Zeugenaussagen auf, und ich werde Ihnen berichten, sobald wir damit fertig sind.«

Harve zuckt zurück, als würde ich ihn mit meiner 38er bedrohen. »Sie wollen mir berichten? Meine Güte, Arly, ich habe weder die Zeit noch die Erfahrung, um mich mit diesem Fall zu befassen. Vor 'ner Stunde hatte ich einen Raubüberfall im Supermarkt, ein Verkäufer und zwei Kunden angeschossen. Gestern Nacht hat ein Mann seine arme Frau krankenhausreif geschlagen, hinter einer Bar gab's 'ne Messerstecherei, und dann wurde noch gemeldet, auf dem Speicher bei irgendeiner Witwe hätten sich ein paar Nazis versammelt. Sie können den Fall gern für sich haben, Sie und Plover.« Er sah mich nicht an, während er sich einen Zigarrenstummel anzündete. »Ich helfe Ihnen nach Kräften, den verschwundenen Ehemann zu finden, und vielleicht kann ich ja auch noch einen Beamten für die Brandstiftungen zur Verfügung stellen – jedenfalls ein, zwei Tage.«

»Brandstiftungen?«, quiekte Gwenneth. »Wenn wir nicht im Badezimmer erstochen werden, dann verbrennen wir im Bett?«

Frederick tätschelte ihr den Arm. »Wo Rauch ist, ist auch Feuer, und du qualmst ganz schön im Bett.«

»Du qualmst? Das wusste ich gar nicht«, sagte Fuzzy, gluckste und glotzte mich an wie ein betrunkener Kobold.

Carlotta ging los, um ein Foto des Verschwundenen zu holen. Anderson malte mit dem Finger Kreise auf die Tischplatte, und Gwenneth fauchte den jugendlichen Liebhaber an.

Ich hätte Harve gern einen Tritt in den Allerwertesten verpasst, aber wahrscheinlich hätte ich mir dabei nur die Zehen verstaucht. »Also gut«, knurrte ich. »Einen Mann für die Brandstiftungen. Drei Tage. Oder länger, falls nötig.«

»Einverstanden«, sagte Harve nur. Er scheuchte seine Männer zur Tür hinaus und folgte ihnen.

Plover stand noch auf der Tanzfläche und betrachtete die Hollywoodleute, als wären sie Mitglieder einer unbekannten und potentiell gefährlichen Spezies. Ich ging zu ihm. »Sollen wir sie als Gruppe vernehmen oder jeden einzeln ins Verlies schleppen?«, fragte ich.

»Keine Ahnung. Diese Leute sind irgendwie so unecht, bei denen bringt meine ganze Ausbildung nichts. Zwei von meinen Leuten nehmen gerade die Fingerabdrücke, die Fotografen knipsen die Leiche – und dieser Kerl will wissen, ob wir fertig sind, damit er sein Drehbuch überarbeiten kann! Passiert so was denn öfter, wenn er einen Film dreht? Dann würde wahrscheinlich bald kein Schauspieler mehr für ihn arbeiten –«

»Beruhige dich«, sagte ich. »Ist der Gerichtsmediziner da?«

»Ja. Er hat sich die Leiche bis jetzt nur kurz angeschaut, meint aber, die Frau ist sicher schon zwölf Stunden tot.«

»Kitty und Meredith waren bis zehn Uhr hier in der Bar, dann sind sie in ihr Zimmer gegangen. Wir sprechen also von dem Zeitraum zwischen zehn und Mitternacht – so in etwa. Stell doch bitte einen Beamten auf den Parkplatz, und wir nehmen die Aussagen in meinem Büro auf.« Plover antwortete nicht. Ich sah, dass er mit ausdruckslosem Gesicht über meine Schulter starrte. »Stimmt was nicht? Hast du eine Eingebung?«

»Nein«, sagte er langsam. »Ich versuche nur, diese Leute zu verstehen. Fangen wir mit dem Mädchen in den Shorts an, okay?«

Er meinte nicht Carlotta.

* * *

»Was soll das heißen, ich darf mein Lokal nicht betreten?«, schimpfte Ruby Bee, deren Gesicht mit jedem Wort röter anlief. »Es gehört mir, und als anständige Staatsbürgerin zahle ich jedes Jahr brav meine Steuern.«

»Tut mir leid, Ma'am«, entgegnete der Polizist. Wegen der Spiegelsonnenbrille konnte sie seine Augen nicht sehen, aber der junge Mann klang nicht so, als würde er gleich in Tränen ausbrechen.

»Dann sagen Sie mir wenigstens, was im Motel los ist. Das gehört mir nämlich auch, und ich habe ein Recht zu erfahren, was diese ganzen Polizeiautos dort zu suchen haben. Und dann noch ein Krankenwagen!«

»Hier ist alles abgesperrt – bis ich anderslautende Weisungen erhalte«, erklärte der Polizist. »Mehr darf ich nicht sagen, Ma'am.«

Trotz seiner Verkleidung hatte Ruby Bee ihn erkannt. »Sie kommen doch immer freitags zum Mittagessen, stimmt's? Sie und dieser Kerl mit den schrecklichen Warzen an den Händen. Ihr trinkt ein paar Bier und esst das Tagesgericht.«

»Stimmt, Ma'am. Erzählen Sie's bitte nicht meiner Frau, aber Sie machen das beste Brathähnchen weit und breit.«

»Wollen Sie am nächsten Freitag wiederkommen?«

»Klar, Ma'am.«

»Huhn, Kartoffelgratin, schwarze Bohnen, Okra, Biscuits und Sauce und dann noch ein Stück Pfirsichkuchen mit Vanilleeis?«

Er nickte, und für einen jungen Mann in so einer schönen Uniform und mit einer Sonnenbrille sah er sehr unglücklich aus.

»Na gut«, sagte Ruby Bee. »Ich denke, Sie sollten mir lieber mitteilen, was hier vor sich geht – in der Bar und im Motel. Andernfalls können Sie sich nächsten Freitag im Supermarkt 'nen Plastik-Burrito kaufen.«

* * *

Kevin war sehr enttäuscht, als die ganzen Hollywoodleute zusammenpackten und gingen, als hätten sie den Film fertig gedreht – ohne dass seine Verlobte ein Star geworden war! An ihrem grimmigen Gesicht und dem kehligen Knurren merkte er, dass sie selbst auch nicht besonders erfreut war.

Sie saßen auf der Veranda und verfolgten, wie sich die Zuschauer mit ihren Picknickkörben und Kühlboxen auf den Heimweg machten. Alle wirkten ziemlich bedrückt, weil niemand wusste, warum der Deputy die Hollywoodstars weggeschickt hatte. Lottie Estes hatte sogar bei Raz an die Tür geklopft, um ihn zu fragen, aber er hatte nicht aufgemacht. Als sie mit Eula zum Wagen ging, waren sich die beiden Frauen einig, dass die Dreharbeiten bis jetzt eher langweilig gewesen waren. Das Mädchen war wie Daisy Mae gekleidet gewesen, und der Regisseur hatte sich oft sehr unchristlich ausgedrückt, aber sonst hatten sie eigentlich alle nur auf Raz' Hütte gestarrt.

Heather und Traci waren ebenfalls enttäuscht. Sie hatten gehofft, es würde vielleicht eine Massenszene geben, bei der junge Mädchen gebraucht wurden. Deshalb waren sie beide in aller Herrgottsfrühe aufgestanden und hatten mehr als eine Stunde damit verbracht, ihre Haare mit Gel und Spray zu traktieren. Bei der leichten Brise bewegte sich kein Härchen auf ihrem Kopf, und selbst Sturm und Hagel hätten nichts bewirkt.

»Sollen wir fragen, ob Darla Jean zum Imbiss Ideal möchte?«, fragte Traci.

»Inzwischen hätte sie die ganze Wäsche im Umkreis abhängen können«, meinte Heather. »Ich finde, wir sollten sie jetzt nicht ausquetschen. Wir tun so, als wär's uns egal, was zwischen ihr und diesem Kerl passiert ist. Am besten erwähnst du nicht mal den Namen Frederick Marland – okay?«

Traci schwor feierlich, kein Wort zu sagen.

Millicent McIlhaney musste ihren Ehemann zum Auto zurückzerren, weil er immer noch wie gelähmt war von der Anwesenheit der Filmstars. Als sie an den Mädchen vorbeikamen, tippte Millicent Heather auf die Schulter. »Hat euch der Film gestern Abend gefallen, dir und Darla Jean?«

»Ja, Ma'am.«

»Wann seid ihr denn aus Farberville zurückgekommen?«

Heather sah Traci an, die ihr aber auch nicht weiterhalf. »Keine Ahnung. Wir haben noch ein Eis gegessen und ewig lang über den nächsten Schulausflug geredet.«

»Ich freue mich, dass ihr euch gut amüsiert habt«, sagte Millicent und schob Earl weiter.

»Danke, Ma'am«, sagte Heather. Sie hätte die stumme Traci am liebsten in die Rippen geboxt, konnte sich aber gerade noch beherrschen.

Kevin beschloss, alles zu riskieren. »Ziemlich komisch, dass sie einfach so gegangen sind, was?«

»Komisch, dass man lachen muss? Oder komisch, wie wenn Mrs. Wockerman durch ihr Hörgerät den Außerirdischen zuhört?«, fragte Dahlia mit Unheil verkündender Stimme. »Welche Art von 'komisch' meinst du?«

Das hätte Kevin selbst gern gewusst.

* * *

Auf einer anderen Veranda am anderen Ende der Stadt reichte Billy Dick MacNamara Willard Yarrow eine Flasche mit Traubensaft und setzte sich neben ihn auf die oberste Stufe.

»Meine Eltern fahren heute Abend wieder ins Krankenhaus«, sagte Willard. »Und Trudi geht mit irgendeinem Kerl aus. Willst du vorbeikommen und spielen? Ich besorg uns Chips und so.«

»Wie heißt er?«

Willard blinzelte. »Der Kerl? Weiß ich nicht. Aber er hat überall Haare, mehr als ein Murmeltier im Sommer. Ich hab mich mal rangeschlichen, als sie im Auto waren. Trudi kann von Glück sagen, dass nur ich sie gesehen habe und nicht Pa. Der hätt sie windelweich geschlagen und sie sofort ins Erziehungsheim gesteckt.«

»Was haben sie gemacht?«, fragte Billy Dick.

»Ach, du weißt schon«, sagte Willard und trank einen Schluck, um seine Verlegenheit zu überspielen. »Hey, ich hab die halbe Nacht an der Landkarte gearbeitet, und jetzt weiß ich ziemlich genau, wie wir an dem Drachen vorbeikommen und die Diamanten von Exedor finden.«

Er brabbelte weiter von Zaubertränken, von Gold, das er dem Greifen gestohlen hatte und mit dem er jetzt den Gnomen ein Schwert abkaufen wollte, aber Billy Dick war in Gedanken ganz woanders.

* * *

»Hören Sie bitte kurz zu«, sagte ich laut, nachdem Plover und ich uns über die Vorgehensweise geeinigt hatten. »Sie müssen alle in Ihren Motelzimmern warten. Sergeant Plover wird einen Beamten auf dem Parkplatz postieren, damit Sie nicht belästigt werden, und wir holen Sie dann einzeln ab und bringen Sie aufs Revier.«

Hal rutschte von seinem Hocker und kam auf mich zu: »Arly, meine Liebe – das hier wollte ich Ihnen geben.«

Er reichte mir einen Zettel, den ich kurz überflog, dann aber zu Plovers Freude laut vorlas. »Mrs. Katherine Meredith aus

Van Nuys, Kalifornien, wurde während eines Urlaubs in den Ozarks in ihrem Motelzimmer tot aufgefunden. Polizeiliche Ermittlungen ergaben, dass sie beim Baden ausgerutscht und unglücklich gestürzt ist. Sie hinterlässt ihren Ehemann B. Meredith. Eine private Trauerfeier wird in Van Nuys abgehalten.«

Hal konnte es kaum erwarten. »Nicht übel, was? Niemand kommt von Mrs. Katherine Meredith auf Kitty Kaye, und B. Meredith ist ja auch nicht gerade in aller Munde. Geben Sie das der Regionalzeitung, und machen Sie ein paar Kopien, falls noch irgendwelche Leute hier rumspionieren.«

»Beim Baden ausgerutscht und unglücklich gestürzt?«, sagte ich.

»Ich weiß, ich weiß. Es ist eine Untertreibung, aber es ist trotzdem Cinema verité, wenn Sie wissen, was ich meine. Sie können doch nicht abstreiten, dass sie an irgendeinem Punkt gerutscht und gestürzt sein muss, als dieser Psychopath sie attackiert hat?«

An diesem Punkt griff Carlotta ein. »Sie wollen doch genauso wenig wie wir, dass hier eine Horde von Reportern rumlungert. Wenn heute nicht zufällig auch noch der dritte Weltkrieg ausbricht, werden sich die Medien auf diesen Fall stürzen und ihn ausschlachten bis zum Gehtnichtmehr. Kitty galt in den fünfziger Jahren als sehr sexy, und in jeder Videothek stehen ihre Filme bei den Klassikern. Ihre Autobiographie ist vor zehn Jahren auf den Markt gekommen und hat sich sehr gut verkauft, und vor ein paar Jahren hat ein Kino in Los Angeles ein Kitty-Kaye-Festival veranstaltet.«

»Kitty war eine erstklassige Schauspielerin«, warf Hal ein und wischte sich wieder unsichtbare Tränen weg. »Weißt du was? Wir sollten in den Abspann eine Widmung einbauen. Lass dir was einfallen und zeig's mir später.«

Plover kriegte endlich den Mund auf. »Sie wollen, dass wir sagen, sie ist im Badezimmer gestürzt?«

»Das klingt doch wesentlich besser, als wenn wir sagen, sie wurde von einem Irren aus der Gegend erstochen«, sagte Hal und zündete sich eine Zigarette an. »Sie leben schließlich hier!

Wollen Sie, dass die ganze Welt denkt, hier wimmelt es nur so von Mördern? Dem Tourismus wäre das nicht besonders zuträglich!«

Ich packte Plover am Arm und zog ihn in eine Ecke. »Vielleicht hat Carlotta ja recht, was die Reporter angeht«, sagte ich leise. »Es wird schon so schwierig genug – auch ohne Fernsehkameras vor dem Polizeirevier und ohne Journalisten, die hinter uns her schreien. Bis jetzt wissen nur die Leute hier und die Typen auf dem Parkplatz, was in Nummer fünf passiert ist. Ich finde, wir sollten die Sache erst mal für uns behalten – wenigstens ein paar Tage.«

Wir stritten uns kurz, aber schließlich gab er nach, und wir verließen die Bar, zufrieden damit, dass außer uns niemand von dem Mord wusste.

# Neuntes Kapitel

»Wilder Kirschwein«
(ÜBERARBEITETE FASSUNG VOM 23.5.)

FORTSETZUNG VON 24

LORETTA
O mein Gott ... das war Pastor Pipkin! Bestimmt hat er alles gesehen! Was ist, wenn er was verrät?

BILLY JOE
Ein dreckiger Perversling, dieser Pfaffe! Wenn er nicht wie ein feiges Stinktier abgehauen wäre, hätte ich ihm eine Kopfnuss verpasst, dass er die Engel singen hört.

LORETTA
Aber was sollen wir jetzt tun, Billy Joe? Was sollen wir bloß tun?

BILLY JOE *(barsch)*
Wir werden aus der Stadt verschwinden. Du bleibst hier und wartest, bis ich dir die Nachricht schicke, verstanden?

SCHNITT, NÄCHSTE SZENE

* * *

»Mein wirklicher Name«, murmelte Gwenneth D'Amourre und knabberte dabei an ihren knallroten Lippen. »Und wenn das mein wirklicher Name ist?«

Sie saß auf dem Stuhl vor meinem Schreibtisch. Plover, der weiß, was sich für einen Gentleman gehört, hatte einen Stuhl von nebenan geholt, auf dem er jetzt rittlings hockte, die Arme über der Lehne, das Kinn obendrauf. Mich nervte sein hochkonzentrierter Blick, aber die Person, der er galt, schien sich nicht daran zu stören.

Ungeduldig klopfte ich mit dem Stift auf den Schreibtisch. »Ich brauche Ihren richtigen Namen für die Akten. Vielleicht klatsch ich immer noch in die Hände, wenn Tinkerbell schon auf dem Sterbebett liegt, aber ich werde den Verdacht nicht los, dass D'Amourre ein Künstlername ist.«

Hilfesuchend schielte sie zu Plover hinüber, aber als der nur dumpf weiterglotzte, nahm sie einen letzten Bissen von ihrem Lippenstift und antwortete: »Wanda Sue Thackett. Das plätschert einem nicht so schön von den Lippen, wissen Sie, das gurgelt höchstens wie dreckiges Badewasser durch den Abfluss. Hal hat sich meinen neuen Namen ausgedacht, und ich finde ihn echt super.«

»Ich auch«, bestätigte ich, während ich das Gegurgel notierte. »Ständiger Wohnsitz?«

Sie ratterte eine Adresse herunter, in der auch eine Apartmentnummer vorkam. »Ganz in der Nähe von Beverly Hills«, fügte sie ergänzend hinzu.

»Und Sie stammen ursprünglich aus ...?«

»Chicago.«

»Alter?«

Offenbar eine schwierige Frage. Ich wartete schweigend, während sie abzuschätzen versuchte, wie einfältig ich war. Höchstwahrscheinlich ging meine Bemerkung mit Tinkerbell in ihre Berechnungen mit ein. »Zweiundzwanzig«, sagte sie mit einem hoffnungsvollen Augenaufschlag, fügte aber gleich seufzend hinzu: »Okay, vierundzwanzig, aber in meinen Promo-Unterlagen steht überall zwanzig, also sagen Sie's nicht weiter.«

»Wie lange sind Sie schon bei Glittertown Productions?«

Sie rutschte auf ihrem Stuhl hin und her, dann zählte sie an den Fingern ab: »Also, da war *Satans Schwestern*, in dem hab ich eine – wie heißt das gleich – eine Novizin gespielt, eine Nonne im Anfangsstadium. Frederick war der attraktive junge Priester.

Mein Vater zwingt mich, ins Kloster zu gehen, und zuerst muss ich auf dem Feld schuften, aber dann –«

»Die Handlung brauchen wir nicht unbedingt«, unterbrach ich sie.

»Es war ein sehr künstlerischer Film, und in einer Kritik stand, ich sehe himmlisch aus. Jedenfalls – mein zweiter Film war *Tanja kommt ins Team*. Da war ich eine Cheerleaderin, die zu allem bereit ist, um ihrer Mannschaft zur Meisterschaft zu verhelfen.«

Plover hüstelte, und weil er anscheinend nicht wieder aufhören konnte, winkte er uns beruhigend zu und stolperte ins Hinterzimmer. Zwar überraschte es mich etwas, als ich die Tür zuschlagen hörte, aber er war schließlich alt genug zu tun, was ihm beliebte. Ich sah Gwenneth an. »Und dann?«

»Frederick ist der Quarterback und Buddy der nette abgewrackte alte Coach. Ich beschließe –«

»Nein, das muss ich alles nicht wissen. Ich meine, haben Sie noch andere Filme gemacht?«

Sie schlug die Beine übereinander und warf mir einen mitleidigen Blick zu. »Ich bin dabei, ein wichtiger Faktor in der Branche zu werden, und bekomme ständig Angebote. Letztes Frühjahr haben wir in Flagstaff *Prickelnde Leidenschaft* gedreht. Also Flagstaff ist 'ne echt hübsche Stadt, mit 'ner Unmenge Geschäfte, und das Motel hatte sogar 'nen Pool. Da hab ich stundenlang in der Sonne gelegen, mit ... mit Kitty.« Sie zog ein Kleenex aus der Handtasche, putzte sich affektiert die Nase und holte dann eine Puderdose hervor. Nachdem sie sich die Nase gepudert und die Lippen knallrot nachgezogen hatte, fuhr sie fort: »Entschuldigen Sie, aber ich war irgendwie verliebt in Kitty, Sie wissen schon, was ich meine. Sie war total nett zu mir und hat mir 'nen Haufen guter Tips gegeben, wie ich mit den Leuten in Hollywood umspringen muss. Sie würden nicht glauben, was mir manche von den Jungs in Seidenhemd und Alligatorlederschuhen so alles ins Ohr flüstern – keine zwei Sekunden nachdem sie mit mir bekannt gemacht worden sind.«

»Und *Prickelnde Leidenschaft* war der letzte Film vor diesem jetzt? Das war im Frühling. Dann haben Sie also drei Filme mit Glittertown gedreht, und das ist der vierte, richtig? Aber ich habe immer noch nicht ganz kapiert, wie lange Sie schon mitmachen.«

»Ungefähr ein Jahr«, antwortete sie.

»Es ist also Ihr vierter Film innerhalb eines Jahres?«

»Wir sind Profis. Hal kümmert sich um die Finanzierung, Carlotta macht die Vorproduktion, Fuzzy steht hinter der Kamera, und dann legen wir los.« Sie holte eine Papierfeile aus der Handtasche und begann ihre Nägel zu bearbeiten.

»Erzählen Sie mir, was Sie in den zwei Tagen getan haben, seit Sie und die anderen in Maggody sind«, sagte ich und versuchte, das Schmirgelgeräusch zu überhören, von dem mir immer die Zähne weh tun.

»Wir sind nachmittags angekommen. Um welche Zeit genau, weiß ich nicht, ich trage keine Armbanduhr. Früher hatte ich eine, aber die hat immer so einen scheußlichen weißen Streifen auf meinem Handgelenk hinterlassen, und ich –« Als ihr auffiel, dass mich das nicht interessierte, kam sie zum Thema zurück. »Jedenfalls wohne ich zusammen mit Carlotta in Nummer drei, das ist das Zimmer ganz hinten, gleich neben Hal. Wir haben in der Bar zu Abend gegessen. Weil es gestern für die Schauspieler nichts zu tun gab, haben Kitty und ich unser Skript genommen und sind auf den Parkplatz gegangen, um uns zu sonnen.«

»Und gestern Abend?«

»Das gleiche. Nach dem Meeting haben wir in der Bar zu Abend gegessen. Ich wollte frischen Shrimpsalat mit Öl und Essig extra. Am Ende hatte ich Thunfisch auf dem Teller.«

»Moment mal – welches Meeting?«, fragte ich. Dann merkte ich, dass ich ihr Abendessen notiert hatte, und strich es schnell durch.

»Das Produktions-Meeting. Hal, Carlotta und Fuzzy haben gestern noch mal die Drehorte abgecheckt, deshalb hatte der Rest von uns nichts zu tun außer in der Sonne liegen«, erklärte sie. Schmirgel, schmirgel.

»Waren Buddy Meredith und Miss Kaye auch bei diesem Meeting?« Sie nickte. »Und dann haben Sie zusammen mit der übrigen Gruppe bei Ruby Bee gegessen, richtig?« Sie nickte wieder. Ich machte mir eine entsprechende Notiz und konzentrierte mich dann wieder voll auf Gwenneth. Trotz allem hätte ich es vorgezogen, wenn Plover dagewesen wäre und mir geholfen hätte zu beurteilen, wie zuverlässig (beziehungsweise unzuverlässig) ihre Aussage war. »Und was war nach dem Abendessen, Miss D'Amourre?«

»Ich hatte eine Unterhaltung mit einem Gentleman namens Jim Bob Sowieso. Natürlich haben wir über meine Karriere gesprochen, und er hat von seinem Supermarkt erzählt und dass ich zehn Prozent Rabatt bei ihm bekomme. Zuerst fand ich das ganz aufregend, aber dann hab ich gemerkt, dass er Sachen wie Küchentücher und Dosengemüse im Angebot hat.«

»Was war mit Meredith und Kaye?«

Sie blinzelte mich längere Zeit wortlos an. Mit war unklar, ob sie sich eine Lüge ausdachte oder einfach nur zu erinnern versuchte. »Ich glaube, die beiden sind bis ungefähr zehn in der Bar geblieben, aber ich könnte mich auch irren. Jim Bob hat sich benommen wie ein Krake, wenn Sie verstehen, was ich damit andeuten will, deshalb hatte ich alle Hände voll zu tun, seine Pranken in Schach zu halten. Irgendwann hatte ich keine Lust mehr, betatscht zu werden, und bin in mein Zimmer zurück. Das war etwa um elf.«

»Haben Sie zufällig das Fenster von Nummer fünf gesehen?«

Wieder wurde ich mit ausdruckslosem Gesicht angeblinzelt. »Ich glaube, da brannte kein Licht. Ja, es war ganz dunkel.«

Ehe ich die Daumenschrauben weiter anziehen konnte, erschien Plover wieder. Er betrachtete Gwenneth einen Moment, schüttelte den Kopf und meinte: »Wenn Miss D'Amourre fertig ist, bringe ich sie in ihr Zimmer zurück und hole den nächsten Kandidaten ab.«

»Ich bin total erschöpft«, sagte sie und war schneller auf den Beinen als ein Toastbrot aus dem Toaster springt. »Ich bin furchtbar früh aufgestanden, wegen meinen Haaren und dem Make-up, und es hat ewig gedauert, bis ich mich mit Carlottas

Hilfe in diese blöden Shorts gezwängt hatte. Ich musste mich aufs Bett legen und dermaßen rumruckeln, dass ich schon dachte, ich werde ohnmächtig.«

Plover nickte wie ein wohlmeinender Beichtvater. »Und wie waren die Dreharbeiten heute Vormittag?«

Sie nahm seinen Arm und schleppte Plover zur Tür. »Eigentlich sehr gut. Wir hatten die Szene schon nach einem einzigen Take im Kasten, obwohl es einen Moment lang so aussah, als müssten wir noch mal von vorn anfangen. Ich finde es grässlich anstrengend, immer wieder echte Gefühle auszustrahlen, wenn Sie wissen, was ich meine.«

»Aber natürlich«, säuselte Vater Trooper.

Die Tür fiel ins Schloss.

Ich verplemperte ein wenig Zeit damit, kleine Dolche zu malen, die Wanda Sue Thacketts Namen durchbohrten, was zwar keine Technik war, die ich an der Polizeiakademie gelernt hatte, sich aber dennoch als seltsam befriedigend erwies. Dann musste ich meine Notizen auf ein sauberes Blatt übertragen, denn ich wollte nicht als besitzergreifend, unreif und unprofessionell abgestempelt werden.

Dabei sah ich, wie Les Vernon, einer von Harves Deputys, draußen vor dem Haus parkte. Blitzschnell warf ich das verzierte (geschändete) Blatt weg, und als er hereinkam, kritzelte ich bereits eifrig auf die neue, saubere Seite.

»Hey, Arly«, begrüßte er mich und setzte sich auf den Stuhl, den zuvor die erlauchte Wanda Sue Thackett eingenommen hatte.

»Wie geht's, Les? Irgendwelche schmutzigen Witze gehört in letzter Zeit?«

Natürlich hatte er das, und pflichtschuldig teilte er sie mir mit. Aber sie waren es nicht wert, wiedergegeben zu werden, außerdem kannte ich sie schon. »Harve sagt, ich soll mal ein bisschen wegen dieser Brandstiftung rumfragen«, erklärte er, nachdem die Heiterkeit etwas abgeebbt war.

Ich ging schnell noch einmal durch, was wir in der Hand hatten, und sagte Les, ich sei ziemlich überzeugt, dass Billy Dick

MacNamara der Feuerteufel war, und zwar entweder allein oder mit Willard Yarrow als Lehrling. Les war bereit, sich letzteren vorzunehmen und auch mit den schwer erreichbaren Anwohnern in der Nähe der Brandstelle zu reden. Als ich vorschlug, Billy Dick ab Einbruch der Dunkelheit zu beschatten, konterte er höflich, er habe um sechs Feierabend und wolle um halb sieben zu einem Wettkampf auf der Bowlingbahn sein.

Ich hatte Zweifel, dass Harve mir einen zweiten Mann zuteilen würde. Also schickte ich Les erst einmal mit seinen Aufträgen los und verbrachte nutzlose fünf Minuten damit, mir den Kopf zu zerbrechen, warum Plover so lange brauchte, um Wanda Sue Thackett ein so kurzes Stück zu begleiten. Jedenfalls hatte ich bei ihr keinerlei Anzeichen für eine körperliche Behinderung bemerkt, sie strotzte geradezu vor Gesundheit, vor allem in der T-Shirt-Gegend.

Doch als Plover endlich mit Carlotta auftauchte, schenkte ich ihm ein kühles Lächeln und bat Carlotta, mir gegenüber Platz zu nehmen. Die Präliminarien waren schnell erledigt: Carlotta Lowenstein, fünfundzwanzig Jahre alt, aus Oakland, Diplom in Filmproduktion, ein Jahr bei Glittertown Productions. Vielleicht war ihre Adresse in der Nähe von Beverly Hills, vielleicht aber auch nicht. Ihr Bericht über ihren Aufenthalt in Maggody deckte sich mit dem von Gwenneth: Der erste Abend in der Bar, am nächsten Tag Inspektion der Drehorte, ein weiterer Abend in der Bar mit den Einheimischen und heute Vormittag dann der Versuch, bei Raz Buchanons Haus mit den Dreharbeiten zu beginnen.

»Das ist wirklich grotesk«, meinte sie kopfschüttelnd. »Zuerst Andersons Frau, dann die arme Kitty. Fast, als läge ein Fluch auf unserer Truppe.«

Ich erklärte Plover in kurzen Worten ihre Anspielung auf den Mord an Andersons Frau, dann formulierte ich bleistiftkauend meine Fragen. »Haben Meredith oder Miss Kaye während des Aufenthalts in Maggody irgend etwas gesagt oder getan, was Ihnen seltsam vorkam?«

»Nein, nichts. Soweit ich es beurteilen kann, haben sie sich großartig amüsiert. Das Drehbuch ist nicht sonderlich anspruchsvoll, und die beiden waren hunderprozentige Profis. Ich denke, das sind wir alle.«

»Was wissen Sie über die Beziehung der beiden?«

»Sie waren seit mindestens zwanzig Jahre verheiratet. Ihrem Lebenslauf zufolge haben sie sich kennengelernt, gleich nachdem Meredith an die Westküste gezogen ist. Die Blicke begegnen sich, die Herzen schlagen im Gleichklang, alles wie aus einem von Kittys frühen Filmen. Ich habe über die beiden auch nie irgendwelche schmutzigen Geschichten gehört, und ich glaube nicht, dass Buddy ihr Kummer gemacht hat. Und weh getan hat er ihr schon gar nicht.«

»Aber Sie haben keine Ahnung, wo er jetzt stecken könnte?«, mischte sich Plover ein, höchstwahrscheinlich nur, um mal wieder seine eigene Stimme zu hören.

»Nein«, begann Carlotta, hielt dann aber inne und starrte auf einen Fliegenklecks an der Wand über meinem Kopf.

Ich ließ ihr eine Minute Zeit, aber sie zuckte nur die Achseln und sah auf ihr Klemmbrett hinunter. Ehe ich weitermachen konnte, meldete sich schon wieder Plover: »Wenn Kitty so berühmt war, warum hat sie dann für Glittertown gearbeitet?«

»Vor dreißig Jahren war sie ein Star«, stellte Carlotta richtig. »Wenn Schauspielerinnen in ein bestimmtes Alter kommen – und das ist nicht mal sonderlich hoch –, kriegen sie nur noch kleine Charakterrollen angeboten. Ein paar wenige behalten ihren großen Namen, aber Frauen wie Kitty werden ersetzt durch Frauen wie Gwenneth, die später genauso sang- und klanglos untergehen. Deshalb habe ich mich für die Produktionsseite der Branche entschieden. Das ist sicherer, und obwohl der Job nicht das ganz große Geld bringt, ist er doch ganz gut und hat vor allem einiges Potential.«

»Warum haben Sie sich für Glittertown entschieden?«, fragte Plover, ehe ich eingreifen konnte.

Die beiden schienen auf ähnliche Art zu kommunizieren wie

Carlotta und Anderson, und wieder einmal war ich ausgeschlossen. Das gefiel mir überhaupt nicht.

»Aus mehreren Gründen«, erwiderte sie. »Es ist eine gute Erfahrung. Ich erledige fast die ganze Vorproduktion, außer der Finanzierung und dem Vertrieb. Zwar entspricht Hals Eindruck von seinem Ruf nicht ganz der Realität, aber er boxt sich zu den richtigen Stellen durch und weiß, wie man den richtigen Leuten in den Arsch kriecht.«

»Haben Sie *Tanja kommt ins Team* wirklich selbst geschrieben?«, fragte Plover seltsam ehrfürchtig.

Sie nickte. »Bis zum letzten Touchdown. Hal meint, er erledigt die Schreiberei, aber eigentlich mache ich das und erlaube ihm nur, seinen Namen darunter zu setzen. Wenn ich genug Geld zusammen habe, gründe ich meine eigene Firma und versuche es mit einem anderen Genre.«

»Mit etwas anderem als Sportgeschichten?«, fragte ich, zugegebenermaßen, um meine eigene Stimme in meinem eigenen Büro zu hören.

»Mehr in Richtung *film noir*«, antwortete sie.

Ich beschloss, mich wieder dem aktuellen Fall zuzuwenden. »Gab es irgendwelche Probleme mit der Truppe? Streitereien, Unzufriedenheit?«

Wieder wandte Carlotta ihre Aufmerksamkeit dem Fliegenfleck an der Wand zu. »Na ja, es ist der vierte Film mit Frederick und Gwenneth. Allmählich geht sie ihm auf die Nerven, und er ärgert sie, wo er nur kann, um sich dafür zu rächen. Er weiß genau, dass er sich wegen seiner Profitbeteiligung mit ihr abfinden muss, denn die ist üppiger, als Sie sich wahrscheinlich vorstellen, und sie tut, was Hal ihr sagt. Sie sind beide neu im Geschäft. Gwenneth steht ihr Mangel an Talent im Weg, aber Frederick kommt vielleicht bald ganz groß raus.«

Ich notierte Gwenneths Talentmangel. »Was ist mit Fuzzy?«

»Der ist bei allen Studios rausgeflogen. Er nimmt jeden Job an, den er kriegen kann, damit er Geld hat, um sich zuzudröhnen. Wenn er nüchtern ist, ist er eigentlich ein ganz guter Kameramann, deshalb muss ich ihn vor Drehbeginn immer durchsuchen, seinen Flachmann konfiszieren und dann bis Drehschluss auf ihn aufpassen wie ein Schießhund. Als hätte ich nicht schon genug zu tun.«

»War er gestern Abend bei Ruby Bee?«

»Nach dem Essen hat er behauptet, er hätte zu tun, und ist verschwunden. Vielleicht erinnert er sich noch daran, was es war, vielleicht aber auch nicht. Die meiste Zeit ist er ziemlich benebelt.«

Ich machte mir eine Notiz, Fuzzys Zimmer nach blutverschmierten Klamotten zu durchsuchen. »Und wann sind Sie gegangen?«

»Das weiß ich nicht mehr genau. Gegen elf, vielleicht auch ein bisschen früher«, antwortete sie und klang zum ersten Mal ansatzweise unsicher.

»Sind Sie zusammen mit Gwenneth auf Ihr Zimmer gegangen?«

»Ich ... äh, ich war noch spazieren. Manchmal kann ich meine Kollegen einfach nicht mehr sehen, und das war an diesem Abend der Fall. Ich bin über den Parkplatz und die Straße entlang geschlendert. Nach etwa einer Stunde bin ich dann zurück ins Motel.«

Sich diese kompetente junge Frau mit einem Messer in der Hand vorzustellen, war nicht ganz einfach, aber es war genauso schwierig, sich auszumalen, was sie getan haben konnte, wofür sich eine Lüge lohnte. Maggody ist nicht gerade berühmt für sein Nachtleben. Das Treiben in der Billardhalle hätte sie bestimmt nicht interessiert, und den Leuten zuzusehen, die an der Tankstelle mit der Selbstbedienung kämpften, war auch nicht gerade abendfüllend.

»Ich bin spazieren gegangen«, wiederholte sie, im Begriff aufzustehen, »weiter nichts. Aber jetzt muss ich wirklich zurück zu Hal, ehe er wegen der Verzögerung und den Umstellungen einen kreativen Anfall bekommt. Wir müssen Kittys Rolle streichen, so viel ist klar, aber das kriege ich schon geregelt. Was wir mit Buddys Rolle machen, weiß ich nicht. Unser Budget ist viel zu eng, als dass wir mehrere Tage einfach rumsitzen könnten – die Zeit läuft. Vermutlich haben Sie nichts gehört …«

»Nein, nichts«, entgegnete ich. »Wir gehen davon aus, dass er und seine Frau um zehn auf ihr Zimmer gegangen sind. Seither hat niemand Meredith gesehen, und Sie sagen, er hat keinen fahrbaren Untersatz. Vielleicht ist er in die Stadt getrampt oder wandert aus irgendeinem unerfindlichen Grund im Wald herum.«

»Jedenfalls würde er Kitty nie etwas antun«, erklärte Carlotta mit Nachdruck. »Soviel ich weiß, war er schon einmal verheiratet oder sonst irgendwie fest liiert, aber auf alle Fälle war er verrückt nach Kitty. Wie gesagt, es gab nie Gerüchte über einen von beiden, und das ist in unserer Branche mehr als ungewöhnlich.«

»Wer kommt als nächster, Frau Polizeiinspektorin?«, fragte Plover, während er für Carlotta die Tür aufhielt.

Ich überlegte. Es blieben noch Hal, Fuzzy, Frederick und Anderson. Die ersten drei konnte ich auf leeren Magen nicht ertragen, bei Andersons Befragung wollte ich Plover nicht dabei haben, denn er benahm sich total kindisch, wenn ich einen anderen Mann auch nur anschaute. Da er und Carlotta reglos auf meine Entscheidung warteten, legte ich schließlich den Stift weg und sagte: »Gehn wir erst mal bei Ruby was essen, danach nehmen wir den Rest in Angriff.«

»Bei Ruby Bee sind derzeit ungefähr tausend Leute«, gab Plover zu bedenken. »Vielleicht kriegen wir Frühstück, und das auch nur, wenn wir einen Tisch reservieren.«

»Wir hatten uns doch darauf geeinigt, die ganze Gegend abzusperren. Wer hat ihr erlaubt, das Lokal aufzumachen?«, fragte ich und widerstand dem Impuls, den Bleistift zu nehmen und ihn durchzubrechen.

Plover bat Carlotta, draußen zu warten, und als er sich zu mir umdrehte, war sein Gesicht rosarot. »Ich war das. Anscheinend weiß sie bis ins kleinste Detail, was in Nummer fünf passiert ist. Himmel, womöglich weiß sie mehr als wir alle. Als ich Miss D'Amourre zum Motel zurückbegleitet habe, hat Ruby Bee mich abgepasst und mir die Situation erklärt.«

»Die Situation?«, wiederholte ich verwundert.

»Die Situation, dass sie, wenn wir ihr nicht erlauben, zum Lunch zu öffnen, jeden in ganz Maggody von dem niederträchtigen Mord und Merediths Verschwinden in Kenntnis setzt. Auch der Fernsehsender in Farberville fand Erwähnung, ebenso die geringfügige Investition eines Telefongesprächs nach Little Rock, um ein wenig mit den netten Jungs und Mädchen von der *Gazette* zu plaudern.«

Sein Gesicht mochte rosarot sein, aber meins hatte fast die Farbe einer Kirsche. »Wie hat sie das rausgekriegt?«

»Das wollte sie mir nicht verraten, aber sie hat garantiert nicht geblufft. Da hab ich ihr erlaubt, das Lokal aufzumachen. Der Zugang zum Motel ist abgesperrt, aber als ich weg bin, war der Parkplatz vor Ruby Bees Lokal gerappelt voll.«

Beinahe hätte ich mich bei ihm entschuldigt. Da hatte ich ihn im stillen beschuldigt, er hätte sich an Gwenneth rangemacht, und dabei war er damit beschäftigt gewesen, sich von meiner Mutter erpressen zu lassen.

* * *

»Das geht so, dass sie eine Szene fertig machen, und schon flitzen sie zum nächsten Drehort, ohne auch nur einmal Luft zu holen«, sagte Jim Bob. Er blieb unter der Tür stehen, nur für den Fall, dass seine Frau sich allzu sehr aufregte, und er bereute zutiefst, dass er zum Lunch noch mal heimgekommen war, bevor er zum Supermarkt ging.

»Und der Regisseur hat dir gesagt, er kommt heute Morgen hierher?« Mrs. Jim Bob schwor sich, dass sie die kristallene Bonbonschale nach ihm werfen würde, wenn er auch nur einen Schritt ins Wohnzimmer machte, obwohl die Schale voller Pfefferminztaler war und höchstwahrscheinlich eine Sauerei auf dem makellosen Teppich hinterlassen würde.

»Hat er gesagt«, antwortete Jim Bob, während er sich rückwärts davonmachte. »Aber im Laden hab ich gehört, dass sie drüben bei Raz waren und dann plötzlich zum Motel zurückgegangen sind.«

»Das hast du im Laden gehört?«

Ihr Ton war so frostig, dass er eine Gänsehaut bekam. Jim Bob schlich um den Türpfosten herum in die Küche, wo er vor ihren Blicken sicher war. Noch nie hatte sie ihn so durchdringend und unerbittlich angesehen wie heute. »Ja, im Laden«, antwortete er laut. »Ich mach mir nur schnell ein Sandwich und geh wieder an die Arbeit. Der Getränkelieferant kommt etwa in einer Stunde, und ich muss mir noch überlegen, was ich bestelle.« Er öffnete den Kühlschrank, spitzte aber vorsichtshalber weiterhin die Ohren, damit er es hörte, wenn sich ein Unwetter im Wohnzimmer zusammenbraute.

»Ich hab im Laden angerufen«, kam auch schon der erste kühle Windstoß.

»Da war ich sicher gerade hinten. Im Pausenraum ist ein Rohr geplatzt, und ich kann die Angestellten ja nicht jedes Mal heimschicken, wenn sie aufs Klo müssen.«

»Das Mädchen, das am Telefon war, hat dich hinten gesucht. Sie hat mir versichert, dass sie überall nachgesehen hat, auch im Pausenraum für Angestellte.«

Jetzt wurde es echt eisig. Jim Bob machte den Kühlschrank behutsam wieder zu, durchquerte auf Zehenspitzen die Küche und verschwand durch die Hintertür, ehe der Gletscher sich über den Korridor ausbreitete.

»Es gibt keinen Hackbraten mehr«, rief Mrs. Jim Bob, die die Vorlieben ihres Mannes ganz genau kannte. »Ich hab Perkins' Ältester gesagt, sie kann ihn zum Lunch essen. Ich mache mir wirklich Sorgen um sie. In letzter Zeit ist sie furchtbar launisch, und ich kann nur hoffen, es kommt nicht daher, dass sie ein schlechtes Gewissen mit sich rumschleppt.«

Sie legte eine kurze Pause ein, um ihre Stimme zu schonen, dann fügte sie in einem Anfall christlicher Barmherzigkeit hinzu: »Nimm dir von dem Bohneneintopf und einen Hühnchenschlegel. Also, ich hab aus zuverläsiger Quelle erfahren, dass

Perkins' Älteste bei Ruby Bee Bier getrunken und alles versucht hat, sich bei den Hollywood-Leuten einzuschleimen, obwohl es wahrhaftig keinen Grund gibt, weshalb die sich für ein dermaßen gewöhnliches Gör interessieren sollten. Ganz gewiss ist es würdevoller und angemessener, im eigenen Heim auf sie zu warten, als sich in einem solchen Lokal anzubiedern.«

Sie trank einen Schluck Tee, wodurch sie sich prompt noch großzügiger fühle. »Ach, nimm ruhig auch noch ein Stück Pecan-Nusskuchen, er steht auf dem untersten Bord. Ich hab damit gerechnet, dass Bruder Verber vorbeikommt, aber dann muss er sich eben mit gekauften Keksen zufriedengeben. Vielleicht sollte ich ihn anrufen und fragen, weshalb er seine Pflichten vernachlässigt.«

Nachdem sie ihm seine jüngsten Übertretungen vergeben hatte, wie sich das für einen echten Christenmenschen gehört, griff sie zum Telefonhörer und wählte.

* * *

Plover und ich beschlossen, uns ein paar Leckereien vom Imbiss Ideal zu genehmigen. Er schwirrte ab, und als er mit fettigen Cheeseburgern und Kirschlimo beladen zurückkehrte, zogen wir uns an den Tisch im Hinterzimmer zurück.

»Dieser Anderson St. James könnte unser Mann sein«, sagte Plover, wickelte seinen Burger aus und hob den Brötchendeckel ab, um die spärlichen Salatfetzen und das durchsichtige Stück Tomate zu begutachten.

Ich ahmte seine Bewegungen pantomimisch nach, während ich mir seine Bemerkung durch den Kopf gehen ließ. »Warum meinst du?«, fragte ich sehr beiläufig.

»Es ist doch ein äußerst seltsamer Zufall – erst seine Frau und jetzt Kitty Kaye.«

»Aber er hat seine Frau nicht ermordet. Er war auf dem Set, und als er heimgekommen ist, hat er die Leiche entdeckt. Er war nicht mal in der Stadt.«

Daran hatte Plover eine Weile zu kauen, dann sagte er: »Die Polizei hat diesen angeblichen Irren nie hinter Schloss und Riegel gebracht. Was ist, wenn St. James heimgekommen ist, seine Frau ermordet und dann die Behörden verständigt hat?«

»Und die dortige Polizei ist total inkompetent und merkt nicht mal, dass die Wunden noch bluten und die Leiche noch warm ist? Schätzt du so das Polizeirevier ein, das mit der allerneuesten Ausrüstung und dem besten Training gesegnet ist?« Ich stopfte mir den Cheeseburger in den Mund und kaute wie eine Wilde. »Da sind Zwiebeln drin. Ich hab dir doch gesagt, ich will keine.«

»Mach sie runter«, schlug Sergeant Plover liebenswürdig vor.

»Ich sollte dich runtermachen«, brummte ich mit vollem Mund, ohne recht zu wissen, ob ich verstanden werden wollte. Dann schob ich das Essen weg. »Hör zu, ich rufe die Kripo in L.A. an und frage nach, ob sie was über den Mord letztes Jahr wissen. Gut möglich, dass es da einen Zusammenhang gibt, aber du scheinst ja ganz erpicht darauf zu sein, Anderson St. James zu nageln. Bisher gibt es keinen Hinweis, dass er ein Motiv hatte.«

»Bisher hat überhaupt niemand ein Motiv – soweit man ihren Aussagen Glauben schenken kann. Gwenneth und Frederick kabbeln sich, Hal Desmond heimst die Lorbeeren für Carlottas Drehbücher ein, Fuzzy säuft, aber alle machen mit – wegen des Geldes. Ein Mord kommt allen äußerst ungelegen, weil er den Terminplan durcheinander bringt. Vielleicht ist der Mörder ein Psychopath vom Highway, der gern zum Film möchte. Oder dein pickliger Feuerteufel.«

Mürrisch nahm ich die Kirschlimonade und trank einen Schluck. »Nein, das glaube ich nicht. Ich bin überzeugt, dass er schuldig ist, aber bisher hat er immer sehr darauf geachtet, seine Feuerchen so zu legen, dass niemand zu Schaden kommen kann. Es ist ein Riesenunterschied, ob jemand eine Bruchbude abfackelt oder eine Fremde niedermetzelt. Außerdem erklärt es nicht, was mit Meredith passiert ist.«

»Was ist mit dem Brand in deiner Wohnung?«

»Das hat dir Merganser erzählt, stimmt's? Diese Plaudertasche, dabei hab ich ihm doch gesagt, er soll es nicht rumposaunen.«

»Ich hab mir darüber auch so meine Gedanken gemacht«, sagte Plover und starrte mich über sein Mohnbrötchen hinweg an.

Obwohl es keine Rauchentwicklung gab, wurde es allmählich heiß im Hinterzimmer. Ich machte mich auf den Weg zum Telefon. »Es gibt 'ne Menge Dinge über mich, die du nicht zu wissen brauchst, Plover«, sagte ich von der Tür her.

»Es wäre richtiger zu sagen, dass du nicht willst, dass ich sie weiß«, entgegnete er sanft.

»Ich möchte nicht, dass du das weißt.« Damit nahm ich den Hörer und begann die voraussichtlich ziemlich mühselige Aufgabe, in einer Millionenstadt den richtigen Kriminalbeamten im richtigen Revier an die Strippe zu kriegen.

* * *

»Wenn du nicht aufhörst zu grinsen wie ein Maulesel, der am Dornbusch frisst, schüttle ich dich so lange, bis deine Locken glatt werden«, versprach Estelle und ging durch die Küche auf Ruby Bee zu.

»Immer mit der Ruhe«, entgegnete diese. Sie merkte, dass sie sich auf dem Rückzug befand und nahm sich vor, ihr Territorium zu verteidigen, ehe sie mit dem Rücken am Spülbecken stand. »Es ist eine offizielle polizeiliche Ermittlung, und ich habe Anweisung, niemandem ein Sterbenswörtchen zu verraten.« Einen Augenblick erlahmte ihre Entschlossenheit, und sie flitzte um die Anrichte. »Ich hab da drin einen ganzen Saal hungriger Gäste und Besseres zu tun, als mit dir irgendwelche Spielchen zu spielen. Ich hab's dir doch gesagt: Ich musste schwören.«

»Ich bin schließlich keine dahergelaufene Waldhexe aus den Hügeln, Rubella Belinda Hanks. Wir sind zusammen durch dick und dünn gegangen, und nie, kein einziges Mal habe ich mich geweigert, dich ins Vertrauen zu ziehen. Erinnerst du dich, als ich von Lotties Gallenblasenoperation gehört habe? Hab ich mich da benommen wie Mrs. Geheimniskrämerin, oder hab ich dir alles mitgeteilt, was ich wusste, sogar, was sie gesagt hat, als sie aus der Narkose aufgewacht ist?«

»Und wie sie unschuldigen Highschoolmädchen Hauswirtschaft beigebracht hat«, meinte Ruby Bee und grinste. Doch dann nahm sie sich zusammen. »Jetzt ist wirklich nicht der richtige Zeitpunkt, um darüber zu diskutieren, Estelle. Dahlia kommt kaum mit dem Betrieb an der Bar zurande, geschweige denn mit den Essens-Bestellungen und den Tabletts, die sie für die Film-Leute fertig machen und auf die Zimmer bringen muss.«

In diesem Augenblick marschierte oben genannte Kellnerin in die Küche, mit gespitzten Lippen und aufgeblähten Wangen, die arbeiteten wie ein Blasebalg. Sie knallte einen Stapel Bestellungen auf die Anrichte, atmete lautstark aus und verschwand wieder durch die Tür, mit so schweren Schritten, dass die Töpfe im Schrank klapperten und die Suppe, die auf dem Herd vor sich hinköchelte, überschwappte.

»Was ist denn mit der los?«, wollte Estelle wissen.

»Es ist diese Film-Geschichte«, antwortete Ruby Bee und öffnete die Backofentür, um einen Blick auf den Kirschkuchen zu werfen, der wie üblich genau die richtigen Blasen warf. »Dahlia war ganz aus dem Häuschen wegen der Rolle, aber jetzt, wo Miss Kaye ermordet worden ist, hat sie Angst, dass sich die Filmleute wieder auf dem Heimweg machen, ohne –«

»Ermordet? Miss Kaye ist ermordet worden?«

Ruby Bee knallte die Backofentür zu. »Du hast gehört, was ich gesagt habe, auch wenn du es eigentlich nicht hören solltest. Ehrlich, du ziehst den Leuten mehr Würmer aus der Nase als ein Rotkehlchen aus ’ner nassen Wiese. Wahrscheinlich hat es keinen Sinn, dir nicht zu erzählen, was der Deputy mir anvertraut hat, aber wir dürfen es wirklich keiner Menschenseele weitersagen.«

»Ich schwöre es bei meinem Augenlicht«, verkündete Estelle mit ernster Stimme. Sie packte Ruby Bee am Arm. »Aber ich finde, das ist eine tolle Chance für uns, oder? Du und ich, wir bringen die Tabletts zu den Filmstars rein, und vielleicht hören wir dann, wie sie sich unterhalten. Vielleicht ist der nette Mr. Meredith ja tatsächlich verheiratet, aber neulich abends an der Bar war er wirklich sehr freundlich, und ich denke, er könnte –«

»Psst, sei still«, befahl Ruby Bee. Sie roch den Kirschkuchen, aber es lag noch etwas anderes in der Luft, was Arly dazu veranlassen konnte, ein Mordstheater zu veranstalten. Wieder mal. Eigentlich wollte sie Estelle noch darauf hinweisen, aber dann war der Kuchen fertig, die Suppe kochte, und im Lokal brüllten alle möglichen Leute herum. »Hilf mir schnell mit den Bestellungen«, sagte sie energisch. »Bringen wir die Stoßzeit hinter uns, danach können wir uns bei einem kleinen Sherry zusammensetzen und über den Fall beraten.«

* * *

»Weil ich damit beschäftigt bin, das hier zu lesen«, sagte Darla Jean, das Gesicht hinter einem Klatschblättchen versteckt. Sie lag auf dem Bett, die Kissen unter den Kopf gestopft. Als sie umblätterte, geriet die Zeitschrift ein wenig ins Zittern. »Das ist genau das, was ich will, also gibt es keinerlei Grund, in der Tür rumzuhängen und mich anzuglotzen, als wäre ich plötzlich erbsengrün geworden oder was.«

»Ach, komm schon, Darla Jean«, säuselte Heather, »ich kauf dir 'ne Cola. Wenn du Angst hast, zum Ideal zu gehen, dann versuch ich einfach, den Wagen von meiner Ma zu kriegen, und wir fahren nach Farberville.«

»Warum sollte ich Angst haben, zum Ideal zu gehen?«

Heather schnitt Traci ein Gesicht, aber die war auch keine große Hilfe. »Ich dachte bloß, du willst vielleicht Dwayne nicht über den Weg laufen.«

Die Zeitschrift blieb, wo sie war. »Er ist mein Freund, stimmt's?«

»Na klar«, entgegnete Heather, und ihr Mund war wie ausgetrocknet.

»Warum sollte ich ihm dann aus dem Weg gehen?«

Von Heathers Blicken gepeinigt, raffte Traci sich endlich auf, leckte sich die Lippen und sagte: »Wegen deiner Verabredung mit Frederick Marland, Darla Jean. Vermutlich würde Dwayne das nicht gefallen.«

»Das war keine Verabredung. Ich hab ihn nach Farberville mitgenommen, weiter nichts. Er hat sich im Drugstore in der Thurber Street Sonnenmilch gekauft, anschließend sind wir gleich wieder zurückgefahren.« Die Zeitschrift senkte sich gerade so weit, dass Darla Jean ihren beiden Freundinnen darüber hinweg einen Blick zuwerfen konnte, der alles andere als freundlich war. »Habt ihr ein Problem damit?«

Heather und Traci versicherten, das hätten sie durchaus nicht. Als sie jedoch kurz darauf nebeneinander die Straße entlangspazierten, kamen sie überein, dass die Sache doch nicht ganz unproblematisch war: Um zehn hatte Heather bei Darla Jean angerufen, und Traci war aufgefallen, dass Mrs. McIlhaneys Wagen nicht in der Einfahrt stand, als sie mit ihren Eltern vom Erweckungsgottesdienst zurückgekommen waren. Dabei war der Prediger echt langatmig gewesen, und es war weit nach Mitternacht, als das letzte »Halleluja« endlich verklungen war und sich alle für diese Nacht ausreichend gerettet fühlten.

# Zehntes Kapitel

»Wilder Kirschwein«
(ÜBERARBEITETE FASSUNG VOM 24.5.)

FORTSETZUNG VON 6

COOTER
Vielen Dank, aber ich glaube, ich nehme lieber keinen Kuchen. Eigentlich wollte ich nur sehen, ob meine Verlobte einen Spaziergang in der kühlen Abendluft machen möchte.
*Nahaufnahme von Loretta, die auf den Boden starrt. Kamera fährt zurück, wir sehen, dass Zachery zu ihr geht und sie vom Sofa hochzieht.*

ZACHERY *(jovial)*
Klar will sie spazierengehen, Cooter. Wird ja auch langsam Zeit, dass ihr zwei euch ein bisschen besser kennenlernt. Eh du dich's versiehst, bist du unter der Haube. Martha wäre stolz auf euch gewesen – möge sie in Frieden ruhen.

COOTER
Amen. Möge sie in Frieden ruhen.

(WEITER WIE GEHABT)

* * *

Hal Desmond fingerte an seiner goldenen Halskette und blickte finster auf seine Armbanduhr, dann jedoch setzte er ein verschwörerisches Lächeln auf. »Arly, Schätzchen«, flötete er, »mir ist natürlich klar, dass Sie nur Ihren Job machen, und ich glaube auch, dass Sie ihn verdammt gut machen. Aber jetzt ist der Tag beinahe vorbei, und ich habe eine Unmenge Überarbeitungen am Hals. Carlotta glaubt, sie erledigt den ganzen Schreibkram, aber sie ist Amateurin, und ich bin seit dreißig Jahren in der Branche.«

Wir hatten Namen, Rang und Seriennummer bereits hinter und gebracht und erfahren, dass er Glittertown Productions Inc. erst vor einem Jahr gegründet hatte. Davor war er in »verschiedene Projekte« verwickelt gewesen, »alles mögliche, irgendwelche Deals, die nicht so gelaufen sind, wie wir uns das vorgestellt haben, aber hey – so ist das Geschäft nun mal, man muss es einfach lieben.«

»Eine Frau aus Ihrem Team ist ermordet worden«, sagte ich höflich. »Mein Job ist es herauszufinden, wer es getan hat. Jawohl, ich mache nur meinen Job.«

»Ich muss Ihnen mal was sagen – wenn Sie den Kopf so schieflegen, das hat echt was. Ich kann es nicht genau beschreiben, aber es ist so. Sie sind Steinbock, stimmt's? Hinter Ihren dunklen, kritischen Augen schlummert eine brennende Leidenschaft, was?«

Plover war zur Polizeikaserne gerufen worden. Obwohl ich immer noch sauer auf ihn war, wünschte ich doch, er würde rittlings auf seinem Stuhl hocken und leise vor sich hin brummeln. »Nein, ich bin kein Steinbock, und alles, was in mir schlummert, ist das Bedürfnis, unser Gespräch im Büro des Sheriffs fortzusetzen«, entgegnete ich, schon etwas weniger höflich. »Womöglich sind wir bis Mitternacht dort zugange.«

»Na, na, immer mit der Ruhe. Ich wollte Sie nicht ärgern.« Hal zündete sich eine Zigarette an und suchte nach einer Möglichkeit, sich bequem hinzusetzen. Selbstverständlich gab es keine. Schließlich kapitulierte er und lächelte mich wieder an, diesmal allerdings eher entschuldigend (wenn auch etwas zu strahlend für meinen Geschmack). »Ich kann nicht leugnen, dass es mir im Blut liegt. Ich bin davon besessen. Wenn ich einen Sonnenaufgang sehe, dann sehe ich die Anfangstitel. Wenn ich eine schöne Frau sehe, dann sehe ich eine Hauptdarstellerin. Selbst meine feuchten Träume sind in Technicolor. Neulich hab ich Brando davon erzählt –«

»Mr. Desmond«, unterbrach ich ihn, »könnten wir bitte mit Ihrer Aussage über die letzten drei Tage fortfahren? Ich muss noch mehr Leute vernehmen und habe auch sonst noch einiges zu tun. Soweit ich bisher gehört habe, verlief alles nach Plan. Außer Ihnen und St. James ist die ganze Crew am Nachmittag eingetroffen. Warum haben Sie beide einen späteren Flug genommen?«

»Wir konnten uns nicht loseisen. Wir hatten eine wichtige Verabredung zum Lunch, die konnten wir unmöglich sausen lassen, obwohl der Kerl eine hoffnungslose Tunte ist. Anderson musste unbedingt in letzter Sekunde noch was einkaufen. Danach hab ich ihn aufgegabelt, wir sind zum Flughafen gerast und gerade mal zehn Minuten vor Abflug angekommen. Carlotta hat dafür gesorgt, dass bei der Ankunft – ich weiß nicht mehr, wie die Stadt hieß – ein Mietwagen auf uns wartet, samt Landkarte und einer Thermosflasche Martinis. Carlotta ist nicht unbedingt eine Frau, die Männerphantasien beflügelt, aber ein Profi, das muss ich sagen.«

»Und die anderen? Ich hab schon mehrmals zu hören bekommen, wie professionell Meredith und Miss Kaye waren.«

»Wir sind alle Profis, sogar die beiden verliebten Bauerntrampel. Fuzzy braucht einen Babysitter, aber solange er die Finger vom Alk lässt, macht er gute Arbeit ... für einen Nichtgewerkschaftler. Bei Glittertown Productions Inc. sind wir alle eine große Familie, und deshalb können wir mit wenig Geld hübsche kleine Filme machen, die trotzdem was einspielen.«

»Wieviel bringt ein Film wie *Tanja kommt ins Team?*«, fragte ich. Zugegebenermaßen hatte das nichts mit den Ermittlungen zu tun, aber genau wie die meisten Popcornfresser der Welt fasziniert mich Hollywood mit seiner hypnotischen Aura von Ruhm und Glamour.

»Rund zwei bis drei Millionen«, antwortete Hal mit stolzgeschwellter Brust. »Wir haben ihn für weniger als zweihunderttausend produziert, und das sind in der Branche nicht mal Peanuts – es sind die Schalen, die im Sägemehl der Manege liegenbleiben, wenn der Zirkus wieder abgereist ist. Der Trick besteht darin, den Vertrieb schon relativ frühzeitig unter Dach und Fach zu bringen. Damit meine ich ausländische Rechte, Video, Kabel, sogar die Romanrechte, obwohl wir damit noch nicht viel Glück hatten. Ich bin da einer kleinen Firma in irgendeinem Kaff auf der Spur, die Comics rausbringen wollen.«

»Wie die Classic Comics?«

Hal ließ seine Zigarette auf den Boden fallen und zertrat sie mit dem Absatz. »So in der Richtung, ja. Hören Sie, Süße, ich hab so viel zu tun, dass ich die ganze Nacht durcharbeiten muss, also lassen Sie mich die Geschichte in Zeitraffer erzählen. Anderson und ich kamen vor Einbruch der Dunkelheit hier an. Wir haben unsere Sachen verstaut, uns mit den anderen in der Bar getroffen, ein paar Witze mit den Einheimischen erzählt und sind dann ins Bett gegangen. Am nächsten Morgen haben Carlotta, Fuzzy und ich die Drehorte inspiziert. Nach dem Lunch hat mich der Jetlag eingeholt, und ich hab ein Nickerchen gemacht. Carlotta hatte währenddessen alle zusammengetrommelt und die Drehpläne verteilt. Nach dem Essen bin ich wieder auf mein Zimmer gegangen und hab meditiert, um am nächsten Morgen voller Energie loslegen zu können. Ich kann meine Energien bündeln wie 'nen verfluchten Laserstrahl. Haben Sie schon mal meditiert?«

»Nein, ich bin auch keine Medium«, antwortete ich geistesabwesend, während ich mir ein paar Notizen machte, unter anderem über die Witze mit den Einheimischen. Besonders eine Einheimische fiel mir dabei ein ... eine mit Polizeimarke und pubertären Gefühlen.

»Meditation ist heutzutage der große Knüller. Sie sollten's mal versuchen. Ich sag Ihnen was – Sie kommen einfach heute Abend mal vorbei, dann reden wir mal ein bisschen über meine Erfahrungen, entspannen uns so richtig, werden ganz locker und –«

»Das glaube ich eher nicht, Mr. Desmond, aber ich werde Ihr Angebot nicht vergessen. Weder Meredith noch Miss Kaye haben etwas Außergewöhnliches gemacht? Sie haben nicht erwähnt, dass sie einen Bekannten getroffen hatten oder planten, irgendwohin zu gehen?«

»Nein, aber ich war auch ziemlich mit der Produktion beschäftigt. Da mische ich mich nicht unters Volk, weil ich sonst das Gefühl habe zu ersticken. Ich isoliere mich lieber, und wenn ich dann doch den Wunsch nach Gesellschaft verspüre, sehe ich mich nach neuen, aufregenden Menschen um.« Er zwinkerte mir viel sagend zu, nur für den Fall, dass mir die Anspielung entgangen war.

»Was können Sie mir über den Mord an Anderson St. James' Frau sagen? Wenn ich es richtig verstanden habe, waren Sie zu der Zeit alle am Drehort?«

Er zündete sich noch eine Zigarette an und stieß langsam den Rauch aus. Jetzt sahen seine Augen so aus, wie er meine beschrieben hatte: dunkel und kritisch. »Stimmt, wir haben *Satans Schwestern* gedreht, in so einem Nest in Nevada. Haben Sie den gesehen?« Ich schüttelte den Kopf. »Schauen Sie ihn sich bei Gelegenheit an, mir kommen bei dem Film jedes Mal die Tränen. Auf alle Fälle haben wir in der Nähe von Vegas gedreht, sodass ich keine Härtezulagen zahlen musste. Waren Sie schon mal in Vegas? Also, da kann man sich wirklich amüsieren, Arly, und bei Caesar's Palace bin ich immer willkommen, das können Sie mir glauben. Limousine, Suite, Champagner, Obst, einen Tisch ganz vorn für die Shows – die ganze Palette. Wie wär's, wenn wir mal zusammen hinfahren würden, Sie und ich?«

Bei der Vorstellung, mit ihm ein Zimmer zu teilen, musste ich mir ein Schaudern verkneifen, trotz Champagner und Obst. Noch vor wenigen Wochen hatte ich mich über mein verkümmertes Sozialleben beschwert. Seither war ich von einem Feuerwehrmann zum Funkenschlagen eingeladen worden, ein gut aussehender Schauspieler hatte mich gebeten, ihn mit seinem Kosenamen anzureden, und eine gesellschaftliche Pestbeule wollte, dass ich mit ihm nach Las Vegas fuhr. Klar, Plover war sauer, aber auch er war noch nicht im Sonnenuntergang verschwunden. Wenn ich nicht aufpasste, war meine Tanzkarte bald voll.

»Ich war schon mal in Vegas«, antwortete ich. »Kommen wir zurück auf den Mord an Mrs. St. James, ja?«

»Ich kann Karten für Wayne Newton kriegen, alles kein Problem«, brüstete er sich und schnippte mit den Fingern. Als ich ihn nur wortlos anstarrte, begann er wieder an seinem Goldkettchen rumzufingern und Asche auf meinen Fußboden zu streuen. »Schon gut, schon gut. Wir dürfen keine Zeit verplempern, solange dieses Schlamassel nicht geklärt ist, aber haben Sie keine Hemmungen, mich anzurufen, sollten Sie es sich doch noch anders überlegen. Wie gesagt, wir drehten in diesem Kaff, und alles lief wie geschmiert. Zwar kriegte Gwenneth ihren Text nicht geregelt und stand grundsätzlich dort, wo sie nicht stehen sollte, aber das ist ja ein alter Hut, und niemand lässt sich deswegen graue Haare wachsen. Schließlich lagen wir weit unter unserem Budget, und das Licht am Ende des Tunnels war grün wie ein Hundertdollarschein. Als wir fertig waren, ließen wir uns so vollaufen, dass ich dachte, Carlotta sieht aus wie Marilyn Monroe – vielleicht sogar noch besser –, und irgendwann gingen wir dann alle ins Bett. Am nächsten Morgen beschlossen Fuzzy, die Merediths und Gwenneth, die Party in Vegas weiterzufeiern. Ich nahm Frederick und Anderson in meinem Mercedes mit zurück nach L.A., und wir amüsierten uns großartig, lachten und tranken und dachten uns echt abgefahrene Szenen aus, in denen es unter anderem um Weihwasser gehen sollte. Von wegen Symbolcharakter –«

»Und dann?«, fragte ich und überlegte dabei, warum er bei der Erwähnung von Weihwasser dermaßen schmunzeln musste. Gut, ein relativ hoher Prozentsatz der Bevölkerung misst dem Weihwasser eine mystische Bedeutung zu, aber ich habe nie gehört, dass es Rauschzustände oder gar Halluzinationen hervorruft.

»Ich habe Anderson abgesetzt und rangierte gerade rückwärts über seinen Hibiskus, als er aus dem Haus gerannt kam. Er sah aus wie – na ja, ich weiß nicht, wie einer von den Stars aus *Die Nacht der lebenden Toten*. Damit meine ich das Original in

Schwarzweiß, nicht eins von den Remakes. Er schrie was von Krankenwagen und Polizei, so'n Zeug. Frederick sah sich schnell im Haus um, während ich versuchte, meinen Kumpel zu beruhigen. Und noch ehe man Metro-Goldwyn Mayer sagen konnte, wimmelte es überall von Polizei und Sanitätern.«

»Bestand nie der Verdacht, dass Anderson etwas damit zu tun haben könnte?«

»Soweit ich weiß, war sie irgendwann in der Nacht getötet worden.« Er ruckelte an der Kette. »Wie Kitty vermutlich. Verdammt, sie war klasse, echt klasse. Wir werden sie vermissen. Carlotta geht momentan alles noch mal durch. Das Material, das wir heute Morgen gedreht haben, funktioniert, auch wenn Meredith inzwischen schon in Mexiko ist. Wir wollten seine Stimme ohnehin später reinsynchronisieren.«

»Moment mal«, warf ich ein, fest entschlossen, trotz seiner Abschweifungen bei der Sache zu bleiben. »Es steht also zweifelsfrei fest, dass Anderson nichts mit dem Tod seiner Frau zu tun hatte, richtig?«

»In Kaffstadt zu wohnen war reichlich eng, noch schlimmer als hier. Wir mussten uns Zimmer teilen, und ich habe der Polizei geschworen, dass Anderson die ganze Nacht gegenüber von mir geschnarcht hat. Irgendwie war es ja eine Tragödie, denn da war diese kleine blonde Kellnerin im Coffee Shop, die glaubte, sie hätte Talent, was sie mehr als gern bewiesen hätte. Nur hätte ihr Freund, der Lastwagenfahrer, jederzeit in ihrer Wohnung auftauchen können, und –«

»Ich denke, das reicht für den Moment, Mr. Desmond«, unterbrach ich ihn hastig. »Wenn Sie ins Motel zurückkommen, könnten Sie dann bitte« – ich zog meine Liste zu Rate – »Fuzzy Indigo bitten, aufs Revier zu kommen?«

»Für Sie tu ich doch alles, Schätzchen. Hier, nehmen Sie meine Karte, ich schreibe Ihnen meine Privatnummer auf die Rückseite, dann müssen Sie sich nicht erst lange verbinden lassen. Sie können mich jederzeit anrufen, und ich schicke Ihnen sofort ein Ticket erster Klasse nach Vegas. Am Flughafen erwartet Sie dann eine Limousine und in der Suite alles, was Sie wünschen – das ist mein voller Ernst. Ihr Wunsch ist mir Befehl – Hal Desmond wird es richten.«

Damit ließ er eine Karte auf meinen Tisch segeln, schielte mich eine Minute an und verschwand dann, ehe mir eine passende (garantiert sehr subtile) Anspielung auf Kastration und stumpfe Messer einfiel.

* * *

Nachdem Ruby Bee eine Vereinbarung mit Estelle getroffen hatte, klopfte sie an die Tür von Nummer vier und wartete ungeduldig. Dieses Zimmer war Fuzzy und Frederick zugewiesen worden. Estelle hatte reichlich begriffsstutzig darauf reagiert, aber Ruby Bee hatte diese Regelung nicht aus reiner Menschenliebe getroffen, sondern weil sie glaubte, so eher etwas von dem komischen Kauz und/oder dem Klugscheißer mithören zu können.

»Was gibt's?«, rief letzterer.

»Ich bringe Ihnen einen Teller mit Sandwiches. Der Deputy sagt, Sie dürfen Ihre Zimmer noch nicht verlassen, und ich dachte, vielleicht möchten Sie schon mal 'nen Imbiss, bis ich richtiges Essen machen kann.«

Als die Tür sich öffnete, trat Ruby Bee ein, ohne eine Aufforderung abzuwarten, denn sie bezweifelte stark, dass eine solche erfolgen würde. Die Betten waren nicht gemacht, überall standen Bierdosen und schmutzige Gläser herum. »Ich stell das Tablett auf die Kommode«, sagte sie und versuchte sich nicht anmerken zu lassen, wie sehr das Chaos sie störte. »Ist Ihr Freund im Badezimmer?«

Frederick musterte Ruby Bee einen Moment, ehe er antwortete. Er sprach in einem langgezogenen Singsang, der ihr unheimlich vertraut vorkam. »Nein, der ist vorhin abgedampft. Natürlich kann ich nicht ausschließen, dass er sich in 'nem anderen Bad rumtreibt, aber in diesem hier ist er bestimmt nicht, darauf können

Sie sich hundertprozentig verlassen. Herzlichen Dank für die Brote, Ma'am. Mein Bauch hat schon gewaltig gerumpelt.«

Ruby Bee bemühte sich, über die Unordnung hinwegzusehen, und fand tatsächlich einen Platz für ihr Tablett. »Soll ich ein bisschen aufräumen?«

»Wie Sie möchten. Hab selbst schon gedacht, es sieht ziemlich schlampig aus.« Er nahm ein Sandwich, legte sich damit aufs Bett und sah zu, wie Ruby Bee den Papierkorb mit Bierdosen und anderem Abfall füllte. »Sind die Medien schon da?«

»Nein, die Polizei tut ihr Bestes, um alles ruhig zu halten.«

»Stimmt es, dass Ihre Tochter der Ober-Cop ist?«

»Sie heißt Ariel Hanks und ist hier Polizeichefin, seit sie aus ihrem schicken Apartment in Manhattan, New York City, hierher zurückgekommen ist.«

»Ohne Scheiß?«, murmelte er. »Kann sie denn gut Morde aufklären?«

Ruby Bee hielt beim Aschenbecherleeren einen Moment inne und blickte ihn stirnrunzelnd an. »Sie hat schon 'ne ganze Latte von Mordfällen gelöst, seit sie wieder hier ist. Also, erst vor einem Jahr wurde eine Frau mit einem von diesen kleinen Biskuitcremekuchen vergiftet, und Arly –« Sie unterbracht sich, weil das Telefon klingelte.

»Merken Sie sich, was Sie sagen wollten«, meinte Frederick, während er den Hörer abhob. »Hier Marland.« Nach einem Moment deckte er die Sprechmuschel mit der Hand zu und sagte: »Lassen Sie das Chaos ruhig liegen. Irgendwann mal trinken wir was zusammen, dann können Sie Ihre faszinierende Geschichte fertig erzählen.«

Ruby Bee nahm den Papierkorb und ging zur Tür. Als sie ins Freie trat und die Tür hinter sich zuzog, hörte sie, wie Frederick sagte: »Hör zu, Darling, ich werd nicht mit dir über letzte Nacht diskutieren, also hör auf zu heulen.«

Während sie noch darüber nachdachte, sah sie, dass Hal Desmond den Parkplatz überquerte und in sein Zimmer ging. Ihn hatte Estelle ergattert, ohne zu bemerken, wie bereitwillig Ruby

Bee ihn ihr überlassen hatte. Jetzt war er also wieder in seinem Zimmer und hatte mehr als genug Zeit, sich aus seinen Kleidern zu schälen, ehe Estelle mit dem Tablett anrückte. Ruby Bee konnte sich ein Grinsen nicht verkneifen, und am liebsten hätte sie noch eine Weile gewartet, aber sie musste zurück in die Bar.

Sie kam gerade rechtzeitig, denn mitten auf der Tanzfläche stand Dahlia, umgeben von einem Sortiment Einheimischer, die entweder strahlten wie Honigkuchenpferde oder vollkommen bestürzt und traurig dreinblickten.

»Ruby Bee!«, brüllte Dahlia. »Rate mal, was ich gehört habe!«

»Mach nicht so'n Krach«, schrie Ruby Bee, um den Stimmenlärm und das Gedudel der Jukebox zu übertönen, während sie sich einen Weg durch die Menge bahnte. »Was hast du denn gehört?«

»Sie drehen den Film weiter, und ich bin immer noch dabei. Es macht dir doch nichts, wenn ich mich auf die Jagd nach Kevin mache und es ihm erzähle, oder?«

»Nur zu. Hast du irgendwas über deine Rolle erfahren?«

»Die Assistenten-Lady sagt mir, was ich tun muss, sobald wir loslegen. Sie meint, es ist kinderleicht. In der Zwischenzeit soll ich schon mal üben, überrascht auszusehen.« Zur Veranschaulichung schnitt Dahlia ein Gesicht, das aber eindeutig eher nach Verstopfung aussah als nach sonst was.

Ruby Bee ging in die Küche, wo Estelle Blumen in Saftgläser stopfte.

»Ich dachte, das heitert sie vielleicht auf«, meinte sie. »Dann werden sie redseliger.«

»Ganz bestimmt«, war alles, was Ruby Bee dazu sagte. Jetzt hätte sie natürlich Hal Desmonds Vorliebe, splitterfasernackt rumzulaufen, erwähnen können, oder auch ihren Verdacht wegen der Handlung von *Wilder Kirschwein*, sogar das Verschwinden von Fuzzy, aber es gab noch so viele andere Dinge, über die sie hätte sprechen können, dass sie die ganze Sache vorerst lieber auf sich beruhen ließ.

* * *

Ich verschwendete eine Menge Steuergelder, und obendrein gingen mir die Einnahmen aus den Strafzetteln für Geschwindigkeitsüberschreitung und andere typische Samstagabend-Regelwidrigkeiten flöten. Schuld daran war die Telefongesellschaft und der heimtückische technische Fortschritt namens Warteschleife, besonders im Zusammenhang mit »Ich seh mal nach, ob Detective Cannelli schon aus der Sitzung zurück ist«, gefolgt von einer fünfminütigen Pause und dann einem »Sein Partner sagt, er muss irgendwo im Haus sein, bleiben Sie bitte dran, ich sehe schnell im Umkleideraum nach.«

Ungefähr hundert Dollar später hatte ich den Detective tatsächlich an der Strippe. Ich erklärte ihm den Stand der Dinge, was ihm einen Pfiff entlockte, und erkundigte mich dann nach dem Mordfall St. James. Die Antwort lautete, er sei ungelöst, aber halb verschimmelt und ganz hinten im Aktenschrank verstaut.

»Gab es nie Verdachtsmonente gegen den Ehemann?«, fragte ich und runzelte die Stirn, obwohl Ruby Bee behauptet, davon kriege ich permanente Falten und nie einen Ring an den Finger.

»Seltsamerweise erinnere ich mich an den Fall«, sagte Cannelli. »Morde sind hier ja an der Tagesordnung, aber die populäre Methode sind derzeit Schüsse aus einem fahrenden Wagen. Was nicht heißen soll, dass keine Messer mehr verwendet werden – die sind sogar sehr beliebt, vor allem in dunklen Seitenstraßen und hinter Bars.«

»Und was ist mit dem St. James-Fall?«

»Entschuldigen Sie, Schätzchen. Natürlich haben wir den Ehemann unter die Lupe genommen, zusammen mit den Pennern in den Pappkartons und den aktuellen Psychiatrieabgängern. Es hieß, Mr. und Mrs. St. James hätten kurz vor der Scheidung gestanden, und zwar vor einer eher unerfreulichen, es gab Streit wegen des Vermögens und weil sie sich gegenseitig Untreue vorwarfen. Der Ehemann gab zu, dass er eigentlich aus der gemeinsamen Wohnung ausgezogen war, behauptete aber, er sei vorbeigekommen, um eine zivilisierte Diskussion bei einem Glas

Champagner anzuregen. Anscheinend hat er gerade in einem anderen Staat einen Film gedreht oder was. Jedenfalls hatte er ein Alibi für den entscheidenden Zeitraum.«

»Danke«, sagte ich. »Ich weiß, Sie haben viel zu tun, aber gibt es eine Möglichkeit, dass Sie mir Hintergrundinformationen über die ganzen Leute besorgen könnten? Ich bin da echt überfordert.«

Zwar klang er nicht sonderlich begeistert, aber er versprach immerhin, ein paar Anrufe zu machen und sich möglichst bald wieder bei mir zu melden. Ich las ihm meine Personenliste vor und bedankte mich ausführlich, womit ich die Ferngesprächskosten noch mehr in die Höhe trieb, aber seine Kooperationsbereitschaft sicherstellte. In diesem Moment betrat Plover das Polizeirevier.

Er ließ einen Ordner auf meinen Schreibtisch fallen und ging gleich ins Hinterzimmer, wobei er etwas von Kaffee murmelte. Der Ordner war eselsohrig und fleckig, sein Inhalt spärlich. Billy Dick MacNamara hatte in Farberville grenzwertige Schulnoten bekommen, war vom Kindergarten an von den meisten Lehrern als unkooperativ eingestuft worden, hatte aber nie größere Probleme mit der Schulleitung gehabt und war auch nie mit dem Jugendamt aneinandergeraten.

»Ich frage mich, ob er in Farberville je ein Feuer gemeldet hat«, sagte ich laut genug, dass Roy Stivers mich hörte, falls er vor seinem Antiquitätenladen im Schaukelstuhl saß.

»Vielleicht anonym.«

»Das ist mir klar. Wenn jemand seinen Namen sagt, schreiben sie den in den Bericht.«

»Da musst du deinen Kumpel in Emmet fragen.«

»Du bist eine Nervensäge«, sagte ich, aber so leise, dass Roy es nicht hören konnte. Und Plover auch nicht. Ich beschloss, seine Kleinlichkeit zu ignorieren (und später Rache zu nehmen, wenn ich Zeit gehabt hatte, mich besser vorzubereiten). »Ich hab in L.A. angerufen und mit Detective Cannelli gesprochen.«

»Ist er ledig?«

Ich umklammerte meinen Stift so fest, dass meine Fingerknöchel aussahen wie mit Rauhreif bedeckt, aber es gelang mir, mit ruhiger Stimme zu erwidern: »Ich hab nicht danach gefragt, aber ich hoffe es. Sobald der Fall gelöst ist, fahre ich mit ihm nach Vegas, um dort ein heißes Wochenende zu verbringen. Als er damit fertig war, Küsschen ins Telefon zu schmatzen, hat er gesagt, sie hätten St. James' Alibi überprüft und bestätigt.«

Jetzt kam Plover mit einem Becher in der Hand zur Tür. »Was ist mit den anderen aus der Truppe?«

»Sie hatten an dem Tag den Film fertig, haben dann groß gefeiert und in irgendeiner Kleinstadt in Nevada übernachtet, in Doppelzimmern. Vermutlich haben alle das gleiche Alibi, nämlich ihre Zimmergenossen. Aber das ist nicht unser Fall, deshalb würde ich vorschlagen, wir befassen uns mit unserem gegenwärtigen Problem.«

»Dieser Kaffee muss mindestens eine Woche alt sein«, meinte Plover, während er sich auf die Schreibtischkante setzte. »Ich hab mal wegen der Fingerabdrücke am Tatort nachgeforscht. Sie passen zu denen auf den Habseligkeiten des Opfers und ihres Ehemanns, abgesehen von ein paar uralten, die wahrscheinlich Ruby Bee gehören. Der Mörder hat offensichtlich Handschuhe getragen.«

»Das wundert mich nicht.« Ich warf einen raschen Blick auf meine Armbanduhr. »Desmond sollte Fuzzy Indigo herschicken. Vor ungefähr einer halben Stunde hätte er hier sein müssen – vielleicht ruf ich mal lieber in seinem Zimmer an.« Gerade als ich nach dem Hörer griff, klingelte das Telefon. »Arly Hanks«, sagte ich in die Sprechmuschel, die leicht nach Zwiebeln roch.

»Das weiß ich«, antwortete Ruby Bee. »Glaubst du vielleicht, deine eigene Mutter erkennt deine Stimme nicht mehr?«

Rasch wechselte ich aufs andere Ohr, sodass ich praktisch zwischen den beiden irritierendsten Personen, die ich kannte, eingeklemmt war. »Ich stecke mitten in den Ermittlungen, Ruby Bee. Was ist los?«

»Tja, entschuldige, ich konnte ja nicht wissen, dass du so

beschäftigt bist wie eine Ameise beim Sonntagsschulausflug. Zufälligerweise hab ich ein paar Informationen weiterzugeben, aber ich warte natürlich gern, bis du Zeit hast, mir zuzuhören.«

»Ich hör dir ja zu.«

»Ich dachte, es interessiert dich vielleicht, dass dieser Typ, dieser Fuzzy, vor 'ner Weile verschwunden ist.«

Ich schluckte. »Was?«

»Ich hab ein Essenstablett zu Nummer vier gebracht, für den Fall, dass die dort Hunger kriegen. Da hat der fabelhafte Mr. Frederick mir erzählt, dass Fuzzy vor einiger Zeit weggegangen und noch nicht wieder zurückgekommen ist.«

An der Art, wie Plover mich ansah, merkte ich, dass ich wahrscheinlich einen sehr verstörten Eindruck machte. Ich atmete tief durch und sagte: »Damit ich das richtig verstehe, Ruby Bee – du hast ein Tablett mit Essen in eins von den Motelzimmern gebracht? Was ist mit dem Polizisten, der aufpassen soll, dass keiner die Filmleute stört?«

»Oh, dem geht's gut. Es ist schrecklich heiß da draußen, deshalb hab ich ihm ein Stück Kuchen und ein Glas Eistee gebracht. Er war echt dankbar dafür.« Ihr Ton deutete unmissverständlich an, wen sie hingegen für undankbar hielt.

»Und Frederick Marland hat dir gesagt, dass Fuzzy nicht im Zimmer ist?«

»Das hat er gesagt, ja. Aber ich muss jetzt Schluss machen. Ich würde dich ja gern zum Abendessen einladen, aber es ist wahnsinnig viel los hier, mehr als beim Eiscreme-Fest letztes Jahr in der Methodistenkirche.«

Ehe ich etwas erwidern konnte, hatte sie aufgelegt. Das war mir ganz recht. Ich lehnte mich zurück und sah Plover an, der versuchte, nicht zu grinsen. »Das waren die neuesten Neuigkeiten von der Pinkerton-Agentur. Detektivin Petunia setzt uns in Kenntnis, dass Fuzzy sein Zimmer verlassen hat und bis jetzt nicht wieder aufgetaucht ist. Der diensthabende Polizeibeamte verspeist den Snack, den die Detektivin ihm netterweise serviert hat.«

»Sollen wir mal bei ihm vorbeischauen und ein Wörtchen mit ihm reden?«

»Ja, ich denke, ein kleiner Spaziergang wäre angesagt.« Ich stand auf und ging zur Tür.

* * *

22 INNENAUFNAHME – LUCINDAS TRAILER – NACHT

*Billy Joe kommt in den Trailer, die Kappe in der Hand. Kamera fährt zurück, sodass Lucinda im Schaukelstuhl ins Bild kommt.*

LUCINDA

Alles klar, Billy Joe?

BILLY JOE

Na sicher. Warum nicht?

LUCINDA

Hast du nicht gehört? Cooter sagt, er bringt dich um, wenn er dich in die Finger kriegt. Er hat 'ne Pistole. Du solltest lieber nicht in die Stadt gehn.

BILLY JOE

Was ist mit Loretta? Wir müssen einen Fluchtplan machen.

*Er sinkt vor Lucinda zu Boden und legt seinen Kopf in ihren Schoß. Sie streicht ihm übers Haar.*

LUCINDA

Ich würd ihr ja gern 'ne Botschaft überbringen, aber Cooter weiß, dass ich deine Cousine bin, da ist er bestimmt argwöhnisch.

*(Pause)*

Wie wär's, wenn ich Pastor Pipkin eine Nachricht zustecke? Wenn Loretta dann in die Kirche kommt, kann er sie ihr geben.

BILLY JOE

Können wir ihm trauen?

LUCINDA

Ich glaub, du hast keine andere Wahl, Billy Joe ... wenn du nicht zulassen willst, dass Cooter bei Loretta seinen Willen kriegt.

BILLY JOE *(mit gebrochener Stimme)*

Ich weiß nicht, was ich tun soll. Mir ist so kalt vor lauter Einsamkeit.

LUCINDA

Armes Baby. Komm mit mir ins Bett, dann wärme ich dich, wie wir's früher immer auf dem Heuboden gemacht haben.
*Kamera folgt ihnen, während sie zum Schlafzimmer gehen. Billy Joe ist offensichtlich noch immer in quälende Gedanken versunken, aber Lucindas Gesicht wirkt freudig erregt, während sie sich die Bluse aufknöpft.*

ÜBERBLENDEN AUF

* * *

Bruder Verber lag auf den Knien, nicht in der Kirche der Stimme des Allmächtigen Herrn, wo er vielleicht gestört worden wäre, sondern in der Abgeschiedenheit seines Wohnzimmers. Er befand sich mitten in einem ziemlich heiklen Gespräch mit seinem Herrgott, bei dem es um die mangelnde göttliche Unterstützung in der schwierigen Zeit ging, als er (Verber) gegen die Werke des Satans ermittelt hatte und Er (der Herrgott) nicht mal den kleinen Finger gerührt hatte. Was diese Hollywood-Leute sagten, stimmte nicht: Bruder Verber hatte in seinem ganzen Leben noch nie in ein Fenster gespäht, es sei denn, es diente dem Wohle seiner Schäfchen.

»Es war schrecklich demütigend«, sagte er mit zum Himmel erhobenen Augen, und obgleich ihm bewusst war, welche Strafen ihm drohten, klang in seiner Stimme unüberhörbar ein Vorwurf mit. Es wären ihm noch ein paar passende Sätze eingefallen, aber er fand dann, dass er seine Zeit wahrscheinlich sinnvoller verwendete, wenn er überlegte, was er tun konnte.

Um die ganze Sache noch zu verschlimmern – und sie war wirklich schon sehr schlimm – hatte vor einer Weile eine Frau angerufen, die vorgab, Regieassistentin zu sein, und ihm mitgeteilt, er solle gefälligst bei dem Film mitmachen. Sonst, so erklärte sie, würden sämtliche Einwohner der Stadt erfahren, wer keuchend und mit Glotzaugen vor einem bestimmten Fenster erwischt worden war. Weiter hatte sie darauf hingewiesen, wie leicht es allen Leuten fallen würde, sich die näheren Einzelheiten auszumalen.

Allen – das schloss natürlich auch die gute Schwester Barbara mit ein. Nach den unangenehmen Vorfällen im letzten Jahr war er gezwungen gewesen, sich stundenlang in aller Demut anzuhören, warum er in Ungnade gefallen war. Auf Knien hatte er vor ihr gelegen und geschworen, nie wieder auch nur die geringste Wollust in seinem Herzen zu nähren und keinen einzigen Blick mehr auf das zu werfen, was seiner Meinung nach lediglich Studienmaterial in seinem unermüdlichen Kampf gegen den Satan war.

Er ließ sich aufs Sofa fallen und wedelte sich mit einem Katalog Luft zu. »Was für ein Name ist das überhaupt – Pastor Pipkin!«, brummte er, nachdem er die Diskussion mit dem Herrgott nun endgültig aufgegeben hatte. »Ich hätte ihr sagen sollen, dass ich dem geistlichen Stand angehöre und einen Namen verdient habe, der meiner würdig ist –«

Da klingelte das Telefon. Er starrte es an, als wäre es eine Klapperschlange, doch schließlich hob er doch ab. »Gepriesen sei der Herr«, sagte er mit zittriger Stimme.

»Ich hätte gern eine Erklärung«, hörte er Mrs. Jim Bobs strenge Stimme.

Zwar wich Bruder Verber jedes Tröpfchen Blut aus dem Gesicht, aber er durchforschte verzweifelt sein Gehirn und fand tatsächlich eine taktische Erwiderung. »Ja, gepriesen sei der Herr, Schwester Barbara. Lasst uns die Augen zum Himmel erheben und ein Dankgebet darbringen.«

»Waren Sie wieder am Abendmahlswein?«

Er vermied es, das Glas auf seinem Couchtisch anzusehen. »Nein, aber ich habe wundervolle Neuigkeiten, fast könnten wir sie ein Wunder nennen.«

»Die Verwandlung von Wasser in Wein war ebenfalls ein Wunder. Ich rufe an, weil ich wissen möchte, wo Sie heute früh waren. Zufällig habe ich erfahren –«

»Gepriesen sei der Herr!«, beharrte Bruder Verber und fächelte sich verzweifelt Luft zu, um nicht ohnmächtig zu werden. »Jetzt bekommen die armen kleinen Waisenkinder warmes Essen und neue Schuhe. Beinahe möchte ich auf der Stelle einen Lobgesang anstimmen, damit Sie dieses Wunder mit mir teilen können.«

»Lottie und Eula kommen gleich vorbei, um bestimmte negative Strömungen in der Missionsgesellschaft zu diskutieren. Ich muss Teewasser aufsetzen und Kekse hinstellen. Also hören Sie auf, von Waisenkindern zu faseln, und erklären Sie mir die Sache mit dem Wunder, damit ich pünktlich meinen Verpflichtungen als Gastgeberin nachkommen kann.«

Bruder Verber schluckte nervös. »Ich bin aufgefordert worden, in dem Film mitzuwirken, der hier in Maggody gedreht wird. Ich glaube, sein Titel lautet *Wilder Kirschwein.*« Ihr verächtliches Schnauben war ein unmissverständliches Zeichen, dass er fortfahren sollte. »Ich bekomme nicht viel Geld dafür, dennoch kann ich es als ungeahnten Glücksfall für die kleinen Waisen bezeichnen, denn jeder Penny ist für sie gedacht.«

»Warum wollen die denn, dass Sie in diesem Film mitmachen?«, fragte Mrs. Jim Bob. Sie klang nicht so beeindruckt von seiner Großherzigkeit, wie er sich das erhofft hatte.

»Damit ich das ganze Geld den Waisen spenden kann, Schwester Barbara. Gerade in diesem Augenblick liege ich hier auf

Knien, Schwester Barbara, und mein Herz quillt über vor Freude, den Waisenkindern helfen zu können, selbst denen, die einer anderen Konfession anhängen.«

Einen Moment lang musste Mrs. Jim Bob überlegen, aber dann kam sie zu dem Schluss, dass es die Mühe nicht lohnte. Eine kleine Notlüge schien angebracht, von der Art, die nicht zählte, vor allem, wenn sie dazu diente, die Wahlen der Missionsgesellschaft zu retten und das Teewasser pünktlich aufzusetzen. »Ich glaube, ich höre Lottie und Eula auf der Veranda, ich muss Schluss machen.«

»Gepriesen sei der Herr«, säuselte Bruder Verber. Als er aufgelegt hatte, wiederholte er den Satz noch zwei-, dreimal mit schwindender Inbrunst. Er hob sogar sein Glas, ehe er den Inhalt hinunterkippte und in die Küche eilte, um es nachzufüllen.

# Elftes Kapitel

Nachdem ich den Polizisten ausgeschimpft hatte, dem noch Kuchenkrümel am Kinn hingen und der ein zutiefst zerknirschtes Gesicht machte, gingen Plover und ich zu Zimmer Nummer vier. Mir gelang es zu klopfen, ohne mit den Fingerknöcheln die Tür einzuschlagen. Frederick Marland machte auf, ein Sandwich in der Hand, und begrüßte uns mit den Worten: »Bin ich jetzt dran für die Gummischläuche und den Knüppel?«

»Noch ein kleines bisschen Geduld«, antwortete ich. »Wie ich höre, ist Fuzzy Indigo am frühen Nachmittag aus diesem Zimmer verschwunden und nicht zurückgekommen. Stimmt das?«

Er hob abwehrend die Hände. »Nun mal langsam, Polizeiinspektorin Ariel. Zerkratzen Sie mir nicht mein jugendliches Gesicht, damit verdiene ich 'ne Menge schönes Geld. Warum kommen Sie und Ihr Freund nicht rein und genießen die luxuriöse Ausstattung des Flamingo Motel? Hätten Sie gern etwas zu trinken? Wie wäre es mit einem Eiersalat-Sandwich? Ganz köstlich, das kann ich Ihnen versichern.«

Plover drängte sich ins Zimmer, wobei er mich fast umpflügte. »Mr. Marland«, sagte er kühl, »im Nebenzimmer ist ein Gewaltverbrechen begangen worden, eine Frau wurde umgebracht. Vielleicht war sie keine enge Freundin von Ihnen, aber immerhin war sie eine Kollegin, mit der Sie ein Jahr lang zusammengearbeitet haben. Wir nehmen die Sache sehr ernst, und ich möchte Ihnen vorschlagen, dies auch zu tun.«

»Tut mir leid, tut mir wirklich leid. Ich habe Kitty und Meredith sehr geschätzt. Sie hätten meine Eltern sein können, deshalb haben wir uns nicht oft gesehen, wenn wir nicht gerade drehten. Aber ich wollte bestimmt nicht darüber frotzeln, das ist vermutlich bloß eine Art Abwehrhaltung. Ein Versuch, damit umzugehen.« Er zog die Tagesdecke zurecht, um die zerwühlten Laken zu verstecken, deutete dann aufs Bett und meinte: »Leider sind die Sitzgelegenheiten etwas knapp.«

Plover ließ sich auf einem Stuhl nieder, ich hingegen lehnte mich mit verschränkten Armen an die Tür und fragte: »Wann ist Fuzzy weggegangen?«

»Die genaue Uhrzeit weiß ich nicht. Wir haben uns hier noch ein paar Minuten unterhalten – über das, was wir gehört hatten.«

»Und was war Ihre Meinung dazu?«, fragte ich.

Er setzte sich auf eine Ecke des Bettes und rieb sich die Schläfen. »Ich war durcheinander und hatte eine Scheißangst, ehrlich gesagt. Ich fand, wir sollten packen und abhauen, solange wir noch können. Fuzzy hat irgendwelches unzusammenhängendes Zeug von Schweinen und Perversen gebrabbelt und ist zweimal übers Bett gestolpert. Das zweite Mal hat er sich im Laken verheddert und angefangen zu schreien, er würde von einem Brotlaib angegriffen. Ich weiß auch nicht, wie er es schafft, die ganze Zeit betrunken zu sein. Bestimmt hat er sich einen Tropf gelegt, über den er sich intravenös Alkohol zuführt.«

»Mir ist sein Zustand schon in der Bar aufgefallen«, gab ich zu. »Was ist dann passiert?«

»Ich war noch geschminkt, deshalb hab ich erst mal geduscht und mich umgezogen. Als ich aus dem Badezimmer kam, war Fuzzy verschwunden.«

»Haben Sie eine Ahnung, warum er weggegangen ist oder wo er jetzt sein könnte? Hat er denn gar nichts gesagt?«

»Nein, aber ich hab den Verdacht, dass es etwas mit seinem Faible für Alkohol zu tun hat. Gestern beim Pokerspielen hat er alles bis auf den letzten Tropfen weggetrunken. Falls sein unerschöpflicher Tropf doch leer war, hat er sich vielleicht auf die Suche nach einem Schnapsladen gemacht und torkelt jetzt irgendwo auf dem Highway rum.«

Auch Plover stand wieder auf und kam zur Tür. »Ich schicke jemanden zur Billardhalle. Gibt es sonst noch 'ne Möglichkeit?«

Ich dachte kurz nach und schüttelte den Kopf. »Erst wieder in Farberville. Er war gestern auch nicht bei der Gruppe.« Stirnrunzelnd sah ich Frederick an. »Wissen Sie, wo er gestern Abend war und wann er zurückgekommen ist?«

»Er hat mir nichts gesagt, aber ich hab ihn auch nicht gefragt. Der hat Pfeffer im Arsch, der gute alte Fuzzy. Irgendwie erinnert er mich an diese Vietnamveteranen, die durchdrehen und auf einen Turm klettern und von dort alles abknallen, was sich bewegt. Er sagt kaum ein Wort, aber er kriegt alles mit, was um ihn herum passiert – zumindest, wenn er zufällig nüchtern ist. Wenn nicht, würde er's nicht mal merken, wenn ihn ein Zementlaster überfährt.«

»Wäre er wohl zu einer Gewalttat fähig, wie sie im Nebenzimmer passiert ist?«

»Ich denke eher nicht, aber so gut hab ich ihn auch wieder nicht gekannt. Genau genommen haben wir nur während der Dreharbeiten miteinander zu tun. Ich weiß nicht mal, wo er wohnt. Angeblich hat seine Frau ihn vor kurzem verlassen, hat einfach aufgegeben.«

»Bis später«, sagte Plover und verschwand, um einen zweiten Suchtrupp zu organisieren.

»Und zu gestern Nacht fällt Ihnen nichts weiter ein?«, fragte ich, während ich mir den Kopf zermarterte, wo Fuzzy zu Fuß hingegangen sein konnte. Ich musterte Frederick durchdringend. »Was haben Sie gesagt – wann sind Sie zurückgekommen?«

»Ich hab es Ihnen nicht gesagt. Nur dass wir nicht darüber gesprochen haben.«

Ich setzte mich auf den Stuhl, den Plover geräumt hatte, und zog mein Notizbuch und einen Stift heraus, der aussah, als hätten ihn Biber in der Mangel gehabt. »Wie lautet Ihr wirklicher Name, Mr. Marland?«

Er hatte genauso wenig Lust, diese Frage zu beantworten wie Wanda Sue Thackett, aber schließlich erfuhr ich, dass der Name Freddie Marland seine Geburtsurkunde schmückte, dass er aus San Diego stammte, fünfundzwanzig Jahre alt war und gegenwärtig in einem Apartment in Burbank wohnte. Er hatte ein kurzes Gastspiel bei einer Seifenoper gegeben, danach ein weniger aufregendes in einer Pizzeria, ehe er von Hal (er deutete die Anführungszeichen mit den Fingern an) »entdeckt« worden war.

Als ich meine Notizen durchlas, fiel mir ein anderes Gespräch ein. »Haben Sie Maggody als Drehort vorgeschlagen?«

»Ich hätte Cannes vorgeschlagen. Paris, Rom, Acapulco, alles mögliche. Aber Maggody, Arkansas?«

»Carlotta hat gesagt, jemand aus der Gruppe hätte es vorgeschlagen«, erklärte ich, machte mir eine Notiz, sie bei Gelegenheit zu fragen, schlug die Beine übereinander und nahm Frederick wieder ins Visier. »Okay, wo waren Sie gestern Abend?«

»Ich hab in der Bar gegessen und bin dann wieder hergekommen, um an meinem Text zu arbeiten. Wir drehen einen Film, wie Sie sich vielleicht erinnern.«

»Warum wissen Sie dann nicht, um wieviel Uhr Fuzzy zurückgekommen ist?«

»Weil ich mir nicht merke, was er tut.« Er biss ein Stück von seinem Sandwich ab und kaute langsam, beobachtete mich aber die ganze Zeit verstohlen, um herauszufinden, ob ich ihm seine Geschichte abkaufte. Ich ließ mir anmerken, dass das nicht der Fall war. Schließlich schluckte er, legte den Rest des Sandwiches auf den Teller zurück und sagte: »Ich war mit einem Mädchen aus dem Ort zusammen, und ich will nicht, dass sie Schwierigkeiten kriegt, okay? Sie hat mich in irgendeine Stadt gefahren, weil ich eine vernünftige Sonnenmilch kaufen wollte. Danach haben wir noch was gegessen, dann hat sie mich wieder heimgefahren.«

»Wer war dieses Mädchen?«

»Ich hab ihr versprochen, dass ich sie nicht verrate. Sie will nicht, dass ihre Eltern davon erfahren – oder ihr Freund.«

»Kann ich mal Ihr Telefon benutzen?«, fragte ich, um der Höflichkeit Genüge zu tun. Er nickte, und ich wählte die Nummer von Ruby Bees Bar und Grill. Als die Besitzerin sich meldete, sagte ich: »Welches Mädchen hat Frederick Marland gestern Abend im Auto mitgenommen, wo waren sie und um welche Zeit sind sie zurückgekommen?«

»Haben Sie 'nen Spionageservice an der Strippe?«, knurrte Frederick ärgerlich, während ich der Antwort lauschte.

»Maggody ist klein«, sagte ich. »Darla Jean McIlhaney hat Sie um halb acht mit dem Wagen ihrer Mutter abgeholt, ist mit Ihnen nach Farberville gefahren, und um ein Uhr morgens waren Sie beide noch nicht zurück. Die einzige Schwachstelle der Auskunft ist die Zeit nach Mitternacht, denn die Leute gehen hier früh zu Bett, um mit den Hühnern aufzustehen und sich auf die Frühstücksbrötchen zu stürzen.«

Sein Mund öffnete und schloss sich mehrmals hintereinander. »Und das alles mit einem einzigen Anruf?«, brachte er schließlich heraus.

»Ich habe exzellente Informanten. Ihnen ist klar, dass ich mit Darla Jean sprechen muss, ja? Wenn Sie mir erzählen, was los war, kann ich versuchen, ihr die eine oder andere Peinlichkeit zu ersparen.«

Er lachte. »Sie sind ja ein echt fieser Cop. Ich hab gehört, wie Sie den Biskuitcremekuchen-Mord gelöst haben, deshalb denke ich, es ist für Sie wahrscheinlich ein Kinderspiel, eine Highschoolschülerin zu verhören.« Als er merkte, dass mich sein Humor kalt ließ, fuhr er fort: »Okay, sie hat mich abgeholt und in die Stadt gefahren. Als ich meine Lotion gekauft hatte, sind wir in eine Bar gegangen, haben uns ein paar Drinks genehmigt, über dies und das geredet, noch was getrunken, und irgendwie war es plötzlich ziemlich spät. Da hat sie mich zurückgefahren, so schnell sie sich eben traute, hat mich abgesetzt und mir das Versprechen abgenommen, niemandem von unserem Rendezvous zu erzählen.«

»In welcher Bar waren Sie?«, fragte ich ganz unschuldig, aber ich wusste, dass die Bars in Farberville sehr vorsichtig sind, wenn es darum geht, Alkohol an Minderjährige auszuschenken. Wegen des Colleges dort gehört das Vorzeigen des Führerscheins zum gängigen Ritual. Und Darla Jean sah nicht älter aus, als sie war.

»Woher soll ich das wissen? Es war eine Bar, basta. Kleine Tische, laute Musik, verwässerte Drinks, dunkel wie ein Kuhmagen.« Er stand auf und begann umherzuwandern, obwohl das Zimmer nicht sehr groß war und er nur ein paar Schritte machen konnte, ohne einen Zusammenstoß mit einer Wand zu provozieren. Eins, zwei, drei, hoppla; eins, zwei, drei, hoppla.

»Kein Problem. Ich kann ja Darla Jean fragen. Sie hat sich den Namen der Bar bestimmt gemerkt.«

»Na gut, vielleicht haben wir uns auch an ein Plätzchen zurückgezogen, wo wir etwas ungestörter waren. Seit meinem Auftritt in der Seifenoper machen mir die Mädchen zu Hause schon im Supermarkt Avancen. Sie schicken mir selbst aufgenommene Videos, die alles andere als jugendfrei sind. Sie klopfen an meine Tür und wollen reinkommen und geknutscht werden. Diese Darla Jean war genauso. Sie hat mir zu verstehen gegeben, dass sie ... dass sie an mir interessiert war. Ein hübsches Mädchen. Keine große Sache.«

Mir fiel es schwer, keine Grimasse zu ziehen, während ich ihn fragte: »Und wo war dieses ruhige Plätzchen?«

»Eine dunkle Straße, gleich bei irgendeinem Hühnerstall.« Zwar versuchte er, ganz locker zu klingen, aber seine Hand zitterte, als er das Sandwich nahm, es betrachtete und auf die Tagesdecke fallen ließ. »Sie müssen das ja nicht an die große Glocke hängen, oder? Das Mädchen und ich, wir hatten ein bisschen Spaß zusammen, weiter nichts. Niemand ist dabei zu Schaden gekommen, und es gibt wirklich keinen Grund, weshalb sie sich von ihren Eltern oder ihrem Freund die Hölle heiß machen lassen müsste.«

Höchstwahrscheinlich gab es sogar mehrere gute Gründe dafür, aber ich war nicht in der Stimmung, Darla Jean in Schwierigkeiten zu bringen. »Ich werde unter vier Augen mit ihr reden. Aber ich möchte Ihnen empfehlen, in Zukunft die Finger von den Mädchen hier zu lassen, Mr. Marland. Vielleicht können Sie diese Kids mit ihrem Status als Filmstar beeindrucken, aber mich nicht. Wenn die Sache publik wird, klopfen womöglich bald irgendwelche Selbsthilfegruppen an Ihre Tür, und das würde Ihren Drehplan sicher ernstlich stören, richtig?«

Damit marschierte ich aus dem Zimmer. Erst auf dem Parkplatz machte ich Halt, um ein wenig abzukühlen. Am liebsten hätte ich Darla Jean gleich die Leviten gelesen, aber ich entschied mich doch zu warten, bis ich etwas ruhiger war und sie nicht mehr so durchschütteln würde, dass ihr die Haarspangen um die Ohren flogen.

Also schloss ich die Augen und überlegte, was ich als nächstes tun sollte. Doch sehr bald wurden meine Gedanken von Stimmen unterbrochen, die keinerlei Anstalten machten, sich wieder zu entfernen. Ich entdeckte Estelle am Rand des Parkplatzes, die den Polizisten anmeckerte. Zwar verteidigte er sich, so gut er konnte, aber ich bekam sofort Mitleid mit ihm und eilte ihm zu Hilfe.

»Gott sei Dank«, rief Estelle, als sie mich kommen sah. »Dieser Knabe hier ist so knurrig wie ein Waschbär, den man auf den Baum gejagt hat. Sag ihm doch bitte, dass ich dieses Tablett jederzeit zu Mr. Desmond in Nummer zwei bringen kann. Es ist nämlich reichlich schwer, und ich hab nicht vor, hier rumzustehen bis ich umfalle, nur weil –«

»Stop!«, unterbrach ich sie. Ich ließ ihr eine Sekunde Zeit, damit sie ihren Mund vor Empörung zu einem blutleeren Strich verziehen konnte, dann sagte ich: »Dieser Beamte hat Anweisung, niemanden in eins von den Motelzimmern zu lassen.«

»Habt ihr vielleicht vor, die Leute so lange auszuhungern, bis sie bereit sind zu gestehen?«, konterte Estelle. »Ich kenne genug Anwaltserien aus dem Fernsehen, ich weiß, dass Geständnisse freiwillig abgelegt werden müssen. Wenn du einem Verdächtigen auch nur die kleinste Ohrfeige verpasst, kann der Richter –«

Das Geräusch, das aus meiner Kehle drang, war primitiv, vielleicht sogar prähistorisch, auf jeden Fall aber wirksam. Schließlich konnte ich meine knirschenden Zähne weit genug voneinander lösen, um zu knurren: »Bring Desmond das Tablett. Aber nerv ihn nicht und stell ihm keine Fragen – okay?«

»Okay, Miss Mussolini«, erwiderte Estelle und entschwebte, ehe ich ihr ein Eiersalatsandwich ins Gesicht schleudern konnte.

Ich folgte ihr über den Kiesplatz, ging aber weiter zu Nummer drei, um Carlotta zu fragen, ob ihr etwas zu der jüngsten Desertion im Produktionsteam einfiel. Ich klopfte an die Tür; Estelle tat dasselbe bei Nummer zwei. Carlotta öffnete, aber als ich den Mund aufmachte, hörte ich einen Schrei. Blitzschnell wandte ich mich um und sah gerade noch, wie Estelle jemandem im Zimmer das Tablett in die Hand drückte, kehrtmachte und wie ein Taschenkrebs rückwärts das Weite suchte. Während sie an dem wachhabenden Polizisten vorbeieilte und schließlich um die Ecke von Ruby Bees Lokal bog, gab sie laute Ausrufe moralischer Entrüstung von sich.

Ehe ich mich rühren konnte, war Carlotta um mich herumgesaust und stand vor Nummer zwei. Sie öffnete die Tür ein paar Zentimeter und rief hinein: »Hal, Arly ist hier. Warum kommst du nicht einen Moment zu mir rüber?«

»Alles in Ordnung?«, fragte ich.

Sie schloss die Tür. »Ich fürchte, Hal wollte gerade unter die Dusche, anscheinend hat er Estelle erschreckt. Möchten Sie irgendwas von mir wissen?«

Ich betrat hinter ihr das Zimmer, in dem so viel Papier herumlag, dass es ohne weiteres für mehrere Romane und den einen oder anderen Enzyklopädieband gereicht hätte. Die Betten waren an die Wand geschoben, um einem kleinen Tisch Platz zu machen, der unter einem Computer mit Monitor und Drucker, unter Papierstapeln, Notizbüchern und mehreren Exemplaren von etwas Gehcftetem – vermutlich das Skript – fast ganz verschwand. Außerdem waren jede Menge Zettel mit Reißnägeln an die Wand gepinnt.

»Ziemliches Chaos«, meinte Carlotta, während sie das Zeug auf dem Bett ein bisschen zusammenschob. »Für Umarbeitungen verschwenden wir immer massenhaft Papier. Martha Biggins ruht jetzt in Frieden, aber ich weiß nicht, was wir mit Zachery machen sollen. Er ist eine zentrale Figur.«

»Wer?«, fragte ich. Wollten sie noch mehr Schauspieler ankarren? Die Vorstellung war nicht gerade angenehm; mir genügte das Aufgebot an Hollywoodlern im Moment vollauf.

Carlotta kicherte. »Entschuldigen Sie. Das sind Figuren im Film, aber die sind für mich zur Zeit wirklicher als die Darsteller, die sie spielen. Ich weiß, das klingt seltsam. Aber wer wie ich in dieser Branche arbeitet, muss ein bisschen seltsam sein, um zu überleben.«

»Apropos seltsam – wissen Sie, wo Fuzzy ist?«, fragte ich voller Optimismus.

»Verdammt gute Frage«, ertönte hinter uns Hals Stimme. Er trug einen flauschigen weißen Bademantel, der vorne so weit offen stand, dass man seine weiß behaarte, noch etwas feuchte Brust sah. »Ich hab ihm gesagt, ich will die Aufnahmen von heute mit ihm durchschauen. Wir müssen uns überlegen, wie wir ohne Buddy auskommen können, bis er endlich wieder auftaucht, und wir haben nicht endlos Zeit, wissen Sie.«

Sofort ergriff Carlotta ihr Klemmbrett und ging zur Tür. »Richtig, Hal. Ich geh nachsehen, ob er schon fertig ist.«

»Moment mal«, warf ich ein, wobei ich mir schon vorkam wie eine Schauspielerin im Film. »Fuzzy ist verschwunden. Ich bin hergekommen, weil ich Sie fragen wollte, ob Sie wissen, wo er ist.«

»Verschwunden?«, echote Hal. »Was soll der Quatsch? Er ist unser Kameramann, verflucht noch mal. Martha Biggins können wir ja vielleicht ins Grab legen und wenn nötig Zachery daneben, aber wer zum Teufel soll denn die Kamera bedienen?« Der Bademantel rutschte ein Stück hoch, sodass knochige Knie sichtbar wurden, und Hal schüttelte wütend die Fäuste. »Ich hab die Schnauze voll, Arly. Sie müssen ihn finden und tout de suite zurückbringen. Ich werde ihn persönlich in dieses Zimmer hier sperren, bis wir das Baby im Kasten haben.«

Zwar reagierte Carlotta etwas weniger explosiv, aber auch sie klang beunruhigt. »Er ist ... einfach verschwunden, genau wie Buddy?«

»Ich weiß nur, dass er am frühen Nachmittag das Zimmer verlassen hat, das er mit Frederick Marland teilt«, antwortete ich, »und dass er bis jetzt nicht zurückgekommen ist. Der Polizist, der auf dem Parkplatz Wache schiebt, schwört, dass Fuzzy nicht an ihm vorbeigekommen ist, deshalb vermute ich, er ist hinten um das Gebäude rumgegangen, über den Zaun geklettert und munter über die Wiesen davonspaziert.«

Mit finsterem Blick musterte Hal erst Carlotta, dann mich. »Das ist mir zu viel. Ich spüre, wie mein Blutdruck in die Höhe schießt, als wäre er eine von diesen ... von diesen Raketen. Wahrscheinlich ist morgen Anderson spurlos verschwunden, Gwenneth nirgends zu finden, Carlotta per Anhalter unterwegs in die Hölle und –«

»Halten Sie den Mund!«, fauchte ich ihn an. »Wir sollten sofort alle zusammenrufen und durchzählen. Sie bleiben beide hier und rühren sich nicht vom Fleck.« Ein Gedanke schoss mir durch den Kopf, als hätte mich jemand mit einem Krug Eistee übergossen. »Wo ist Gwenneth D'Amourre? Wohnt sie nicht auch hier im Zimmer?«

»Sie ist ... äh, sie ist in meinem Zimmer«, sagte Hal. »Ich hab mit ihr ein paar besonders komplizierte Szenen eingeübt. Jede Zeile, die sie in den Sand setzt, kostet uns unnötig Zeit, und Zeit ist Geld, und Geld ist das, was am Ende zählt.«

»Ich hole Gwenneth«, versprach Carlotta mit gepresster Stimme und war aus dem Zimmer, ehe ich meine Anordnung, sie solle sich nicht vom Fleck rühren, wiederholen konnte.

Sie war schon nebenan verschwunden, als ich gegenüber klopfte, zu Frederick sagte, er solle in Carlottas Zimmer gehen, und dann langsam zu Nummer sechs schlurfte, wo sich Anderson St. James aufhielt. Den ganzen Nachmittag hatte ich seine Vernehmung aufgeschoben, und ich fühlte mich sehr unbehaglich bei der Vorstellung, ihm gegenüberzutreten. Vielleicht weil ich Informationen über den Mord an seiner Frau besaß und mir das wie eine Verletzung seiner Privatsphäre vorkam. Ein Grund war natürlich auch, dass es mir die Sprache verschlug und ich mich fühlte wie eine dumme Kuh, wenn er mich mit seinen Schokoladenaugen ansah.

Aber wir steckten mitten in der Untersuchung eines Mordfalls, der in atemberaubendem Tempo eskalierte. Also klopfte ich tapfer an seine Tür.

Er öffnete und lächelte mich freundlich an. »Ich hab mich schon gefragt, wann du dich an mich erinnerst. Müssen wir wieder in die Folterkammer, oder können wir hier bleiben? Ich verspreche, mich zu benehmen, solange es um offizielle Dinge geht, aber für danach übernehme ich keine Garantie.«

Prompt wurde ich rot. »Mein Besuch ist rein offizieller Natur«, entgegnete ich grimmig, was die Situation natürlich nur noch verschlimmerte. »Ein neues Problem ist aufgetaucht, und ich möchte, dass alle in Carlottas Zimmer kommen, um die Sache zu besprechen.«

Als er die Tür hinter sich zumachte, lächelte er nicht mehr. »Habt ihr Meredith gefunden?«, fragte er unterwegs.

Ich schüttelte den Kopf. »Nein, wir suchen noch.«

»Irgendwelche Hinweise auf den Irren, der Kitty umgebracht hat?«

Wieder schüttelte ich den Kopf und ging voran zu Nummer drei. Inzwischen hatte Carlotta die Betten und den einzigen Stuhl freigeräumt und war dabei, die Papiere in einer Zimmerecke zu stapeln. Auf dem einen Bett lag Hal, dessen Bademantel jetzt nicht nur knochige Knie, sondern auch schwabbelige weiße Schenkel enthüllte. Frederick Marland saß auf dem Stuhl. Als sich Anderson auf dem zweiten Bett niederließ, kam auch Gwenneth aus dem Badezimmer, an den Trägern ihres knappen Tops herumzupfend.

Ich ignorierte ihr Begrüßungswinken und wartete, bis sie sich neben Anderson gesetzt hatte. »Ich habe immer noch einige Fragen an einige von Ihnen, aber momentan ist ein neues Problem aufgetaucht.« Auf meinen Bericht von Fuzzys Verschwinden reagierte Hal mit einem verächtlichen Schnauben, Carlotta mit einem tiefen Seufzer, Anderson mit Stirnrunzeln und Frederick deutlich verärgert.

Zweckdienliche Hinweise, wo Fuzzy sein könnte oder wo er am Vorabend gewesen war, hatte allerdings niemand.

»Eine unheimliche Gegend ist das hier«, lautete Gwenneths Beitrag. »Wie ein schwarzes Loch, das Leute verschluckt. Ich finde, wir sollten abhauen, ehe dem Rest von uns auch noch was zustößt.«

»Wir drehen einen Film, Gwenneth, wir besuchen nicht unsere Schwiegereltern!«, rief Hal und richtete sich so weit auf, dass er mit dem Zeigefinger in Gwenneths Richtung fuchteln konnte. »Du bleibst gefälligst hier und spielst deine Gefühlsausbrüche, bis wir fertig sind, sonst hast du 'nen Prozess wegen Vertragsbruch am Hals. Du bist kein berühmter Kassenmagnet, vergiss das nicht.«

Gwenneth brach in Tränen aus und rannte ins Badezimmer zurück, was mir recht war. Ich wartete, bis die Tür ins Schloss knallte, dann sagte ich: »Gibt es irgend jemanden, der etwas gegen Glittertown haben könnte? Der eine Rolle wollte und sie nicht gekriegt hat oder der gefeuert wurde?«

Hal ließ sich aufs Bett zurücksinken und schloss die Augen, vielleicht um zu meditieren. Anderson und Frederick schienen das ausgebleichte Blumenmuster des Teppichs hochinteressant zu finden.

»Fällt Ihnen jemand ein?«, wandte ich mich direkt an Carlotta.

»Ich wäre Ihnen ja gern behilflich, aber ich weiß niemanden«, antwortete sie düster. »Natürlich gibt es immer Konkurrenz, aber nichts derart Dramatisches. Wir haben ein paar Leute vorsprechen lassen, die sich als ungeeignet erwiesen. Einer von den Nebendarstellern in *Tanja* hat seiner Meinung nach nicht genug Geld bekommen; im Vertrag stand etwas anderes, und sein Anwalt wurde dahingehend informiert. Einmal hatte Fuzzy einen Assistenten, aber der hat einen besseren Job angeboten gekriegt und gleich zugegriffen.«

Ein Papiertaschentuch in der Hand, kam Gwenneth wieder aus dem Badezimmer und meinte fröhlich: »Was ist mit dem Piraten?«

»Dem Piraten?«, wiederholte ich. »Wie Käpt'n Hook?«

»Nein, beim Vertrieb«, entgegnete sie, während sie sich setzte und die gefürchtete Nagelfeile hervorholte.

Carlotta sah aus, als ging ihr Impuls zumindest in Richtung

schwere Körperverletzung, aber dann seufzte sie nur tief und erklärte: »Von zwei oder drei unserer Filme wurden Raubkopien gemacht, auch vom letzten. Manche unserer Märkte, beispielsweise die Videoläden und die unabhängigen Kabelanbieter, kaufen gern billig ein und behaupten dann, sie hätten unmöglich wissen können, dass sie es nicht mit einem autorisierten Händler zu tun hatten. Das hat uns schon mehrere Hunderttausend gekostet.«

Ich gab mir Mühe, den Vorgang zu begreifen. »Es gibt also irgendwo da draußen jemanden, der die Firma sabotiert?«

»Es könnte auch jemand hier drinnen sein«, meinte Gwenneth. »Wir haben es immer wieder durchgekaut, und es gibt für einen Außenseiter eigentlich keine Möglichkeit, an eine Kopie ranzukommen. Einer von uns hat wahrscheinlich 'nen Riesenprofit eingesackt.«

»Ach«, sagte ich weise und ohne die geringste Ahnung, was ich mit dieser Information anfangen sollte. Nach einem kurzen Augenblick des Schweigens, in dem meine Verwirrung mir in den Ohren klang, wies ich das Grüppchen nochmals an, in ihren jeweiligen Zimmern zu bleiben und mich anzurufen, falls jemandem etwas einfiel. Als ich ging, war der einzige Laut in Nummer drei Hals unrhythmisches Schnarchen und das Kratzen der Nagelfeile.

* * *

Die Tankstelle stammte aus prähistorischer Zeit. Es gab keine Zapfsäulen zum Selbsttanken und auch kein Minilädchen mit überteuerten Snacks, ›Herren‹-Magazinen und einer Mikrowelle. Auf einer Seite des Gebäudes stapelten sich Autoreifen wie schwarze Donuts. Auf der Rückseite befanden sich die Toiletten, aber garantiert fragten nur absolut verzweifelte Reisende nach dem Schlüssel.

Er bremste und bog in die Tankstelle ein. Ein ölverschmierter mürrischer Mann kam heraus. »Was willst du, Cowboy?«

»Volltanken und Ölstand überprüfen.« Er stieg aus dem Truck und ging ins Büro, um den Toilettenschlüssel vom Haken zu nehmen. Nachdem er sich vergewissert hatte, dass der Tankwart beschäftigt war, hielt er Ausschau nach möglichen Fluchtwegen. Drei Türen: die, durch die er hereingekommen war und die von außen mit einem Vorhängeschloss abgesperrt werden konnte, eine zweite, die in einen fensterlosen Abstellraum führte, und eine dritte, durch die man in die einzige Servicebucht gelangte. Letztere ließ sich nicht abschließen, aber das war kein Problem.

»Zwei Dollar achtzig«, sagte der Mann von der Tür her. »Vergiss das Klo, du lausiger Mistkerl. Wie oft muss ich dir denn noch sagen, du sollst abwarten, bis du für deine Rostlaube 'n bisschen mehr brauchst als bloß 'n paar Liter, häh?«

Schnell hängte er den Schlüssel an den Haken zurück, zahlte und ging wieder zum Truck. Er hatte noch genug Zeit, die Details auszuarbeiten. Ganz bestimmt würde es eine Zaubernacht werden. Nicht nur Drachen, auch grell orangene Feuerbälle, dicker schwarzer Qualm und lautes Geschrei.

Bald war er ein Zauberer. Niemand wagte es, einen Zauberer zu beleidigen.

* * *

»Die nennen das ein geschlossenes Set, Kevvie«, erklärte Dahlia, während sie den letzten Keks in den Mund schob und verträumt zermalmte. »Das bedeutet, sie wollen nicht, dass lauter Schaulustige rumhängen. Carlotta sagt, das kostet sie schrecklich viel Zeit, beispielsweise wenn einer in einem echt wichtigen Moment plötzlich niest oder 'ne dumme Bemerkung macht.« Sie schluckte, klopfte sich die Zuckerkrümel von ihrem riesigen Zeltgewand und erhob sich mühsam. »Wir machen's morgen früh. Jetzt muss ich proben – du kannst ruhig abschieben und anderen Leuten auf die Nerven fallen.«

Kevin tat alles weh, noch viel schlimmer als bei der Grippe. Zwar wusste er nicht genau, wer mit seiner Geliebten schmusen würde, aber er hatte die Schauspieler vorsichtig beäugt, und sie sahen gut aus, allesamt, und waren wahrscheinlich reich genug, um ihm das Herz seiner Verlobten mit teuren Süßigkeiten und dicken Rosensträußen abspenstig zu machen. Eh er sich's versah, würde sie ihm vom Rücksitz einer Limousine zum Abschied zuwinken, und er würde im Graben stehen und den Staub schlucken müssen.

»Ich hab doch gesagt, du kannst abschieben«, wiederholte Dahlia und riss ihn damit aus seinen düsteren Visionen. »Ich muss jetzt proben.«

»Warum darf ich dir nicht zusehen?«

»Weil ich mich konzentrieren muss und du mich dabei störst. Carlotta hat mir gesagt, ich soll mich vor den Spiegel stellen, nicht vor 'nen eifersüchtigen Kerl, der keine Ahnung hat von Schauspielerinnen und was sie so machen, weil sie im Film sind.«

Ganz langsam formte sich in Kevins Hirn ein Plan. Genauso langsam wie fast alles, was dort vor sich ging, aber Stück für Stück wurde der Plan größer und größer, bis Kevins Blut regelrecht in Wallung geriet. Ein gefährliches Vorhaben. Weit gefährlicher, als aus Perkins Garten hinterm Haus eine Wassermelone zu klauen. Aber seine Vision quälte ihn so, und er war doch ein Ritter in schimmernder Rüstung mit einer Jungfrau zur Seite, die in bittrer Not war und gerettet werden musste.

»Was ist los mit dir?«, fauchte die Jungfrau. »Du guckst so dämlich aus der Wäsche, als hätt dir grade einer was übern Schädel gehauen.«

Er hatte das Auto von seinem Pa. Die Zeit drängte. Wenn er seine Verlobte jemals ehelichen und mit ihr in einem gemütlichen Wohnwagen wohnen wollte, wenn er wollte, dass beim Nachhausekommen ein warmes Abendessen auf ihn wartete, wenn er sein Wonneklößchen in Ruby Bees Bar und Grill ausführen wollte – falls sie sich das leisten konnten –, wenn er ein stolzer Papa werden und ein schönes Leben haben wollte, dann musste er handeln. Wenn er versagte, würde er nur noch über sie im People Magazine lesen und sie im Kino auf der Leinwand bewundern können.

»Ich hab nur gedacht«, begann er bedächtig, »dass du vielleicht ein Hot Fudge Sundae möchtest, bevor du mit dem Proben anfängst. Es würd bestimmt nicht lange dauern, und ich versprech dir, ich bring dich danach sofort nach Hause, damit du vor dem Spiegel arbeiten kannst.« Als sie zögerte, fügte er hinzu: »Ich bin so stolz auf dich, ich spendier dir 'ne Extraportion Sahne, und du kriegst auch meine Kirsche.«

»Und du fährst mich heim, ohne Theater wegen Glühwürmchen und Boone Creek?«, vergewisserte sie sich, spitzte die Lippen und musterte ihn argwöhnisch.

»Hand aufs Herz, sonst will ich tot umfallen.«

»Na ja, dann kann's ja nicht schaden.« Sie ging ins Haus und lange genug aufs Klo, um vor dem Spiegel ein Gesicht zu schneiden. Diesmal sah sie tatsächlich ein wenig aufgeregt aus, obwohl daran natürlich auch die Aussicht auf eine Extraportion Sahne schuld sein konnte.

Hätte sie gewusst, was Kevin vorhatte, wäre ihre Grimasse hässlicher ausgefallen als die Fratze von Teufels Großmutter.

* * *

Als Plover ins Polizeirevier kam, war es draußen schon dunkel. Er blieb in der Tür stehen und fragte: »Gibt's was Neues?«

»Es ist niemand gefunden worden, weder lebend noch tot. Die Filmleute essen in Carlottas Zimmer zu Abend, und ich denke, wir müssen einen zweiten Wachposten aufstellen, wenn sie ausschwärmen, um ins Bett zu gehen.«

»Ich werde mein Bestes tun. Vom Labor ist übrigens auch nichts Aufschlussreiches gekommen. Die Tatwaffe war ein Messer, Klinge fünfzehn Zentimeter, vorn eine Kerbe. Falls wir es finden, können wir nur hoffen, dass die Identifizierung positiv ausfällt. Das ... das Wort auf dem Spiegel wurde von jemandem geschrieben, der oder die Handschuhe trug. Die Leiche wird zur offiziellen Autopsie in ein staatliches Labor gebracht.«

»Deren Mühlen mahlen ja auch eher langsam«, murmelte ich.

»Les Vernon hat eine Nachricht hinterlassen, dass Willard Yarrow in der Schule ganz gut zurechtkommt und weder angenehm noch unangenehm auffällt. Die Schulpsychologin hat ein paarmal mit ihm gesprochen, er soll es mit dem Rollenspiel nicht übertreiben, weil sonst womöglich die schulischen Aktivitäten zu kurz kommen, aber das ist alles.« Ich kippte mit dem Stuhl zurück und starrte auf die Wasserflecken an der Decke. »Ich werd nicht viel Zeit mit dem Versuch verschwenden, Billy Dick festzunageln. Unsere Produktionsgesellschaft verursacht mir wesentlich mehr Kopfzerbrechen. Hal hat einen Witz darüber gemacht, dass alle einfach verschwinden, und mir stand der kalte Schweiß auf der Stirn, bis ich sie schließlich zusammengetrieben hatte. Wo können Meredith und Fuzzy nur stecken? Selbst wenn einer der beiden Kitty Kaye getötet hat, kann er sich doch nicht einfach in Luft aufgelöst haben. Irgendwie sind die beiden einfach im Sonnenuntergang verschwunden – und in Fuzzys Falls war der Sonnenuntergang auch noch am hellichten Tag.«

»Wir untersuchen jede mögliche Stelle entlang dem Highway«, sagte Plover, »und ich vermute, morgen können wir uns auch die Hügel vornehmen.«

»Ich werde Harve fragen, ob wir ein paar Hubschrauber und Spürhunde kriegen können. Vielleicht führt er ja selbst einen der Trupps an.«

»In einem Tutu«, kicherte Plover. Seit langem hatte ich dieses Geräusch nicht mehr gehört, und wir lächelten uns an. »Hast du heute Abend schon was vor?«, fragte er.

»Ich fürchte, ja«, antwortete ich. Die Einzelheiten verschwieg ich, und während er zu seinem Wagen ging, brummelte er irgendwas, er würde morgen früh anrufen. Ich freute mich schon auf eine Dose Suppe und einen Roman in meiner Wohnung, aber ich war noch nicht dort, als mir einfiel, dass ich Carlotta nicht gefragt hatte, von wem der Vorschlag gekommen war, den Film in Maggody zu drehen. Die Anziehungskraft von Suppe und Roman war stark, aber ich ging trotzdem zurück ins Revier und wählte Carlottas Nummer.

»Ja?«, ertönte Gwenneths Stimme. Im Hintergrund hörte ich Hal und Carlotta streiten, aber als Carlotta ans Telefon kam, klang sie vollkommen normal.

Mit gezücktem Stift stellte ich meine Frage. Nach einer Weile legte ich ihn weg und sagte: »Sie haben gerade gesagt, einer von der Crew stammt aus dieser Gegend, stimmt's?«

»Ich versuche mich daran zu erinnern. Es war am Set von *Prickelnde Leidenschaft*, und ich glaube, es war Buddy. Er hat mit diesem völlig absurden Akzent geredet, hat richtig rumgesponnen und sich aufgeführt wie der letzte Bauerntrampel. Hal hat das Ende der Vorführung mitgekriegt und beschlossen, das wäre ein gutes Konzept für einen Film, und dann hat Buddy erzählt, dass er in irgendeiner Kleinstadt in den Ozarks aufgewachsen ist, die ideal dafür wäre.«

»Aber er stammt nicht aus Maggody«, wandte ich ratlos ein.

»Nein, er kommt aus einem absolut trostlosen Kaff mit einer Handvoll Einwohnern. Wir brauchten dann doch etwas Lebhafteres als« – sie hielt inne und seufzte – »ich glaube, der Ort hieß Pineville oder Peenville. Bevor ich registriert habe, dass ich drin war, war ich schon wieder draußen, und ich hab auch nicht gewendet, um mir's noch mal anzusehen.«

Ich bedankte mich, schloss das Revier ab und fuhr in meine Wohnung, wo ich meine Sammlung von Straßenkarten durchforschte. In der Südwestecke von Missouri entdeckte ich einen Punkt mit Namen Pineyville. Nicht mehr als eine Stunde Fahrt, dachte ich mit mehr Begeisterung, als die Entdeckung verdiente. Selbst wenn es tatsächlich Merediths Heimatstadt war, hatte er keine Möglichkeit hinzukommen – und auch keinen Grund, es zu versuchen. Es sei denn, er hatte seine Frau ermordet und wollte sich verstecken.

Aber es war immerhin die erste Verbindung zwischen der Gegend hier und den Leuten aus Hollywood. Vielleicht würde ich herausfinden, dass Pineyville wirklich ein schwarzes Loch war, das Meredith und Fuzzy verschlungen hatte und auf Nachschub wartete.

## Zwölftes Kapitel

### »Wilder Kirschwein«

(ÜBERARBEITUNG VOM 24.5.)

26 KIRCHE INNEN – TAG – NAHAUFNAHME – PIPKIN

*Pastor Pipkin sitzt in einer Kirchenbank. Kamera folgt Loretta, die leise hereinkommt und sich in die Bank hinter ihm setzt. Pipkin nimmt keine Notiz von ihr.*

LORETTA

Sie müssen mir helfen, Herr Pastor.

PIPKIN

In der Bibel steht, ehre deinen Vater und deine liebe verstorbene Mutter. Ich kann deinen Vater nicht daran hindern, dass er dich zwingt, Cooter zu heiraten.

LORETTA

Ich bitte Sie nur, mir Schutz zu gewähren, bis Billy Joe mich abholen kann. Ich möchte mich heute Nacht hier im Chorraum verstecken. Lucinda hilft Billy Joe, ein Auto zu finden, dann verlassen wir die Stadt.

PIPKIN

Wer weiß, dass du hier bist?

LORETTA

Niemand. Billy Joe glaubt, ich warte zu Hause, aber ich hab gehört, wie Pa mit Cooter darüber gesprochen hat, die Zeremonie zu beschleunigen. Sie müssen mich hierbleiben lassen …

*(Pause)*

Und Sie müssen Billy Joe eine Nachricht übermitteln, wo ich bin.

*Pipkin bekommt einen berechnenden Gesichtsausdruck.*

*Er reibt sich die Hände.*

PIPKIN

Und was ist für mich drin, Loretta? Ich gehe nicht das Risiko ein, mir Cooter zum Feind zu machen. Wenn ich dich im Chorraum bleiben lasse, dann musst es sich für mich schon lohnen.

LORETTA

Ich hab kein Geld.

PIPKIN

Ich spreche nicht von Geld. Ich meine das Feldbett, das im Chorraum steht. Kommst du?

*Kamera zoomt auf Lorettas Gesicht, während ihr dämmert, was er meint. Verzweiflung macht Resignation Platz, die Kamera fährt zurück und nach oben.*

LORETTA

Und Sie sind ein Mann im geistlichen Gewand ...

PIPKIN

Deshalb lege ich immer ein Leintuch auf das Feldbett. Wenigstens etwas.

SCHNITT ZUR NÄCHSTEN SZENE

* * *

Ich wälzte mich im Bett herum und wickelte die Laken so eng um mich, dass meine Durchblutung beeinträchtigt wurde. Obwohl es fast eine Minute dauerte, bis ich mich einigermaßen daraus befreit hatte und auf die andere Seite des Bettes hechten und den Hörer packen konnte, war das Klingeln des Telefons beinahe willkommen. Als ich »Hallo« murmelte, blickte ich auf den Wecker. Es war ein paar Minuten vor Mitternacht.

»Arly, hier ist Wade, Wade Elkins. Wir haben ein Problem.«

»Was ist los?«

»Feuer in einer Tankstelle in Hasty. Ich muss gleich wieder hin, wollte nur schnell Bescheid geben. Der Sheriff ist schon unterwegs.«

Er legte auf, ehe ich Fragen stellen konnte, aber an der Panik in seiner Stimme merkte ich, dass die Lage ernst war. Ich streifte die nächstbesten Klamotten über, fuhr mit dem Kamm durch meine Haare, band sie zu einem Pferdeschwanz zusammen und rannte hinaus, über die Straße und zu meinem Wagen. Mein Revolver lag im Polizeirevier. Eigentlich hatte ich keinen Grund zur Annahme, dass ich ihn brauchen würde, aber ich rannte trotzdem hinein und schnallte ihn um, weil ich, das muss ich leider zugeben, mir durchaus vorstellen konnte, dass ich Lust haben würde, ihn zu benutzen. Dann rannte ich zurück zum Wagen, sprang rein und drehte den Zündschlüssel.

Nicht rührte sich.

»Verdammt!«, knurrte ich, während ich den Schlüssel noch mal drehte und mit all meiner Willenskraft versuchte, den Wagen zum Anspringen zu überreden. Genauso gut hätte ich mir wünschen können, dass ihm ein Propeller auf dem Dach wuchs, damit ich nach Hasty fliegen konnte. Seit über einem Jahr erzählte ich dem Stadtrat, dass ich ein zuverlässiges Auto brauchte, und über ein Jahr hörte ich weinerliche Ausreden wegen des Budgets und Versprechungen, die niemand ernst nahm, die uns aber erlaubten, die Sitzungen in einigermaßen entspannter Stimmung zu beenden.

Ich konnte Wade nicht zurückrufen. Maggody lag im Dunkeln; in keinem einzigen Fenster brannte Licht, nicht einmal ein Geflügellaster kreuzte die leere Straße. Ich rannte den Gehweg entlang, über den Parkplatz vor Ruby Bees Lokal und weiter zu Nummer eins. Kurz bevor ich das Motel erreichte, stieß ich mit einem warmen Körper zusammen, der mich am Arm packte und im Stil eines Drillsergeants anbellte: »Wohin wollen Sie?«

Einen grässlichen Augenblick lang fragte ich mich, ob ich in die Fänge des Wahnsinnigen geraten war, der Kitty Kaye ermordet hatte. Doch noch während ich mich zu befreien versuchte, fiel mir der Wachposten ein, den ich persönlich und mit größter Dringlichkeit angefordert hatte. »Ich bin Arly Hanks«, japste ich. »Polizeiinspektorin Hanks.«

Meine Arme wurden freigegeben, der Mann trat einen Schritt zurück, um mich in der Dunkelheit genauer in Augenschein zu nehmen. »Tut mir leid, Polizeiinspektorin Hanks, Sie haben mich zu Tode erschreckt. Warum in aller Welt rennen Sie denn um diese Zeit in der Gegend herum?«

»Ich brauche einen Wagen. Meiner springt nicht an. Ich will mir den von meiner Mutter borgen, und die wohnt in Zimmer Nummer eins.«

»Ich denke, dagegen gibt's nichts einzuwenden«, begann er, den Rest hörte ich nicht mehr, weil ich bereits zu Ruby Bees Tür gerannt war und so laut dagegenhämmerte, dass wahrscheinlich jede Person im Umkreis von einer Meile aus dem Schlaf gerissen wurde, einschließlich derer in den schicken pastellfarbenen Kisten hinter der Methodistenkirche, sechs Fuß unter der Erde.

Ruby Bee jedoch brauchte eine ganze Weile, um an die Tür zu kommen, und als sie endlich erschien, trug sie einen Bademantel und Schlappen, ihr Gesicht war zentimeterdick mit Creme eingeschmiert, und die fetten rosaroten Lockenwickler auf ihrem Kopf steckten unter einer Duschhaube aus Plastik. »Arly?«, begrüßte sie mich mit vorwurfsvoller Stimme. »Himmel, wie viel Uhr ist es denn?«

»Keine Zeit für Fragen. Ich brauch deine Autoschlüssel.«

»Du sollst um diese Zeit nicht mehr rumstreunen. Mit deinen Haaren und deinem Gesicht hättest du dir ruhig etwas mehr Zeit nehmen sollen. Das T-Shirt ist ja völlig aus der Form geraten und die Hose total ausgebeult. Vielleicht solltest du noch mal heimgehen und –«

»Den Schlüssel, Ruby Bee. Es geht um eine offizielle Polizeiermittlung, und es ist ein Notfall.«

»Also wirklich«, brummte sie, holte aber immerhin ihre Handtasche und kramte den Schlüsselbund heraus. »Wenn du ihn wiederbringst und noch ein bisschen Benzin drin ist, würde mich das sehr freuen. Estelle und ich haben nämlich vor, zum –«

Ich schnappte ihr die Schlüssel aus der Hand, zog die Tür hinter mir zu und sprang in den Wagen. Der Wachposten winkte mir zu, als ich an ihm vorbeifuhr, aber ich war zu erledigt, um seine professionelle Höflichkeitsgeste zu erwidern. Ich wendete und machte mich auf den Weg zur Landstraße nach Hasty, wobei ich Wades knappe Nachricht in Gedanken noch einmal durchging. Die einzige Tankstelle in Hasty lag gegenüber von Willard Yarrows Haus. Ein seltsamer Zufall, wenn es denn einer war. Natürlich war Benzin leicht brennbar, also lag ein Feuer durchaus im Bereich des Möglichen. Aber trotzdem – Billy Dicks Spielgefährte und ein Feuer, und beides in nächster Nähe voneinander.

Während die Diskussion in meinem Kopf weitertobte, merkte ich, dass ich immer langsamer fuhr, bis ich regelrecht zwischen den dunklen Gebäuden und vereinzelten Straßenlaternen – von denen einige sogar funktionierten – hindurchkroch. Es gab keinen Grund, weshalb ich mich beeilen musste, zu einem Brand zu kommen; ich hatte nichts Nützlicheres gelernt, als die Menge zurückzuhalten, und inzwischen waren Harve und seine Leute bestimmt schon vor Ort.

Ehe das Auto ganz stehenblieb, kam ich zu einem Entschluss. Möglicherweise schlief Billy Dick McNamara sanft und selig in seinem Bett, träumte von Bonbons, und seine Mutter konnte schwören, dass er seit dem Abendessen das Haus nicht verlassen hatte. Vielleicht aber auch nicht.

Als ich seine Auffahrt hochfuhr, bemerkte ich, dass das Haus dunkel war. Aber im Hof parkte ein Truck, und als ich daneben hielt, erfasste das Scheinwerferlicht meines (Ruby Bees) Wagens zwei Gestalten auf der obersten Verandatreppe. Ich stellte die Scheinwerfer aus, holte tief Luft und stieg aus.

»Ich möchte mit euch sprechen«, sagte ich im Näherkommen.

»Schöne Nacht, nicht wahr?«, meinte Billy Dick. »W-wir sitzen hier rum und bewundern den Mond.« Willard neben ihm rührte sich nicht; aus meiner Sicht hätte er bewusstlos sein können oder eine Papp-Silhouette, die neben Billy Dick lehnte.

»Wie lang seid ihr schon hier draußen und bewundert den Mond?«

»Keine Ahnung. Wissen Sie, als der Mond vor 'ner Weile aufgegangen ist, da war er riesengroß und knallorange. Sah aus wie ein damönischer Halloweenkürbis, aber nur bis er über die Bäume kam. Jetzt ist er echt hübsch.«

Ich stellte mich vor seinen Kumpel. »Wie lange seid ihr schon hier, Willard?«

»Seit Einbruch der Dunkelheit, würd ich sagen«, antwortete er unsicher.

»Hast du den Weg aus der Höhle gefunden?«, fragte ich ihn.

Billy Dick beugte sich vor und flüsterte: »Xardak der Zauberer war ganz sicher, dass er sich am Drachen vorbeischleichen kann, aber er hat eine schlechte Entscheidung getroffen, und eh er gemerkt hat, was Sache ist, war er bloß noch 'n knuspriges kleines Grillwürstchen.«

Die beiden begannen zu lachen. Ein unangenehmes, beinahe obszönes Kichern, und ich musste mich zusammenreißen, um nicht in Ruby Bees Wagen zu steigen und die beiden ihren Spielchen und ihren trüben Phantasien zu überlassen. Stattdessen ging ich zu dem Truck und legte die Hand auf die Kühlerhaube.

»Der Motor ist noch heiß«, stellte ich fest. »Wenn ihr schon seit Stunden hier rumsitzt, wer hat dann in den letzten paar Minuten den Truck gefahren?«

»Der ist immer so heiß«, behauptete Billy Dick. »Manchmal wird er so heiß, dass ich Angst kriege, er geht in Flammen auf. Ist das auch mit Ihrem Auto passiert, Polizeiinspektorin Hanks? Ist es in Flammen aufgegangen, mit dicken schwarzen Qualmwolken, sodass keiner mehr Luft gekriegt hat? Oder ist es explodiert, als hätte jemand Dynamit unter die Kühlerhaube gesteckt?«

»Wie kommst du denn auf die Idee, dass was mit meinem Wagen nicht stimmt?«, fragte ich mit ruhiger Stimme und verbot mir strikt, mir anmerken zu lassen, wie sehr mich dieser Knabe nervte. Hatte er an meinem Wagen rumgepfuscht? Wollte er andeuten, dass er etwas Derartiges vorhatte? Keins von beidem gefiel mir.

»Mir ist bloß aufgefallen, dass Sie nicht den Streifenwagen mit dem Blaulicht fahren«, antwortete er. Zwar konnte ich sein Gesicht nicht deutlich erkennen, aber man hörte das höhnische Grinsen auch in seiner Stimme. »Vermutlich brauchen Sie das Blaulicht doch, wenn Sie's eilig haben.«

»Ich hab's aber nicht eilig«, entgegnete ich. »Du willst mir also weismachen, ihr sitzt hier seit Einbruch der Dunkelheit rum und der Truck ist heißgelaufen, während er hier im Hof geparkt war, richtig?«

Billy Dick kratzte sich ausführlich am Kopf und nahm einen Schluck aus einer Dose. »Vielleicht ist es so 'ne Art Selbstverbrennung, wo irgendwas immer heißer und heißer wird, bis es schließlich in Flammen aufgeht. Gehn Sie lieber nicht so nah ran, Polizeiinspektorin Hanks. Möglicherweise wird er zu heiß für Sie. Dann verbrennen Sie sich noch.«

»Und seien Sie bloß vorsichtig mit Ihrem eigenen Wagen«, fügte Willard hinzu. »Diese Selbstverbrennungs-Geschichte könnte ansteckend sein.«

Plötzlich merkte ich, dass ich meinen Revolver umklammerte, und lockerte schnell die Finger. Ohne auf die offensichtlichen Drohungen einzugehen, sagte ich: »Dann wart ihr also heute Abend nicht in Hasty? Ihr wisst nichts von dem Feuer in der Tankstelle?«

»Wie sollten wir?« Abrupt packte Billy Dick Willards Arm und zog ihn hoch. »Hey, ich glaube, wir sollten rübergehen und es uns ansehen, findest du nicht? Die Benzintanks liefern bestimmt 'ne echt gute Schau.«

»Na klar, Billy Dick«, meinte Willard. Er versuchte, genauso den großen Macker raushängen zu lassen, aber ich spürte, dass er Angst hatte. »Vielleicht brennt's in meinem Haus jetzt auch schon. Junge, das würd meinen Pa vielleicht ärgern.«

»Aber Willard, gibt's in der Tankstelle keine Nachtschicht?

Der wäre doch dann in der Tankstelle gewesen, als das Feuer ausbrach, oder?«

»Oh Mann, Billy Dick, ich weiß nicht, hoffentlich nicht. Wenn die Tür geklemmt hat, sitzt der jetzt gehörig in der Scheiße.«

»Oder ist schon unterwegs zur Hölle«, erwiderte Billy Dick fröhlich. »Bis später, Polizeiinspektorin Hanks.« Mit starrem Blick sah ich zu, wie sie an mir vorbeigingen, in den Truck stiegen, die Türen zuknallten und wegfuhren.

Nachdem die Schlusslichter verschwunden waren, setzte ich mich auf den Kotflügel von meinem (Ruby Bees) Wagen und grübelte über das, was die beiden gesagt hatten, was das Gesagte implizierte und was ich damit anfangen konnte. Gar nichts, lautete das Ergebnis. Wenn ich versuchte, sie wegen des heißen Motors zu nageln, würde ihnen einfallen, dass sie im Imbiss Ideal was getrunken hatten oder ein bisschen durch die Gegend gefahren waren, und ich hätte kaum das Gegenteil beweisen können. Der Rest der Geschichte konnte als Paranoia meinerseits abgeschrieben werden.

Wie gut, dass ich nicht in der Tankstelle von Hasty arbeite, dachte ich, während es leise zu regnen begann. Ich blieb sitzen, wo ich war, bis es so pladderte, dass die Regentropfen sich anfühlten wie Hagelkörner und ich das dunkle Haus und die verlassene Veranda kaum mehr erkennen konnte.

* * *

»Kevin Fitzgerald Buchanon, ich werde dich umbringen! Ich hoffe, das ist dir klar«, rief Dahlia mit vor Wut hochrotem Kopf. Im fleckigen Mondlicht konnte er ihre Fäuste sehen, groß wie Softbälle und angriffsbereit erhoben. »Du bist nutzloser als ein Hund ohne Flöhe«, fuhr sie fort, während sie an der Wagentür vorbeiging. »Wenn ich deinen mageren Hals in die Finger kriege, wirst du den Tag verfluchen, an dem du geboren wurdest. Ich wette, deine Ma hat es noch im Kreißsaal bereut!«

Kevin schlich ums Auto herum, sodass es immer schön zwischen ihnen blieb. Ihm wäre es egal gewesen, wenn er die ganze Nacht so hätte weitermachen müssen oder jedenfalls so lange, bis sein Schnuckelchen sich wieder beruhigt hatte – aber es sah nicht aus, als würde das so bald der Fall sein. Irgendwo im Wald rief eine Eule; bei dem Geräusch bekam er eine Gänsehaut, aber er erschrak nicht so sehr, dass er die Frau, die sich offen zu ihrer Mordlust bekannte und ihn mit drohend geballten Fäusten verfolgte, aus den Augen ließ.

»Also Zuckerschneckchen«, flehte er und umrundete den Kofferraum, als sie sich ihm wieder näherte, »ich hab dir gesagt, dass ich nur getan habe, was ich tun musste. Ich konnte nicht zulassen, dass dich diese Leute verlocken, nach Hollywood zu gehen. Dafür liebe ich dich viel zu sehr.« Er lächelte sie hoffnungsvoll an, blieb aber vorsichtshalber nicht stehen.

»Und weil du mich so sehr liebst, entführst du mich und bringst mich hierher, fährst in einem solchen Wahnsinnstempo, dass ich vor Angst fast aus dem Wagen springe, und dann reißt du auch noch diesen Draht aus dem Wagen, sodass wir jetzt festsitzen?« Sie machte einen Schritt auf ihn zu. »Es ist doch klar wie Kloßbrühe, dass du bloß ein eifersüchtiger, hundsgemeiner, verlogener Mistkerl bist. Wenn ich nicht bei diesem Film mitspielen kann, werde ich dein Gesicht so zurichten, dass deine Familie dich nicht wiedererkennt!« Sie machte noch einen Schritt, Kevin ebenfalls, und sie hatte nicht das Gefühl, dass es viel bringen würde, wenn sie über die Kühlerhaube hinwegflankte und sich auf ihn stürzte. Flanken war nicht unbedingt ihre Stärke. »Du suchst jetzt auf der Stelle diesen Draht und reparierst den Wagen, verstanden?!«

»Ich hab ihn da drüben ins Gebüsch geschmissen«, entgegnete Kevin weinerlich. »Unmöglich, den im Dunkeln wiederzufinden.«

»Wenn du ihn morgen früh findest, kannst du ihn dann wieder einbauen und mich in die Stadt zurückfahren?«

Kevin konnte nur hoffen und beten – Autoreparaturen waren

nicht seine Stärke. »Natürlich, meine Geliebte. Es tut mir wirklich leid, dass ich das getan habe, und ich verspreche, ich tu's nie wieder. Irgendwie hat mein Hirn auf einmal ausgesetzt, ich hab mich gefühlt, als hätte ich einen Liter Whiskey intus, und ich wusste überhaupt nicht mehr, was ich tue. Kannst du mir noch einmal verzeihen?« Kurz überlegte er, ob er sich vor ihr auf die Knie werfen sollte, aber er konnte das Risiko nicht eingehen, weil sie dadurch eindeutig im Vorteil wäre.

Dahlia hörte auf zu schnaufen und starrte ihn an. »Ich verzeihe dir nur, wenn ich morgen in diesem Film mitmachen kann. Wenn nicht, kannst du dich mit deinem hässlichen Gesicht für immer von mir verabschieden.«

»Du wirst rechtzeitig in der Stadt sein«, versicherte er mit fester Stimme.

Sie stemmte die Hände in die Hüften, drehte sich um und ging auf die einzige Hütte im Umkreis von zwanzig Meilen zu – zwanzig Meilen mit engen, holprigen Straßen, vermoderten Baumstämmen, schrecklichen dunklen Schatten, Bären und der Himmel weiß, was sonst noch für hungrigen, sabbernden, scharfzähnigen Tieren. Ein Regentropfen fiel ihr auf die Nase, und kurz darauf einer aufs Kinn. Dann traf einer ihre Stirn und rann ihr wie eine Träne über die Wange.

»Komm schon, Kevin«, sagte sie, »es ist doch sinnlos, hier im Regen rumzustehen. Vielleicht hast du nicht genug Verstand rauszukommen, aber ich schon. Hol die Taschenlampe und das Essen und die Decken. Höchstwahrscheinlich ist es furchtbar dreckig da drin, aber für eine Nacht wird's schon gehen.«

Die Taschenlampe, das Essen und die Decken, wiederholte Kevin im Stillen und zunehmend hektisch, denn er hatte seine erste Entführung nicht sehr gründlich geplant. Robin Buchanons Hütte war schon über ein Jahr verlassen, und von Anfang an war sie alles andere als eine Flitterwochensuite im Holliday Inn gewesen. Jetzt hausten hier vermutlich Ratten, Spinnen, Schaben, Schlangen – all das, was seine Liebesgöttin zutiefst verabscheute.

»Warte auf der Veranda, ich hole die Sachen«, rief er. Dann stieg er ins Auto seines Vaters und öffnete das Handschuhfach. Da lagen eine Taschenlampe und ein Schokoriegel. Normalerweise trug Dahlia immer ein bisschen Proviant in ihrer Handtasche mit sich herum, aber die hatte sie ausgerechnet heute nicht dabei. Und jetzt erwartete sie von ihm ein Picknick, Schlafsäcke und einen gewissen Schutz.

Wahrscheinlich, dachte er, wahrscheinlich könnte ich mich im Wagen einschließen, jedenfalls bis es hell genug ist, dass sie einen Stein suchen und damit die Windschutzscheibe einschlagen kann. Doch er sagte sich, dass Ritter in schimmernder Rüstung so etwas nicht tun, mochte es noch so verlockend sein. Also schleppte er seine beiden Schätze zur Veranda.

»Den Rest hole ich, wenn du wohlbehalten im Trockenen bist«, log er galant. Er stieß die Tür auf und winkte Dahlia, ihm zu folgen. Er leuchtete sogar mit der Taschenlampe, damit sie nicht über irgendwelches Ungeziefer stolperte.

»Oh, mein Gott!«, kreischte sie und wandte sich so hastig zur Flucht, dass sie ihn umrannte und ihn mit sich von der Veranda riss. Mit Armen und Beinen wedelnd wie eine Windmühle im Hurrikan rannte sie auf den schlammigen Hof. »Kevvie, da drin liegt ein toter Mann!«

Zwar bekam Kevin kaum Luft, weil sie auf ihm lag, aber ritterlich fragte er sie: »Bist du sicher, Herzchen?«

»Seine Augen sind ganz weit aufgerissen, und in seinem Hals steckt ein Messer«, stieß sie noch hervor, ehe sie ohnmächtig wurde.

Kevin hoffte sehnsüchtig, der Regen würde sie möglichst bald wieder aufwecken.

* * *

Eine halbe Stunde später war ich in Hasty. Anders als die vorherigen Brände war dieser noch nicht unter Kontrolle. Personenwagen und Trucks blockierten die Straße, die Schaulustigen trugen Bademäntel oder Regenzeug; diesmal hatte niemand Kühltaschen oder Campingstühle mitgebracht. Wegen der Dunkelheit, dem Regen und dem Qualm war es schwer, jemanden zu erkennen; falls Billy und Willard hier waren, konnte ich sie nicht entdecken.

Ich ließ den Wagen in einer Auffahrt stehen und lief zwischen Autos und Menschengruppen hindurch. Ein Deputy des Sheriffs ließ mich durch die Absperrung. Etwa einen Block entfernt vom Feuer, das trotz des Regens wild loderte, kauerten Wade und seine Freiwilligen. Funken stoben in den Himmel empor wie eine Landplage von Glühwürmchen. Die Luft war geschwängert von einem bitteren Gestank nach brennendem Gummi und Benzin. Auf der Straße lag der Schutt von wiederholten Explosionen.

Gerade als ich Wade am Arm erwischte, stiegen mit einem dumpfen Knall mehrere Feuerbälle in die Luft. Instinktiv wichen wir alle ein paar Schritte zurück. »Was ist passiert?«, fragte ich.

»Jemand hat eine Explosion gehört, aus dem Fenster gesehen und uns gerufen«, erklärte Wade. »Wir sind vor einer Dreiviertelstunde angekommen, aber wir können nichts tun, und wegen einer blöden Tankstelle riskiere ich kein Menschenleben. Früher oder später wird der Regen sich darum kümmern.«

»Ist jemand drin?«

»Der Kerl, der dort arbeitet, ist aus dem Fenster gesprungen. Er hatte eine üble Wunde am Bein; wir mussten ihn ins Krankenhaus bringen. Ich weiß nicht, wie viele Tanks es sind, aber anscheinend waren sie voll. Seit wir hier sind, gibt es ein Mordsfeuerwerk.«

Schließlich tauchte auch Harve auf. Sein Plastikregenmantel klebte an ihm wie eine Eidechsenhaut, und ein mit Angelfliegen verzierter ramponierter Leinenhut schützte sein versteinertes Gesicht nur unzureichend gegen den Regen. »Allmählich habe ich diese Feuerteufel wirklich satt«, sagte er. Er machte Anstalten, einen Zigarrenstummel aus der Tasche zu holen, merkte aber, dass er im strömenden Regen wahrscheinlich wenig Aussichten hatte, ihn zum Glimmen zu bringen. »Wenn wir die je erwischen, wird es ihnen echt leid tun.«

Ich berichtete ihm und Wade von meinem Gespräch mit Billy Dick und Willard. »Die haben mich nach Strich und Faden verarscht«, fügte ich hinzu. »Schon mal 'ne Katze gesehen, die mit 'ner Babyratte ihren Spaß hat?«

Beim nächsten Knall rannten wir Schutz suchend in einen Hauseingang, wo Harve es nun doch wagte, seine Zigarre anzuzünden. »Wie kommen Sie mit der anderen Geschichte voran?«

»Wir hatten einen kleinen Rückschlag. Aber vielleicht bin ich über einen Zusammenhang gestolpert, der sich als wichtig erweisen könnte«, antwortete ich seufzend. Ich wollte Harve eigentlich beiseite nehmen und es ihm näher erklären, doch er schien sich momentan nur für das Feuer zu interessieren. Also ging ich wieder zu meinem (Ruby Bees) Wagen und fuhr zurück nach Maggody.

* * *

Darla Jean McIlhaney starrte auf die Schatten an ihrer Schlafzimmerdecke. Frederick Marland hatte vor einer Weile mit schlechten Neuigkeiten angerufen: Arly wusste Bescheid. Die gute Nachricht war, dass sie nicht alles wusste. Das hatte er ihr jedenfalls versichert. Als Darla Jean aufhörte zu weinen, studierte er am Telefon noch mit ihr ein, was sie Arly sagen wollte. So ungefähr jedenfalls. Sie konnte nicht besonders gut lügen, nicht mal, wenn sie wie jetzt genau wusste, dass sie Hausarrest kriegen würde, falls sie die Wahrheit sagte.

Die Wahrheit, um die es in diesem Fall ging, würde ihr womöglich Hausarrest einbringen, bis sie alt genug war, um es sich neben Adele Wockerman auf einem Schaukelstuhl im Bezirksaltersheim bequem zu machen. Wenn sie Arly erzählte, dass sie und Frederick in einer dunklen Seitenstraße geparkt und ein bisschen rumgeknutscht hatten, würde das zwar nicht gerade den Beifall ihrer Eltern finden, aber die Wahrheit war einfach zu scheußlich, und sie hatte fest vor, höchstens zu gestehen, dass sie ein bisschen rumgeknutscht und vor allem über Hollywoodstars geredet hatten.

Das Schlimmste war, dass trotzdem Gerüchte umgingen. Wie hätte es Arly sonst so leicht herausgefunden? Darla Jean wälzte sich auf die Seite und schaute auf den Wecker. Zu spät, um Heather oder Traci anzurufen und herauszukriegen, ob jemand den Wagen am Motel gesehen und geplaudert hatte. Doch sie konnte nicht schlafen und auch nicht aufhören zu schniefen, und schließlich wählte sie die Nummer von Fredericks Zimmer.

»Ja?«, meldete er sich irritiert und mit kloßiger Stimme.

»Ich bin's«, wisperte sie. »Ich hab kein Auge zugetan, seit du mir gesagt hast, dass Arly mit mir reden will. Was ist, wenn sie von dem Motel weiß?«

»Das haben wir doch schon stundenlang durchgekaut. Sie kann das unmöglich wissen. Wenn sie es gewusst hätte, hätte sie Einzelheiten von mir hören wollen. Und du willst doch nicht, dass ich ihr Einzelheiten erzähle, oder?«

Darla Jean packte ihr Kopfkissen und umklammerte es, als wäre es ein Rettungsring und ihr Schlafzimmer ein Haifischbecken. »Nein, und du hast auch versprochen, nichts zu verraten. Aber ich versteh immer noch nicht, warum es wichtig ist, wo du warst, während diese Schauspielerin einen Unfall hatte. Ich meine, warum sollte –«

»Polizeiroutine«, unterbrach er sie. »Ich muss jetzt schlafen, Schätzchen. Carlotta übernimmt morgen die Kamera, und wir werden drehen, soviel wir können. Da ich einen Sechzehnjährigen spielen muss, kann ich keine roten Augen mit dicken Tränensäcken gebrauchen. Ich hab dir erklärt, was du Arly sagen sollst. Wenn du nicht lügen kannst, erzähl ihr meinetwegen, was du willst. Gute Nacht.«

Er legte auf, aber ihr Anruf beunruhigte ihn und raubte auch ihm den Schlaf. Jetzt wäre ein Drink angesagt, beschloss er schließlich, stand auf und holte ganz unten aus dem Koffer die kleine Flasche, die er dort für Notfälle aufbewahrte. Seit er mit

Fuzzy in einem Zimmer genächtigt hatte, wusste er, dass er Alkohol, den er selbst trinken wollte, am besten versteckte. Während er sein Glas füllte, fiel sein Blick aus dem Fenster, und er sah, dass direkt gegenüber, auf der anderen Seite des Platzes, in Carlottas Fenster noch Licht brannte.

Sehr interessant. Bewachten sie und Gwenneth die Tür, oder fummelte Carlotta am Drehbuch rum, während Gwenneth sich im Nebenzimmer mit Hal amüsierte? In gewisser Weise tat ihm seine blonde Kollegin leid. Hal hatte irgend etwas gegen sie in der Hand, etwas aus ihrer Vergangenheit, und er spielte oft genug darauf an, um sie unter seiner Fuchtel zu halten. Frederick hatte Gerüchte gehört, dass Gwenneth Angebote von anderen Studios bekommen hatte. Nicht von den großen natürlich. Gwenneths Talent war begrenzt, und ihre Fähigkeit, etwas Komplizierteres als Ekstase darzustellen, nicht sehr beeindruckend.

Obwohl sie ihm auf die Nerven ging, empfand er eine Art brüderliche Zuneigung für sie. Sie waren beide aus unerträglichen familiären Umständen nach Hollywood geflohen – mit einem unvollkommenen Gebiss, fleckiger Haut, jämmerlichen Punkhaaren, Punkklamotten und einem Übermaß an Arroganz. Beide waren sie jung und gänzlich unerfahren gewesen, was die verschlungenen Methoden der machtbesessenen Filmbranche betraf. Seit ihrer jeweiligen »Entdeckung« hatte Hal sie unter dem Pantoffel, als wären sie Insekten seiner Sammlung. Frederick hatte längst entschieden, dass *Wilder Kirschwein* sein letzter Film bei Glittertown sein würde, aber er war nicht sicher, ob Gwenneth ebenso problemlos aussteigen konnte wie er.

Andererseits, dachte er, während er sein Glas leerte und ins Bett zurückkletterte, andererseits wurden ihre babyblauen Augen gelegentlich grau und ihre Stimme so hart wie die einer Motorradgang-Mama. Vielleicht war Schwester Gwenneth auch sonst noch zu allerlei fähig.

* * *

So waren um fast ein Uhr morgens – für größere Aktivitäten in Stump County wirklich eine unglaublich späte Stunde – manche Leute wach und andere nicht.

Ein Großteil der Bevölkerung von Hasty war wach, denn es war schwierig zu schlafen, wenn ganz in der Nähe bombastische Explosionen hochgingen, untermalt vom Krawall von Automotoren, Hupen, Sirenen, Geschrei und einem allgemeinen Tumult, wie ihn die Stadt nie zuvor erlebt hatte.

Im Gegensatz dazu schliefen die meisten Einwohner von Maggody, bis auf ein paar Ausnahmen. Billy Dicks Mutter servierte Eier und Maisgrütze im Truckstop und hatte entsetzliche Rückenschmerzen. Aber ihre Schicht dauerte noch bis sechs Uhr früh. Also füllte sie eine endlose Reihe von Kaffeetassen auf und versuchte dabei zu lächeln.

Die Polizeiinspektorin lag zwar im Bett, starrte aber finster auf eine gedrechselte Figur, die sie in einer Schublade gefunden hatte, nicht mehr als sieben Zentimeter groß, billig und grob gearbeitet. Doch jede mit einem Funken Verstand konnte einen Zauberer mit spitzem Hut und langem Gewand erkennen. Er hatte einen Bart, eine Hakennase und ein kantiges Kinn; wo die Augen hätten sein sollen, waren nur zwei dunkle Höhlen.

Ruby Bee saß in ihrem Wohnzimmer und fragte sich, wo ihr Wagen stecken mochte und ob noch genug Benzin im Tank war, um zum Flohmarkt in Piccard zu kommen.

Carlotta telefonierte, obgleich der einzige Mensch, der das wusste (jedenfalls am Ort), der Polizist war, der das Motel bewachte und gesehen hatte, wie ihr Licht anging. Er kam sofort angerannt und spähte ins Fenster, um sich zu vergewissern, dass sie nicht gerade ermordet wurde. Er war ein wenig enttäuscht.

Hal, Gwenneth und Anderson litten aus unterschiedlichen Gründen an Schlaflosigkeit.

Andere Einwohner des Städtchens schliefen tief und fest, wie beispielsweise Mrs. Jim Bob, die – im Gegensatz zu Mr. Jim Bob – sehr keusch träumte. Bruder Verbers Träume waren chaotisch, um es freundlich auszudrücken. Raz schnarchte auf seiner klumpigen Matratze, und Marjorie schnarchte neben ihm auf dem Boden (Spekulationen über den Inhalt ihrer Träume überlassen wir den Leserinnen und Lesern). Estelle war mitten in einem erotisch angehauchten Traum, bei dem Vidal Sassoon die Hauptrolle spielte. Da sie nicht wusste, wie er aussah – und schließlich war es ja auch ihr Traum –, hatte er große Ähnlichkeit mit Buddy Meredith.

Die Nebendarsteller wie Eula, Elsie, Lottie, Kevins Eltern und Dahlias Großmutter, nicht zu vergessen die jüngere Generation wie Heather, Traci und Dwayne (Dahlias Freund), schliefen alle. Ebenso Perkins und seine Älteste, Roy Stivers, die Hippies, denen das Emporium gehörte, die zwei oder drei Besoffenen, die vor der Billardhalle im Dreck lagen, sowie viele andere, die für die weitere Entwicklung der Ereignisse keinerlei Bedeutung haben. Möglicherweise steckt eine kleine Notlüge in dieser Aufzählung, aber keine wichtige.

Jenseits der Stadtgrenze von Maggody hatten Kevin und Dahlia sich entschlossen, bis zum Morgen im Auto zu schlafen, da es ihnen nicht richtig erschien, bei einer Leiche zu übernachten. Noch immer in ritterlicher Stimmung, hatte Kevin sich bereit erklärt, den Vordersitz zu nehmen, sodass seine Geliebte die etwas geräumigere Rückbank beanspruchen konnte. Genau genommen hatte er keine andere Wahl gehabt, aber er war stolz auf sich, weil er das Angebot sehr früh unterbreitet hatte.

Sergeant Plover knirschte im Schlaf mit den Zähnen, aber das spielte keine Rolle, da er allein war. Irgendwann machten sich Wade Elkins und seine Feuerwehrleute auf den Heimweg. Auch Harve Dorfers Deputys kehrten nach Hause zurück, er selbst jedoch fuhr in sein Büro und nächtigte auf der Couch.

Gegen Morgen hörte der Regen auf, und nun schliefen alle. Fest oder unruhig, lächelnd oder mit verzerrtem Gesicht, unter gebügelter Bettwäsche oder in der kühlen Nachtluft – alle schliefen.

# Dreizehntes Kapitel

## »Wilder Kirschwein«
(ÜBERARBEITUNG VOM 24.5.)

26 KIRCHE, INNEN, TAG, TOTALE
*Pastor Pipkin und Harry Dork gehen den Mittelgang der Kirche entlang. Schließlich bleiben sie stehen und schütteln sich die Hand.*

DORK
Ich weiß es zu schätzen, dass Sie sich Zeit für mich nehmen, Pastor Pipkin. Ich fühle mich schon viel besser, vermutlich sollte ich jetzt zurück zur Farm.

PIPKIN
Ich helfe doch gern, Harry. Halten Sie sich einfach von der Kleinen fern und kümmern sich mehr um Ihre Frau.
*Dork verschwindet, Kamera folgt Pipkin, der sich auf eine Bank setzt und sich das Gesicht mit dem Taschentuch abwischt. Kamera schwenkt auf Loretta, die verstohlen hereinkommt und sich auf die Bank dahinter setzt. Pipkin nimmt keine Notiz von ihr.*

(WEITER WIE GEHABT)

* * *

Alles erschien mir schmuddelig, als ich Ruby Bees Lokal betrat und auf einen Hocker kletterte. »Kaffee«, sagte ich, ohne auf die anwesenden Personen zu achten: die Besitzerin hinter der Bar, Estelle auf ihrem üblichen Platz, an den Tischen ein paar Trucker, Supermarktangestellte und der Polizist, den ich am Vorabend angemeckert hatte. Er sank auf seiner Bank in sich zusammen, aber mir fehlte die Energie, ihn darauf aufmerksam zu machen, dass er offiziell im Dienst war.

»Nett, dass du meinen Wagen zurückgebracht hast«, meinte Ruby Bee und stellte mir eine Tasse Kaffee hin.

Ich trank einen Schluck. »Ich hab deinen Wagen nicht zurückgebracht.«

»Du kannst den Leuten nicht einfach ihr Eigentum wegnehmen, als lebten wir im Kommunismus«, mischte sich Estelle von ihrem Ende der Bar her ein. »Und außerdem schuldest du deiner Mutter eine Erklärung dafür, dass du sie einfach so aufweckst. Sie war die halbe Nacht krank vor Sorge und hat kein Auge mehr zugemacht, Miss Scheißegal.«

Meine Mutter, die Märtyrerin, nickte heftig. »Bis fast zur Morgendämmerung hab ich wachgelegen, und dann musste ich aufstehen und Kuchen backen. Wenn nicht mehr genug Benzin im Tank ist, dass Estelle und ich –«

»Aufhören«, knurrte ich. »Ich hab auch nicht viel geschlafen. Ich beschlagnahme dein Auto auch nicht, ich leihe es mir bloß, weil ich nach Missouri fahren muss. Es hat mit meinen Ermittlungen zu tun, aber ich werde auf Zweck und Ziel des Ausflugs nicht näher eingehen, basta. Nehmt Estelles Kombi, wenn ihr irgendwo hin müsst.« Ich grub mein ganzes Kleingeld aus der Tasche und ließ es auf die Theke klimpern. »Benzingeld, Ladys.«

Damit stolzierte ich aus dem Lokal, so mit meiner Entrüstung beschäftigt, dass ich beinahe Carlotta und Harve umgerannt hätte.

»Oh, hier sind Sie also«, sagte Carlotta. »Ich weiß, das klingt vielleicht gefühllos, aber wir müssen weiterdrehen, damit wir unser Budget wenigstens annähernd einhalten können. Sheriff Dorfer hat sich bereit erklärt, sich um die Sicherheit an den Drehorten zu kümmern, und wir halten den Set geschlossen ... wenn Sie nichts dagegen haben.«

»Ich denke, das kann nichts schaden«, meinte Harve etwas unbehaglich.

Ich betrachtete ihn genauer. »Warum sind Sie in Zivil, Sheriff Dorfer? In Anbetracht der haarsträubenden Vorgänge ist heute wohl nicht der Tag, den wir zum Angeln freinehmen sollten.«

Zum allerersten Mal seit wir uns kannten, sah ich ihn erröten, und das sah nicht sonderlich attraktiv aus. Nase und Ohren liefen purpurrot an, und Flecken breiteten sich vom Hals her aus wie ein übler Nesselausschlag. Er zog den Kopf ein und fischte in seiner Tasche herum, bis er endlich einen Zigarrenstummel fand, ihn zwischen die Lippen steckte und etwas vor sich hin murmelte, während er das Streichholz anzündete. Mit zittrigen Fingern.

»Das hab ich nicht ganz verstanden«, sagte ich, und allmählich trat ein gewisses Amüsement an Stelle der maßlosen Verärgerung, die nur Ruby Bee und Estelle in mir hervorrufen konnten (und es auch täglich, wenn nicht stündlich taten).

Erneut murmelte er etwas, aber Carlotta legte ihm die Hand auf den Arm und sagte: »Da der Sheriff nun schon mal hier ist, haben wir ihm eine kleine Rolle angeboten. Er spielt einen Farmer, der spirituellen Rat sucht. Sicher nichts, was ihn zum Star machen wird, aber er dachte, es wäre sicher nett für seine Freunde und Familie, ihn mal auf der Leinwand zu sehen.«

»Sie gehen also zum Film, was?«, meinte ich. »Wow, Harve, ich bin beeindruckt. Bekomme ich ein Autogramm?«

»Diese Lady hier hat mich im Büro angerufen und gefragt, ob sie mit dem Film weitermachen kann. Weil ich keinen Grund sehe, weshalb die Leute in ihren Zimmern rumsitzen sollen, hab ich gesagt, meinetwegen geht das in Ordnung. Auf diese Weise können wir sie als Gruppe im Auge behalten.«

Carlotta grinste mich an, aber ihre Stimme klang angemessen demütig, als sie sagte: »Wir sind Ihnen allen sehr zu Dank verpflichtet. Dieser Mord ist furchtbar; wir sind am Boden zerstört vor Kummer und Schmerz, und wir wünschen uns von ganzem Herzen, dass Sie Kittys Mörder finden. Hal schluckt Pillen wie Bonbons, und Gwenneth glaubt fest daran, dass sie das nächste Opfer sein wird. Keiner von uns hat letzte Nacht viel geschlafen. Gibt es denn irgend etwas Neues über Meredith und Fuzzy?«

Ich schüttelte den Kopf. »Ich habe vorhin mit Plover gesprochen. Seine Leute suchen den Highway in beide Richtungen ab, möglicherweise müssen wir uns auch Cotter's Ridge und das

Ufer des Boone Creek vornehmen, wenn wir am Highway nichts finden. Zwar gibt es weder für Meredith noch für Fuzzy einen Grund, weshalb sie sich im Wald rumtreiben sollten, aber die ganze Geschichte ergibt keinen Sinn.«

»Ganz bestimmt tauchen sie wieder auf«, meinte sie, klang aber nicht sehr optimistisch. »Meredith ist ein toller Typ, und sogar Fuzzy hat seine liebenswürdigen Momente. Aber – wie der Sheriff schon gesagt hat – es bringt nichts, wenn wir nur rumsitzen und warten.«

»Mir ist es gleich«, entgegnete ich. »Wenn Sie zusammenbleiben und beschützt werden, ist mir das recht, auch wenn Ihr Beschützer nur ein eifriger Eleve der Filmkunst ist. Ich bin ein paar Stunden weg, aber vielleicht brauche ich Sie alle, wenn ich zurückkomme. Wo werden Sie drehen?«

Sie sah auf ihrem Klemmbrett nach. »Wir haben den gesamten Plan umgestellt, bis wir wissen, ob Meredith zurückkommt. Für zwei Szenen sind wir in der seltsamen Kirche. Dort sehe ich eigentlich keine Probleme, es sei denn, unsere Amateure drehen plötzlich durch vor lauter Lampenfieber. Eine, vielleicht zwei Stunden dort, und dann drehen wir so viel wie möglich bei« – sie überflog die Seite – »bei Jim Bob Buchanons Haus. Zwei Außen- und drei Innenaufnahmen. Ich denke, wir werden bis Einbruch der Dunkelheit dort arbeiten müssen.«

»Moment mal – Sie drehen zwei Szenen in der Kirche der Stimme des Allmächtigen Herrn?«, hakte ich verwundert nach. »Was sagt denn Bruder Verber dazu?«

»Er hat ebenfalls eine kleine Rolle«, murmelte Carlotta.

»Ach wirklich?«, fragte ich, noch verwunderter.

Carlottas Gesichtsausdruck war schwer zu deuten und ihre Stimme so rein wie Quellwasser. »Er passt perfekt in die Handlung und hat seine Kirche mit Begeisterung als Drehort zur Verfügung gestellt. Ich hab ein paar Stellen überarbeitet – und voilà!«

Während unserer ganzen Unterhaltung scharrte Harve mit dem Fuß im Kies wie ein Schulkind vor dem Rektorat, obwohl natürlich zu bezweifeln ist, ob ein Kind in einer so hehren Umgebung eine Zigarre paffen dürfte. »Na, dann will ich mal zusehen, dass ich meine Leute in der Kirche organisiert kriege. Was haben Sie gesagt, wo Sie hin wollen, Arly?«

»Ich hab gar nichts gesagt. Viel Spaß, Harve, und vergessen Sie nicht, sich ordentlich ins Zeug zu legen.«

»Was soll das heißen?«

»Das wird Ihnen Carlotta sicher gern erklären«, antwortete ich und fragte sie dann mit gerunzelter Stirn: »Haben Sie noch ein Foto von Meredith?«

»Ich hab Promo-Material in meinem Zimmer. Wofür brauchen Sie das Foto denn?«

»Ich weiß nicht genau, ob ich es überhaupt brauche, aber es wäre nett, wenn Sie mir für heute eins leihen könnten.«

Nach kurzer Zeit kam Carlotta mit dem großen Hochglanzfoto eines lächelnden Mannes mit freundlichen, aber nichts sagenden Gesichtszügen. Ich fuhr zurück aufs Revier, studierte noch einmal die Landkarte und machte mich auf den Weg nach Pineyville (Missouri). Unterwegs wollte ich die Zeit nutzen und meine bisherigen Erkenntnisse über den Mord ordnen. Aber ich war nicht diszipliniert genug. Jetzt hatten also Harve und Verber eine Rolle in dem Film, außerdem Mrs. Jim Bob und Dahlia. Bis ich zurückkam, war vielleicht schon die gesamte Bevölkerung unter Vertrag. Himmel, womöglich hatte ich am Ende nicht bloß eine volle Tanzkarte, sondern auch einen neuen Job.

Als ich am Ortsausgang von Maggody war, begann ich »Hooray for Hollywood« zu pfeifen.

* * *

»Sie müssen mir heute Vormittag unbedingt einen Platz reservieren«, sagte Mrs. Jim Bob in den Telefonhörer. »Die Filmleute drehen heute hier, und das ist sicherlich wichtiger als ein Flohmarkt ganz am anderen Ende des Bezirks.«

»Nein, ganz und gar nicht«, entgegnete Estelle. »Ruby Bee und ich planen das schon länger als einen Monat, und ich hab meine Termine so gelegt, dass wir es heute endlich schaffen. Für eine Stammkundin würde ich es mir ja noch mal durch den Kopf gehen lassen, aber ich kann mich nicht erinnern, Sie bei uns gesehen zu haben, seit Eva den Apfel verspeist hat. Warum rufen Sie nicht in diesem hochgestochenen Etablissement in Farberville an, das Sie so gern frequentieren?«

Da Mrs. Jim Bob es nicht für diplomatisch hielt, Estelle mitzuteilen, dass dort für den Vormittag alles ausgebucht war, behielt sie es lieber für sich. Ebenso wie ihren Verdacht, dass sie vielleicht mehr Glück gehabt hätte, wenn ihre Trinkgelder in letzter Zeit etwas großzügiger ausgefallen wären. »Also wirklich, Estelle«, schmeichelte sie weiter, »Sie brauchen doch nicht so abweisend zu sein. Ich wollte sowieso öfter zu Ihnen kommen, das hatte ich schon beschlossen, längst bevor diese Hollywoodleute aufgetaucht sind. Erst neulich hab ich zu Mr. Jim Bob gesagt, wie viel bequemer es doch für mich wäre, mir bei Estelles Haar-Phantasien die Haare machen zu lassen, als immer den weiten Weg nach –«

Da unvermittelt das Freizeichen ertönte, kapitulierte sie und legte den Hörer auf. »Weißt du«, sagte sie laut zu Perkins' Ältester, die den Korridorboden wienerte, »diese Estelle ist nicht nur überheblich, sondern auch noch hartherzig. Da drängt sich doch geradezu die Frage auf, ob sie womöglich beleidigt ist, weil ihr niemand eine Rolle in dem Film angeboten hat. Also, es stimmt schon, ich lasse mir die Haare lieber in Farberville machen, aber das ist doch kein Grund, sich so zu benehmen, wenn es sich eindeutig um einen Notfall handelt.«

Perkins' Älteste schob die Kopfhörer zurecht und drehte die Lautstärke an dem Transistorradio in ihrer Tasche auf. Allmählich fand sie Geschmack an Rapmusik, vor allem an den Texten.

»Vermutlich hast du noch nie jemandem die Haare gemacht, oder?«, rief Mrs. Jim Bob aus dem Nebenzimmer. Die unverständliche Antwort war nicht schwer zu interpretieren. »Wenn ich mir ansehe, wie du die Haare trägst, würde ich auch denken, dass dir auf diesem Gebiet jede Erfahrung fehlt. Ich wäre sogar überrascht zu hören, dass du sie mehr als einmal im Monat wäschst. Aber Reinlichkeit kommt gleich nach Gottesfurcht, wie alle diejenigen wissen, die regelmäßig zur Kirche gehen.«

Jim Bob kam in die Küche. Beim Kaffee hatte seine Frau ihm eine ganze Liste mit Erledigungen in die Hand gedrückt, obwohl er versucht hatte, sich damit herauszureden, dass er im Laden sei und Lieferungen entgegennehmen musste. Aber jetzt war der Müll in den Mülleimern, die Mülleimer waren abgespritzt, das Gras gemäht (jedenfalls vorne), Jim Bobs Wandschrank aufgeräumt (er bezweifelte, dass es Szenen im Wandschrank geben würde, aber die Anweisung war eisern), die Papiere in den Schreibtischschubladen geordnet, und seine Frau saß aus unerfindlichen Gründen im Wohnzimmer und unterhielt sich mit den Wänden.

Eigentlich wollte er sowieso frei nehmen, denn er war genauso aufgeregt wie seine Frau. Carlotta hatte gesagt, dass Gwenneth, Marland und dieser St. Soundso den ganzen Nachmittag am Set sein würden. Gwenneth D'Amourre, dachte Jim Bob und saugte an den Zähnen. Wenn ihre Titten in Wirklichkeit auch nur halb so üppig waren wie in *Tanja kommt ins Team*, war er im siebten Himmel. Nicht in dem von Bruder Verber oder Mrs. Jim Bob, denn in dem wimmelte es von Harfen und Engeln und lauter solchem Mist. In Jim Bobs Himmel gab es Titten.

Die Spucke lief ihm übers Kinn, als er zur Hintertür hinausging und zum Supermarkt fuhr, aber er merkte es nicht. Dem stellvertretenden Manager jedoch entging es nicht, und strahlend erzählte er allen im Aufenthaltsraum, dass Jim Bob sich unaufhaltsam dem Zustand absoluten geistigen Verfalls näherte.

»Ich werd'n übler Gangster sein«, verkündete Perkins' Älteste im Chor mit der Stimme, die ihr ins Ohr brüllte. Ihr fülliger Körper wiegte sich im Takt, während sie sich langsam den Korridor hinunterarbeitete. »Ich sag's dir, Mama, ich werd echt gemein.«

»Hast du gerade 'gemein' gesagt?«, erkundigte sich Mrs. Jim Bob von ihrem Posten im Nebenzimmer. »Du glaubst also auch, dass man trotz aller christlicher Bemühungen nicht um die Feststellung herumkommt, dass Estelle Oppers gemein ist!«

* * *

Kevin bemühte sich gerade aufzuwachen, als sein Kopf unsanft gegen das Polster des Vordersitzes prallte. Jemand hatte ihn so fest an den Ohren gepackt, dass er beinahe gejault hätte, aber ehe er etwas tun konnte, wurde sein Kopf schon wieder geschüttelt, und zwar so heftig, dass sein Gehirn ganz durcheinander geriet.

»Steh auf, hab ich gesagt«, befahl Dahlia, die sich über die Lehne beugte und Kevin an den Ohren festhielt, als wären sie Topfhenkel, wild entschlossen, ihn zu wecken, auch wenn es ihn das Leben kostete. »Steh auf, bevor ich dir deine dämlichen Ohren abreiße und sie an die Bären verfüttere.«

»Ich bin ja wach, Liebling, du kannst ruhig loslassen.« Sobald er frei war, setzte er sich auf und rieb sich die Ohren, während er versuchte, sich daran zu erinnern, wo sie waren und warum. Wie ein Schwall Eiswasser überschwemmte ihn die Erinnerung. »Was sollen wir bloß tun?«, fragte er unterwürfig.

»›Wir‹? Es gibt kein ›wir‹, Kevin Fitzgerald Buchanon. Was du tun wirst, kann ich dir sagen. Du steigst jetzt aus dem Auto und kriechst so lange durchs Gebüsch, bis du diesen Draht findest. Dann montierst du ihn an die Stelle, wo er hingehört, und fährst mich in die Stadt. Während ich den Film drehe, kannst du Arly von dem toten Mann in der Hütte erzählen.«

»Das klingt wie ein echt guter Plan. Und was machst du, solange ich nach dem Draht suche, mein Zuckerschneckchen?«

»Ich bleib hier sitzen und verriegle die Türen«, antwortete sie scharf. »Manchmal frage ich mich, warum ich mich mit dir verlobt habe, denn du bist noch konfuser als ein Priester im Himmelreich. Nicht mal 'nen Katzensprung von uns weg ist ein toter Mensch, und das bedeutet, dass wahrscheinlich irgendwo ein Mörder auf sein nächstes Opfer lauert. Deshalb bleibe ich im Wagen, während du den Draht suchst.«

»Natürlich, mein Wonneklößchen«, sagte Kevin, obgleich ihm irgend etwas an dieser Argumentation nicht logisch erschien. Er sah hinaus in den düsteren Wald. Als er den Draht weggeschmissen hatte, war er mehr oder weniger hysterisch gewesen, weil Dahlia so rumgebrüllt hatte und er vom Alptraum Hollywood besessen war. Deshalb war ihm total entfallen, in welche Richtung er den Draht geworfen hatte.

Zufällig fiel sein Blick im Rückspiegel auf seine Verlobte, und das reichte, um ihn aus dem Auto und in eine Schlammpfütze zu treiben. »Mach die Türen richtig zu«, sagte er fürsorglich, »ich hole nur schnell den Draht und bau ihn wieder ein.«

Der Draht wog nicht viel, also konnte er nicht weit geflogen sein. Was Kevin seiner Venus allerdings noch nicht verraten hatte, war, dass er mit dem Draht auch seinen Schlüsselbund geworfen hatte – natürlich nicht absichtlich, er hatte sich nur zufällig in derselben Hand befunden.

Überall dichtes Unterholz, dürre Kiefern, dichte Ranken, die einen Stier hätten erwürgen können, wildes Dornengestrüpp und vermodernde Überreste abgeholzter Stämme. Schwere Wolken zogen über den Himmel und drohten mit neuerlichen sintflutartigen Regengüssen. Vögel kreischten ihn an, ein Eichhörnchen keckerte und musterte Kevin mit seinen tollwütigen schwarzen Äuglein. Es gab zwar immerhin eine Art Weg, nichts Bemerkenswertes, aber besser als ein Kampf mit Dornen und vermoderten Blättern, unter denen sich Schlangen verbergen konnten. Also winkte Kevin seiner Geliebten zu – wenn auch etwas halbherzig – und stürzte sich in die Wildnis. Als sie das Fenster herunterkurbelte, um zu fragen, wo zum Teufel eigentlich der Picknickkorb war, hatte ihn der Erdboden verschluckt.

* * *

Neben Pineyville (Missouri) wirkte Maggody wie eine brodelnde Großstadt. Es gab etwa ein Dutzend Häuser, ein paar Trailer und einen kleinen Laden mit lauter rostigen Schildern, die Ware vom

Anfang des Jahrhunderts anpriesen. Keine Kirche, kein Postamt und auch kein rotes Backsteingebäude mit einem kooperationsbereiten Polizeibeamten, an den ich meine Fragen richten konnte.

Als erstes ging ich in den Laden. Der Mann hinter dem Ladentisch trug einen Overall und schien mir nicht älter als dreißig, obgleich er bereits Zeit gehabt hatte, sich einen Bierbauch und ein höhnisches Grinsen zuzulegen. Ich deutete auf meine Marke und sagte: »Ich bin Polizeiinspektorin Hanks aus Arkansas. Ich möchte Ihnen gern ein paar Fragen stellen.«

»Worüber denn?« Der Mann drehte sich weg und begann Dosen auf dem Regal zurechtzurücken.

»Über diesen Mann hier.« Ich legte Merediths Foto auf die Theke und wartete, bis die Neugier den Mann dazu veranlasste, es sich anzusehen. Während er das Bild betrachtete, sagte ich: »Ich habe Grund zu der Annahme, dass er in Pineyville aufgewachsen ist. Jetzt ist er etwa fünfzig, also war das wahrscheinlich vor Ihrer Zeit.«

»Was hat er denn ausgefressen?«, fragte der Mann uninteressiert. »Jemanden umgebracht?«

Genau das war die Frage. »Nein, er war in Maggody und ist vor ein paar Tagen weggefahren. Jetzt hat es einen Todesfall in der Familie gegeben. Ich muss ihn finden, damit ich ihn davon in Kenntnis setzen kann. Vielleicht hat er hier noch Familie und ist hergekommen, um sie zu besuchen.«

»Hab den Kerl nie gesehen.« Er ließ das Foto sinken und wandte seine Aufmerksamkeit wieder den staubigen Dosen zu. »Vermutlich krieg ich ihn auch nie zu Gesicht«, fügte er nachdenklich hinzu.

Ich verließ den Laden und betrachtete trübsinnig die Häuser am Highway. Manche wirkten nur geringfügig vernachlässigt, andere waren die reinsten Bruchbuden, aus unregelmäßigen Sperrholzbrettern zusammengenagelt. Ausrangierte Gerätschaften und Autos auf Betonklötzen schmückten die heruntergekommenen Vorgärten. Ich entschied mich für eins der sauberen Häuser, überquerte die Straße und klopfte an die Tür.

Die Frau, die mir öffnete, war ziemlich alt, genauso wie ihr verwaschener Morgenmantel und ihre Schlappen. Ihre Hände waren arthritisch und krumm. Unter den dünnen weißen Strähnen war ein Gesicht, so schrumplig wie ein vertrockneter Apfel, aber sie klang ganz fit, als sie mich anfuhr: »Gehören Sie zu den Missionaren? Ich hab den Kerlen doch gesagt, ich hab meine eigene Kirche und keine Lust, mir einen Haufen Schwachsinn anzuhören.«

Ich erklärte ihr, wer ich war, und wiederholte die Geschichte, die ich auch dem Mann im Laden erzählt hatte. Sie machte die Fliegengittertür gerade weit genug auf, um das Foto zu grapschen, und sagte mir, ich solle draußen warten. Die Tür fiel hinter ihr ins Schloss. In Pineyville sind die Leute eindeutig weniger herzlich als in Maggody, dachte ich, während ich einen Truck beobachtete, der auf der anderen Straßenseite anhielt. Garantiert kein Ort für Touristen – eigentlich auch für sonst niemanden.

Zehn Minuten wartete ich, bis die Frau wiederkam, die Gittertür so weit öffnete, dass sie mir das Foto durch den Schlitz wieder zustecken konnte, und sagte: »Wie war noch mal sein Name?«

»Meredith. Buddy Meredith«, antwortete ich.

»Nein, so heißt er nicht. Ich hab meine Schwester Maybella gefragt, und sie ist mit mir einer Meinung. Maybella hat manchmal so komische Anfälle, da glaubt sie, sie hat wieder Zöpfe und Haarklammern, aber wir haben ihn beide erkannt, auch wenn er ungefähr halb so alt war, als er vor gut fünfundzwanzig Jahren die Stadt verlassen hat. Konnte von Glück sagen, dass er mit heiler Haut davongekommen ist.«

»Wie heißt er?«

»Sie brauchen mich wahrhaftig nicht anzuschreien, Missy. Maybella ist ja vielleicht taub, aber ich nicht, jedenfalls noch nicht. Ich hab gute Ohren und noch fast alle Zähne.« Zum Beweis fletschte sie letztere, die besten, die man beim Versandhaus bestellen konnte. »Sein Name ist Buddy Oliphant. Maybella behauptet steif und fest, er kommt von den Oliphants drüben in Maycrumb, aber ich meine, seine Vorfahren lebten in Hiana, bevor sie ausgestorben sind.«

Ich schrieb mir den Namen auf und starrte ihn an. »Aber er ist hier aufgewachsen, nicht in Maycrumb oder in Hiana?«

»Das hab ich nicht behauptet«, entgegnete sie streitlustig. »Legen Sie mir bloß keine Worte in den Mund wie diese schönredenden Missionare mit ihren feinen Klamotten und Fahrrädern.«

Ich versuchte einen neuen Ansatz. »Aber Sie und Ihre Schwester haben Buddy Oliphant erkannt, richtig?«

»Jawoll, und er hieß garantiert nicht Meredith. Damals war Oliphant gut genug für ihn, und auch für die kleine Becky Hopperly. Dieses Mädchen hatte weniger im Kopf, als der Herrgott einer Gans verliehen hat, das schwör ich Ihnen, aber sie war ein hübsches Ding mit großen blauen Augen und goldblonden Haaren.«

Ich machte mir Notizen und wurde immer verwirrter. Becky Hopperly, große blaue Augen, blonde Haare. Oliphant war gut genug für sie. Falls wir je herausfanden, wer sie war. »War Becky seine Freundin?«, fragte ich.

Die Frau lachte gackernd. »Und noch viel mehr! Buddy hat für ihren Pa gearbeitet, der hatte die größte Farm im ganzen County. Eigentlich sollte Buddy bei den anderen in der Scheune schlafen, aber wie sich herausstellte, war ihm Beckys Bett lieber. Nach 'ner Zeit hat ihr Vater Wind davon gekriegt und seine Brüder zusammengerufen. Die Hopperly-Jungs waren schon immer ganz schön fiese Kerle. Sie haben Buddy klipp und klar gesagt, er hat keine andere Wahl, als die Sache ehrenwert zu regeln, falls er seine Männlichkeit zwischen den Beinen behalten und nicht im Glas konservieren will.« Einen Augenblick zögerte sie, und ihr Gesicht kräuselte sich noch mehr bei der Erinnerung an diesen Skandal. »Warum kommen Sie nicht rein und setzen sich 'n bisschen?«

Ich folgte ihr in ein dunkles, trostloses Zimmer mit alten Möbeln, die sicher nicht mal Roy Stivers interessiert hätten. Es roch nach Kampfer, nach Staub und Moder; vermutlich waren die Fenster seit Jahrzehnten vernagelt. Freundlich bat mich meine Gastgeberin, auf dem Sofa Platz zu nehmen, während sie nach Maybella sehen wollte, die angeblich dazu neigte, auf dem Speicher umherzuwandern. Ich konzentrierte mich darauf, durch den Mund einzuatmen.

Schließlich kam sie zurück und setzte sich neben mich, offensichtlich freudig erregt, weil sie endlich Gelegenheit hatte, die melodramatische Geschichte vor einem ganz neuen Publikum zum besten zu geben. »Leider geht's Maybella nicht besonders, da hab ich sie lieber oben gelassen, sie kramt gerade eine Truhe durch. Also, wo war ich stehengeblieben?«

»Die Hopperly-Jungs haben Buddy befohlen, Becky zu heiraten«, antwortete ich und versuchte, meine Frustration darüber, dass alles so langsam voranging, weitgehend zu unterdrücken. Natürlich hatte ich keine Ahnung, ob mich diese Geschichte weiterbrachte, aber ich musste sie mir anhören. Wenn ich versucht hätte, sie aus der Frau herauszuschütteln, wäre ihr Gebiss womöglich auf der entgegengesetzten Seite des Zimmers gelandet. »Hat er sie geheiratet?«

»Drängeln Sie nicht. Ich klatsch ja keine Fliegen aufm Plumsklo«, erwiderte sie etwas ungehalten. »Nachdem die Hopperly-Jungs Buddy klargemacht hatten, wie der Hase läuft, sagte er, das ist in Ordnung so, weil er Becky liebt und sie sowieso heiraten will, sobald er ein bisschen Geld für den Ring zusammen hat. Der alte Hopperly meinte, da soll er am besten gleich Überstunden arbeiten. Damit war die Sache erst mal geritzt, und er und Becky durften auf der Veranda schmusen, wo ihr Pa die beiden im Auge behalten konnte, und Buddy hat den ganzen Tag auf der Farm gearbeitet und alle möglichen anderen Jobs gemacht, die er so kriegen konnte.«

»Und haben sie geheiratet?«, fragte ich noch einmal, Geduld heuchelnd.

»Da fangen Sie schon wieder an zu drängeln! Wenn Sie keine Zeit zum Zuhören haben, können Sie ja gehen, und ich mach mich wieder dran, die Erbsen fürs Abendessen zu enthülsen.«

Demütig schlug ich die Augen nieder. »Nein, Ma'am, ich möchte gern hören, was passiert ist.«

»Dann achten Sie auf Ihre Manieren. Also, nicht viel später stellt sich raus, dass bei Becky was unterwegs ist, und ihr Pa will bestimmt nicht warten, bis Buddy genug Geld beisammen hat, wo doch schon alles in der Stadt anzügliche Bemerkungen über Beckys Taille macht und wegen dem Hochzeitstermin nachbohrt. Der alte Hopperly gibt also Buddy ein wenig Geld und sagt ihm, er soll mit dem Truck nach Hiana fahren, dort den Ring und 'ne Heiratslizenz kaufen.« Sie hielt inne und warf mir einen durchdringenden Blick zu, ob ich vielleicht schon wieder Pläne schmiedete, wie ich sie am besten drängeln konnte. Aber ich saß regungslos da. »Also leiht sich Becky ein Kleid von ihrer Cousine Charlotte, die ein bisschen rundlich ist, und lädt alle zur Hochzeit ein, gleich am nächsten Tag. Maybella und ich haben fast die halbe Nacht gestritten, wer Mamas Perlen tragen darf. Schließlich hat sie gewonnen, weil sie drei Jahre älter ist. Das ist ja auch nicht zu übersehen.«

»Und da haben sie geheiratet?«, rutschte es mir heraus, obwohl ich mich so bemüht hatte zu schweigen.

»Wo denken Sie hin? Der Pastor ist im Haus, zusammen mit der ganzen Stadt, Blumen stehen auf dem Tisch, und in der Küche warten Plätzchen und Punsch und alles. Becky sieht wirklich süß aus in Charlottes Kleid, obwohl das Kleid weiß ist und Becky keine Jungfrau mehr, denn inzwischen kann jeder sehen, was sie da mit sich rumschleppt. Zuerst unterhalten sich die Leute ganz gut und amüsieren sich, aber nach 'ner Weile schielen alle immer öfter zur Uhr auf dem Kaminsims. Der Pastor lächelt und sagt zu Becky, sie soll sich nicht den hübschen Kopf zerbrechen. Aber irgendwann ist es dann dunkel, und nicht mal der Pastor bringt's mehr fertig, Lügen zu erzählen. Noch in der Nacht sind die Hopperly-Jungs rüber nach Hiana. Aber von Buddy Oliphant keine Spur, bloß der Truck steht an der Bushaltestelle. Wie sich rausstellt, hat der Kerl die Nerven verloren und den ersten Bus genommen, der langkam.«

»Und das war das letztemal, dass er hier gesichtet wurde?«

»Wohl kaum«, antwortete sie mit einem verächtlichen Schnauben. »Er ist schließlich Mr. Sauberzauber. Maybella hat ihn gleich beim ersten Mal erkannt, als er im Fernsehen kam. ›Schau mal, Augusta‹, hat sie gesagt, ›wenn das nicht Buddy Oliphant ist, dann will ich nicht hier sitzen und Wassermelone essen und die Kerne in die Gegend spucken. Und er hat immer noch Zähne wie ein Lattenzaun‹.«

»Aber er ist nie nach Pineyville zurückgekommen?«, fragte ich verzweifelt.

»Höchstwahrscheinlich hat er Angst, sein Gesicht hier zu zeigen, auch wenn die Hopperlys inzwischen so gut wie ausgestorben sind. Die Bank hat die Farm zwangsvollstreckt, aber niemand wollte sie kaufen, und nach 'ner Weile war's nur noch ein Schutthaufen aus vergammeltem Holz und Gestrüpp.«

Meine Theorie über die Rache der Hopperly-Jungs löste sich in Luft auf. »Was ist mit Becky? Wohnt sie noch hier?«

»Himmel, nein. Ein oder zwei Tage nachdem Buddy abgehauen war, wurde sie zu ihrer Tante nach St. Louis geschickt. Wir haben das arme Mädchen nie wieder zu Gesicht gekriegt.«

»Erinnern Sie oder Maybella sich noch an den Namen der Tante?«, fragte ich, und meine Verzweiflung grenzte an Hoffnungslosigkeit. Die Chancen, jemanden nach so langer Zeit in St. Louis wiederzufinden, waren äußerst gering, wenn nicht überhaupt gleich Null. Falls die ganze Geschichte überhaupt etwas bedeutete. Sollte das Mädchen nach all dieser Zeit noch einen Groll hegen und sollte sie herausgefunden haben, dass Meredith in Maggody war, und sollte sie beschlossen haben, seine Frau zu ermorden ...

»Ich glaube nicht, dass ich den Namen der Tante je gehört habe«, antwortete Augusta bedächtig. Wenigstens von ihr wusste ich inzwischen, wie sie hieß. »Aber ich hab gehört, dass Becky gestorben ist, wenn Ihnen das weiterhilft. Herrje, das muss inzwischen mindestens fünfzehn Jahre her sein, vielleicht sogar noch länger, denn Maybella hatte schon ihren Schlaganfall gehabt, und ich musste sie anschreien, damit sie mich überhaupt hörte.«

»Ist Becky hier begraben?«

Augusta kratzte ihre schuppige rosarote Kopfhaut. »Soweit ich mich erinnere, ja, aber Sie können ja selbst auf dem Friedhof nachsehen, hinter der ehemaligen Baptistenkirche. Nehmen Sie den Feldweg neben dem Laden und halten Sie Ausschau nach einem alten, kaum lesbaren Schild.«

Blitzschnell machte ich eine Kopfrechenübung und kam auf fünfundzwanzig – nämlich Jahre. »Was ist mit Beckys Kind? Ist sie oder er nach Beckys Tod hierher zurückgekommen?«

»Hopperly hat behauptet, sie hätte ungefähr einen Monat, nachdem sie nach St. Louis umgezogen ist, 'ne Fehlgeburt gehabt, aber er wollte trotzdem nichts mit ihr zu tun haben. Mit stolzgeschwellter Brust hat er überall rumerzählt, dass er ihr nie irgendwelches Geld geschickt hat und auch nicht auf ihrer Beerdigung war. Aber natürlich haben wir gemerkt, dass es ihn mitgenommen hat, als seine Tochter in einem einfachen Holzsarg zurückgekommen ist. Danach hat er angefangen zu trinken und hat dauernd davon gefaselt, was für eine Schlampe Becky war und dass ihre Sünde sie umgebracht hat. Ein paar Jahre später ist er unter seinen Traktor gekommen. Maybella vermutet, dass er sich absichtlich druntergeschmissen hat.«

Nun waren besorgtes Zungenschnalzen und Kopfschütteln angesagt und ich kam meinen Verpflichtungen nach, während ich meine Notizen überflog. Die Geschichte wäre vermutlich ein guter Film, aber sie enthielt keine Hinweise auf den Mord an Kitty Kaye oder Merediths Verschwinden. Es gab keinen Grund, weshalb er nach Pineyville hätte zurückkehren sollen, und sogar mehrere Gründe, die dagegen sprachen – selbst wenn er mit jemandem gewettet hatte. Pineyville wäre kein guter Zufluchtsort gewesen. Falls noch beinahe-angeheiratete Verwandte lebten, hätten sie ihn sicher nicht herzlich willkommen geheißen.

»Was ist los? Haben Sie sich die Zunge abgebissen?«, kicherte

Augusta. »Vor 'ner Weile konnten Sie den Mund gar nicht zu kriegen. Jetzt sitzen Sie da wie 'ne Warze auf 'ner Gurke.«

Ein treffender Vergleich. Ich bedankte mich, dass sie mir so viel Zeit geopfert hatte, lehnte höflich eine Tasse Tee ab und ging hinaus zu meinem (Ruby Bees) Wagen. Ohne größere Schwierigkeiten fand ich den Friedhof und schlenderte zwischen den Grabsteinen umher, die größtenteils rissig und mit Moos bewachsen waren. Im Zentrum der Hopperly-Familiengrabstätte erhob sich ein großes graues Monument von freudianischen Ausmaßen. Ich zerrte das Unkraut von ein paar Steinen weg, konnte aber nicht feststellen, welcher der Hopperly-Jungs Beckys Vater gewesen war – zu viele von ihnen waren vor zwei Jahrzehnten gestorben.

Gerade wollte ich aufgeben, als mein Zeh gegen einen kleinen, flachen Stein stieß. Ich kniete mich daneben und fegte die Erde weg. Becky Hopperly war sechsundzwanzig gewesen, als sie starb. In ihrem kurzen Leben hatte sie einen Liebhaber, ein Baby und einen Vater verloren. Als ich aufstand, fragte ich mich, ob sie immer noch große blaue Augen und glänzende blonde Haare gehabt hatte, als sie starb.

»Ich weiß es zu schätzen, dass Sie sich die Zeit nehmen, mit mir zu sprechen, Pastor Pipkin. Ich fühle mich schon viel besser, und ich denke, ich gehe jetzt wieder zurück ins Büro«, sagte Harve. Mit zusammengekniffenen Augen blickte er ins Scheinwerferlicht. »War das gut so?«

»Schnitt, verdammt noch mal!« Wutentbrannt schleuderte Hal das Drehbuch auf eine Kirchenbank, und stapfte händeringend den Mittelgang hinauf. »Bewahrt mich vor diesen Amateuren! Was war ich im letzten Leben – eine Made? Ist diese gottverlassene Stadt ein kosmischer Witz?« Er brachte noch mehrere andere einschlägige Kommentare (echte Heuler), aber bei einem humorlosen Cutter wären sie nie durchgegangen.

Gwenneth und Frederick, die nebeneinander auf einer anderen Kirchenbank saßen, seufzten frustriert. Beide waren im Kostüm, fertig geschminkt, und in dem Metallbau der Kirche war es schrecklich heiß. Auch Anderson St. James fühlte sich in Anzug und Fliege reichlich unbehaglich, aber er blickte nur einen Moment von dem Roman auf, den er sich in weiser Voraussicht mitgebracht hatte.

Carlotta stellte die Kamera ab und nahm sich das Drehbuch vor, um nachzusehen, ob es eine Möglichkeit gab, die Figur des Dork ersatzlos zu streichen, ohne den Sheriff wissen zu lassen, dass er bei weitem der schlechteste Schauspieler war, den sie je zu Gesicht bekommen hatte. »Gehen wir es noch mal durch, Sheriff Dorfer«, meinte sie mit einem gezwungenen Lächeln. »Sie brauchen lediglich Ihren Text zu sagen, dem Pastor die Hand zu schütteln und zur Tür zu gehen. Sagen Sie sonst nichts, schauen Sie nicht in die Kamera, und denken Sie daran – Sie gehen zurück auf Ihre Farm, nicht ins Büro. Okay?«

Ansonsten war nur Bruder Verber am Set zugelassen. Er trug seinen besten Sonntagsstaat, dessen Wirkung leider durch die Schweißflecken in den Achselhöhlen, am Hals und allmählich auch am Rücken gründlich ruiniert wurde. Das Skript zitterte in seiner Hand. Wenn Schwester Barbara je Wind davon bekam, was er hier vor der Kamera sagen sollte, würde sie kein gutes Haar an ihm lassen. Die Anspielung auf die hübsche Kleine würde ja keinem noch so großen Idioten entgehen (obwohl andererseits Harve Dorfer dermaßen verwirrt war, dass er überhaupt nicht merkte, was gesagt wurde, und noch weniger, was damit gemeint war). Und die Sache mit dem Chorraum würde auch jeder kapieren, sogar das letzte Mitglied des Buchanon-Clans mit der goldenen Mitgliedskarte der Anonymen Idioten.

Bruder Verber befeuchtete sich die Lippen und beobachtete, wie Harve Dorfer mehrmals seinen Text vor sich hin brabbelte. Als Carlotta zufrieden war, winkte sie ihm mit dem Zeigefinger, und er stellte sich zögernd hinter den Kreidestrich, den sie für ihn auf den Boden gemalt hatte. Er blickte sie flehend an. »Hören Sie, Lady, finden Sie es nicht auch besser, wenn ich Harve einfach ermahne, sich wie ein anständiger Christenmensch zu benehmen –«

»Nein!«, brüllte Hal, der gerade auf dem Mittelgang zurückkam, schnappte Carlotta das Skript weg und deutete wütend mit dem Finger darauf. »Was hier drin steht, dient der logischen Entwicklung der Handlung. Es ist von zentraler Bedeutung für die Szene, in der das Mädchen – wie heißt sie noch mal? Ach ja, Loretta – in der diese Loretta den Mächten der Korruption den Kampf ansagt, um ihre Unschuld zu verteidigen. Es geht um religiösen Symbolismus, ist das so schwer zu begreifen? Ich brauche keinen oberschlauen Pfaffen, der mir mein Drehbuch umschreibt!«

Mit raschem Griff zog Carlotta Bruder Verber das Taschentuch aus der Gesäßtasche, tupfte das Gesicht des Pastors ab und puderte ihm mit einer großen Quaste die Nase, damit sie nicht so glänzte. »Es sind doch nur Worte«, meinte sie beschwichtigend. »Wenn man sie im Kontext sieht, rufen sie die komplexe Bildersprache hervor, auf die Hal hingearbeitet hat. Versuchen Sie, sich die tiefere Bedeutung vor Augen zu führen und lassen Sie sich einfach gehen. Haben Sie Ihren Text?«

»Ich habe das Skript, in dem meine Zeilen stehen«, antwortete Bruder Verber und versuchte dabei mit allen Kräften, sich möglichst gar nichts vorzustellen, denn er hatte eine Höllenangst davor, was passieren würde, wenn er sich tatsächlich gehenließ.

»Nein, ich meinte, ob Sie Ihren Text können? Sollen wir ihn noch mal durchgehen?«

»O Gott!«, stöhnte Gwenneth und verdrehte die Augen. »Wie oft haben wir das jetzt durchgekaut – zehnmal, zwanzigmal? Meine Wimperntusche schmilzt, wisst ihr, und ich selbst auch. Diese Szene dauert keine zwei Minuten, und wir sind jetzt schon zwei Stunden hier.«

»Komm schon, Hal«, fügte Frederick hinzu. »Gwenneths Shorts sind so eng, dass sie kaum Luft kriegt. Vielleicht sind dir ja rosarote Wangen recht, aber was ist mit blauen Zehen?«

»Oooh«, quiekte Gwenneth. Ihre blonden Locken verschwanden, weil sie sich hinunterbeugte, um ihre Füße zu untersuchen.

Hal zeigte mit dem Finger auf Bruder Verber. »Ihre erste Zeile!«, befahl er.

Bruder Verber blinzelte. »Was soll ich damit machen?«

»Gar nichts, Sie sollen sie sagen!«

Plötzlich wusste Bruder Verber, dass es viel leichter war, gegen den Satan zu kämpfen, als zu verstehen, was diese Hollywoodleute meinten. Dennoch brachte er ein Lächeln zustande. »Ich helfe doch gern, Harry. Jetzt halten Sie sich einfach fern von der hübschen Kleinen und kümmern sich mehr um Ihre Frau«, rezitierte er mit monotoner Stimme.

Gwenneth tauchte wieder auf. »Bringen wir's doch einfach hinter uns.« Damit stand sie auf und drängte sich an Bruder Verber vorbei, sodass er eine gute Aussicht auf ihr hautenges Top und seinen Inhalt hatte. »Das ist ja mega-nervig.«

»Auf die Plätze«, rief Hal. Er wartete, bis Harve und Bruder

Verber ihre Markierungen gefunden hatten und Gwenneth vor der Tür postiert war. Dann nickte er Carlotta zu und sagte (wenn auch nicht sehr hoffnungsvoll): »Action!«

»Ich weiß es wirklich zu schätzen, dass Sie sich Zeit nehmen, mit mir zu sprechen, Pastor Pumpkin. Ich fühle mich schon viel besser, und ich denke, ich gehe jetzt lieber wieder zurück ins ... äh ... auf die Farm«, sagte Harve. Diesmal passte er genau auf, dass er nicht ins Scheinwerferlicht blinzelte. »War das gut so?«

* * *

»Weißt du, was mir eingefallen ist?«, fragte Ruby Bee, während sie eine angeschlagene Tasse absetzte und einen Unterteller mit hübschem Lavendelmuster in die Hand nahm.

Estelle warf einen Blick auf den Unterteller und schüttelte den Kopf. »Kaputt«, flüsterte sie. »Keinen Penny wert und schon gar keine fünfzig Cent. An diesen Preisen würde ja eine Ziege ersticken.«

Während sie am Tisch entlanggingen und mit gerunzelter Stirn verschiedene Kunstobjekte bewunderten, meinte Ruby Bee: »Ich hab an diesen Fuzzy gedacht, und dass er einfach verschwunden ist.«

»Und?«, fragte Estelle, etwas abgelenkt durch eine viel versprechende Bonbonschale aus blasigem grünem Glas.

»Also, jedesmal, wenn wir ihn gesehen haben, hat er getrunken, oder er war schon blau«, erklärte Ruby Bee aus dem Mundwinkel. Schließlich gab es noch andere Leute, die hier durchbummelten, und sie hatte geschworen, kein Wort von dem Mord zu erwähnen, um ja nicht die Medien zu alarmieren. Und woher sollte sie wissen, wer alles auf diesem Flohmarkt rumlief, womöglich bis zur Unkenntlichkeit getarnt? »Seltsam daran ist doch, dass er auch besoffen war, als der Deputy die Filmleute in die Bar zurückgebracht hat, um ihnen die schlechte Nachricht zu überbringen. Ich hab ihn reintorkeln sehen, er konnte noch weniger geradeaus gehen als ein o-beiniger Tausendfüßler.«

»Du hast doch eben gesagt, dass er die ganze Zeit was intus hatte.«

»Aber gestern Vormittag haben sie bei Raz Buchaonons Schuppen gedreht, also muss er dort was gepichelt haben. Wenn ich mich recht entsinne, hat Fuzzy auch schon am Abend vorher mit Raz geplaudert. Sie saßen ganz allein an einem Tisch, mindestens 'ne Stunde lang, so behaglich wie 'n Pärchen Salz- und Pfefferstreuer.«

Inzwischen hatte Estelle beschlossen, dass auch die Bonbonschale überteuert war, und widmete sich jetzt einem Stapel alter Zeitschriften. »Hat das was mit dem Teepreis in China zu tun?«

»Würdest du bitte deinen Blick von diesem Kramtisch losreißen und mir zuhören?«

»Wenn du vorhast, weiter so mit mir zu reden, dann kannst du bald per Anhalter heimfahren.«

Ruby Bee entschloss sich, über diese Unverschämtheit hinwegzusehen. »Es ist aber wichtig. Was ist, wenn Raz Fuzzy von seinem grausigen Rachenputzer hat probieren lassen, den er, wie jeder weiß, auf Cotter's Ridge brennt?«

»Dann wäre er höchstwahrscheinlich tot. Das Zeug soll ja so übel sein, dass es 'nem Alligator die Haut über die Ohren zieht.«

»Was ich damit sagen will: Wenn Raz irgendeine Andeutung gemacht hat, wo er das Zeug brennt, dann ist Fuzzy womöglich losgezogen, um die Stelle zu suchen. Als ich ihn gesehen habe, war er so sternhagelvoll, dass man ihm eine durchgeknallte Expedition zu Raz' Vorräten durchaus zutrauen konnte.«

»Warum ist er dann nicht zurückgekommen?«

»Weil er das Zeug gefunden hat, deshalb.«

Estelle ließ das Gingham-Sonnenhäubchen sinken, das sie sich angeschaut hatte, packte Ruby Bee am Ellbogen und schob sie aus dem Zelt, über den Parkplatz und zu ihrem Kombi. Nachdem sie sich vergewissert hatte, dass niemand ihnen folgte, sagte sie: »Du glaubst also, dass dieser Fuzzy 'ne Sauftour auf Cotter's Ridge macht? Dass er Raz' Vorrat an selbstgebranntem Whiskey entdeckt hat und sich jetzt dumm und dämlich pichelt?«

»Ich wüsste nicht, was dagegen spricht«, antwortete Ruby Bee, nachdem sie sich losgemacht und mit viel Aufwand und schmerzverzerrtem Gesicht ihren Ellbogen massiert hatte. »Allerdings bin ich nicht sicher, was wir unternehmen sollen. Arly hat schrecklich viel am Hals mit dem Mord, und ich würde sie ungern den weiten Weg machen lassen, wenn sich die Sache als Fehlalarm rausstellt. Es ist ja noch ein ganzes Stück hinter Robins Hütte.«

»Meinst du, wir sollten ihr vielleicht ... helfen?«, murmelte Estelle und wackelte dabei mit den Augenbrauen, als juckte sie die Stirn.

»Wenn wir uns dann doch geirrt haben, können wir einfach so tun, als wäre nichts gewesen, und Arly kriegt keinen Anfall, weil sie glaubt, wir mischen uns ein in« – Ruby Bee legte eine Kunstpause ein – »in ihre offiziellen Ermittlungen. Aber zuerst sollten wir ein Wörtchen mit Raz reden. Wenn wir's richtig anstellen, merkt er gar nicht, wonach wir ihn fragen.«

»Kann nicht schaden.« Estelle stieg in den Kombi. Zwar war Ruby Bee sich nicht ganz so sicher, aber sie stieg ebenfalls ein.

* * *

Als ich nach Maggody zurückkam, fuhr ich erst mal an der Kirche der Stimme des Allmächtigen Herrn vorbei. Mehrere Streifenwagen und der Glittertownbus parkten am Highway, vor der Tür standen zwei Deputys. Carlotta hielt den Zeitplan nicht ein. Ich konnte mir ein Grinsen nicht verkneifen.

Trotzdem schien alles unter Kontrolle; ich fuhr weiter zum Revier. Kaum setzte ich einen Fuß über die Schwelle, da begann das Telefon zu klingeln, als wäre meine bloße Anwesenheit für irgendwen irgendwo ein Signal, dass es jetzt Zeit war, mir auf die Nerven zu gehen. Ohne große Begeisterung meldete ich mich.

»Oh, Arly, Gott sei Dank, ich hab schon den ganzen Morgen versucht, Sie zu erreichen«, sprudelte mir Eilene Buchanon ins Ohr. »Es ist wegen Kevin.«

»Was ist mit Kevin?«

»Er ist verschwunden. Direkt nach dem Abendessen ist er verschwunden, war die ganze letzte Nacht weg, und jetzt ist schon bald Zeit fürs Mittagessen. Ich hab mir den Kopf zermartert, aber ich hab wirklich keine Ahnung, wo er stecken könnte.«

»Beruhigen Sie sich, Eilene«, sagte ich und ließ mich hinter meinem Schreibtisch nieder. »Vielleicht ist er bei Dahlia. Die beiden sind doch immer noch verlobt, oder?«

»Ich bin gleich heute früh rübergefahren. Da ist er auch nicht, und Dahlia ist ebenfalls verschwunden. Und außerdem hat er den Wagen seines Vaters genommen, und der rastet jetzt natürlich total aus. Vielleicht hatten Kevin und Dahlia einen Unfall, und jetzt liegt er bewusstlos in irgendeinem Krankenhaus oder noch was Schlimmeres.«

Ich verkniff mir die Bemerkung, dass Kevin ohnehin die meiste Zeit nicht bei Bewusstsein war. »Wenn er in einen Unfall verwickelt wäre, hätte jemand Sie benachrichtigt. Bestimmt haben die beiden nur wieder mal 'ne Spritztour gemacht. Sie werden bald wieder auftauchen, aber ich gebe die Nummer trotzdem dem Sheriff und der Staatspolizei durch.«

Ich notierte die Angaben, murmelte ein paar beruhigende Worte und legte auf. Augenblicklich klingelte das Telefon wieder.

»Arly, gut«, sagte Plover, jede Form kleiner Nettigkeiten überspringend. »Merganser hat eine Voruntersuchung bei der Tankstelle in Hasty durchgeführt. Die Vordertür hat außen ein Vorhängeschloss, und das war zu. Merganser hat in den Überbleibseln rumgestochert wie ein Wilder, aber er ist ziemlich sicher, dass das Feuer in der Servicebucht ausgebrochen ist, nicht draußen bei den Pumpen. Das weist auf Brandstiftung hin.«

»Und Mordversuch«, ergänzte ich nüchtern.

»Und Mordversuch.« Er versprach vorbeizukommen und legte auf. Augenblicklich klingelte das Telefon wieder.

»Arly, hier ist Elsie McMay. Wissen Sie zufällig, wo Estelle ist? Sie hat versprochen, mir um elf die Haare zu machen, und jetzt ist es fast Mittag.«

Ich wagte kaum, diese Frage zu stellen: »Haben Sie's bei Ruby Bee versucht?«

»Ja, aber sie geht nicht dran. Ich weiß, dass die beiden zum Flohmarkt in Piccard fahren wollten, aber Estelle meinte, sie sind spätestens um elf zurück, damit Ruby Bee das Lokal zum Lunch aufmachen kann. Es sieht Estelle überhaupt nicht ähnlich, dass sie einen Termin platzen lässt.«

Ich bat Elsie, die Augen offen zu halten, und legte auf. Ungefähr eine Minute lang starrte ich das Telefon herausfordernd an. Hatte es vielleicht noch schlechtere Neuigkeiten auf Lager? Schließlich begann ich eine Liste der Vermissten aufzustellen, behielt das Telefon aber im Auge.

1. Buddy Meredith, seit sechsunddreißig Stunden verschwunden; hält sich nicht in Pineyville (Missouri) auf.
2. Fuzzy Indigo, seit vierundzwanzig Stunden verschwunden.
3.-4. Kevin Buchanon und Dahlia O'Neill, seit achtzehn Stunden verschwunden.
5.-6. Ruby Bee Hanks und Estelle Oppers, seit mindestens einer Stunde verschwunden, nicht weltbewegend, aber doch interessant.

Meinetwegen konnten sich Nummer drei bis sechs mit dem Auftauchen so viel Zeit lassen, wie sie wollten, aber wo Nummer eins und zwei waren, musste ich unbedingt rauskriegen. Ich versuchte, mir noch einmal die Ereignisse des Abends vor dem Mord ins Gedächtnis zu rufen. Die Filmcrew hatte sich getroffen, um den Drehplan zu besprechen, und sich dann zum Abendessen in Ruby Bees Bar zurückgezogen. Danach war Fuzzy verschwunden, angeblich per pedes. Um zehn waren Meredith und Kitty Kaye auf ihr Zimmer gegangen, und irgendwann innerhalb der nächsten zwei Stunden war Kitty erstochen worden und Buddy verschwunden, entweder aus freien Stücken oder nicht. Gweneth war um elf in ihr Zimmer zurückgekehrt, Carlotta spazieren gegangen. Frederick Marland war mit einem Mädchen nach

Farberville gefahren. Anderson war allein in seinem Zimmer gewesen.

Eine große glückliche Familie, diese Hollywoodleute. Drehten kostengünstige Filme und verdienten massenhaft Geld damit. Keiner hatte ein Motiv, die Produktion und damit die Einkünfte zu gefährden.

Ich schlug mein Notizbuch auf, um mir die Aussagen durchzulesen, die ich bisher aufgenommen hatte. Keiner hatte ein richtiges Alibi. Mir fiel auf, dass ich noch nicht dazu gekommen war, Frederick Marlands Geschichte zu überprüfen. Gerade blätterte ich im Telefonbuch, als (wer hätte das gedacht?) das Telefon klingelte.

»Polizeiinspektorin Hanks? Hier spricht Detective Canelli, L.A. Ich habe ein paar Kleinigkeiten für Sie, leider nichts sonderlich Aufregendes. Haben Sie einen Moment Zeit?«

Ich zückte den Bleistift. »Ich bin dankbar für alles.«

»Ich hab die Namen bei der Schauspielergewerkschaft und mit Hilfe unseres Computers überprüft. Gwenneth D'Amourre, geborene Wanda Sue Thackett, stammt aus Cedar Rapids, und es liegt ein Haftbefehl wegen Fahrerflucht gegen sie vor. Frederick Marland, geboren als Freddie Marland, ist sauber, jedenfalls bei der Polizei. Katherine Kaye, geborene Katherine Kaye Winkleman, hat ein paar ausstehende Strafzettel, lauter Verkehrsdelikte. Meredith heißt in Wirklichkeit Buddy Oliphant. Harold Desmond ist zweimal wegen Drogenbesitz aktenkundig, wurde aber nie vor Gericht gestellt. Carlotta Lowenstein ist sauber, ebenso Anderson St. James, geborener Allen Anderson. Francis Indigo, alias Fuzzy, hat ein Strafregister von hier bis nach San Diego und zurück. Trunkenheit am Steuer, Ruhestörung, Widerstand gegen die Staatsgewalt, lauter solche Sachen.«

»Moment«, sagte ich, während ich schrieb, so schnell ich konnte. »Besteht die Möglichkeit, dass einer von ihnen irgendwie mit einem Ring von Videopiraten zu tun hatte?«

»Da müssen Sie sie selbst fragen«, antwortete Detective Canelli und wünschte mir zum Abschied einen schönen Tag.

Meine Laune besserte sich etwas, als Les Vernon in mein Büro kam. »Ich hab dich heute Morgen verpasst«, meinte er, »aber ich hab von dem Feuerwerk in der Tankstelle von Hasty gehört. Soll ich wegen dieser verdammten Feuerteufel irgendwas unternehmen – oder soll ich sie einfach erschießen?«

»Nimm sie beide fest und bring sie in getrennte Zellen im Sheriffsdepartment«, sagte ich. »Ruf mich an, wenn du dort bist. Ich werde die beiden verhören, bis einer zusammenbricht. Egal, wie lange das dauert.« Er strebte schon zur Tür, da fiel mein Blick auf die Vermisstenliste. »Warte mal, Les. Anscheinend sind uns ein paar Leute abhanden gekommen. Niemand Wichtiges, aber ich denke, wir sollten die Streife in Kenntnis setzen.« Als ich ihm die Liste vorlas, begann er zu kichern. Dann verschwand er schnell, ehe ich ihm noch mehr Verpflichtungen aufbrummen konnte.

Ich hinterließ eine Nachricht für Plover und fuhr zu Darla Jean McIlhaney. Millicent erschrak richtig, als sie mich sah, gab aber sofort zu, dass Darla Jean oben in ihrem Zimmer war und zweifellos am Telefon mit einer ihrer Freundinnen tratschte, denn was anderes tat sie zur Zeit nicht. Aber warum in aller Welt wollte ich mit Darla Jean reden? Ohne sie aufzuklären, stieg ich die Treppe hinauf. Durch die Tür hörte ich Darla Jeans Stimme. Ich klopfte und hörte, wie sie lachte und jemandem versprach, später zurückzurufen.

Doch als sie mir die Tür aufmachte, verschwand jede Spur von Heiterkeit. »Arly?«, fragte sie mit belegter Stimme. »Was führt dich hierher?«

»Ich möchte mit dir reden, und ich schlage vor, wir erledigen das in deinem Zimmer, und zwar hinter verschlossener Tür.«

»Ja, klar, komm doch rein.« Sie trat einen Schritt beiseite und schloss pflichtschuldig die Tür hinter mir. »Setz dich aufs Bett, oder ans Fenster, ganz wie du willst.«

»Du setzt dich aufs Bett«, sagte ich, einigermaßen entsetzt über ihr aschfahles Gesicht und ihre wässrigen, erschrockenen Augen. »Ich bleib stehen. Ich muss wissen, was passiert ist, als du Frederick Marland nach Farberville gefahren hast.«

»Nichts, gar nichts.« Sie versuchte mir einen trotzigen Blick zuzuwerfen, aber die Tränen quollen sofort über, und sie begann zu schniefen. »Ich hab nichts getan. Wir sind im Drugstore in der Thurber Street gewesen und danach noch ein bisschen durch die Gegend gefahren, und dann hat er gefragt, ob ich was trinken will, und ich hab gesagt – na ja, ich hab gesagt, okay, aber dann hat er gesagt, keine Cola, und – das ging nicht – aber er hat gesagt, komm schon – er wollte, aber ich nicht – und dann ...«

Ich setzte mich neben sie und legte ihr den Arm um die Schultern. »Beruhige dich erst mal, Darla Jean. Niemand wirft dir vor, du hättest was Schreckliches getan. Vielleicht war es ein wenig gedankenlos, aber nicht schrecklich.«

»Aber es war schrecklich«, widersprach sie, von Schluchzern geschüttelt. »Er hat gesagt, es würde Spaß machen, aber –«

»Was würde Spaß machen?«, fragte ich behutsam. »Knutschen in einer dunklen Seitenstraße?«

»Nein, das Motel«, entgegnete sie und stöhnte.

Erschrocken packte ich ihre Schulter fester und hakte nach: »Welches Motel? Seid ihr ins Flamingo Motel zurückgefahren?«

Sie hörte auf zu stöhnen und blickte mich verwundert an. »Warum hätten wir das tun sollen?«

»Es gab ... da ist in der Nacht was vorgefallen.«

»O ja, ich hab gehört, dass eine von den Schauspielerinnen gestürzt ist und sich den Hals gebrochen hat oder so was.«

»Genau«, murmelte ich. »Welches Motel meinst du denn, Darla Jean?«

»Das an der Ecke Thurber Street, gleich am Highway«, antwortete sie, und dann flossen wieder die Tränen. »Nachdem er sich seine schicke Sonnenmilch gekauft hatte, hat er mir gesagt, ich soll ihn zum Spirituosengeschäft fahren, und als er wieder rauskam, hatte er eine Flasche Whiskey unterm Arm. Er wollte in ein Motel. Er hat gesagt, wir würden nur trinken und uns 'nen tollen Film reinziehen.«

»Und das hast du ihm abgenommen?«

Ihre Nase lief jetzt mit den Tränen um die Wette. Noch immer zitternd, wischte sie sich das Gesicht mit einer Ecke der Tagesdecke ab und versuchte zu lächeln. »Frederick Marland ist ein echt berühmter Filmstar, Arly, und der attraktivste Mann, den ich je zu Gesicht gekriegt habe. Wahrscheinlich hab ich gedacht, es wäre toll, wenn ich Heather und Traci erzählen könnte, dass wir zusammen was getrunken und rumgeknutscht haben. Ich hatte eigentlich nicht vor ... na ja, bis zum letzten zu gehen, weißt du. Es klang alles so kultiviert und romantisch.«

»Und war es wirklich romantisch?«, fragte ich trocken.

»Es war die scheußlichste Nacht meines Lebens. Erst hat er mir Whiskey und Cola gemischt, aber dann hat er den Whiskey direkt ins Glas gekippt und mir gesagt, ich soll ihn ohne Eis und alles trinken. Dabei lief ein Video, irgendwas mit nackten Nonnen, und bevor ich richtig wusste, was los war, lagen wir auf dem Bett.«

»Hat er irgendwelche Vorsichtsmaßnahmen ergriffen?«

»Ich weiß nicht«, antwortete sie kläglich. »Ich hab ihm immer wieder gesagt, dass ich keine Schlampe bin wie Robin Buchanon, dass ich nicht wie ein Tier in einer Hütte in den Bergen lebe. Das fand er lustig, und er hat mich alles mögliche über Robin gefragt, was man sich von ihr erzählt und so. Dann hat er Sachen gemacht, die mir überhaupt nicht gefielen, und nach einer Weile hab ich so getan, als wär ich gar nicht da. Manchmal hat er mich ein paar Minuten ausruhen lassen, aber dann hat er mich wachgerüttelt und wieder angefangen, mir weh zu tun. Es ist alles ziemlich verschwommen in meiner Erinnerung. Ich weiß nur noch, dass ich mich einmal übergeben habe. Erst hat er sich darüber geärgert, aber dann hat er mir noch mehr Whiskey eingeflößt, obwohl mir ja von der ersten Flasche schon schlecht geworden war.« Sie schlug sich die Hände vors Gesicht, ließ sich aufs Bett fallen und rollte sich zusammen wie ein Fötus, sodass ihre Knie fast die Hände berührten. »Erzähl es nicht meinen Eltern, bitte ...«

»Ich erzähl's nicht deinen Eltern, Darla Jean, aber ich rate dir sehr, es selbst zu tun. Wann bist du nach Hause gekommen?«

»Nach Mitternacht. Ich war zu betrunken, um zu fahren, und auf dem Heimweg hab ich mich noch mal übergeben. Am nächsten Morgen hab ich mich so mies gefühlt, ich wär am liebsten tot gewesen.«

Ich widerstand der Versuchung, ihr all die Plattitüden an den Kopf zu werfen, von wegen: lass dir das eine Lehre sein et cetera. Stattdessen setzte ich mich neben sie und streichelte ihr den Rücken, bis sie sich ein bisschen entspannte. Dann versprach ich ihr, mich um sie zu kümmern, falls die mangelnden Vorsichtsmaßnahmen zu einem Problem führen sollten. Ihre Eltern gehörten zu den Menschen, die wahrscheinlich ebenso reagierten wie die Hopperly-Jungs vor fünfundzwanzig Jahren. In diesem Fall jedoch wäre der Missetäter zweitausend Meilen weit entfernt gewesen und hätte Darla Jean im Angesicht des Hurrikans allein gelassen.

Am Fuß der Treppe erwartete mich Millicent mit grimmig-neugierigem Gesicht, aber ich drängte mich nur an ihr vorbei und ging hinaus zu meinem (Ruby Bees) Wagen. Ein durchdringender Geruch stieg mir in die Nase, und nach kurzer Suche fand ich ein abgebranntes Streichholzbriefchen unter dem Fahrersitz. Der Geruch verzog sich allmählich, aber die Streichholzköpfe waren noch warm.

Zugegebenermaßen sah ich mich ziemlich hektisch um, aber in McIlhaneys Hof war niemand, und die Straße war leer. Ich widerstand dem Impuls, das Briefchen zu zerknüllen und aus dem Fenster zu werfen. Die Papierhülle war angekokelt, also keine Chance auf Fingerabdrücke. Trotzdem ist es eine Art Beweismaterial, sagte ich mir, während ich das Briefchen auf das Armaturenbrett legte und den Schlüssel in die Zündung steckte. Außerdem war es eine Botschaft.

Ich begann den Schlüssel umzudrehen, aber dann riss ich blitzschnell meine Hand zurück, als hätte ich glühende Kohlen angefasst. Einer der verdammten Feuerteufel war im Auto gewesen! Hatte er mir vielleicht noch etwas hinterlassen – unter der Kühlerhaube? Fluchend rieb ich mir die Stirn und bemühte mich, ein wenig von meiner Courage wiederzufinden. Wollte ich mich etwa von zwei pickeligen Teenagern mit einer kranken Vorliebe für Feuersbrünste einschüchtern lassen?

Allerdings. Ich ging zurück zum Haus und erklärte Millicent, ich hätte Schwierigkeiten mit dem Wagen und würde später noch mal vorbeikommen. Als sie mir anbot, mich zu fahren, winkte ich ab, warf noch einen kurzen Blick zu Darla Jeans Fenster hinauf, während ich den Hof überquerte, und marschierte dann die Straße hinunter, die Arme schwingend, dass sie beinahe davonflogen. Der Kies knirschte unter meinen Sohlen.

Auf dem Highway wurde ich allmählich ruhiger. Offensichtlich hatte Les Vernon Billy Dick und Willard noch nicht festgenommen, aber bestimmt würde es nicht mehr lange dauern. Jetzt drohte ihnen nicht nur eine Anzeige wegen einer Ordnungswidrigkeit. Ihr kleines Hobby, Schandflecke aus der Landschaft zu entfernen, hatte sich zu einem Mordversuch gemausert. Wahrscheinlich würden sie nicht mehr unter das Jugendgesetz fallen.

So spazierte ich zum Polizeibüro und überlegte mir dabei, was wohl an ihrem asozialen Verhalten schuld war. Billy Dicks Vater war Alkoholiker gewesen, aber seine Mutter schien sich nach Kräften zu bemühen, sich und ihren Sohn über Wasser zu halten. Das Haus war eigentlich ganz in Ordnung, ebenso wie das der Yarrows in Hasty, und bei beiden gab es mehrere Autos im Hof und Fernsehantennen auf dem Dach. Keine herzzerreißende Armut, kein Hinweis auf körperliche Misshandlungen oder auf Vernachlässigung.

Darla Jean McIlhaney war hysterisch, weil sie etwas getan hatte, was ihre Eltern – wie sie wusste – verabscheuungswürdig fanden. Auch Becky Hopperly hatte das getan und teuer dafür bezahlt. Aber die meisten Teenager der Gegend machten es genauso und überlebten. Sicher, ein paar landeten im staatlichen Erziehungsheim, aber die Mehrheit machte ihren Highschool-Abschluss, heiratete und zog in die weite Welt.

Ich dachte an meine eigene Jugend. Mein Vater (nach Jahren wagte ich mich zum erstenmal auf dieses Gebiet) hatte Ruby Bee sitzenlassen und war danach vermutlich immer weiter gewandert, bis er zum Rand der Erde kam und den gefährlichen Schritt darüber hinaus machte. In gewisser Weise hatte er auch mich sitzenlassen, obwohl ich noch in utero war und deshalb für Abschiedsszenen nicht erreichbar.

Meine Kindheit war seltsam gewesen: Schließlich isst nicht jedes Kind in einer Bar und wohnt im eigenen Motelzimmer. Es war sonderbar, aber nicht entwürdigend. Zum Glück hatte ich Grips genug, um noch am Tag des Highschool-Abschlusses zum College abzudampfen. Was nicht heißen soll, dass mir keine Patzer unterlaufen wären. Es gab üble Fehltritte, die schreckliche Kater zur Folge hatten, Strafzettel für zu schnelles Fahren, Beziehungen, die von vornherein zum Scheitern verurteilt waren, davon eine besonders bemerkenswerte, die in einer Scheidung endete.

Weshalb wanderten Billy Dick und Willard durch eine finstere Sackgasse, während die meisten die Hauptstraße entlangstolperten?

* * *

Ein berechnender Ausdruck erschien auf Bruder Verbers Gesicht, und diesmal dachte er auch daran, sich die Hände zu reiben. Er holte tief Luft und sagte: »Und was ist für mich drin, Loretta? Ich riskiere nicht umsonst, dass ich mir Cooter zum Feind mache. Wenn ich dich im Chorraum bleiben lasse, dann muss es sich für mich schon lohnen.«

Von der Kirchenbank hinter ihm erwiderte Gwenneth schniefend: »Ich hab aber kein Geld.«

Sie sagte das so niedlich, dass Bruder Verber ihr am liebsten die Schulter (oder jedenfalls etwas in der Gegend) getätschelt hätte, aber inzwischen war er so bei der Sache, dass seine Stimme so eisig klang wie der Nordwind im Dezember: »Ich spreche nicht von Geld. Ich meine das Feldbett im Chorraum. Kommst du?«

»Und Sie sind ein Mann im geistlichen Gewand ...«

Beinahe hätte er ein lüsternes Grinsen aufgesetzt, aber dafür hatte ihn der Regisseur vorhin schon einmal geschimpft, als hätte er eine Kröte in den Kindergottesdienst geschmuggelt. »Deshalb habe ich ja auch ein Laken darauf gelegt. Das genügt mir.« Er stand auf, Gwenneth hinter ihm erhob sich ebenfalls, und er roch ihr blumiges Parfüm, als sie ihm den Mittelgang hinunter folgte.

»Schnitt«, sagte Hal. Leise beriet er sich mit Carlotta. Dann blickte er auf seine Armbanduhr und sagte: »Es ist schon nach zwölf, aber wir haben nur noch eine Szene, also bringen wir die noch mit einem Lächeln auf den Lippen hinter uns.«

Bruder Verber sah zu, wie Carlotta und Anderson die Scheinwerferkabel herauszogen und sie an der Kanzel vorbei zur Tür trugen. »Entschuldigen Sie«, wandte er sich demütig an Hal, »aber jetzt, wo ich fertig bin, möchte ich gern einen Moment ins Pfarrhaus rüber, um nachzusehen, ob ein Schäfchen meiner Herde versucht hat, mich zu erreichen.«

»Sie kommen auch in der nächsten Szene vor.« Hal winkte Gwenneth und Frederick, und die drei gingen durch eine Tür, die in einen kleinen Abstellraum führte.

Bruder Verbers Skript endete mit »Schnitt, nächste Szene:«, direkt unter seiner letzten Textzeile. Sich etwas ratlos am Kinn kratzend, folgte er den anderen in den hell erleuchteten Raum. Die Stühle waren zurückgeschoben, und während Anderson noch mit einer ausrangierten Armee-Pritsche kämpfte, holte Carlotta die Kamera. Frederick postierte die Scheinwerfer mitten im Raum. Gwenneth blätterte in ihrem Skript, das ein ganzes Stück dicker war als das von Bruder Verber und mit Notizen vollgekritzelt.

»Nein, hierher!«, brüllte Hal jemanden an; Bruder Verber wusste nicht, wen er meinte. Anderson zog sich in eine Ecke zurück und puderte sich die Stirn. Gwenneth zog ihre Puderdose hervor und frischte ihren Lippenstift auf.

»Entschuldigung«, sagte Bruder Verber in den Raum hinein, »aber anscheinend habe ich keinen Text für die nächste Szene.«

»Den habe ich bestimmt in meinem Zimmer vergessen«, entgegnete Carlotta. »Aber Sie machen Ihre Sache großartig, und Sie haben auch nur einen einzigen Satz. Wie wär's, wenn ich Ihnen den einfach sage? Dann brauchen Sie sich nicht mit einem Skript zu belasten.« Bruder Verber nickte. »Der Satz lautet: ›Cooter! Was tun Sie denn hier?‹ Meinen Sie, das geht?«

»Cooter, was tun Sie denn hier?«, echote er gehorsam. »Wer ist Cooter?«

Anderson hob den Zeigefinger und lächelte. Carlotta führte Bruder Verber rasch in eine Ecke, studierte kurz ihr Klemmbrett und sagte: »Cooter und Loretta haben die Szene schon geprobt. Ich male jetzt ein schönes großes X für Sie auf den Boden neben dem Feldbett, auf dem Loretta sitzt. Wenn wir anfangen zu drehen, stehen Sie hier und schauen auf sie hinab. Allerdings ohne sie zu berühren. Die Tür geht auf. Cooter kommt rein, und Sie sagen ...!« Sie lächelte Bruder Verber aufmunternd an.

»Cooter, was machen Sie denn hier?«, sagte er und wunderte sich, wie rasch er begriffen hatte, wie die ganze Filmerei funktionierte. Eigentlich war es lustig, wenn man nicht wusste, was als nächstes passierte. »Ist das alles?«

»Cooter sagt ein paar Sätze. Er schubst sie weg, und danach sind Sie nicht mehr im Bild und sehen bitte mucksmäuschenstill zu.«

Bruder Verber nickte, wenn auch etwas abgelenkt, weil Loretta sich gerade aus ihrem Top schälte und das zeigte, was Bruder Verber immer als Werk des Teufels bezeichnete. Das Kinn auf die Brust gedrückt, ließ er den Blick durch den Raum schweifen. »Ist – ist die junge Lady – soll sie – wo soll ich ...« fragte er stotternd.

»Es ist alles sehr symbolträchtig«, erklärte Carlotta. »So, Sie ziehen sich jetzt bitte bis auf die Unterhose aus, dann sehen wir mal, ob wir die Szene mit einem Take in den Kasten kriegen.«

»Wie bitte?«

»Haben Sie Probleme damit?«, fragte Gwenneth, ließ die Schultern kreisen und legte den Kopf in den Nacken. Dann warf sie die Haare übers Gesicht und schüttelte sie wieder zurecht. »Ich hab grässlichen Hunger. Legen wir los, damit wir bald was zu essen kriegen.«

Von wegen symbolträchtig, dachte Bruder Verber. Alles war so irreal, fast als hätte er seinen Körper verlassen. Er hätte unter der Decke schweben und dabei zusehen können, wie er selbst und die anderen hier herumflitzten. Höchstwahrscheinlich würde er direkt über dem Feldbett baumeln.

Kein Mensch kümmerte sich um ihn, während er sich auf einem Klappstuhl niederließ und Schuhe und Socken auszog. Er legte Jacke und Hemd auf den Stuhl. Dann hielt er sich an der Lehne fest, balancierte erst auf einem Fuß, um das erste Hosenbein auszuziehen, und anschließend auf dem anderen für das zweite.

Er fühlte sich nackt. Im Scheinwerferlicht wurde jeder Schweißtropfen, jede Fettwulst, jedes Stückchen Orangenhaut, jede schmutzgeränderte Falte sichtbar. Nichts wünschte er sich sehnlicher, als seine Kleider zu ergreifen und sich zu bedecken, aber während er noch zögerte, ließ sich Gwenneth auf dem Feldbett nieder und streckte ihm die Arme entgegen.

»Kommen Sie auf Ihre Markierung, Pastor Pipkin«, gurrte sie. »Und verpatzen Sie in Gottes Namen nicht Ihr winziges Sätzchen.«

Seine Füße trugen ihn quer durch den Raum. Der Anblick, der ihn dort erwartete, schickte Stromstöße durch seinen Körper, als hätte er eine Gabel in die Steckdose gesteckt. Jemand rief: »Action!«, aber Bruder Verber hörte es kaum. Gwenneth warf ihm einen bösen Blick zu, aber die halb geschlossenen Augen und die vollen Lippen sagten etwas völlig anderes.

»Ich – äh, ich – ist das …?«, brachte er mühsam hervor, ohne zu merken, dass er etwas tat, was man in Hollywood improvisieren nannte.

Die Tür ging auf. Aus dem Augenwinkel sah Bruder Verber Anderson hereinkommen, mit wutverzerrtem Gesicht, die Faust drohend erhoben.

Ein Satz! Er musste einen Satz sagen! Hatte das Mädchen ihm etwas zugeflüstert? Vielleicht in einer Fremdsprache?

»Was machen Sie denn da?«, dröhnte der Eindringling, machte noch einen Schritt und schwang die Faust.

Plötzlich tat Bruder Verbers Nase fürchterlich weh. Er betastete sie und glotzte verständnislos die roten Flecken auf seinen Fingerspitzen an. »Also wirklich, weshalb haben Sie denn das getan?«, fragte er verdattert.

»Das möchte ich auch gern wissen«, ertönte eine Stimme von der Tür. Sie gehörte nicht Cooter, weit gefehlt. Auch sonst niemandem von der Filmcrew, nicht Hal, nicht Carlotta. Nicht mal Harve Dorfer, denn der war zur Erholung weggeschickt worden.

Obgleich Bruder Verber immerhin noch seine Boxershorts anhatte, bedeckte er sich hastig, mit einer klassisch-schamhaften Geste.

Mrs. Jim Bob klopfte mit der Fußspitze einen Stakkato-Rhythmus auf den Boden, der höchst unheilvoll klang. »Also?«

»Schnitt!« Hal warf das Skript in die Luft. In der daraufolgenden Stille flatterte es geräuschvoll zu Boden.

* * *

Er hatte auf ein Opfer gehofft, aber es gab keins. Der Mann hatte zwar Verbrennungen – den Berichten zufolge sogar ziemlich schwere –, aber er hatte überlebt. Doch er brauchte ein Opfer, wenn er ein Zauberer werden wollte. Anfangs hatte er das nicht begriffen. Da hatte das Feuer ausgereicht. Das Feuer machte ihn stark, potent, überlegen.

Jetzt verlangte der Drache mehr als trockenes Holz, mehr als Benzintanks und Autoreifen. Der Drache wollte Fleisch verschlingen. Er legte die Fingerspitzen an die Schläfen und wartete. Als es ihm einfiel, musste er lächeln. Es war ganz einfach. Der Drache wollte eine Frau.

»Anscheinend kann Les die Feuerteufel nicht auftreiben«, erklärte mir die Sekretärin vom Sheriffsdepartment am Telefon. »Er hat angerufen, und ich soll dir ausrichten, dass er bei beiden zu Hause war. Die Mutter des MacNamara-Jungen hatte keine Ahnung, wo er steckt, beim anderen war überhaupt niemand da. Jetzt ist Les noch mal unterwegs nach Hasty.«

»Wenn du was von ihm hörst, sag ihm bitte, dass mindestens einer von ihnen vor nicht mal einer Stunde in Maggody war«, bat ich. »Wir müssen die beiden finden, ehe sie total außer Kontrolle geraten.«

»Das kannst du laut sagen«, entgegnete die Sekretärin und legte auf.

Plover war immer noch nicht aufgetaucht, aber ich konnte nicht länger auf ihn warten. Inzwischen verschwanden die Leute hier im Untergrund wie ein Rudel Präriehunde. Ich rief bei der Polizeikaserne an und bat, meinen Wagen und den von Ruby Bee nach Sprengstoff untersuchen zu lassen, stopfte mein Hemd in die Hose und marschierte den Highway hinunter in Richtung Kirche.

Die Deputys musterten mich interessiert, als ich näher kam, aber ich nickte ihnen nur zu und ging hinein. Der Anblick, der sich mir hier bot, war nicht das, was ich mir unter einem Filmset vorgestellt hatte. Carlotta und Hal saßen auf einer Kirchenbank ganz hinten. Carlotta hatte ihr Klemmbrett auf dem Schoß, einen Stift in der Hand und sagte gerade: »Nein, das funktioniert bestimmt, und wir können die erste halbe Minute retten. Die Kamera schwenkt über Cooters Rücken und kommt dann von links zur Nahaufnahme von Lorettas Reaktion. Er zerrt sie hoch und schleppt sie schimpfend zur Tür hinaus, dann machen wir ein Standbild vom leeren Feldbett und schneiden rüber zu Billy Joe und der Erdmutter. So hat das Publikum gar keine Zeit, sich zu fragen, ob Pipkin verblutet ist oder was.«

Hal stieß ein bösartiges Kichern aus. »Dann behalten wir den Teil mit der blutigen Nase drin? Herrgott, das war echt ein Klassiker. Ich hab so ein Gestotter nicht mehr gehört, seit ich die Katze des Dienstmädchens vor dem Haus plattgefahren habe.«

Keiner von den beiden blickte auf, als ich den Mittelgang weiter hinunterging. Vor der ersten Bank lag Bruder Verber auf den Knien, bekleidet mit Boxershorts und einem nachlässig zugeknöpften Hemd. Er hielt den Kopf gesenkt, und seine Hände waren so krampfhaft ineinander verschlungen, dass sie schon völlig blutleer wirkten. Über ihm stand drohend Mrs. Jim Bob, wie ein Henker ohne Axt, und als ich vorbeiging, sagte sie gerade: »Und das im Haus des Herrn! Nacktheit und Unzucht! Unbedeckte Brüste!«

Interessant, dachte ich, aber zu meinem Leidwesen konnte ich die Antwort nicht verstehen. Ich ging in den Abstellraum, wo mir die Dinge etwas normaler erschienen. Gwenneth saß auf einem Feldbett und feilte sich die Nägel. Frederick Marland lehnte an der Wand und sah ihr zu. Anderson blickte von seinem Buch auf und lächelte mich an.

»Hier kommt die Kavallerie«, murmelte er.

»Was ist los?«, fragte ich ihn. »Warum kniet Bruder da draußen in der Unterwäsche?«

»Oh, das ist nur eine dieser künstlerischen Szenen«, erklärte Anderson. Als er auf mich zukam, sah ich die Schminke auf seinem Gesicht und den Zweitagebart auf Kinn und Wangen. Seine Haare waren zu einer öligen Tolle zurückgekämmt, und eine schief sitzende Fliege verbesserte sein Aussehen nicht grundsätzlich.

»Wen stellst du denn dar?«, fragte ich. »Den galanten Gnom der Ozark-Berge?«

»Nein, den gemeinen, hinterhältigen Schurken, meine Hübsche.« Er umklammerte meine Schulter und grinste anzüglich. »Wenn meine Hoffnungen zunichte gemacht werden – und das wird in sechs bis sieben Szenen der Fall sein – werfe ich mich dir vor die Füße und vielleicht auch in dein Bett.«

Mit nicht allzu großem Interesse beobachteten Frederick und Gwenneth seinen Auftritt. Ich entfernte seine Hände von meinen Schultern und führte ihn am Handgelenk zur dunkelsten Ecke des Raums. »Worum geht es in dem Film?«

»In diesem Film geht es um Liebe, Arly«, sagte er und rückte immer weiter vor, bis er mich an die Wand gedrängt hatte (nicht, dass ich unbedingt hätte fliehen wollen). »Frühlingsblumen, zarte Träume, jugendliche Leidenschaft.«

»Und halbnackte Priester?«

»Das ist symbolisch.«

»Symbolisch für Thanksgiving vielleicht«, warf Gwenneth ein. »Er hat mich gleich an einen Truthahn erinnert, der sich selbst mit Fett übergießt.«

Ich senkte die Stimme und sagte um so eindringlicher: »Worum geht es in dem Film, Anderson?«

»Gwenneth und Frederick, besser bekannt unter den Namen Loretta und Billy Joe, sind scharf aufeinander, aber Lorettas Vater, Zachery, besteht darauf, dass sie meine Wenigkeit heiratet, einen durch und durch verachtenswerten Kerl namens Cooter, der unbedingt eine Haarwäsche und einen guten Schneider braucht. Die Handlung macht ein paar Schnörkel, aber letztlich entfliehen die beiden Liebenden und vollziehen ihre Liebe.«

»Wie passen Verber, Dahlia und all die anderen da rein?«

»Als Hintergrund. Nebenrollen, die den Liebenden entweder helfen oder ihnen Steine in den Weg legen, je nach dem, wie viele Textzeilen sie im Kopf behalten können. Hal findet, so etwas verleiht einem Film Substanz und Lokalkolorit, außerdem haben unsere Darsteller den großen Vorteil, dass sie für ein bisschen Taschengeld und ein paar Versprechungen arbeiten.«

Während ich mir die Handlung des Films durch den Kopf gehen ließ, versuchte ich die Wärme seines Körpers und den schwachen Duft von Aftershave und Schminke zu verdrängen. »Muss das Mädchen heiraten? Ist sie schwanger?«

»Um Himmels willen, nein. Es ist ein Tribut an Gwenneths Talent, denn ihre Rolle ist durch und durch jungfräulich. Sicher, sie ist eine Jungfrau, die alles daran setzt, diesen Zustand zu beenden, aber sie ist dennoch fest entschlossen, sich für unseren Frederick zu bewahren.«

»Aber ihr grausamer Vater zwingt sie, den Mann zu heiraten, den du darstellst?«, erkundigte ich mich und runzelte die Stirn so heftig, dass ich kaum mehr zwischen den Augenbrauen durchsehen konnte. »Und sie ist darüber sehr aufgebracht?«

»Er schubst sie rum, falls du das meinst. Oh, und dann gibt es da noch eine Szene, in der er sich ein wenig zu sehr für bestimmte Körperteile interessiert, aber sie bringt sich blitzschnell in Sicherheit.«

»Und Kitty Kaye war die Mutter?«

Sein Lächeln verschwand. »Stimmt genau. Sie macht ursprünglich den Deal mit Cooter. Carlotta hat am Drehbuch rumgefummelt, um die Rolle entbehrlich zu machen.« Er wollte sich mit der Hand durch die Haare fahren, ließ es aber sicherheitshalber im letzten Moment bleiben. »Hast du inzwischen irgendeinen Hinweis auf den Täter?«

»Nein«, antwortete ich wahrheitsgemäß. »Ich dachte, ich hätte eine Spur, aber jetzt bin ich wieder wesentlich unsicherer als noch heute Morgen. Meredith ist der einzige, der mir ein paar wichtige Fragen beantworten könnte, und er ist nicht aufzutreiben.«

Doch ich hatte andere Zeugen zur Verfügung. Also riss ich mich metaphorisch am Riemen, kam aus meiner Ecke hervor und bat Anderson und Frederick, im Kirchenschiff zu warten. Zwar schien Gwenneth von ihren Fingernägeln buchstäblich hingerissen, aber sie beobachtete mich aus dem Augenwinkel, als ich mir einen Stuhl heranzog und mich neben dem Feldbett niederließ.

»Sollen wir uns über Cedar Rapids, Iowa, unterhalten oder über einen Haftbefehl wegen Fahrerflucht?«, fragte ich freundlich.

Sie streckte die Hand aus, um ihr Werk zu bewundern. »Nein, ich denke, das sollten wir nicht. Lassen sich die Mädchen hier die

Hände maniküren oder beißen sie die unebenen Stellen ab und spucken die Stückchen aus?«

»Wie sind Sie in Hollywood gelandet?«

Sie fing wieder mit der Feilerei an. »Vor dem Unfall bin ich von einer Pflegefamilie zur nächsten gekommen. Da hab ich irgendwann beschlossen, nach L.A. abzuhauen und Filmstar zu werden. Doch der Starruhm ließ auf sich warten, also hab ich alles Mögliche probiert, ein paar superschlüpfrige Filmchen gemacht und ansonsten gekellnert.« Sie sah mich mit ihren schiefergrauen Augen an, und ihre Stimme war genauso kratzig wie das Schmirgelgeräusch der Feile. »Der Unfall ist lange her. Der kümmert keinen mehr, und jetzt kann mich ohnehin niemand mehr aufhalten.« Damit erhob sie sich, ließ die Feile auf das Feldbett fallen und schlenderte zur Tür. »Sind wir hier, um einen Gebetskreis zu veranstalten, oder wollen wir lieber ein paar Szenen in den Kasten kriegen?«, rief sie mit zuckersüßer Stimme.

»Wir können weitermachen«, antwortete Carlotta, die gerade hereinkam. »Arly, ich wusste gar nicht, dass Sie hier sind.«

»Doch, ich bin hier«, entgegnete ich, »und ich hätte gern ein paar Fragen gestellt.«

»Vielleicht sollten Sie's gelegentlich mal bei Jeopardy versuchen«, meinte Hal, nahm Gwenneth am Arm und führte sie zurück zum Feldbett. »Wir haben die Sache geplant, und jetzt ziehen wir sie durch. Anderson, wir sind jetzt direkt nach dem Nasenstüber. Carlotta, über Cooters rechte Schulter, dann schnell nach links schwenken. Frederick, du kümmerst dich um das Licht.« Er warf mir einen bösen Blick zu. »Das ist ein geschlossenes Set, Polizeiinspektorin Hanks. Wenn wir Zuschauer wollen, verschicken wir entsprechende Einladungen.«

Er wollte also, dass ich verschwand, und ehe ich erwähnen konnte, dass eine Ermittlung in einem Mordfall wichtiger war als eine Filmszene, fuhr er auch schon fort: »Okay, Anderson, sieh dir noch mal kurz deinen Text an. Du bist stinkewütend. Gwenneth, mein Püppchen, Cooter ist gerade reingeschneit und hat den Pastor zusammengeschlagen. Du hast schreckliche

Angst, also solltest du ein bisschen auf die Tränendrüse drücken.« Ohne von seinem Klemmbrett aufzublicken, deutete er mit dem Daumen auf mich. »Carlotta, Liebes, sie ist immer noch da. Bitte räum doch das Set. Gwenneth, wir brauchen den richtigen Anschluss, du musst so ausgezogen sein wie vorher. Wo ist Frederick? Ich hab ihm doch gesagt, er soll sich um die Beleuchtung kümmern. Kriegt ihr eigentlich nichts auf die Reihe, ohne Zeit zu verschwenden? Wir haben hier einen Film zu drehen, verflucht noch mal!«

Irgendwie fand ich mich in der leeren Kirche wieder, die Tür zum Abstellraum hinter mir fest geschlossen. Bruder Verber und Mrs. Jim Bob waren verschwunden. Als ich langsam den Mittelgang hinunterging, hörte ich Hal Desmond »Action!« rufen.

* * *

Ruby Bee klopfte an Raz' Tür. »Ju-huu!«, rief sie in ausgesucht freundlichem Ton, »hier sind Ruby Bee und Estelle, Raz!«

»Das seh ich selbst«, antwortete er aus einem Busch an der Ecke der Hütte.

»Du willst uns wohl zu Tode erschrecken!«, fauchte Estelle. Dann fiel ihr der Zweck des Besuchs wieder ein, und sie zwang sich, ihm zuzuwinken. »Wie geht's denn so, Raz? Wir wollten dich bloß schnell was fragen.«

Er trat ein Stück vor, die Flinte unterm Arm. »Was denn? Ich muss mich um die Biester in der Scheune kümmern. Manche von den Ratten sind größer als Stinktiere und zweimal so fies.« Er zeigte seinen braunen Zähne und hakte die Daumen unter die Träger seiner ausgebeulten Latzhose. »Die größten verfluchten Ratten in der ganzen Gegend«, fügte er mit stolzgeschwellter Brust hinzu. »Wollt ihr sie sehen?«

Ruby Bee schlug die Hände vor die Brust. »Nein, vielen Dank, aber Estelle und ich haben noch 'ne Menge zu erledigen. Wir sind nur vorbeigekommen, weil wir dachten, vielleicht kannst du uns helfen.« Sie schenkte Raz ein verschwörerisches Lächeln, das beinahe in ein Zwinkern ausartete. »Weil Arly so beschäftigt ist, suchen wir den Kameramann, diesen Fuzzy. Ganz zufällig hab ich mitgekriegt, dass du und er neulich in der Bar ein sehr angeregtes Gespräch geführt haben. Da hab ich mich gefragt, was er dir erzählt hat.«

»Alles mögliche«, antwortete Raz. Er spuckte aus, wischte sich mit dem schmutzverkrusteten Ärmel den Mund und kniff die Augen zusammen. »Ist verschwunden, der Kerl, was? Seit wann ist er denn weg, und in welche Richtung hat er sich davongemacht?«

»Wir hatten gehofft, genau das könntest du uns sagen«, entgegnete Ruby Bee. »Vielleicht ist er hinterm Motel über die Wiese und erst dann hier vorbeigekommen. Hast du ihn gesehen?«

»Nee, aber ich hab hinter der Scheune ein paar echt merkwürdige Fußspuren entdeckt. Mir scheint, da hat einer rumgeschnüffelt. Und zwar vor dem Regen letzte Nacht, denn die Abdrücke sind voller Wasser.« Raz kratzte sich mit dem Gewehrlauf den Nacken, und später hätte Ruby Bee die Hand dafür ins Feuer gelegt, dass er sich größte Mühe gab nachzudenken. »An einem Abend ist er rübergekommen, um mit Marjorie und mir einen zu picheln. Aber ich weiß wirklich nicht, was er unten am Bach verloren hat.«

»Hat er in der Scheune vielleicht was gesucht?«, fragte Estelle. »Beispielsweise Whiskeyfässer?«

»In der Scheune ist nichts und niemand, außer den Ratten und ein paar dicken haarigen Spinnen. Willst du selbst mal nachschauen?«

»Nein, ich glaube nicht.« Estelle trat den Rückzug über den Hof an. »Jedenfalls nicht heute. Ich hab meine guten Schuhe an.« Damit ging sie durchs Tor und blieb dahinter stehen. »Vielleicht ein andermal.«

Für soviel Feigheit hatte Ruby Bee nur ein verächtliches Schnauben übrig. »Also, Raz, versuch doch mal, dich daran zu erinnern, ob du vielleicht doch angedeutet hast, wo du deinen Schnaps brennst. In der Stadt wissen's ja die meisten, aber die

Hollywoodleute haben doch keine Ahnung, wo sie suchen sollen.«

»Ich hab euch schon oft genug gesagt, dass ich nichts mehr brenne«, erwiderte er und schüttelte dabei den Kopf so heftig, dass die Krümel aus seinem Schnauzbart fielen. »Und ich hab auch keinen Destillierapparat hinter Robin Buchanons Hütte im Wald, und wenn ich einen hätte, würd ich das bestimmt nicht so einem verrückten Typen aus Hollywood auf die Nase binden.« Jetzt hob er die Flinte und ruckelte mit ihr herum, als wäre sie ein Schnellfeuergewehr. »Und sollte er da oben irgendwelchen Scheiß anstellen, kriegt er für seine Mühe 'ne Ladung Schrot in den Arsch.«

»Ruby Bee!«, rief Estelle, ohne die Waffe aus den Augen zu lassen. »Ich finde, wir sollten uns jetzt auf den Weg machen. Raz will bestimmt seine Ratten erschießen oder was.«

»Und dann wird's ihm ordentlich leid tun«, fuhr Raz fort, und sein Zorn stieg schneller als der Boone Creek im Frühling. »Bis in alle Ewigkeit wird der Kerl nicht mehr auf dem Hintern sitzen können!«

»Ich komme schon, Estelle«, flötete Ruby Bee. Damit verließ auch sie den Hof, nahm Estelle an der Hand, und zu zweit eilten sie über die Straße. Als sie zum Kombi kamen, hörten sie Raz immer noch toben. Rasch schlossen sie die Türen und kurbelten die Fenster hoch. Erst als sie sich in Sicherheit fühlten, fanden sie die Sprache wieder.

»Ich glaube, da haben wir etwas Hochinteressantes erfahren«, sagte Estelle.

Ruby Bee starrte aus dem Fenster. »Womöglich haben wir schlafende Hunde geweckt. Es wäre furchtbar, wenn Raz raufgeht in den Wald und diesen Fuzzy erschießt. Aber ich weiß wirklich nicht, was wir dagegen unternehmen könnten.«

»Wir können ihn nur warnen«, meinte Estelle, bog rechts vom Highway ab und fuhr weiter zu der schmalen Straße, die in den Dschungel von Cotter's Ridge hineinführte.

* * *

Während Plover im Hinterzimmer Kaffee kochte, erzählte ich ihm die Geschichte, die ich von Augusta erfahren hatte.

»Klingt ziemlich typisch für die Zeit damals«, meinte er und kam an die Tür. Hinter ihm stöhnte die Kaffeemaschine, als läge sie im Todeskampf.

»Vielleicht bin ich ja verrückt, dass ich unbedingt eine Parallele zwischen Becky Hopperlys Geschichte und dem Drehbuch von *Wilder Kirschwein* ziehen möchte, aber irgendwas ist doch dran.« Ich attackierte meinen Bleistift so heftig, dass die Spitze abbrach. »Oliphant ist in einen Bus nach Hollywood gestiegen. Er hat seinen Namen geändert, eine bekannte Schauspielerin geheiratet, sich eine solide Karriere aufgebaut und allen Berichten zufolge ein glückliches Leben geführt. Jedenfalls, bis er in die Ozarks zurückgekommen ist.«

»Und seine Frau ermordet hat, die er doch angeblich abgöttisch liebte?«

Achselzuckend holte ich ein Taschenmesser aus der Schreibtischschublade und begann dem Bleistift eine neue Spitze zu schnitzen. »Wie wär's, wenn einer der Hollywoodleute der verschwundene Hopperly ist? Der hätte ein gutes, altmodisches Motiv: Rache.«

»Weil Oliphant damals abgehauen ist«, ergänzte Plover hilfsbereit.

»Beckys Vater hat seine Tochter weggejagt und sich geweigert, ihr Geld zu schicken. Damals waren unverheiratete Mütter nicht in Mode, und ich denke nicht, dass sie irgendwelche beruflichen Qualifikationen besaß. Sie ist jung gestorben. Hätte Billy damals Becky geheiratet, würden die beiden heute vielleicht gemeinsam die Familienfarm führen, ihre Enkel hüten und abends auf der Veranda im Schaukelstuhl sitzen.«

»Ich glaube, du übertreibst ein bisschen, aber nehmen wir mal an, einer ist tatsächlich ein Verwandter oder sonst jemand, dem Becky am Herzen lag, und der wütend war, als sie starb. Das schränkt die Liste beträchtlich ein, weißt du.«

»Ich muss die Leute nach ihrer Vergangenheit befragen und

ihre Geschichten irgendwie bestätigen lassen. Im Fernsehen fährt der Inspektor immer durch die Stadt, parkt direkt vor dem Haus oder der Wohnung und trifft dort eine Unmenge redseliger Menschen mit einer Unmenge wunderbarer Informationen. Ich dagegen weiß nicht mal, wo ich anfangen soll, und selbst wenn, müsste ich es per Ferngespräch machen und bei der nächsten Stadtratssitzung für die Rechnung geradestehen.«

»Das Leben ist schwer«, meinte Plover, unterbrach sich aber gleich, weil das Telefon klingelte. »Vielleicht ein Fernsehproduzent aus Hollywood?«

»Wohl eher Ruby Bee aus irgendeinem Gefängnis«, entgegnete ich. Ich nahm den Hörer ab und meldete mich.

»Arly!« Carlottas Stimme klang reichlich schrill. »Kommen Sie bitte her – möglichst schnell.«

»Sind Sie noch in der Kirche?«

»Nein, wir sind im Motel, weil wir eine Pause machen wollten. Es gibt noch einen – ach, ich weiß nicht.« Plötzlich begann sie zu schluchzen, und ich konnte nur noch Bruchstücke verstehen. Ein Bruchstück war »tot«.

Ich knallte den Hörer auf die Gabel und setzte Plover in Kenntnis. In seinem Wagen fuhren wir zum Motel. Ruby Bees Parkplatz war leer, aber der Bus und der Mietwagen standen links vor den Motelzimmern. Als wir anhielten, kam Carlotta sofort aus Nummer drei gelaufen.

»Hal – er ist da drin«, rief sie und deutete auf die Tür, aus der sie gerade gekommen war. »Ich wollte ihm was zu essen bringen.«

»Warten Sie in Ihrem Zimmer«, sagte ich, holte tief Luft und folgte Plover in Nummer zwei. Hal Desmond lag auf dem Bett, nackt bis auf eine Plastiktüte über dem Kopf. Unter dem schlabbrigen Kinn war sie mit einer Krawatte zugebunden. Die Tüte klebte an seinem Gesicht und seinem Kopf wie eine glänzende, durchsichtige zweite Haut. Das Fleisch darunter war bläulich angelaufen.

Plover fühlte am Hals nach einem Puls und schüttelte den Kopf. »Ruf bei der Polizeikaserne an, Arly. Vom Telefon nebenan.«

Ich telefonierte von Carlottas Zimmer aus. Sie kam aus dem Badezimmer, die Arme um sich geschlungen, und lehnte sich erschöpft an die Wand.

»Wo ist Gwenneth?«, fragte ich.

Carlotta ließ sich an der Wand hinunterrutschen, bis sie auf dem Boden kauerte. »Das ist alles so grotesk«, stöhnte sie. »Erst Kitty, und jetzt Hal. Gibt es irgendwo einen Wahnsinnigen, der uns alle abschlachtet – einen nach dem anderen? Ich halte das nicht mehr aus!«

Daran zweifelte ich keinen Augenblick. Ich ließ sie auf dem Boden sitzen und ging über den Hof zu Fredericks Zimmer. Zuerst hämmerte ich gegen die Tür, merkte dann aber, dass sie offen war, und ging hinein. Die Tür zum Badezimmer war geschlossen. Ich hörte die Dusche rauschen.

Trotzdem riss ich die Tür auf und schrie durch den Dampf: »Frederick!? Hier ist Arly Hanks! Kommen Sie sofort in Carlottas Zimmer!«

»Ich bin unter der Dusche!«, schrie er zurück.

»Kommen Sie trotzdem!«, sagte ich, verließ das Zimmer und rannte zu Anderson. Das Drehbuch in der Hand, öffnete er und musterte mich fragend. Ich wiederholte meine Anweisung, ignorierte seine Fragen und ging zurück zu Nummer zwei. Gerade kam Plover aus der Tür und schloss sie hinter sich.

»Und?«, fragte ich, denn ich war viel zu hektisch, um eine zusammenhängende Frage zu formulieren.

»Keine Ahnung«, antwortete er. »Offenbar ist er erstickt, aber es ist schwer zu sagen, ob es ein Unfall, Selbstmord oder Mord war.«

»Und?«, wiederholte ich.

»Er hat so viel Kokain intus, dass man das ganze County mindestens eine Woche high machen könnte. Auf dem Nachttisch standen die entsprechenden Utensilien, also hat er sich in der vergangen Stunde wohl einiges reingepfiffen. Er könnte sich die Tüte selbst übergezogen haben, um die Wirkung zu verstärken, oder vielleicht hat jemand sie ihm übergestülpt und festgehalten. Der Gerichtsmediziner muss es sich genauer ansehen, aber ich hab jedenfalls blaue Flecke auf den Oberarmen entdeckt, als hätte jemand darauf gekniet ... bis Desmond aufgehört hat zu strampeln.«

»Was ist los?«, wollte Anderson wissen, der jetzt zu uns trat.

»Das würde mich auch interessieren«, entgegnete ich. Ich überließ Plover die Erklärungen und ging wieder in Carlottas Zimmer. Sie hockte immer noch am Boden, stöhnte aber nicht mehr. »Erzählen Sie mir, was passiert ist.«

Sie nahm die Brille ab und ließ den Kopf gegen die Wand sinken. »Vor ungefähr einer Stunde waren wir in der Kirche fertig. Der ganze Drehplan ist inzwischen ein einziges Chaos, also wollten wir schnell hier was essen und beraten, was wir als nächstes tun. Das Lokal war noch geschlossen. Also sind alle auf ihre Zimmer gegangen, und ich hab den Polizisten losgeschickt, um Hamburger zu holen. Als er zurückkam, hab ich alles ausgepackt und sortiert, dann wollte ich Hal sein Essen bringen. Und da hab ich –«

»Ist das wahr?«, fragte Anderson, als er hereinkam.

Ihm folgte Frederick, mit nassen, zerzausten Haaren, das T-Shirt klebte ihm am Rücken. »Dieser Cop behauptet, Hal ist tot. Was ist hier los? Wo ist Gwenneth?«

»Das möchte ich auch gern wissen«, sagte ich.

Carlotta seufzte. »Als wir zurückkamen, hat Hal zu Gwenneth gesagt, sie solle in sein Zimmer kommen. Das hat er oft getan, unter dem Vorwand, dass er sich entspannen muss, damit seine Kreativität wieder frei fließen kann. Aber ich glaube, es hatte mehr was mit seinem Ego zu tun. Er wusste, dass er alt und unattraktiv war – Todsünden in der Branche, es sei denn, jemand ist sehr mächtig. Dann haben die Leute Angst, das weiß jeder.«

»Also hat er mit den Fingern geschnippt, wenn er Sex wollte?«, fragte ich ruhig. Ich sah Anderson und Frederick an. »Wussten Sie das?« Beide nickten. »Und das Kokain? Wussten Sie, dass sich eine beträchtliche Menge Kokain in seinem Zimmer befand?«

»Er hat immer gesagt, es steigert seine Wahrnehmungsfähigkeit«, erklärte Carlotta monoton. »Aber diesmal hat es ihm bestimmt nicht gefallen.«

»Hat er vorher schon mal eine Tüte über den Kopf gezogen?«, fragte ich. Plötzlich wurden meine Knie weich, und ich musste mich aufs Bett setzen. Ich hatte das Gefühl, als unterhielten wir uns alle in einer Fremdsprache, die ich nicht gelernt hatte. »Haben Sie gesehen, dass er so was schon mal getan hat?«

»Kurz vor dem Orgasmus«, antwortete Carlotta mit gesenktem Blick. »Irgendso ein autoerotisches Ding, dass Sauerstoffmangel die Lust verstärkt. Er hat sie immer erst in letzter Sekunde runtergezogen.«

»Wissen Sie das, weil Sie's gesehen haben?«

»Zu meinem Job gehört mehr, als Sie vielleicht denken. Wer gleich von der Schule weg ins Geschäft kommen will, braucht mehr als Talent und Entschlossenheit.«

Draußen schlugen Autotüren, laute Stimmen waren zu hören. Plover gab Befehle, knapp aber unerbittlich. Ein Funkgerät knatterte. Die Tür zum Nebenzimmer wurde aufgerissen und wieder zugeknallt. Schritte und gedämpfte Stimmen drangen durch die Wand.

»Also, wo ist Gwenneth?«, unterbrach Frederick das unbehagliche Schweigen.

»Gute Frage«, meinte ich. »Was haben Sie in der letzten Stunde so getrieben?«

»Wir haben vor dem Bus angehalten, um Carlotta zu sagen, dass wir am Verhungern sind. Dann bin ich auf mein Zimmer gegangen, hab die Klimaanlage angestellt und mich eine Weile aufs Bett gelegt. Danach habe ich geduscht.«

»Und du?«, fragte ich Anderson.

»Ich hab ein Nickerchen gemacht, und als du geklopft hast, war ich gerade dabei, meinen Text vorzubereiten.«

Ich wandte mich Carlotta zu, die sagte: »Nachdem ich dem Deputy die Bestellung gegeben hatte, war ich hier und habe am Skript gearbeitet. Wir hatten beschlossen, das Haus des Bürgermeisters nicht zu benutzen. Seine Frau war ziemlich aufgeregt, als sie heute Vormittag am Set erschien, deshalb hatte ich die Vermutung, dass wir dort nicht sonderlich willkommen wären. Ich hab mir überlegt, ob wir die Innenszenen mit Cooter nicht hier drehen könnten, oder ob man zu sehr merkt, dass es ein Motel ist.«

»Sie haben Gwenneth nicht mehr gesehen, nachdem sie zu Hal gegangen ist?«

»Nein, und ich war auch so vertieft« – sie verzog das Gesicht – »dass ich keinerlei Geräusche durch die Wand gehört habe. Der Drucker war an, und wenn ich am Dialog arbeite, sage ich den Text immer leise vor mich hin. Ich war richtig benebelt, als der Polizist mit dem Essen erschien, aber ich habe mich zusammengerissen und bemerkt, dass wir ein paar Sandwiches und ein Getränk zuwenig hatten. Da hab ich ihn gleich noch mal losgeschickt, und nachdem ich den Rest sortiert hatte, bin ich nach nebenan gegangen.« Sie schluckte ein paarmal. »Es war ein Unfall, ja? Er hat zu viel Koks genommen und ist ohnmächtig geworden oder so, richtig?«

»Wenn ich das nur wüsste!« Ich wies alle an zu bleiben, wo sie waren, und ging hinaus auf den schmalen Weg vor Nummer zwei. Die Tür stand offen. Im Zimmer nahmen die Polizisten Fingerabdrücke, fotografierten die Leiche und ihre Umgebung, werkelten mit dem Maßband, kratzten Proben des weißen Zeugs in Tüten und rissen die ganze Zeit ordinäre Witze über den Toten auf dem Bett.

Ich setzte mich auf Plovers Kühlerhaube und wartete, bis er herauskam. In der Hand hielt er einen ramponierten braunen Papierumschlag. Vorsichtig ließ er den Inhalt auf die Kühlerhaube rutschen und klopfte die Blätter zu einem ordentlichen Stapel, damit wir ihn besser durchsehen konnten.

»Ein Zeitungsausschnitt über eine Fahrerflucht«, sagte er und beugte sich über das erste Blatt. »Vor sechs Jahren, ein Kind auf einem Fahrrad, Zeugen, die einen dunkelblauen oder schwarzen Kleinwagen gesehen haben. Einer von ihnen hat sogar die Nummer notiert.«

»Und ein Artikel über den Mord an einer Hausfrau, die zufällig einem Einbrecher in einer Villa in Beverly Hills über den Weg gelaufen ist«, sagte ich. Rasch überflog ich den Bericht; er war sachlich, beschönigte nichts. »Die Polizei wollte sich nicht zu möglichen Verdächtigen oder zu Parallelen zu anderen Verbrechen äußern«, las ich vor. Die letzte Zeile, die mit Tinte unterstrichen war, behielt ich für mich: »Der Ehemann, der bekannte Schauspieler Anderson St. James, war zur Todeszeit seiner Frau bei Dreharbeiten in Nevada.«

Plover hielt mir ein Foto unter die Nase. »Womit hat dieses Bild es verdient, in die Sammlung aufgenommen zu werden?«

Es war ein kleines, unscharfes Schwarzweißfoto. Die beiden Personen, die an einem Tisch saßen, waren kaum zu erkennen, eine war sogar fast ganz von einem Zweig verdeckt. »Das rechts ist Carlotta Lowenstein«, erwiderte ich, mit angestrengt zusammengekniffenen Augen, »und sie hat irgendwas in der Hand. Das andere ist ein Mann – dunkle Haare, dünnes Schnurrbärtchen, Schmuck. Ich glaube nicht, dass sie in einem Restaurant sitzen. Sieht eher aus wie eine Veranda.«

»Schauen wir es uns mal genauer an«, meinte Plover, ging noch einmal ins Zimmer und kam mit einer Lupe zurück. Er hielt sie über das Foto, reichte sie dann zu mir herüber und sagte: »Die Tür im Hintergrund sieht aus, als führte sie in ein Wohnzimmer. Ich glaube, das Ding in Carlottas Hand ist eine Schachtel.«

Ich nahm die Lupe, schaute durch und richtete mich auf. »Sieht aus wie eine Videokassette. Ho, ho, ho!«

»Und 'ne Buddel voll Rum?«, fragte Plover.

»Oder Blut.«

# Sechzehntes Kapitel

Auf Cotter's Ridge war es noch einigermaßen hell, obwohl viele Leute behaupten, dass die Sonne dort ohnehin nie richtig scheint. Dunkle, bedrohliche Wolken hatten sich über den Hügeln zusammengeballt, Regen lag in der Luft. Die Vögel schwiegen, die Eichhörnchen hatten sich in ihre Nester zurückgezogen, selbst das Surren der Moskitos und Hornissen war verstummt.

Die Explosion war laut und scharf und überraschte eine ganze Reihe Menschen, die sich unabhängig voneinander einer verfallenen Hütte am Ende eines verwilderten Waldwegs näherten.

Kevin Buchanon hechtete kopfüber in eine Mulde mit nassem Laub und Gestrüpp und buddelte sich ein wie ein Maulwurf. Noch nie hatte er seinen Heimatstaat verlassen, geschweige denn den Ozean überquert, um exotische Länder wie Vietnam zu besuchen, aber er hatte jede Menge Filme gesehen und stellte sich unwillkürlich vor, wie kleine, dunkelhäutige Fremdlinge über den Hügel zogen und immer näher rückten.

Mit einem lauten Schrei warf sich Dahlia O'Neill in ihrer gesamten Körperfülle auf den Boden des Wagens (eine reife Leistung) und legte schützend die Arme über den Kopf. Doch da fiel ihr ein, dass das Auto direkt im Blickfeld des Wahnsinnigen stand, also hievte sie sich ächzend und grunzend wieder in eine sitzende Position, stieg aus, spähte hinüber zu der Hütte mit der Leiche und marschierte dann den Pfad hinunter zu einer Zufluchtsstätte, die ihr in der Vergangenheit des öfteren gute Dienste geleistet hatte. Als sie sich dort niedergelassen und die Tür verriegelt hatte, lugte sie durch ein Astloch, sah aber keine Menschenseele. Ruby Bee und Estelle kauerten sich hinter einen Felsen. Dort blieben sie ziemlich lange und berieten, was zu tun war. Beide fanden, dass der Knall wie ein Schuss geklungen hatte. Nach einer ausführlichen Flüsterdiskussion erhob sich Ruby Bee und verkündete, dass sie sich von einem komischen alten Kauz wie Raz Buchanon keine Angst einjagen ließ. Dann stapfte sie weiter bergauf, und nachdem Estelle ihrem Rücken einige schroffe Bemerkungen nachgerufen hatte, folgte sie ihr. Billy Dick MacNamara und Willard Yarrow erstarrten zu Salzsäulen, als sie den Knall hörten, aber als es danach still blieb, tauschten sie nervöse Blicke und ließen sich auf einem feuchten, moosbewachsenen Baumstamm nieder. Einige Minuten später gesellte sich Trudi zu ihnen. Keuchend setzte sie sich auf ein Ende des Stamms, so weit wie möglich von den beiden anderen entfernt.

»Was war das?«, fragte sie.

»Eichhörnchenjäger höchstwahrscheinlich«, antwortete Billy Dick.

Trudi schlang die Arme um sich und versuchte, nicht zu frösteln. »Ich muss echt verrückt ein, mit euch dämlichen Idioten hier raufzukommen.«

Willard schielte sie durchtrieben an. »Aber wenn wir Raz Buchanons selbstgebrannten Fusel klauen und ihn für fünf Dollar pro Gallone verkaufen, können wir 'ne Menge Kohle machen.«

»Eigentlich müssten wir jeder sechs Fässchen schleppen können«, fügte Billy Dick hinzu. »Und dann hast du genug Geld, dir so 'n weit ausgeschnittenes Oberteil zu kaufen wie diese blonde Filmschauspielerin.«

»Glotz mich nicht so an«, sagte Trudi. »Bringen wir's hinter uns, ja? Das ist noch blöder als dieses bekloppte Rollenspiel, das ihr beiden immer spielt.« Sie warf Billy Dick einen besonders giftigen Blick zu. »Garantiert findest du es supertoll, wenn du dir vorstellst, du bist 'ne Märchenfee, stimmt's? Ziehst du dann den Unterrock von deiner Ma an und stolzierst vor dem Spiegel auf und ab?«

»Ja, und er sieht echt klasse aus«, antwortete Willard kichernd.

Billy Dick stand auf und streckte Trudi die Hand hin. Sie ließ sich von ihm auf die Füße ziehen, aber seine Hand war feucht und kalt, sein Gesicht erhitzt, die Augen glasig, sodass ihr sofort wieder unbehaglich zumute wurde und sie sich losriss.

So nahmen die drei den Marsch auf dem Holzfällerweg wieder auf.

Raz nahm den Knall mit einem gackernden Lachen zur Kenntnis. Niemand würde seinen Schnaps stehlen. Er hatte Marjorie gesagt, er würde den Schnaps so wenig verlassen wie der Gestank das Stinktier, bis der Kerl schließlich aufgegeben hatte. Doch sie hatte ihn so traurig angesehen, dass er eine Flasche herausholte, den Deckel abschraubte, einen kräftigen Schluck runterkippte und die Flasche dann dem Schwein unter die Schnauze hielt.

* * *

»Hal hat Sie erpresst«, sagte ich nüchtern und hielt eine Plastikhülle hoch, in der sich das Foto befand. »Möchten Sie sich dieses Beweisstück näher ansehen?«

»Ich hab's schon gesehen«, entgegnete Carlotta. »Er hat einen Privatdetektiv angeheuert, der eigens auf einen Baum geklettert ist, um mich dabei zu fotografieren, wie ich die Raubkopie übergebe.«

»Wer ist dieser Mann?«, fragte Plover.

»Irgendein Handlanger bei Cinerotica. Das ist ein Verleih für... Spezialfilme. Er hatte Zugang zur Kopiermaschine und zur Liste der Verkaufsstellen. Den Profit haben wir uns geteilt.« Sie verzog das Gesicht und fuhr mit einem Achselzucken fort: »Ich brauchte das Geld für meine eigene Produktionsfirma. Die Arbeit für Hal war lukrativ, aber vom ästhetischen Standpunkt her alles andere als befriedigend.«

Ein strenger junger Polizist kam herein, nickte mir höflich zu und meinte zu Plover: »Wir haben alle Zimmer und die nähere Umgegend nach dem Mädchen durchsucht, aber wir haben sie nicht gefunden. Außerdem gibt es da noch etwas, Sir, aber ich weiß nicht, ob ... ob ich das vor Zeugen sagen kann.« Auf Plovers Anregung hin gingen sie ins Badezimmer und schlossen die Tür hinter sich.

»Er wusste also, dass Sie die anderen Mitglieder der Firma betrogen«, kam ich wieder zur Sache, obwohl ich den Wunsch, auf

Zehenspitzen zur Tür zu schleichen und zu horchen, nur schwer unterdrücken konnte.

»Er hat fünfzig Prozent meines Anteils genommen. Gegen diese Regelung hatte er nichts einzuwenden, denn so machte er mehr Geld, als wenn er den üblichen Verleihweg gegangen wäre und den Nettoerlös dann mit den anderen geteilt hätte. Der Betrag ist nie in den Büchern aufgetaucht, und ich bezweifle, dass er ihn beim Finanzamt gemeldet hat.«

»Ist etwas schief gegangen, hat er Ihnen gedroht, die Sache auffliegen zu lassen?«

»Nein. Dieses Projekt ist schwieriger als andere, aber wir waren innerhalb der Kalkulation, und ich denke, Hal hat erwartet, in ein paar Monaten das illegale Geld für den Film abzukassieren.«

»Haben Kitty oder Meredith etwas herausgefunden?«

»Falls ja, haben sie mir nichts davon erzählt«, antwortete sie. »Die Sache hat nichts mit dem zu tun, was hier passiert ist.«

Das klang ehrlich, aber mir dämmerte allmählich, dass diese Leute so klingen konnten, wie es ihnen gerade passte. Mit gerunzelter Stirn brütete ich über meinen Notizen, bis Plover und der Polizist wieder aus dem Bad kamen und Carlotta mit dem Beamten wegging, um in den Polizeikasernen eine Aussage zu machen. Ich wartete, dass Plover mich endlich aufklärte. Er setzte sich und lächelte. Aber das Lächeln blieb bei den Zähnen stecken, das Grübchen unsichtbar.

»Was gibt's Neues?«, fragte ich und versuchte, nicht allzu irritiert zu klingen.

»Kokain ... es fällt so sanft wie leiser Regen ... überall«, murmelte er. »Unter anderem auch in Anderson St. James' Zimmer. Sollen wir ihn danach fragen?«

Ich kippte vor Staunen nicht gerade aus den Latschen, aber ich war enttäuscht, ebensosehr von mir wie von Anderson. Doch ich sah keine Veranlassung, dies Sergeant Selbstgefällig mitzuteilen, deshalb nickte ich nur und folgte ihm zu Zimmer Nummer sechs.

Anderson öffnete die Tür, bat uns herein, ließ sich aufs Bett sinken, Ellbogen auf die Knie gestützt, und betrachtete seine schlaffen Hände. Ich verschränkte die Arme und stellte mich an die Tür, reglos, unbeteiligt. Endlich kapierte Plover und sagte: »Mr. St. James, ich nehme Sie fest wegen Verdachts auf Besitz einer illegalen Substanz, genauer gesagt Kokain.« Er betete St. James seine Rechte herunter, fragte, ob dieser alles verstanden habe, und nickte, als Anderson meinte, er verzichte auf einen Anwalt.

»Ich nehme hie und da ein bisschen Koks«, meinte er apathisch. »Das ist in der Filmbranche so normal wie Evian. Ich habe Hal nicht umgebracht, ich habe Kitty nicht umgebracht. Und ich habe keine Ahnung, was mit Meredith passiert ist. Irgend jemand ist anscheinend durchgedreht und hat beschlossen, Glittertown auszuradieren. Offen gestanden würde ich mich in einer Gefängniszelle sicherer fühlen als in dieser Version des Bates Motel, also tun Sie sich keinen Zwang an, Sie können mich gern sofort in Gewahrsam nehmen.«

»Leider sind wir momentan besetzt«, entgegnete Plover, »aber ich postiere jemanden vor Ihrer Tür.«

»Wie Sie meinen.« Anderson sah mich an. »Wäre es möglich, dass ich einen Augenblick mit Polizeiinspektorin Hanks unter vier Augen spreche?«

»Kein Problem«, antwortete ich möglichst gleichmütig.

Plover warf mir im Gehen einen verkniffenen Blick zu. Ich wartete, bis die Tür ins Schloss gefallen war, dann ließ ich meinen Gefühlen freien Lauf. »Was ist eigentlich los mit euch? Drogen und Sex und Betrug – sonst noch was? Habt ihr vielleicht insgeheim auch noch was Gewaltverherrlichendes anzubieten? Transportiert ihr Kinder über die Staatsgrenze, um Pornos zu drehen?«

»Die Fassade bröckelt«, erwiderte er wehmütig. »Du hast entdeckt, dass die Leinwandgötter auch nur Sterbliche sind. Aber es ist nicht leicht, ein Gott zu sein, weißt du. Es ist harte Arbeit.«

»Red keinen Quatsch!« Meine Fingernägel gruben sich in meine Handfläche, und ich musste mich daran erinnern, dass ich Polizistin war – und zwar eine total hart gesottene. »Hat Hal dich auch erpresst? Hast du deshalb billige Filme für eine so schäbige Firma gemacht?«

»Der Grund ist leider etwas banaler. Auf jedem Gehweg treiben sich unglaublich schöne Menschen herum, jedes Wartezimmer sitzt voll von ihnen. Ich bin ein ganz annehmbarer Schauspieler, aber kein Burton oder Olivier, und ich muss meine Miete bezahlen wie alle anderen auch.«

»Gib den Dialog doch bei Carlotta in Auftrag«, sagte ich und schnitt der Tür eine Grimasse. »In der Nacht, als deine Frau ermordet wurde ... Hal und du, ihr habt euch doch angeblich ein Zimmer geteilt. Hat er vielleicht Gwenneth bei sich gehabt? Haben die beiden dich im Regen stehen lassen? Warst du so wütend auf deine Frau, dass du beschlossen hast, ihr einen nächtlichen Besuch abzustatten?«

»Hal hat Gwenneth für sich beansprucht, wie üblich. Carlotta und Fuzzy wollten die Feier privat in Carlottas Zimmer fortsetzen, und so hatte ich schließlich Frederick am Hals. Ich hab viel zu viel getrunken und das Bewusstsein verloren. Als wir am nächsten Morgen in meinem Haus auf die Polizei warteten, verständigten wir uns darauf, dass es im Polizeibericht nicht gut aussehen würde, wenn wir zugaben, dass wir Bettchen wechsle dich gespielt hatten, und deshalb haben wir alle versichert, die Nacht keusch und in unseren ursprünglichen Zimmern verbracht zu haben.«

»Warum hat Hal dann einen Zeitungsausschnitt aufgehoben und eine Stelle unterstrichen, die mit deinem Alibi zu tun hatte?«

»Frederick hat ihm erzählt, ich hätte eine Menge wirres Zeug über meine Frau gefaselt und sogar damit gedroht, nach L.A. zu fahren und sie umzubringen. Ich kann mich an nichts erinnern, aber es ist schon möglich. Ich bin an dem Abend ausgezogen, als meine Frau mir erzählte, dass sie morgens eine Abtreibung hatte, mittags mit ihren Freundinnen Essen war und nachmittags vor dem Cocktail gerade noch Zeit hatte für einen Badewannenquickie mit meinem Agenten.«

Ich ignorierte seinen Appell an mein Mitgefühl. »Das erklärt noch lange nicht, weshalb Hal gedacht hat, er hätte dich in der Hand. Das Geschwätz eines Betrunkenen gilt nicht als Beweismittel, und Frederick konnte dir ein Alibi geben, oder?«

»Vermutlich schon. Hal hat mir gesagt, jemand hätte in dieser Nacht seinen Wagen genommen. Er hatte am Drehort einen Ölwechsel machen lassen, und der Typ in der Werkstatt hat den Kilometerstand aufgeschrieben, auf einem Klebezettel an der Tür. Der entsprach nicht dem, was auf dem Tacho stand, es sei denn, jemand war mit dem Auto gefahren, und zwar ziemlich weit.«

Ich beugte mich vor. »Bist du nach L.A. zurückgefahren, Anderson?«

»Ich weiß es nicht.« Er hob den Kopf und blickte in den Spiegel. In einem Ton, der sich selbst parodierte, fuhr er fort: »Betrachten wir doch mal Anderson St. James, den berühmten Schauspieler. Unglücklicherweise sind die Spuren von Alter, Drogen und Alkohol nicht zu übersehen. Die Falten sind unübersehbar, vor allem um den Mund. Die Stimme trägt nicht mehr wie früher, und es wird nicht lange dauern, bis der Körper langsam aber sicher erschlafft. Und dann schlurft Anderson St. James irgendwann die Straße lang und bettelt um einen Auftritt in einem Werbespot oder als Statist in einer Massenszene. Kennt ihr ihn noch? Nein? Hat er nicht in *Tanja kommt ins Team* mitgespielt?«

»Das ist alles, was du bist?«, fragte ich.

»Das ist alles, was von mir noch übrig ist.« Als er mich anlächelte, sah ich die feinen Linien um seinen Mund, die Tränensäcke unter den Augen, die schlaffe Wölbung von Kinn und Hals. »Vielleicht sollte ich mich in irgendein kleines Dorf zurückziehen und lernen, wie man spuckt und fischt.«

»Spucken macht nicht so wahnsinnig viel Spaß«, entgegnete ich, stand auf und ging, um nicht meiner eigenen Schwäche zu erliegen und in einem Meer aus Selbstmitleid zu versinken. Plover stand unter der Tür zu Hals Zimmer und unterhielt sich mit jemandem, den ich nicht sehen konnte. Ich ging zu Frederick und klopfte.

»Schon irgendwelche Spuren von Gwenneth?«, fragte er, als er mich hereinließ. »Haben Sie schon Beamte losgeschickt? Kann ich irgendwas tun?«

»Ich dachte, sie geht Ihnen auf die Nerven.«

»Natürlich«, erwiderte er. Einen Augenblick lang setzte er sich, dann sprang er wieder auf und begann auf und ab zu gehen. »Aber sie ist für mich so eine Art kleine Schwester, verstehen Sie?«

»Eigentlich nicht«, antwortete ich wahrheitsgemäß. »Wie fanden Sie Hals Art, mit ihr umzuspringen?«

»Ich fand, er war ein Oberschleimer. Gwenneth hat mir erzählt, dass er irgend etwas über sie wusste, was ihr früher, zu Hause passiert ist, und dass er sie der Polizei ausliefern würde, wenn sie seinen Wünschen nicht nachkam. Sie hat immer so getan, als wäre ihr das egal, aber er war ein widerlicher alter Mann, nichts als ein fetter Lüstling.«

»Soweit ich weiß, war sie in der Nacht, als Andersons Frau ermordet wurde, in seinem Zimmer«, sagte ich, »und Anderson war mit Ihnen zusammen.«

»Gott, das ist eine Ewigkeit her«, Frederick ging zum Fenster, zog den Vorhang beiseite und ließ ihn wieder zurückfallen. »Anderson hat mit Hal in einem Zimmer gewohnt. Fuzzy, das Kamera-Wunderkind, mit mir.«

»Das haben Sie der Polizei gesagt, aber es war nicht die Wahrheit. Anderson hat bereits zugegeben, dass alle die Zimmer getauscht haben.«

Frederick ließ sich aufs Bett fallen und richtete seine Erklärung an die Decke. »Wir haben uns in Hals Zimmer zugedröhnt, und als der liebe Herr Papa beschlossen hat, sich zusammen mit Gwenneth ein bisschen Koks reinzuziehen, sind wir in alle Richtungen ausgeschwärmt. Anderson und ich haben in meinem Zimmer eine Flasche geleert, und er hat eine Tirade auf seine Frau losgelassen, was für eine Schlampe sie war und so weiter. Schließlich haben mir richtig die Ohren weh getan. Am nächsten Morgen hat er Stein und Bein geschworen, er wüsste von nichts mehr, auch nicht, wie ich ihn mit Brachialgewalt daran gehindert haben, seine Beschimpfungen draußen vor der Zimmertür fortzusetzen.«

»Aber er ist die ganze Nacht im Zimmer geblieben?«

»Ich hatte einiges intus. Aber ich habe ihn ins Bett gebracht, ihm die Schuhe ausgezogen, mich ins andere Bett geschleppt, und dort bin ich eingeschlafen, schneller als 'ne Schlange, die durch 'nen hohlen Ast kriecht. Am nächsten Morgen war meine Zunge belegt, und in meinem Kopf läuteten Kirchenglocken. Anderson war auch nicht sonderlich fit, aber wir haben's irgendwie überlebt.«

Ein bezauberndes Bild. »Wo sind Sie geboren?«, fragte ich, ohne weiter darauf einzugehen.

»Das hab ich Ihnen doch schon gesagt – in San Diego.« Jetzt hob er den Kopf und sah mich an. »Wenn Sie meine Familie finden, können Sie's gern überprüfen. Mein Vater ist bei der Navy, irgendwo zwischen dem Pentagon und dem Persischen Golf. Falls er inzwischen pensioniert ist, könnte er natürlich auch in einem Leuchtturm in Maine wohnen oder auf einem Hausboot im Okekenokee-Sumpf.«

»Sie wissen es nicht?«, fragte ich und wünschte mir, wenigstens einer meiner Verdächtigen käme aus einem Heim wie Beaver Cleaver, wo Mam June und Papa Ward möglichst noch immer wohnten und per Telefon erreichbar waren. Falls es überhaupt noch Familien gab, die diesem Familienserien-Ideal entsprachen.

»Mit achtzehn bin ich abgehauen. Mein Vater wollte, dass ich in seine Fußstapfen trete, aber ich wollte die Welt sehen, ohne dabei eine blöde Mütze tragen zu müssen.«

Ich erklärte Frederick, jemand werde ihn zur Polizeikaserne bringen, und ging dann hinaus, wo der Notarztwagen gerade langsam aus dem Parkplatz setzte. Sirene und Blaulicht waren überflüssig.

Das war die Realität – Sonnenschein, Leute, die ihren Pflichten nachgingen, knallende Autotüren auf der anderen Straßenseite beim Supermarkt, eine Wespe, die eine Dachrinne als potentiellen

Bauplatz auskundschaftete. Der Film war Phantasie – eine hohle Geschichte über junge Liebe mit einem Happy-End. Die Filmfiguren lebten in einer Welt, in der die sonst unvereinbaren Gegensätze nicht vorkamen. Becky Hopperly war eine reale Person gewesen, Loretta würde das nie sein.

Während ich so dastand, wurde mir schlagartig klar, dass Buddy Meredith höchstwahrscheinlich tot war.

* * *

Nachdem seine Nase lang genug im nassen Laub gesteckt und er lange genug die Luft angehalten hatte, kam Kevin zu dem Schluss, dass doch keine ausländischen Soldaten durch den Wald stürmten. Also rappelte er sich auf, klopfte den gröbsten Dreck ab, wischte sich mit seiner schmutzigen Hand übers Gesicht und rannte dann den Weg hinunter, um sich zu vergewissern, dass seine Geliebte heil und wohlbehalten war.

Doch das Auto war leer. Er wollte nach ihr rufen, hatte aber Angst, auch nur einen Muckser von sich zu geben. Stattdessen überquerte er zögernd den Hof und die Veranda der Hütte und wisperte durch die Tür: »Dahlia? Bist du da drin?«

Er vermied es sorgsam, die Leiche anzusehen, die mitten im Raum lag, schlich aber weiter und wiederholte seine Frage. Hier gab es kein Versteck, das groß genug für Dahlia gewesen wäre, aber da war noch die andere Tür, die ins Schlafzimmer führte.

»Ach du Scheiße!«, sagte eine Stimme draußen vor der Hütte.

Hastig stolperte Kevin weiter und erreichte die Schlafzimmertür gerade in dem Moment, als die vordere Tür aufgestoßen wurde. Er warf sich auf den Boden und kroch unter die verrotteten Überreste eines Holzgestells mit maiskolbengefüllter Matratze.

»Na, was haben wir denn hier?«, fuhr die Stimme fort, die allerdings eher etwas benommen als wahnsinnig klang. »Du siehst ja nicht sehr gesund aus, mein Junge. Das tut bestimmt weh. Ich finde, du solltest was unternehmen wegen des Messers, oder?«

Kevin starrte eine Spinne an, die wenige Zentimeter vor seiner

Nase herumspazierte, wagte aber nicht, sich zu rühren. Dann öffnete sich die Tür. Schlammverkrustete Schuhe näherten sich der primitiven Bettstelle. Ein Gesicht erschien unterhalb des Bettrands, und ein übler Gestank entströmte ihm, als der Mann sagte: »Also, das ist echt komisch.«

Ehe Kevin um Gnade oder sonst etwas flehen konnte, hörte er schwere Schritte auf der Veranda. Dazu laute und ziemlich schrille Stimmen.

»Ach du liebe Zeit«, rief eine. »Er ist – er ist tot!«

»Jetzt fall mir bloß nicht in Ohnmacht, Ruby Bee. Ich kann dich unmöglich zurück zum Kombi schleppen.«

»Du bist doch diejenige, die weißer wird als ein Kinderpopo. Wir sollten lieber verschwinden und Hilfe holen.«

»Niemand geht irgendwohin«, knurrte eine dritte Stimme, diesmal die eines Mannes. »Hände hoch allesamt.«

»Sag dem Clown, er soll die Knarre runternehmen«, raunzte eine vierte, ebenfalls männlich.

»Wir haben doch überhaupt nichts gemacht«, meinte eine fünfte, weibliche. »Es gibt kein Gesetz gegen Spaziergänge im Wald.«

»Wir sind Jugendliche«, beteuerte die sechste Stimme, männlich, aber mit pubertärem Krächzen.

Das Gesicht, das neben dem Bett geschwebt hatte, verschwand. Während Kevin sich unter dem Bett hervorschlängelte, hörte er ein Gewirr von Stimmen, die drohten, forderten, protestierten und verschiedene Flüche ausstießen. Einen Moment überlegte er, ob er sich versteckt halten und hoffen sollte, dass sie sich alle wieder aus dem Staub machten, aber schließlich ging er doch ins Vorderzimmer, um nachzusehen, wer diese Leute eigentlich waren und was hier vorging – und ob seine Verlobte vielleicht auch da war.

* * *

»Natürlich wimmelt es im Zimmer von Fingerabdrücken«, sagte Plover. Wir hatten uns den Schlüssel zum Lokal verschafft und saßen jetzt in einer Nische, zwischen uns zwei unberührte Tassen Kaffe, die allmählich kalt wurden. Ich hatte das Licht über der Bar angeknipst, aber das sonst vorherrschende Halbdunkel entsprach eher meiner Laune.

»Aber sie waren ja auch alle zu der Besprechung im Zimmer, also heißt das gar nichts. Genau genommen hätte jeder von ihnen Kitty Kaye umbringen können.« Ich spielte mit meiner Tasse herum, bis mir der Kaffee auf die Hand schwappte. »Jeder außer Frederick Marland, der mit einem Mädchen aus dem Ort in einem Motelzimmer in Farberville war. Er hat verdammtes Glück, dass sie nicht unter sechzehn ist; ich würde ihn zu gern wegen Vergewaltigung einer Minderjährigen drankriegen.«

»Unter mitverursachenden Umständen?«

»Meinetwegen, aber ich bezweifele sehr, dass Darla Jean aussagen möchte, denn der Fall könnte das Interesse der Medien auf sich ziehen. Wahrscheinlich braucht sie eine Weile, um darüber wegzukommen.« Ich tunkte den Finger in den Kaffee und malte auf den Resopaltisch das Gegenteil eines Smileys. Ob es mein Gesicht oder das von Darla Jean sein sollte, wusste ich nicht. »Für die Tatzeit im Mordfall Hal hat keiner von ihnen ein Alibi, und wenn es ein Unfall oder ein Selbstmord war, dann bin ich Meredith in Frauenkleidern, und du hast einen zweitklassigen Alptraum. Carlotta, Frederick und Anderson waren in ihren Zimmern, und alle wussten, dass Gwenneth in Hals Zimmer war. Der wachhabende Polizist, der uns über verdächtige Vorgänge auf dem Parkplatz hätte Auskunft geben können, war im Imbiss Ideal und hat Cheeseburger geholt. Ich weiß nicht, ob wir uns um vergangene, gegenwärtige oder vielleicht sogar zukünftige Verbrechen kümmern müssen.«

»Vergangene wie den Mord an Anderson St. James' Frau?«, fragte Plover ohne eine Spur von Bosheit, wofür ich ihn zutiefst bewunderte. Ich hatte ihm alles berichtet, was ich über die Mitglieder der Glittertown-Familie herausgefunden hatte. Zwar war ich auf meine persönlichen Verwicklungen nicht weiter eingegangen, aber Plover war netter denn je, das musste ich ihm lassen. Mit seiner sachlichen Einstellung konnte ich besser umgehen als mit Einfühlsamkeit – oder gar Mitleid.

»Selbst wenn er in jener Nacht tatsächlich nach L.A. gefahren ist, hat er immer noch kein Motiv für die Morde hier«, sagte ich.

In diesem Augenblick kam Harve in die Bar, entdeckte uns im Halbdunkel und kam zu unserer Nische. »Wir finden keine Spur von Gwenneth D'Amourre und auch von sonst keiner der vermissten Personen«, berichtete er. Seufzend nahm er neben mir Platz. »Arly ist bald Polizeiinspektorin einer Geisterstadt, wenn das so weitergeht. Nach den jüngesten Berechnungen haben wir inzwischen neun Vermisste. Die müssen einen Bus gechartert haben.«

Plover sah mich verwundert an. »Neun?«

»Ein paar hab ich nicht erwähnt«, erklärte ich, »weil es höchst unwahrscheinlich ist, dass sie etwas mit den Verbrechen zu tun haben. Wenn du die Namen erfährst, wirst du mir sicher zustimmen.« Ich ratterte die Liste herunter, und für diejenigen, die den Überblick verloren haben, nenne ich hiermit nochmals die Namen derjenigen, nach denen (mit unterschiedlich großer Hingabe) gefahndet wurde: Buddy Meredith, Fuzzy Indigo, Kevin Buchanon, Dahlia O'Neill, Billy Dick MacNamara, Willard Yarrow, Ruby Bee Hanks, Estelle Oppers, und als neuesten Listenzugang Gwenneth D'Amourre.

»Wow«, murmelte Plover.

»Viel länger können wir das den Medien nicht mehr verheimlichen«, meinte Harve. »Ich hab schon einen Anruf von einem Fernsehsender gekriegt. Irgendwer muss denen einen Tip gegeben haben. Ich hab sie erst mal abgewimmelt und gesagt, wir geben morgen früh eine Pressekonferenz.«

»Da werden wir gar nicht gut aussehen«, stöhnte ich. »Eine Produktionsgesellschaft kommt nach Maggody, und ehe jemand ›Action!‹ schreien kann, wird eins ihrer Mitglieder brutal ermordet, und ein anderes verschwindet. Jetzt haben wir noch eine Leiche und zwei weitere Vermisste, und mehrere Einwohner sind ebenfalls verschwunden. Wenn ich Reporterin wäre, würde ich mir auch schon Chancen für den Pulitzer-Preis ausrechnen – in der Sparte Absurditäten.«

»Sheriff Dorfer!« Ein Deputy kam zur Tür hereingestürmt. »Ich glaube, das sollten Sie sich ansehen!«

»Was soll ich mir ansehen?«, knurrte Harve.

»So 'ne Art Parade.« Rasch verschwand der Deputy wieder durch die Tür.

»Übertragungswagen vom Fernsehen«, antwortete ich dumpf. »Busladungen mit Reportern und eine Limousine mit den Irren von der Regenbogenpresse.«

»Wahrscheinlich sollten wir besser mal nachsehen.« Harve verließ den Tisch, Plover und ich folgten ihm.

Im Schneckentempo näherte sich Estelles Kombi, mitten auf der Straße. Sie saß mit wutverzerrtem Gesicht am Steuer. Ruby Bee, auf den Mittelplatz des Vordersitzes gezwängt, machte auch keinen fröhlicheren Eindruck. Trudi Yarrow ganz rechts hatte einen geradezu mörderischen Ausdruck auf dem Gesicht, ebenso Billy Dick auf dem Rücksitz, was in Anbetracht der Tatsache, dass er zwischen Kevin und Dahlia eingekeilt war (letztere nahm die Hälfte des verfügbaren Platzes in Anspruch), nicht weiter erstaunen konnte.

Einige andere Dinge jedoch waren erstaunlich: Ich legte die Hand über die Augen und pfiff leise durch die Zähne, als ich Marjorie hinten im Kombi entdeckte, die Schnauze dicht an Dahlias Nacken gepresst. Und Willard Yarrow, der praktisch an der Hecktür klebte.

Kaum einen Meter hinter der Stoßstange steuerte Raz Buchanon seinen Truck, aus dem Fenster gebeugt, die Flinte in der linken Hand. Neben ihm saß Fuzzy Indigo. Er machte als einziger einen vergnügten Eindruck.

»Anhalten, genau hier!«, rief Raz und zielte mit der Flinte auf den Kombi.

Gehorsam bog Estelle in den Parkplatz ein und stellte den Motor ab. Niemand rührte sich. Raz parkte hinter dem Kombi, stieg aus seinem Truck und winkte uns zu. »Ich bring euch noch

’ne Leiche, hinten auf der Ladefläche«, verkündete er freundlich. »Keine Ahnung, was die ganzen Leute hier damit zu tun haben, aber die sind alle auf Cotter’s Ridge rumgeschlichen. Eine hatte sich sogar im Klohäuschen versteckt, man stelle sich vor. Ich hab sie alle umzingelt und hergebracht.«

»Oh«, sagte einer von uns, vielleicht sagten wir es aber auch alle zusammen.

# Siebzehntes Kapitel

Endlich wurde Harve lebendig. Er befahl dem Deputy, Raz' seltsamen Geiseltrupp ins Lokal zu begleiten und dafür zu sorgen, dass sie nicht aufeinander losgingen, bis wir die neueste, befremdliche Entwicklung einigermaßen verkraftet hatten. Ein Polizist wurde losgeschickt, um die restlichen Mitglieder von Glittertown zu holen – Carlotta aus der Polizeikaserne, Anderson und Frederick aus ihren Zimmern. Von den ursprünglichen acht waren noch vier übrig, drei Mitglieder ermordet, eins derzeit vermisst. Allmählich entstand der Eindruck, als wäre Maggody nicht der beste Drehort für Filme wie *Wilder Kirschwein*.

Unterdessen ging Plover zu seinem Wagen, um zum dritten Mal das Morddezernat anzurufen. Ich blieb beim Truck. Obwohl wir die Leiche mit einer Plane bedeckt hatten, waren die Fliegen, die sich auf Buddy Merediths Überreste gestürzt hatten, nicht zu überhören. Und der Gestank war mehr als penetrant, was darauf schließen ließ, dass Buddy schon mehrere Tage hier lag.

Nach einer halben Ewigkeit traf endlich der Gerichtsmediziner aus Farberville ein, warf einen kurzen Blick auf Meredith und erklärte ihn mit sonorer Stimme für tot. Er wagte sogar, als Todesursache das Messer in Betracht zu ziehen, das im Hals des Toten steckte. Ich zog mich kurz zurück, übergab mich im Gebüsch und kam gerade rechtzeitig wieder, um zu hören, wie der Gerichtsmediziner mürrisch hinzufügte, jedem mit mehr als Formaldehyd im Hirn müsse sonnenklar sein, dass die Leiche schon lange tot war – und bereits längere Zeit an einem warmen Ort herumgelegen hatte.

Jetzt trafen die Leute vom Morddezernat ein. Plover gab Anweisungen, dann nahm er mich am Arm und führte mich in die Bar. Dort herrschte ein ziemliches Gedränge (zu dem auch eine schläfrige Sau gehörte). Ich beriet mich kurz mit Harve und Plover und machte mich dann an die Arbeit. Als erstes nahm ich mir den Feuerteufel und seinen Lehrling vor.

»Warum wart ihr auf Cotter's Ridge?«, fragte ich.

Billy Dick starrte mich trotzig an. »Wir haben uns ein paar Sandwiches eingepackt und wollten ein Picknick machen. Ich dachte, wir könnten nackt baden, in der Quelle dort.«

Willards Kichern hatte den gleichen fiesen Unterton wie in der Nacht beim Tankstellenbrand. »Es war Trudis Idee«, flötete er, affektiert wie ein Klatschbase auf dem Kinderspielplatz. »Sie wollte sich an Billy Dick ranmachen.«

Trudi saß in sich zusammengesunken auf einem Stuhl, aber als ihr Name fiel, schreckte sie hoch und rief entrüstet: »Du widerlicher Mistkäfer, das wollte ich überhaupt nicht! Du und dein blöder Freund, ihr habt euch das alles ganz allein ausgedacht. Ich bin nur so mitgekommen.«

»Was alles?«, fragte ich.

Trudi strich sich die Haare aus der Stirn und funkelte die beiden Knaben wütend an. »Ja, sie wollten ein paar Flaschen selbstgebrannten Schnaps klauen und an die Kids im Imbiss Ideal verscheuern. Jedenfalls haben sie das behauptet. Aber wie sich rausstellte, hatten sie keine Ahnung, wo die Brennerei ist, und da kommt der Kerl auf die gloriose Idee, wir sollten zu irgend 'ner alten Hütte und sie anzünden, bloß so, zum Spaß.«

»Wer hatte denn die gloriose Idee?«, fragte ich. »Billy Dick MacNamara?«

Billy Dicks Augen wurden glasig und sein Gesicht verschlossen. »Ich nicht. Vielleicht klaue ich 'n bisschen Schnaps, aber ich zünde keine Hütten an.«

»Warum hast du mich dann angelogen und mir gedroht?«

»W-weiß ich nicht.« Seine Stimme klang kloßig, und er stammelte nur noch. »Endlich mal hat j-jemand gedacht, ich wär wichtig. Jemand hat mich b-bemerkt und mich nicht bloß ausgelacht. Vielleicht hab ich deswegen gelogen, h-hab mich benommen, als hätte ich Dreck am Stecken, und Sachen gesagt, damit Sie das Interesse nicht verlieren.« Er schluckte hörbar. »Ich lege kein Feuer.«

Schon wieder kicherte Willard. »Na klar tust du das, Billy

Dick. Denk doch an den Tunnel unter Balthazar, als der Drachen gerülpst hat und ich im Feuer geröstet worden bin wie ein Kartoffelchip!«

»Mich hat das Feuer verbrannt«, verbesserte Billy Dick mit gerunzelter Stirn. »Du warst der Spielleiter. Du hast dem Drachen befohlen, mich anzugreifen.«

»Das ging nicht anders, Billy Dick. Niemand kann den Drachen aufhalten, weißt du, nur ein Zauberer hat ihn unter Kontrolle. Aber ich bin kein Zauberer. Erst wenn jemand geopfert wird, bin ich Willard the Wizard. Ich hab mir überlegt, ob ich dich dafür nehme, aber der Drache wollte ein Frauenopfer.«

»Ein Opfer?«, japste Trudi. In ihrem blutleeren Gesicht wirkten die Pickel knallrot. »Sollte ich deshalb in die Hütte reingehen? Verdammt, Willard, du bist ja noch perverser, als ich gedacht habe. Ich hab geglaubt, der rote Spitzenunterrock in deinem Schrank wär von Billy Dick, aber jetzt bin ich mir gar nicht mehr sicher, ob er nicht Willard the Wizard gehört!« Sie hob die Hand, als wollte sie ihn ohrfeigen, ließ dann aber den Arm wieder sinken und blickte mich an. »Das bringt nichts, stimmt's? Vermutlich sollten Sie versuchen, meine Eltern zu erreichen. Die sind bei meiner Großtante im Krankenhaus. Ich gebe Ihnen die Telefonnummer.«

»Danke«, erwiderte ich. »Ihr müsst in der Polizeikaserne warten, bis wir eure Eltern und Billy Dicks Mutter benachrichtigt haben.«

Im Lokal war es ganz still, nur die Sau stieß einen asthmatischen Grunzer aus, als ein Polizist die drei wegführte, um ihre Eltern ausfindig zu machen.

Sobald die Tür hinter ihnen ins Schloss gefallen war, nahm ich mir die nächsten beiden Missetäter vor, nämlich Ruby Bee und Estelle. »Und ihr zwei? Was hattet ihr auf Cotter's Ridge zu suchen?«

Ruby Bee sah mich fast so trotzig an wie Billy Dick. »Wir waren da, um dir Arbeit abzunehmen, also brauchst du uns gar nicht zu schimpfen, als hätten wir uns in dein Polizeizeug eingemischt. Wir wollten Fuzzys Arsch retten.«

Fuzzy lächelte sie gnädig an. »Es ist doch immer nett, wenn einem jemand den Arsch retten will, stimmt's?«

Estelle schnaubte verächtlich. »Ruby Bee hat zufällig gemerkt, dass Fuzzy voll war wie eine Strandhaubitze, als er an dem Vormittag, an dem die Hollywoodleute dort gedreht haben, von Raz zurückkam. Wir haben darüber gesprochen und gedacht, dass er wahrscheinlich selbstgebrannten Schnaps getrunken hat und möglicherweise unterwegs in den Wald ist, um Nachschub zu suchen. Raz hat sich ziemlich aufgeregt, als wir ganz vorsichtig bei ihm nachgefragt haben.«

Ich sah Raz an. »Hochinteressant, dass erst die Kids und jetzt auch noch Fuzzy geglaubt haben, sie würden illegalen Schnaps auf Cotter's Ridge finden. Wie kommen die nur alle auf diese Idee?«

»Woher soll ich das wissen?«, meinte Raz achselzuckend. Er wollte gerade auf den Boden spucken, aber Ruby Bee zischte drohend, und in letzter Sekunde überlegte er es sich anders. »Ich hab bloß Marjorie raufgebracht, weil sie so gern nach Eicheln gräbt. Und da stürzt der alte Fuzzy aus dem Gebüsch. Mir ist vor Schreck fast die Hose runtergerutscht, und Marjorie wollte schon auf den nächsten Baum klettern. Wahrscheinlich hab ich da auf ihn geschossen, aber dann hab ich mir Sorgen gemacht, dass er vielleicht blutet, und da hab ich ihn bis zur Hütte verfolgt.« Jetzt nahm er sich doch die Freiheit zu spucken. »Marjorie ist immer noch nicht wieder auf der Höhe. Sie war zu aufgeregt, um hinten auf dem Truck bei dem Toten zu sitzen, dabei fährt sie sonst immer gern auf der Ladefläche mit.«

»Behauptest du, dass es oben am Berg hinter Robins Hütte keine Brennerei mehr gibt?«, beharrte ich.

»Nein, da gibt's nichts, und wenn da was wäre, hätte ich dem Kerl bestimmt nur ungefähr die Gegend gesagt, wo was sein könnte, und das hätte ich auch nicht getan, wenn er nicht eines Abends vorbeigekommen wäre und den Schnaps über den grünen Klee gelobt hätte.«

»Stundenlang hab ich danach gesucht«, ergänzte Fuzzy und

hickste laut. »Es ist ein Super-Schnaps. Pustet dir glatt die Birne weg – peng!«

Raz und Marjorie wurden weggeschickt. Eigentlich wollte ich auch Fuzzy loswerden, aber er kippte gerade rechtzeitig um und fing an zu schnarchen. Also ging ich zu Kevin und Dahlia.

»Und ihr zwei?«

Offenbar hatte Dahlia nur auf ihren Einsatz gewartet. »Es ist alles Kevins Schuld. Er hat mich entführt, und ich wäre fast umgebracht worden, und ich möchte, dass du ihn verhaftest und für den Rest seiner Tage in eine schmutzige Gefängniszelle einsperrst.«

»Aber Liebste …«

»Es war deine Schuld, und das weißt du auch.« Dann erzählte sie eine an den Haaren herbeigezogene Geschichte von einer wilden Fahrt in die Hügel, einem ins Gebüsch geworfenen Draht, einer Leiche in der Hütte und einer scheußlichen Nacht im Auto. »Nicht mal was zu essen und zu trinken hat er mitgenommen«, lautete der Höhepunkt des Berichts. »Ich hätte da oben verhungern können.«

»Wirst du mir jemals verzeihen können?«, fragte Kevin und rang zerknirscht die Hände.

»Nur wenn ich in dem Film vorkomme.«

Carlotta zuckte zusammen. »Ich fürchte, wir müssen die Produktion von *Wilder Kirschwein* abbrechen. Sie ist nicht mehr zu bewältigen – wir haben immerhin drei unserer fünf Hauptdarsteller und den Regisseur verloren!«

Die beiden zogen ab, und wir hörten Dahlia unablässig schimpfen. Jetzt erschien der Raum plötzlich viel größer und überschaubarer. Ruby Bee bot an, frischen Kaffee zu kochen, und obwohl ich sie am liebsten erwürgt hätte, gab ich ihr mit einer knappen Handbewegung zu verstehen, sie solle sich ruhig an die Arbeit machen.

»Ich kann gar nicht glauben, dass Buddy auch tot ist«, sagte Carlotta gerade zu Anderson und Frederick. Sie saßen zu dritt an einem Tisch, Anderson hatte Carlotta den Arm um die Schulter gelegt, aber sie zitterte und fuhr sich dauernd nervös durch die Haare.

Vom Tanzparkett aus hörte ich ihnen zu, kaute an der Unterlippe und versuchte, die professionelle Fassade dieser Filmfamilie zu durchschauen. Soweit ich sah, hatte Carlotta Angst, Frederick machte sich Sorgen um die verschwundene Gwenneth, und Anderson war deprimiert, weil er im Spiegel die Wahrheit erblickt hatte.

Ich fragte mich, ob ich mir meine Gefühle eigentlich ansehen ließ. Plover war anscheinend nicht dieser Meinung, aber er war auch nicht der richtige Mensch für eine objektive Beurteilung.

Ruby Bee drückte mir eine Tasse Kaffee in die Hand. Estelle trug das Tablett mit den Tassen zu den anderen. Harve trat zu mir, und in einem Versuch, optimistisch zu sein, klopfte er mir auf den Rücken: »Jetzt fehlt uns nur noch die blonde Schauspielerin, das ist doch ein echter Fortschritt.«

»Buddy Meredith wäre da wahrscheinlich anderer Meinung«, erwiderte ich, schlürfte meinen Kaffee und seufzte. »Wie in aller Welt ist er in Robins Hütte gekommen, Harve? Wir haben keine Touristikagentur, die eine Karte mit den wichtigsten Sehenswürdigkeiten herausgibt. Außer Fuzzy kann keiner von der Hütte gewusst haben. Wie soll einer von ihnen Buddys Leiche dorthin transportiert haben?«

»Nicht gerade eine der üblichen Fragen«, meinte Harve, ging zur Bar und stellte die Kaffeetasse ab, um einen Zigarrenstummel aus der Hemdtasche zu graben. Ich starrte teilnahmslos auf seinen Rücken, als mir plötzlich eine Bemerkung aus einem früheren Gespräch einfiel.

»Alles in Ordnung?«, fragte Plover und versetzte mir einen kleinen Rippenstoß.

»Ich muss mal telefonieren, aber nicht hier. Halte du die Stellung, ich lauf schnell rüber ins Polizeirevier.« Mein Stirnrunzeln wurde stärker. »Und ich muss was in meinem Notizblock suchen. Ich wusste doch, dass mein ganzes Geschreibe nicht umsonst war.«

Als ich ins Büro kam, erledigte ich meinen Anruf, dann nahm ich mir meinen Notizblock vor, und zwar die Seiten mit der Befragung von Hal Desmond. Was ich dort zu finden gehofft hatte, war nicht da, also setzte ich mich ganz still hin, bis mir der Kern meiner ersten Unterhaltung mit ihm wieder einfiel, als er und Carlotta bei mir gewesen waren, um den Drehplan zu besprechen.

Obgleich ich wusste, dass Plover und Harve ungeduldig auf meine Rückkehr warteten, lehnte ich mich mit meinem Stuhl zurück und ließ mir meine Theorie so lange durch den Kopf gehen, bis sie mir sinnvoll erschien. Das Motiv war eindeutig, und nachdem ich noch eine Weile auf meine Notizen gestarrt hatte, wurden mir auch die Mittel klar. Nur der Beweis fehlte noch.

Ich ging zurück zu Ruby Bee, die Hände in den Taschen zu Fäusten geballt. Fuzzy schnarchte friedlich. Die drei verbliebenen Mitglieder von Glittertown Inc. saßen noch am selben Tisch. Hinter dem Tresen füllte Ruby Bee für Harve und Estelle die Kaffeetassen auf. Plover tat, als studierte er das Angebot der Jukebox, aber seine Schultern wirkten verspannt, und gelegentlich schnaubte er leise vor sich hin.

Ich ging zum Tisch. »Ich möchte gern genau wissen, was jeder einzelne von Ihnen in der Nacht von Kittys Tod gemacht hat«, begann ich ruhig. »Diesmal lassen Sie bitte alle Ausflüchte weg. Carlotta?«

»Gwenneth war im Zimmer, und ich bin zum Waschsalon rüber, um meinen Freund bei Cinerotica anzurufen«, sagte sie. »Kitty und Buddy waren schlau genug, sie hätten mir auf die Schliche kommen können. Deshalb musste ich mich vergewissern, dass es keine Spuren gab.«

»Und dann?«

»Ging ich zu Anderson.«

»Warum?«

»Ich brachte ihm einen Scheck für etwas, was er abgeholt hatte, bevor er Kalifornien verließ. Ich führe immer genau Buch, damit ich weiß, ob wir noch innerhalb der Kalkulation liegen.«

»Kokain gehört zu Ihren normalen Produktionskosten«, konstatierte ich.

Sie zuckte die Schultern. »Genau genommen gehört es zur Vorproduktion. Hal hat darauf bestanden, dass er es braucht, um kreativ zu sein.«

Ich sah zu Anderson. »Würdest du das bestätigen?«

Mit gesenktem Blick nickte er. »Nachdem sie mir den Scheck gegeben hatte, haben wir uns noch eine Weile unterhalten, über die Stadt und das Drehbuch und so.«

»Na klar«, warf Frederick grinsend ein.

»Wer im Glashaus sitzt, soll nicht mit Steinen werfen«, meinte ich. »Darla Jean hat mir die Wahrheit über den Abend im Motel in Farberville erzählt. Sergeant Plover hat vorgeschlagen, wir sollten Sie wegen Verführung einer Minderjährigen verklagen, aber ich neige mehr dazu, Sie Darla Jeans Vater zu überlassen. Wer weiß? Vielleicht zwingt er Sie mit vorgehaltener Waffe, Darla Jean zu heiraten. Ich frage mich, wie sie sich in Hollywood als Gastgeberin machen würde. Bestimmt kann sie gut Maisbrot backen, aber ich denke, was Komplizierteres sollte man nicht von ihr erwarten.«

»Machen Sie sich nicht lächerlich. Sie werden das Mädchen garantiert nicht dazu ermuntern, aller Welt zu gestehen, dass sie sturzbetrunken die ganze Nacht mit einem Mann gebumst hat, den sie kaum kannte.«

»Sie war sturzbetrunken, ja?« Über die Schulter blickte ich zu Harve und Plover hinüber, die ganz in der Nähe standen und sich offensichtlich für das Gespräch interessierten. Ruby Bee stand wie angewurzelt am Ende des Tresens, und Estelle hing so schief auf ihrem Barhocker, dass sie permanent in Gefahr schwebte runterzurutschen. Ihnen allen zuliebe erklärte ich: »Ich hab Darla Jean vom Polizeibüro angerufen, um mich zu vergewissern, dass ich die Geschichte richtig verstanden hatte. Nachdem sie Frederick zum Drugstore gefahren hatte, kaufte er eine Flasche Whiskey und bestand darauf, sich im Motel ein Zimmer zu nehmen. Dann hat er ihr Whiskey eingeflößt, und obwohl sie sich wehrte und sagte, sie sei keine Schlampe wie Robin Buchanon, hat er sie gezwungen, mit ihm zu schlafen.«

»Ich habe sie nicht gezwungen, sie wollte es«, entgegnete Frederick. »Vielleicht behauptet sie jetzt, dass es nicht so war, aber im Bett war sie echt 'ne heiße Nummer.«

Ich wandte meine Aufmerksamkeit Carlotta und Anderson zu. »Robin Buchanon war eine ziemlich ungewöhnliche Frau, die in der Hütte wohnte, in der Buddy Merediths Leiche gefunden wurde. Vermutlich interessieren Sie sich nicht sonderlich für eine vergammelte, leerstehende Hütte, aber Frederick hat Darla Jean nach allen möglichen Einzelheiten ausgefragt. Dann hat er noch mehr Whiskey in sie reingeschüttet, bis sie praktisch bewusstlos war. Als sie später wieder aufwachte, war wie durch Zauberhand eine zweite Flasche Whiskey im Zimmer aufgetaucht. Darla Jean erinnert sich an keinerlei Einzelheiten der Heimfahrt, abgesehen davon, dass sie sich übergeben hat. Sie war nur froh und dankbar, dass sie um Mitternacht wieder zu Hause war und der Wagen am nächsten Morgen in der Einfahrt stand.«

Frederick grinste. »Und wenn ich sie heimgefahren habe? Sie konnte doch nicht mehr geradeaus gehen, ich hab ihr und dem Wagen also einen Gefallen getan.«

Carlotta sah aus, als sehnte sie sich nach ihrem Klemmbrett, um Notizen zu machen. »Wollen Sie sagen, dass Frederick das Mädchen absichtlich betrunken gemacht hat? Das ist fies, aber noch lange kein –«

»Kein Mord?«, vollendete ich den Satz. Sie nickte und sah Frederick an, als wäre er eine angriffsbereite Kobra. »Ich fürchte doch. Er hat Darla Jean im Motel gelassen, ist hergefahren, hat Kitty und Meredith umgebracht und Merediths Leiche in den Kofferraum geladen. Dann hat er noch eine Flasche Whiskey gekauft, und nachdem er mit dem Mädchen fertig war, hat er sie nach Hause gebracht und gewartet, bis sie in ihrem Zimmer verschwunden war. Danach hatte er den Wagen mehrere Stunden lang zu seiner Verfügung.«

Zigarrenqualm zog über meine Schulter. »Warum hat er nicht

beide Leichen im Motel gelassen?«, fragte Harve. »Wäre doch viel weniger umständlich gewesen.«

»Weniger umständlich, aber nicht so dramatisch«, antwortete ich. »Buddy Meredith war seinen ländlichen Wurzeln entflohen und in die große Stadt gezogen. Frederick hielt es wohl für passend, dass sein Körper in einer heruntergekommenen Hütte verwesen sollte. Jede Menge Maden und große grüne Schmeißfliegen. Ein ekelhafter Gestank. Ratten und anderes Ungeziefer. Eine ekelhafte Umgebung für Buddy Merediths Abschiedsszene, finden Sie nicht auch?«

»Und warum sollte ich so etwas tun?«, wollte Frederick wissen.

»Weil er Ihre Mutter sitzen gelassen hat«, antwortete ich sanfter als beabsichtigt. »Hat sie Ihnen Buddy im Kino gezeigt? Hat sie Ihnen erzählt, wie er sich aus dem Staub gemacht hat, in der Nacht vor der Hochzeit?«

»Das ist absoluter Schwachsinn, Polizeiinspektorin Hanks. Ich habe Ihnen doch gesagt, dass ich in San Diego aufgewachsen bin, nicht in St. Louis.« Stück für Stück war er bis an den Rand der Sitzbank gerutscht, aber Plover trat einen Schritt vor und blockierte ihm den Weg.

»Wer hat etwas von St. Louis gesagt?«, fragte ich.

»Wahrscheinlich Sie«, meinte er. Mit einem raschen Blick taxierte er seine Chance, an Plover vorbeizukommen, dann ließ er sich auf die Bank zurücksinken.

»Wir werden das alles aufklären«, fuhr ich fort, »entweder am Telefon oder persönlich, falls notwendig. Ihr Großvater hat Ihre Existenz verleugnet, um sein schlechtes Gewissen zu beruhigen, aber wir werden Ihre Geburtsurkunde schon ausfindig machen. Sie können Ihren Namen ändern, aber nicht die kleinen Baby-Fußspuren auf der Geburtsurkunde. Sie haben sich von Hal zu einem Kieferspezialisten schicken lassen, um die Lücke zwischen Ihren Schneidezähnen zu richten, Sie hatten einen Sprachcoach, der Ihren ländlichen Dialekt ausgemerzt hat. Der ihn korrigiert hat, sollte ich sagen, nicht gänzlich ausgemerzt. Niemand aus San Diego macht etwas so schnell wie ›'ne Schlange, die durch 'nen hohlen Ast kriecht‹. Das ist ein Ausdruck, den man nur in den Ozarks benutzt. Den haben Sie bestimmt von Ihrer Mutter gelernt.«

»Der nette Mr. Meredith hat seinen Akzent wiederentdeckt«, sagte Ruby Bee hinter dem Tresen. »Und wisst ihr was – ich hab gedacht, Frederick kommt mir irgendwie bekannt vor, dabei hatte ich ihn nie im Fernsehen gesehen. Es muss sich um eine entfernte Familienähnlichkeit gehandelt haben, wie –«

»Wie bei den Buchanons«, unterbrach Estelle. »Längst nicht so hässlich, aber irgendwas war da – die Kopfform und die Ohren – das hab ich auch gedacht.«

»Hast du aber nie erwähnt«, meinte Ruby Bee naserümpfend.

»Du auch nicht, Miss Neunmalklug«, konterte Estelle.

»Sie können in den Akten wühlen, bis Sie schwarz werden«, sagte Frederick und setzte wieder sein höhnisches Grinsen auf. »Hey, Sie sollten sich mit Carlotta zusammentun und Drehbücher schreiben. Dann könnten Sie Ihre Hirngespinste in Technicolor bewundern.«

Carlotta stand auf und sah auf Frederick hinunter. Inzwischen hatte sie kaum noch Ähnlichkeit mit der selbstbewussten, kompetenten Regieassistentin, die einen Film kraft ihrer Persönlichkeit durch die Produktionsphase peitschen konnte. Ihr Gesicht war feucht, die Augen rot geschwollen, die Stimme brüchig. »Hast du auch Hal umgebracht? Und Gwenneth? Hast du irgendeinen perversen Grund, uns alle umzubringen, nur weil dein Vater deine Mutter nicht geheiratet hat?«

»Frag doch sie«, antwortete er und deutete auf mich. »Vielleicht haben wir am Schluss eine richtige Miniserie zusammen.«

»Ich glaube nicht, dass er Gwenneth umgebracht hat«, sagte ich. »Zwar weiß ich momentan nicht, wo sie steckt, aber Frederick scheint einen Kleine-Schwester-Komplex zu haben.«

»Jemand muss sich um sie kümmern«, erklärte Frederick. »Sie ist so dumm. Wie sie sich von Hal hat benutzen lassen, wann immer ihm danach war! Wenn sie nicht aufpasst, sieht sie mit dreißig aus wie fünfzig, und dann endet sie irgendwann als Kellnerin.

Können wir die Sache nicht endlich hinter uns bringen? Ich möchte sie finden, selbst wenn sie mit einem anderen vögelt.«

Ich sah Anderson an und versuchte etwas, was er gesagt hatte, mit einer vagen Idee zu verbinden. Endlich fiel es mir ein, ganz kurz vor einem Migräneanfall. »Becky Hopperly ist gestorben, als ihr Sohn etwa zehn war. Genaueres werden wir erfahren, wenn wir den Totenschein und den Autopsiebericht bekommen. Ihr Vater ist mit seinen Schuldgefühlen überhaupt nicht fertig geworden. Einem Nachbarn hat er gesagt, es wäre nur richtig, wenn sie für ihre Sünden stirbt – und wir wissen alle, welche Sünde er damit hauptsächlich meinte. Vielleicht ist sie an den Folgen einer Abtreibung gestorben. Ich meine keine Abtreibung in einer Klinik, sondern eine für ein paar Dollar in einer Küche.«

»Bei einem Metzger!«, schrie Frederick plötzlich. Sein jungenhaftes Gesicht verzerrte sich bis zur Unkenntlichkeit, und er begann auf die Tischplatte einzuschlagen. »Sie konnte sich keine saubere, anständige Klinik leisten, weil ihr Vater sich weigerte, ihr ein paar verfluchte Dollar zu schicken. Während meine Mutter auf einem Tisch lag und verblutete, hat mir der Metzger den Kopf getätschelt und gesagt, ich hätte fast eine kleine Schwester bekommen. Hätte! Ich hätte auch eine Mutter gehabt, wenn der Alte sie nicht verstoßen hätte! Sie ist gestorben, weil alle sie im Stich gelassen haben – Meredith, ihr Vater und sogar das fette Schwein, das sich mit Lebensmitteln und einem kleinen Beitrag zur Miete in ihr Bett geschlichen hat. Wenn er gegangen ist, hat er mir immer einen Vierteldollar in die Hand gedrückt.«

»Hat er ausgesehen wie Hal?«, fragte ich.

»Er hat ausgesehen wie ein fettes Schwein, Lady«, stieß Frederick wütend hervor. Einen Augenblick senkte er den Kopf, und als er aufblickte, war er wieder der unschuldige, jungenhafte Charmeur, der die Mädchen der Stadt mit seinen Sommersprossen und seinen Brustmuskeln verrückt machte. »Es ist lange her, ich würde den Kerl nicht mal wiedererkennen, wenn er in einem pastellfarbenen Anzug zur Tür hereinspaziert käme. Ich hoffe, Sie haben stichhaltige Beweise in petto, mit denen Sie Ihre verleumderischen Anschuldigungen belegen können. Wissen Sie, ein guter Ruf ist in der Branche sehr wichtig. Wenn man erst mal als Psychopath und Mörder abgestempelt ist, kriegt man keine Arbeit mehr.«

»Ich habe Ihnen bereits Motiv und Gelegenheit nachgewiesen«, sagte ich, wie immer entnervt von den plötzlichen Verwandlungen, die diese Menschen – oder besser, Chamäleons – so mühelos fertig brachten.

»Was ist mit Hal?«, fragte Carlotta.

»Ja, was ist mit Hal?«, äffte Frederick sie nach. »Ich kann dir versichern, er war's nicht, der meiner Mutter vor zwölf Jahren in San Diego ein Kind gemacht hat. Er war viel zu beschäftigt mit seinen Pornofilmen und seinem Koks, er hätte sich nie mit einem traurigen Bauernmädchen abgegeben, das versucht, sich in einem Wohnblock ohne warmes Wasser auf der falschen Seite des Flusses durchzuschlagen.«

»Vielleicht fällt mir ja was ein, während Sie im Kittchen sitzen!«, fauchte ich.

Plover ging hinaus und kam mit einem Polizisten wieder, der Frederick aus der schummrigen Bar in die gnadenlose Helligkeit draußen führte. Carlotta sank an Andersons Schulter in sich zusammen und weinte. Er strich ihr benommen übers Haar.

»Da waren's nur noch zwei«, murmelte ich auf der anderen Seite des dunklen Tanzparketts.

»Nein, wir sind wieder bei drei«, entgegnete Plover. »Ich habe soeben erfahren, dass Gwenneth D'Amourre im Supermarkt gesichtet wurde, total durch den Wind, weil sie eine bestimmte Marke Haarspray nicht kriegen konnte. Die Kassiererin hat es dem Manager mitgeteilt, und der hat sich um sie gekümmert.«

»Dann ist alles in Ordnung«, meinte ich, und wir gingen hinüber an den Tresen. »Ich würde zwar nicht unbedingt sagen, dass sie in guten Händen ist, aber ich mache mir keine Sorgen um sie. Wir können uns darauf konzentrieren, unseren mörderischen Freund festzunageln. Zuerst mal sollten wir den Wagen beschlagnahmen, mit dem Darla Jean in der fraglichen Nacht gefahren ist, und die Außenseite des Kofferraums auf Marlands Fingerabdrücke untersuchen –« ich hielt einen Moment inne, bis die Übelkeit vorüber war – »und das Innere nach Blutspuren. Wenn das Blut mit dem von Meredith übereinstimmt, haben wir einen anständigen Fall. Immer noch ein scheußliches Durcheinander, aber wenigstens ein Anfang.«

»Also hing doch alles mit Pineyville zusammen«, meinte Plover. »Anscheinend war ich ziemlich blöd, dass ich so auf dem anderen Mord rumgeritten bin, aber die Parallelen haben sich wirklich aufgedrängt.«

Ich stützte einen Ellbogen auf den Tresen und legte das Kinn in die Hand. »Ich sollte demnächst mal Detective Canelli anrufen.«

»Um dein heißes Wochenende in Las Vegas zu planen?«

»Eher nicht«, widersprach ich mürrisch. »Die Stadt ist genauso unwirklich wie unsere Filmleute hier. Nein. Ich muss ihn informieren, wer Mrs. St. James umgebracht hat.«

Plover zuckte zusammen, und wenn er ein Igel gewesen wäre, hätte er die Stacheln aufgestellt. »Hat St. James etwa gestanden?«

»Nein, aber in der Mordnacht hat er sich mit Frederick ein Zimmer geteilt, und er hat ihm erzählt, dass seine Frau eine Abtreibung vornehmen lassen wollte, ohne ihn zu fragen. Möglicherweise hat das bei Frederick etwas in Gang gesetzt. Anderson befürchtet, dass er sich vielleicht einfach nicht daran erinnert, nach L.A. gefahren zu sein, aber ich glaube, es ist wahrscheinlicher, dass Frederick ihm den Ärger mit der Scheidung ersparen wollte.«

»Ein echter Psychopath?«

»Die Parallele zwischen der Geschichte seiner Mutter und der Handlung von *Wilder Kirschwein* hat ihn wohl an einem wunden Punkt getroffen. Das alles zusammen mit der verwirrenden Tatsache, dass Gwenneth, seine selbsternannte kleine Schwester, die Loretta spielte, die wiederum seine Mutter symbolisierte, und dass Buddy, sein Vater, ihr Vater war ... und die arme Kitty, die den Fehler begangen hat, Buddy glücklich zu machen. Herrgott, was für ein Chaos.« Ich wollte einen tiefen Seufzer ausstoßen, als mir plötzlich ein Licht aufging. Offenbar machte ich ein komisches Gesicht, denn Plover kniff die Augen zusammen und wich ein Stück zurück.

»Was ist?«, fragte er.

»Was ist mit Hal, um genau zu sein«, verbesserte ich ihn. »In Frederick perversem Szenario hatten alle eine andere Rolle. Der einzige, der eisern in der Hierarchie immer dieselbe Position einnahm, war Hal Desmond.«

»Produzent? Regisseur? Drogenkönig?«

»Die Firma war eine große, glückliche Familie, und Hal hat jede Gelegenheit ergriffen, sich selbst als Familienoberhaupt zu inszenieren. Ein guter Vater, der eine inzestuöse und missbräuchliche Beziehung mit seiner Tochter hatte, die für Frederick wie eine Schwester war. Hal hat dieses Verhältnis vor aller Augen ausgelebt. Ich glaube, Hal hätte länger gelebt, wenn er sich eine andere Rolle ausgesucht hätte.«

»Eine andere als die des phallischen Vaters, meinst du«, murmelte Plover. Er ließ sich meine Theorie einen Augenblick durch den Kopf gehen und sagte dann: »Wir müssen es noch beweisen, aber wenigstens wissen wir, nach welchen Fingerabdrücken wir zuerst suchen sollten. Frederick Marland war vollkommen aus dem Gleichgewicht in diesem ganzen Durcheinander. Väter, Töchter, Söhne, Liebhaber. Das alles auf die Reihe zu kriegen, hätte sogar einen normaleren Menschen um den Verstand bringen können.«

»So wird sein Anwalt bestimmt argumentieren. Andererseits hat Frederick sich nicht zufällig Glittertown angeschlossen, und er hat sehr darauf geachtet, immer ein Alibi vorweisen zu können. Er wusste, was er tat – und warum. Die Gründe sind zwar krank, aber logisch.« Ich rieb mir die Schläfen. »Und was er getan hat, ist alles andere als nett.«

Plover beugte sich über den Tresen und holte mir ein Glas Wasser. »Hier, du bist ja bleich wie ein Leintuch.«

»Seltsamerweise fühle ich mich auch so«, entgegnete ich. »Aber wie ein ungewaschenes, zerknittert und vergammelt.«

Ganz vorsichtig pirschte sich Ruby Bee an uns heran. »Übrigens hat jemand für dich angerufen, als du vorhin weg warst. Ich soll dir von Les ausrichten, dass er endlich mit den Leuten an der Straße nach Hasty gesprochen hat. Die Frau hat Billy Dick reingelassen, damit er die Feuerwehr anrufen kann, aber zur gleichen Zeit ist ihr Mann auf dem Heimweg auf der Straße von Hasty einem mageren Knaben auf einem Fahrrad begegnet, der in die andere Richtung fuhr, und zwar mit Volldampf. Er denkt, er kann ihn identifizieren, wenn er ihn sieht.«

»Bingo«, rief ich, wenn auch ohne richtige Begeisterung. »Ein rotes Rücklicht verschwindet über den Hügel. Das ist ein Indiz gegen Willard Yarrow. Billy Dick will die Schuld nicht auf sich nehmen, er muss geahnt haben, dass Willard hinter den Bränden steckt.« Ich trank einen Schluck Wasser. Dabei kam mir plötzlich eine unangenehme Idee. »Es wundert mich, dass ich nicht zu diesem so genannten Picknick eingeladen wurde. Willard ist mir gefolgt und hat mit seinen kleinen Botschaften dafür gesorgt, dass ich es wusste. Immerhin bin ich nicht paranoid.«

»Das hat dir doch niemand vorgeworfen«, meinte Plover. »Na ja, außer dem Bombenkommando. Die beiden Autos mikroskopisch zu durchsuchen hat sie mehrere Stunden gekostet, und in deinem Wagen haben sie nur ein loses Batteriekabel gefunden, weiter nichts. Ach ja, und du sollst Ruby Bee sagen, dass sie einen Ölwechsel machen muss und nicht immer die abgegessenen Äpfel unter den Vordersitz werfen soll.«

»Also bin ich doch ein bisschen paranoid«, stellte ich erbarmungslos fest. »Schuld daran ist sicher, dass ich in jungen Jahren keine Vaterfigur hatte. Jetzt kannst du mir gratulieren, dass ich trotzdem eine so charmante, intelligente und gesetzestreue Person geworden bin – vor allem im Vergleich zu anderen Produkten aus kaputten Familien.« Damit kippte ich den Rest Wasser runter und knallte das Glas so heftig auf den Tresen, dass sich alle umdrehten und mich anstarrten. »Wenn mir doch nur jemand sagen könnte, was aus Ward Cleaver geworden ist!«

* * *

»Bring mir so bald wie möglich die frische Kompresse«, rief Mrs. Jim Bob aus dem Wohnzimmer Perkins' Ältester zu, die gerade die Pfannen im Spülbecken scheuerte. »Ich kann mich nicht erinnern, wann ich das letzte Mal dermaßen scheußliche Kopfschmerzen hatte – und schuld daran sind einzig und allein diese lüsternen Hollywoodleute und ihr schlechter Einfluss. Wie konnten sie nur Bruder Verber derart an der Nase herumführen!«

Perkins' Älteste stellte die letzte Pfanne auf die Anrichte, zog den Stöpsel aus dem Spülbecken und lauschte, wie das Wasser den Abfluss hinuntergurgelte.

»Er hätte niemals zugelassen, dass sich jemand im Haus des Herrn nackt zeigt«, fuhr Mrs. Jim Bob fort, während sie das Kissen unter ihrem Kopf zurechtrückte. »Vielleicht ist er gelegentlich gestrauchelt, aber er war immer ehrlich zerknirscht, wenn ich ihn auf seine Sünden hingewiesen habe. Und auch dankbar, obwohl ich ja nur meine Christenpficht getan habe. Bringst du mir denn jetzt endlich die Kompresse?«

Perkins' Älteste ging ins Frühstückszimmer und betrachtete durchs Fenster das Pärchen im Hinterhof. Gwenneth D'Amourre sah wirklich süß aus in der Hängematte, und Jim Bob machte einen höchst zufriedenen Eindruck. Er saß direkt neben ihr, sodass er die Hängematte schaukeln und sich Gwenneths goldene Locken um die Finger wickeln konnte. Vielleicht hätten die beiden gern einen Schluck Limonade, dachte Perkins' Älteste, sauste zurück in die Küche und öffnete leise den Schrank.

»Du glaubst doch auch nicht, dass mich jemand von der Missionsgesellschaft schief ansehen wird, weil mein Haus auch in diesem schmutzigen Machwerk vorkommen sollte, oder?«, sagte Mrs. Jim Bob und setzte sich so unvermittelt auf, dass ihr der zusammengefaltete Waschlappen von der Stirn rutschte. Sie horchte einen Augenblick auf eine Antwort. »Na ja, natürlich hast du keine Ahnung, wie die Mitglieder der Missionsgesellschaft reagieren würden, ich habe nur meiner Sorge Ausdruck verliehen. Die Mitgliedschaft ist ja Frauen der Gemeinde vorbehalten, die unerschütterliche Frömmigkeit vorweisen können und immer bereit sind, unglücklichen Menschen zu helfen.«

Perkins' Älteste belud ein Tablett und trug es hinaus in den Garten. Fast hätte sie gelächelt, als die Schauspielerin die feinen Leinenservietten und den Porzellanteller mit den kunstvoll arrangierten Zitronenplätzchen bewunderte, aber dann ließ sie es doch lieber bleiben.

»Vermutlich fragst du dich, wie wir unseren Christeneifer zeigen«, sagte Mrs. Jim Bob. Sie drückte die Kompresse gegen die Stirn und erklärte Perkins' Ältester trotz der stechenden Schmerzen ganz geduldig, wie die Mitglieder der Gesellschaft volle fünfzehn Minuten für die Heiden und Sünder auf der ganzen Welt beteten, ehe sie sich dem Kaffee und dem Dessert widmeten.

* * *

Darla Jean ging nur widerwillig ans Telefon. Sie war nicht in der Stimmung, mit jemandem zu reden – und schon gar nicht mit Heather.

»Hast du Lust, einkaufen zu gehen?«, begann Heather, obwohl sie genau wusste, wie die Antwort ausfallen würde.

»Ich hab für den Rest des Sommers Hausarrest.«

Heather grinste Traci an, gab ihrer Stimme aber einen mitfühlenden Unterton, als sie erwiderte: »Oh, Darla Jean, das ist ja schrecklich. Warum denn?«

»Ich musste zur Polizei, um eine Aussage zu machen, und meine Eltern haben mich so lange genervt, bis ich ihnen gesagt habe, worum es ging. Deshalb hab ich jetzt Hausarrest – als wüsstet ihr das nicht längst! Arly ist schon ein paarmal vorbeigekommen und hat mit meinen Eltern geredet, deshalb darf ich vielleicht im Herbst wieder raus, zum ersten Footballspiel.«

»Kann es denn sein, dass du ... dass du schwanger bist?«

»Nein.« Darla Jean legte auf, sank auf ihr Bett zurück und dachte, dass die berühmten Hollywoodstars wirklich auch nicht das waren, was sie sich von ihnen versprochen hatte. Je mehr sie darüber nachdachte (und sie hatte viel Zeit zum Nachdenken), desto besser sah Dwayne aus, und sie würde nicht mehr lange warten, ihm das zu sagen. Leider muss erwähnt werden, dass darüber diskutiert wurde, wie er sich Zugang zu ihrem Schlafzimmer im ersten Stock verschaffen könnte.

* * *

Kevin Buchanon hatte vier große Tüten mit der Aufschrift »Jim Bobs Supersparmarkt« im Arm. Als die Tür sich öffnete, holte er tief Luft und sagte: »Mein geliebtes Zuckerpüppchen, ich habe dir Doppelkekse mit Vanillecremefüllung, Schokorosinen, ein Dutzend Donuts, ein Sechserpack Orangenlimonade und sämtliche Biskuit-Cremetörtchen aus dem Laden mitgebracht. Bitte nimm mein Geschenk an und –«

Er stockte, weil ihm die Tüten aus dem Arm gerissen wurden, und er stand immer noch mit offenem Mund da, als die Tür haarscharf vor seiner Nase zuschlug. »Versteh einer die Frauen!«, brummte er, während er die Straße wieder hinunterzuckelte.

* * *

»Bist du aus Verzweiflung hergekommen?«, erkundigte sich Plover freundlich.

»Ja«, antwortete ich und legte die Füße aufs Armaturenbrett. »Genau. Jetzt, wo Glittertown Inc. weg ist und die Feuerwehr das neunte Inning anschaut, hab ich sonst nichts zu tun.«

»Überhaupt nichts?«

»Och, ich hab mich gestern auf die Suche nach Raz' Brennerei gemacht, aber er war schlau und ist umgezogen. Ruby Bee behauptet, sie hat gehört, er wäre mit dem Zeug jetzt in einer Höhle am Südende von Cotter's Ridge. Estelle andererseits ist das Gerücht zu Ohren gekommen, er hätte sich am Boone Creek niedergelassen. Wenn mein Ausschlag vom Giftefeu wieder nachlässt, mach ich mich vielleicht noch mal auf den Weg. Oder ich lasse es bleiben.«

»Ich war nicht sicher, ob du heute kommen würdest«, meinte er.

Er schien weiterreden zu wollen, aber ich wollte keine gestammelten Gefühle hören. Auch keine elegant formulierten, nebenbei bemerkt. Also hob ich Einhalt gebietend die Hand und sagte: »Vergiss nicht, dass ich nach dem zeitlosen Grundsatz ›Spar den letzten Tanz für den Kerl, der dich hergebracht hat‹ erzogen bin. Wenn du die Lautstärke aufdrehst, kriegst du was von meinem Popcorn.«

Der Vorspann von *Tanja kommt ins Team* flimmerte über die riesige Leinwand.

ABBLENDE